歌合・定数歌全釈叢書 二十

好忠百首全釈

筑紫平安文学会著

風間書房

目次

凡例……三
全釈……七
解説……二四一
一　曾禰好忠——その人生と歌——……二四三
二　資経本『曾禰好忠集』の本文について……二六〇
三　〈好忠百首〉における『万葉集』受容　附『万葉集』古点の成立時期臆断……二八〇
四　〈好忠百首〉春夏秋冬恋部の表現——『古今集』『後撰集』の受容——……三〇六
五　〈好忠百首〉の表現摂取——歌合・私家集との関わりを中心に——……三一五
六　〈順百首〉に見られる〈好忠百首〉の享受と展開……三二九
七　〈恵慶百首〉に見られる〈好忠百首〉の影響について……三三八
八　不遇と老いの歌——〈好忠百首〉とその周辺——……三五五
附録……三六九
一　〈好忠百首〉〈順百首〉〈恵慶百首〉本文対照……三七一
二　主要参考文献一覧……三八六

三　〈好忠百首〉各句索引……三九〇
あとがき……三九七

装丁　田淵裕一

凡例

一、本書は、『好忠集』所載の、いわゆる「好忠百首」（一〇三首）の注釈である。あわせて、解説と附録を収めた。全釈では、本文を掲出し、校異・通釈・語釈・別出・考察を順に示した。

一、底本には、冷泉家時雨亭文庫蔵藤原資経筆本『曾禰好忠集』（冷泉家時雨亭叢書第六十七巻『資経本私家集 三』朝日新聞社、二〇〇三年十二月）の影印を用いた。

一、本文は、底本の原態を尊重しつつ、以下の方針によって校訂した。

1、漢字・仮名ともに通行の字体を用いた。

2、底本の仮名を適宜漢字に改めた。意味から別の漢字に改めた箇所、漢字を仮名に改めた箇所もある。底本の表記は右傍に示した。

3、仮名遣いは歴史的仮名遣いに改め、その右傍に底本の表記を示した。「む」「ん」は区別せず、すべて「む」にした。

4、反復記号は当該の文字に改め、その右傍に底本の表記を示した。ただし、漢字一字の反復記号「々」は用いた。

5、濁点・句読点などを適宜施した。

6、虫損や破損などのため判読できない箇所は他本によって補い、右傍に「□」として示した。

7、誤脱と思われる箇所に文字を補った場合は、補った箇所の右傍に「・」を附して示した。送り仮名を補った場合も同様にした。

8、和歌に歌順番号を附した。上部には算用数字で好忠百首における番号を、下部には漢数字で、『新編国歌大観』による『好忠集』全体における番号を示した。

一、校異には、以下の影印を用い、略称をもって示した。語の異なりのほか、漢字・仮名など表記の違いも掲出した。「む」「ん」、「も」「ん」の字形の違いも区別し、集付や傍書のほか、合点、除棄記号（ミセケチ）なども原態を伝えるように努めた。虫損箇所は「□」、墨で判読不能の箇所は「■」とした。また、承空本は片仮名表記であるが、平仮名表記の他本と本文が同じ場合は、区別せずまとめて示した。

(1)冷泉家時雨亭文庫蔵承空本『曾禰好忠集』
（冷泉家時雨亭叢書第七十一巻『承空本私家集 下』朝日新聞社、二〇〇七年六月）……承空本（承）

(2)宮内庁書陵部蔵伝冷泉為相筆本『好忠集』〈五〇三・二二六〉
（国文学研究資料館マイクロフィルム）……書陵部本（書）

(3)天理図書館蔵尚書禅門奥書本『曾禰好忠集』
（天理図書館善本叢書和書之部第四巻『平安諸家集』八木書店、昭和四十七年五月）……天理本（天）

(4)冷泉家時雨亭文庫蔵藤原定家書入本『曾丹集』
（冷泉家時雨亭叢書第十五巻『平安私家集 二』朝日新聞社、一九九四年六月）……冷泉家本（冷）

(5)伝西行筆升形本曽丹集切
（『古筆学大成』第十九巻所収、講談社、一九九二年六月）……冷泉家本（冷）

右の(5)「曽丹集切」は(4)「定家書入本」から切り出されたものであるので、あわせて「冷泉家本（冷）」とする。冷泉家本にある歌を百首の通し番号で示すと、(4)が1、3〜13、15〜72、(5)が84〜87、94、95である。

一、別出には、『新編国歌大観』による歌集名、巻序、部、歌順番号のほか、歌題、詞書、作者、歌本文、左注を示した。表記は『新編国歌大観』によるが、一部、私に改めたところがある。

一、語釈・考察において引用する和歌本文および歌順番号は、特に断らない限り、『新編国歌大観』によった。ただし、『好忠集』から引用する場合の本文には、底本の資経本を用いた。また、引用歌が好忠百首に含まれる場合は、算用数字で番号を示した。

一、語釈・考察における和歌の引用形式は、原則として「和歌本文」（歌集名・巻序または部立・歌順番号・作者名・歌題や詞書）としたが、適宜省いた項目もある。『万葉集』については、表記を漢字仮名交じりに改め、歌順番号を旧番号・新番号の順に併記した。番号を併記していないものは、旧番号・新番号が同じである。

一、先行の論を引用するときは、原則として著者名、論文題名を記したが、以下の注釈書については略称を用いた。

松田武夫校注「好忠集」（日本古典文学大系80『平安鎌倉私家集』岩波書店、昭和三十九年九月）…………『大系』

神作光一・島田良二『曽禰好忠集全釈』（笠間書院、昭和五十年十一月）…………『全釈』

松本真奈美校注「曾禰好忠集」（和歌文学大系54『中古歌仙集（一）』明治書院、平成十六年十月）…………『和歌大系』

川村晃生・金子英世編『曾禰好忠集』注解』（三弥井書店、平成二十三年十一月）…………『注解』

全釈

あらたまの年《とし》の三十《みそぢ》に余《あま》るまで、春《はる》は散《ち》り匂《にほ》ふ花を惜しみかね、秋は落《お》つる木《こ》の葉に心をたぐへ《え》、夏は上紐《うはひも》さ さで風にむかひ、冬はさびしき宿《やど》に群《む》れゐて、荒《あ》れたる宿《やど》のひまをわけ、過《す》ぎゆく月の影《かげ》をそへて、明《あ》けては暮《く》るる月日《つきひ》をのみも過《す》ぐすかな。

あはれ、たづきあり《有》せば、百敷《もゝしき》の大宮《おほみや》づかひ勤《つと》むるとて、すべらぎの御垣《みかき》に面馴《をもな》れて、朝《あした》夕べに慰《なぐさ》めし心のうちに嘆《なげ》くまに、朝《あした》には籬《まがき》にさへづる鳥《とり》の声《こゑ》におどろき、夕《ゆふ》べには籬《まがき》に開《ひら》くる花の色《いろ》をながめつつ、蓬《よもぎ》のもとにとぢられて、出《い》でつかふる事もなき、わが身ひとつにはうけれども、ひを虫《むし》の日《ひ》を暮《く》らし、草葉《ば》の玉《たま》の風を待《ま》つほどなれば、水の泡《あは》よりも異《こと》に、春《はる》の夢《ゆめ》よりも異《こと》ならず。

昨日見《み》し宝《たから》の宿《やど》も、今日《けふ》は浅茅《あさぢ》が原《はら》と露《つゆ》しげく、朝《あした》に通《かよ》ひし玉《たま》のとぼそも、夕《ゆふ》べには八重葎《やへむぐら》にうづもれて、空《そら》ゆく雲のはたてもなく、見《み》しも聞《き》きしもなくなりゆけば、流《なが》れてつきぬ事、水茎《くき》の跡《あと》にしるして、数《かず》ならぬ心ひとつになぐさむとも、百箇《もゝち》の歌《うた》を詠《よ》みつけ、あまたのことをいひつらねて、敷島《しきしま》や三輪《みわ》の社《やしろ》のふもとなる、すきずき《ぐ》しくもなりけれど、松の木の千年《ちとせ》を経《ふ》るも、つひ《ゐ》にこれ朽《く》ちぬるをや。朝顔《あさがほ》のかた時に枯《か》れぬれど、開《ひら》くるほども栄《さかへ》えとするをや。

雲《くも》に鳴《な》く鶴《つる》も、その声《こゑ》つひ《ゐ》にかなしびにむせび、はふ虫《んし》も心のゆくへはへだてなしと思ひなせば、難《なに》波《は》なるあしきもよきも同《をな》じ事、すくもすかぬもことならず。名《な》をよしただとつけてけれど、いづこぞわが《我》身、人に異《こと》なるとぞや。

以下、［校異］［語釈］では右に示した本文の段落ごとに分かち掲出する。

【校異】《第一段落》〇ちりにほふ―ちりほふ（書・天・冷）〇花を―はなを（書・天）〇ゝしみかね―オシミカネ（承）ゝしみ（冷）〇おつる―をつる（天）〇この葉に―このはに（承・天・冷）〇心を―こゝろを（書）〇たくえ―たくへ（書・天・冷）〇夏はうはひもさゝて風にむかひ―なつはうはひもさゝてかせにむかひ（書）夏はうはひもさゝてかせにむかひ（天）ナシ（冷）〇冬は―ふゆは（書・冷）〇むれゐて―むもれゐて（天・冷）〇すきゆく―すき行（冷）〇月のかけをそへて《こまをかそへて》―こまをかそへつつ（書）つきのかけをかすへつゝ（天）つきのかけをかすへて（冷）〇つきひを―月日を（書）ひさかたの月ひを（天）ひさかたのつき日を（冷）

《第二段落》〇有せは―有ヲハ（承）ありせは（書・天・冷）〇おほみやつかひ―おほみやつかへ（書・天）おほ宮つかへ（冷）〇つとむるとて―つとむとて（書・天・冷）〇すへらきのみかきに―すへらのみかき（書）〇をもなれて―おもなれて（承・天・冷）をもなれ（書）〇夕へになくさめし《ともならさましとイ》―ユフヘニナクサメシ《トモナラサラマシト　イ本》（承）ゆふへとにもならさましと（書）ゆふへになくさめまし（天・冷）〇うちに―うちに（冷）〇なけくまに《ときイ》―ナケクマ□《トキ》（承）なけくとき（書）なけくまに（天・冷）〇まかきにさゑつる《さとに》―マカ《マ》キ《ト》ニ《ニ》サヘ《ヱ》ツル（承）さ《ヒ》と《ま》にさゑ《ヘ》《ヒ》つる（書）まとにさへつる（天・冷）〇花のいろを―はなのいろを（書）はなの色を（天）はなを（冷）〇なかめつゝ―なかめて（冷）〇とちられて―トチラ□テ（承）〇いてつかふる―いてゝつかふる（書）いてつかはるゝ（冷）〇事も―ことも（天・冷）〇わか身―我み（冷）〇ひとつには―□トツニハ（承）ひとつは（書）〇うけれとも―うけれとん《も》《ヒ》（書）うけれとん（冷）〇ひをむ《せ》しの―ひをん《虫》《ヒ》し《ヒ》の（書）ひをむしの（天・冷）〇ひをくらし―一日をくらし（書）日をくらし（冷）〇草はのたまの風を―くさはのたまのかせを（書・

天）たまかせを（冷）○水の—みつの（書・天・冷）○ゆめよりも—ユメヨ《ニ》[redacted]モ〈墨滅〉（承）ゆめにも（天・冷）○ことならす—けならす（天・冷）

《第三段落》○昨日—きのふ（承・天）○みし—見し（書）○やとも—やとん（冷）○けふは—今日は（冷）○つゆしけく—つゆしけくて（天・冷）○たまのとほそも—はなのたまのとを《ほ》そも（冷）○やへむくらにうつもれて—やへむくらうつもれ（冷）○そらゆく—そら行（冷）○雲の—くもの（書・冷）ゝもの（天）○はたても—はても（書・天・冷）○みしもきゝしもなくなりゆけは—見しもきゝしもなくなりゆけは（書）みしもきゝとしひもなくなりゆけは（天）みしもとしひもなりゆけは（冷）○つきぬ事—つきぬこと（書）つきぬも（天）つきぬ（冷）○水くき—みつくき（書・天）○心ひとつに—心ひとつを（書）こゝろをひとつ（天）心をひとつ（冷）○なくさむとも—なくさめんと（天）なくさめん（冷）○もゝちの—もゝ千の（書）○よみつけ—よみつゝけ（書・天・冷）○ことを—事を（書）○いひつらね《つゝけ》て—イヒツラ《□ケ》ネテ（承）いひつゝけて（書）いひつらねて（天・冷）○みわのやしろの—みわのやしろのやまの（天）みわの山の（冷）○なりけれと—なりにけれと（書・天・冷）○松の—まつの（書・天・冷）○ふるも—ふる（書）○つゐにこれ—一日にこれ（書）つひにはかれ（天・冷）○かた時に—かたときに（書）かたときにしも（天）かた時にしも（冷）○かれぬれと—カクヌレト（承）かれうせぬれと（天・冷）○さかへと—さかえと（書・冷）

《第四段落》○くもになくつるも—くにならへるも（天・冷）○そのこゐ—ナシ（天・冷）○つゐに—つひに（天・冷）○かなしひにむせひふんしも—かなしひにむせひ（書）むなしくみそにはふむしも（天）ひ《む》なしくみそにはふむしも（冷）○ゆくへは—ゆくゑは（書・天）行へは（冷）○思ひなせは—思なせは（書）おもひな

せは（天）思なせと《は》（冷）　○**あし□も**―あしきも（承・書・天・冷）　○**をなし事ならす**―おなし事ならす（承・書）をなし事すくもすかぬもことならす（天）おなしことすくもすかぬもことならす（冷）　○**なを□したゝと**―なをよしたゝと（承・書・天）猶よしたゝと（冷）　○**つけてけれ《しか》と**―つけしかと（書）つけてけれと（天・冷）　○**いつこそ**―イツクコソ（承）　○**我身**―わか身（書・天）わかみ（冷）　○**ことなるとそや**―ひとしきとそや（天）ひとしき~~と~~《と》そや〈修正か〉（冷）

【通釈】　年が三十すぎになるまで、春は散り匂う花を惜しむ気持ちを抑えきれず、秋は落ちる木の葉に心を寄り添わせ、夏は衣の襟元の紐を留めずに風に向かい、冬は寂しい宿に群れていて、荒れた宿の戸の隙間を分け入って（射す）、空を渡ってゆく月の光を添え、年月が積み重なって、明けては暮れる月日だけを過ごすことであるよ。

ああ、伝手《つて》があったならば、宮中に仕える者として励むということで、帝がおいでの宮中で見慣れた人物となって（などと）、朝夕になぐさめた心のうちに嘆く間に、朝には籬にさえずる鳥の声に目を覚まし、夕べには籬に開く花の色を眺め眺めして、蓬の茂るような家に閉じ込められて、出仕することもない、（そういう）私だけがつらい思いをしているけれども、（人生というものは、）蜻蛉が日を暮らし、草葉についた露が風を待つ間のようなものなので、水の泡よりも（はかなく）、春の夢よりも（はかなく）、異なることはない。

昨日はあった財宝の多く集まる家も、今日は浅茅が原となって露がしげく置き、朝に通った玉のように美しい扉も、夕べには生い茂る雑草にうずもれて、空を行く雲がはてもなく去るように、見た人も聞いた人も亡くなってゆくので、次々に浮かんで尽きることのない思いを、筆の跡に記して、ものの数ではない私の心の中だけで慰むとも（思って）、数多くの（百首の）歌をいつも詠み、多くのことを言い連ねて、三輪の社のふもとにある「杉（すぎ）」ではないが、あまりに「物好き（ずき）」なことにもなってしまうけれど、松の木の千年を経るものも、結局は朽ちてしまうことだ。朝顔は片時に枯れてしまうけれど、その開いている間だけでも栄華とすることだ。

雲の上で鳴く鶴（のような大宮人）も、その声はついに悲しみにむせび、這う虫（のようなつまらない自分）も、心のゆくえは隔てがなく違いがないとあえて思ってみると、（極言すれば）身分が悪いことも良いことも同じこと、風流を好む歌詠みも歌を詠まぬ者も異なることはない。わが名を好忠とつけてしまったけれど、いったいどこに私自身は、人と異なるよいところがあるのだか。

【語釈】《第一段落》○**あらたまの年の三十に余るまで**　「あらたまの」は「年」に付く枕詞。年齢が三十いくつになるまで。三十歳を越えるまで。本百首の詠作が「天徳のすゑのころほひ」（恵慶百首・序文）とされることから、好忠は延長末年頃（九三〇年前後）の誕生か。「あらたまの　年のはたちに　たらざりし　時はの山の　山さむみ……」（拾遺集・雑下・五七一・順・身のしづみけることをなげきて、勘解由判官にて）。○**春は散り匂ふ花を惜しみかね**　「散り」「匂ふ」は対。書陵部本・天理本・冷泉家本「ちりほふ（散りぼふ）」とする。天理本・冷泉家本では他に、「はこねやまふたごのやまも秋ふかみあけくれかぜにこのはちりぼふ」（天理本好忠集・毎月集・二六八）に見える。「惜しみかね」は、惜しむ思いに堪えかねて、の意。「つねよりもをしみかねつるはるゆゑにこころのとしをあかぬころかな」（躬恒集・三八三・ていじの院のうたあはせ）。『注解』は、春から秋の記述に「春のあしたに花のちるを見秋のゆふぐれにこのはのおつるをきき」（古今集・仮名序）との類似を指摘する。○**秋は落つる木の葉に心をたぐへ**　「秋かぜにたぐふ木の葉のいまはとておのがちりぢりなるぞかなしき」（延喜御集・三〇）、「まつかぜにたぐふこのはのちりつめばときはの山ぞかずまさるらし」（尊経閣文庫本元輔集・三三）などに見られるように、「木の葉」は風に伴って散るものである。ここでは、その「木の葉」に自らの「心」を伴わせることで、移り変わる季節への執着を表現する。**○上紐ささで風にむかひ**　着物の襟元の紐を解いて涼むさまの表現。「懐かしく吹きくる風にはかられて上紐ささず暮らすころかな」（夏・22）。**○群れゐて**　集まりじっとして。「朝日てる佐太の岡辺にむれゐつつわが泣く涙やむときもなし」（万葉集・巻二・一七七）、「ももしきの大宮人もむれゐつつこぞとやけふをあかずかたらん」（海人手古良集・三九）。天理本・冷泉家本「むもれゐて」のほうが解しやすい。**○荒れたる宿のひまをわけ**　「ひま」は板戸の隙間。そこから月の光が射す情景をいうか。「独寝《ヒトリヌル》　屋門之自隙《ヤドノヒマヨリ》　往月哉《ユクツキヤ》　涙之岸丹《ナミダノキシニ》　景浮濫《カゲウカブラム》　」（新撰万葉集・四四八）。**○過ぎゆく月の影をそへて**　「過ぎゆく月の影」は空を渡ってゆく月の光。また、年月が積み重なる意を重ねる。天理本「過ぎゆく月の影を数へつつ」、書陵部本「過ぎゆく駒を数へつつ」。**○月日をのみも過ぐすかな**　ただ無為に月日だけを過ごしたことだなあ。「かひなくて月日をのみぞ過ごしける空をながめて世をし過ぐせば」（沓冠・82）。

《第二段落》**○たづき**　宮仕えできる立場を獲得するための何らかの伝手《つて》。人的なつながり。現状を打開するきっかけになりうる手ががり。「しらなみのたつきありせばすべらぎのおほみや人となりもしなまし」（好忠集・つらね歌・四七七）。**○百敷の大宮づかひ**　「百敷の」は「大宮」に付く枕詞。「大宮づかひ」は宮中に仕える人。書陵部本・天理本・冷泉家本「大宮づかへ」。**○すべらぎの御垣に面馴れて**　「すべらぎ」は天皇。「すべらぎの御垣」で宮中の意。「面馴る」は、見慣れる、平常のこととなる意。**○朝には籬にさへづる鳥の声におどろき**　「籬」は柴や竹で粗く格子を編んだ垣根。天理本ほか「まど」。**○夕べには籬に開くる花の色をながめつつ**　籬に咲く花には夕顔など庶民の暮らしを想起させるものがある。「夕暮のまがきにさけるなでしこの花みる時ぞ人はこひしき」（古今六帖・第二・一三四八・まがき）では撫子が詠まれている。**○蓬のもとにとぢられて**　「蓬のもと」は蓬の生い茂るような場所、荒れた家。「とふ人もみえぬよもぎのもとなれや今はすみれのさかりなるかな」（海人手古良集・五）、「かたらはむ人ごゑもせずしげれどもよもぎのもとはとふ人もなし」（和泉式部続集・一一・いといたうあれたる所にながめて）、「たづねてもわれこそとはめ道もなく深きよもぎのもとのこころを」（源氏物語・蓬生・二六八・光源氏）などの例がある。「繁かりし蓬の垣のへだてにもさはらぬものは冬にぞありける」（冬十・

34）と照応するか。その他、好忠には「かこはねど蓬のまがき夏来ればあばらの宿をおもがくしつつ」（好忠集・毎月集・一五八・六月はじめ）がある。**○わが身ひとつにはうけれども**　『注解』は「世中は昔よりやはうかりけむわが身ひとつのためになれるか」（古今集・雑下・九四八・読人不知）を踏まえるとする。「あれば厭ふなければ偲ぶ世の中にわが身ひとつは住みわびぬやい」（沓冠・70）。**○ひを虫の日を暮らし**　「ひを虫」はカゲロウの類という。同音反復で「日を」を導く。**○草葉の玉の風を待つほどなれば**　「草葉の玉」は草についた露。風が吹くとはかなく消える。『注解』は「あきのよの有あけの月にひろへどもくさばのたまはたまらざりけり」（重之集・百首・秋廿・二七一）を指摘する。「秋かぜになびく草葉の露よりもききにし人をなににたとへん」（村上天皇御集・一二九・中宮かくれ給ひての年の秋、御前のせんざいに露のおきたるを風のふきなびかしけるを御覧じて）。**○水の泡よりも異に**　「水の泡」は前項の「草葉の玉」とともに、はかないもののたとえ。水の泡よりもはかないことをいう。「異に」は後に「あらず」を補って解する。「枝よりもあだにちりにし花なればおちても水のあわとこそなれ」（古今集・春下・八一・高世・東宮雅院にてさくらの花のみかは水にちりてながれけるを見てよめる）。「人恋ふる涙の海に浮き沈み水の泡とぞ思ひ消えぬる」（沓冠・74）。**○春の夢**　これもはかないもの。『注解』は漢語「春夢」からという。

《第三段落》**○宝の宿**　財宝の多く集まる家。**○浅茅が原**　『注解』は「この時代、荒れ果てた邸宅を象徴する景物となっている」として、「あさぢはらぬしなきやどの桜花心やすくや風にちるらん」（拾遺集・春・六二・恵慶・あれはてて人も侍らざりける家に、さくらのさきみだれて侍りけるを見て）を指摘。**○玉のとぼそ**　玉のように美しい扉、住まい。先の「宝の宿」と対応する。**○八重葎**　「むぐら」は蔓性の雑草。「やへむぐらしげれるやどにふくかぜをむかしの人のくるかとぞ思ふ」（沓冠・65）。**○空ゆく雲のはたてもなく**　「はたて」は端の方、果て。「夕ぐれは雲のはたてに物ぞ思ふあまつそらなる人をこふとて」（古今集・恋一・四八四・読人不知・題不知）。**○見しも聞きしもなくなりゆけば**　見知った人も話に聞いた人も亡くなってゆくので。「すぐすぐと見しもききしもなくなるにいつならんとぞわれもかなしき」（古今六帖・第四・二四九二・かなしび）。「人はみなみしもききしもよの中にあるは有とかとなきはなしとか」（98・みなみ）。**○流れて**

つきぬ事　次々と浮かんで尽きない思い。和歌の着想となる。「おもふこと滝にあらなんながれてもつきせぬものとやすくたのまむ」（貫之集・一九二・延長四年九月法皇の御六十賀、京極のみやす所のつかうまつり給ふ時の御屏風のうた十一首／滝の水）。○**水茎の跡**　筆の跡。筆跡。文字。「水」は直前の「流れて」と縁語。○**数ならぬ心ひとつに**　物の数にも入らないつまらない自分の心の中だけで。『注解』は「数ならぬ」「一つ」の対比と、それによる矛盾の趣向を指摘する。「数ならぬ心」（55）。「心ひとつに」（88）。○**慰むとも**　慰むとも（思って）。述語「思ふ」を補って解した。『注解』は天理本によって「なぐさめんと」に校訂する。○**百箇の歌**　直接的には本百首を指す。ここでは漠然と数の多いことをいう。「箇《ち》」は数詞に添えて用いる接尾辞。○**詠みつけ**　いつも詠み。「つく」はある動作を習慣とする意。○**あまたのことをいひつらねて**　数多くの言葉を歌に作り並べることをいう。先の「百箇」で数をいい、ここでは歌の内容をいう。○**敷島や三輪の社のふもとなる**　「敷島や」は一般に「やまと」に付く枕詞。同音の「山」にも係る。また、大和の地名にも係る。「敷島」は崇神天皇・欽明天皇の宮のあった磯城郡（現在の桜井市）を指す。「三輪の社」は奈良県桜井市の大神神社。『注解』は「三輪の社」に付く例は好忠以前に見出せないことを指摘する。○**すきずきしくもなりけれど**　「（三輪の社のふもとなる）杉」から「好き好きし」を導く。「すきずきし」は風流に強く心を寄せる状態。「好き」の高じた様子。源順と恵慶はこれを承けて、「網の目すきたりとも言はば言へ」（順百首・序）、「春の田のすくもすかぬも」（恵慶百首・序）と表現した。三輪と杉については、「わがいほはみわの山もとこひしくはとぶらひきませすぎたてるかど」（古今集・雑下・九八二・読人不知・題不知）がある。○**松の木の千年を経るも、つひにこれ朽ちぬるをや**　千年を経た松の木でも、結局は朽ちてしまう。松は寿命の長いものの代表的な例。「松樹《しょうしう》千年《せんねん》終《つひに》是《これ》朽《くちぬ》　槿花《きんくわ》一日《いちじつ》自《おのづから》為栄《えいをなす》」（白氏文集・巻十五・放言五首幷序［五］、和漢朗詠集・二九一・槿・白）による。「をや」は詠嘆。○**朝顔のかた時に枯れぬれど、開くるほども栄えとするをや**　朝顔は前項の松と対比され、寿命の短いものの例。片時で枯れてしまうが、その開いている短い時間を栄華とし、花を咲かせる。前項の詩句による。他をうらやまず己の分に安んずべきことをいう句。

《第四段落》○**雲に鳴く鶴も……むせび**　「鶴」は大宮人のたとえ。鶴の声が悲しいという歌は、『万葉集』に、「……春霞

島回に立ちて　鶴がねの　悲しく鳴けば　遙々に　家を思ひ出　負ひ征矢の　そよと鳴るまで　嘆きつるかも」（巻二十・四三九八・四四二二）、「海原に霞たなびき鶴が音の悲しき宵は国へし思ほゆ」（同・四三九九・四四二三）がある。○**はふ虫も**　底本「ふんしも」。「は」を補って「はふ虫も」とした。天理本・冷泉家本には「みそにはふむしも」とある。鳥は飛ぶもの、虫は這うものとして、前項の「鶴」と対比される、つまらない存在の自分。「……倭文纏の　胡床に立たし　鹿猪待つと　我がいませば　さ猪待つと　我が立たせば　手腓に　虻かきつきつ　その虻を　蜻蛉はや嚙ひ　昆虫（はふむし）も　大君にまつらふ……」（日本書紀・巻十四　雄略天皇・七五）では、「はふ虫」までも大君に付き従うことを詠んでいる。○**心のゆくへはへだてなし**　心の向かっていく先は違いがない。『注解』は「飛ぶ鳥の心は空にあくがれて行方も知らぬものをこそ思へ」（沓冠・75）に対応するかという。○**難波なるあしきもよきも同じ事**　（心の向かう先が同じなら、極言すれば）身分が悪いことも良いことも、すなわち貴賤があっても差はなく同じことだ、という。「あし」は「葦」と「悪し」の掛詞。「難波なる」は「あし」を導く。「人しれずものおもふ時は難波なる蘆のそらねもせられやはする」（貫之集・五五二）。○**すくもすかぬもことならず**　風流を好もうと好むまいと、つまり歌を詠もうと詠むまいと違いはない。天理本・冷泉家本に従って補った。○**名をよしただとつけてけれど**　好忠という名に「良し」と付けてしまったけれど。『注解』は〈毎月集〉の長歌に同様の記述があることを指摘する。丹羽博之「『好忠百首』と『漢詩百首』」は、百首という形式、己が名前にこだわるなどの点で、『白氏文集』からの着想の摂取を想定する（解説《一》参照）。○**いづこぞわが身、人に異なるとぞや**　自分のどこが、人と異なって「よい」ところがあろうか。源順が「なにはを見れど、人に優ることとなし、とあることのみぞ違へる」（順百首・序）としているのは、「難波なる……」からこの箇所までを承けたものとみられる。

【考察】　初期百首の嚆矢と位置付けられている〈好忠百首〉を導く序文である。内容を要約すると次のようになろう。

三十歳を過ぎるまで、四季の風物にふれながら無為に年月を過ごしてきた。宮仕えをしたいが伝手がなくて叶わない。こうして嘆きながら過ごす我が身ははかないものよ。この世は無常なものなので、浮かんで尽きることのない思いを、自分の心の慰めにと、数多くの言葉を連ねて百首歌に詠んだ。風流好みなことだけれど、松と朝顔の喩えのように、己の分際はこういうものだ。鶴も虫も心の行方は同じと思えば、身分の上下も、風流を好む好まないも違いはない。名を「良しただ」という私だが、人と違う良いところがどこにもない。——こんなつまらぬ私の作った百首歌ですが、いがかでしょうか。

この前半で読み取れるのは作者の不遇感であるが、後半はそのような心の慰めに百首歌を詠んだことを記す。まず、第三段落までの表現から含意を汲み取ってみる。

「……月日をのみも過ぐすかな」とあるのは、時を無為に過ごしているような表現である。しかし、「春は……」以下、四季折々のこと、月日の推移など、和歌の主題に取り組み、詠作に励んだことを思わせる。第二段落から第三段落にかけても、我が身の不遇、はかない人生、無常観などが読み取れるが、これらも歌に詠まれる内容である。この序文の中に、本百首のいくつかの歌と照応する表現があることは［語釈］で示したとおりであるが、このような記述とあわせて、百首に詠んだ内容をゆるやかに予告するという意図もあろう。

「百箇の歌を」という部分が、まさに本百首を指している。詠作の動機は、無常の世にあっても尽きせぬ思いを歌にして心の慰めにしようというのであった。

しかし、この百首の詠作は、松の木と朝顔の花の喩えを引き合いにし、自己の生き方を意識させるものであった。ここに引用された詩には、天から与えられたもので生きよという意味がある。官人としての栄達は与えられない。しかし、自分には別に与えられたもの、すなわち「流れて尽きぬ」歌があった。「すきずきしくもなりけれど」と断りはつくが、歌詠みとしての自分自身を意識している。

最終節「雲に鳴く鶴も……」以下も、右の、天の賦与に安んじるという文脈で理解すべきであろう。与えられたもので生きてゆくということでは、だれもかれも同じということになる。大宮人もつまらぬ自分も、このように心の行方は隔てがないと思うことにすると、身分の良し悪しも、風流を好むも好まざるも同じであるという。そして、「良し」と名に付く自分だが、どこも良くはないのだと結ぶ。言外には、「このように良いところのない自分ですが、百首歌を詠んでみました」という謙遜を示すのであろう。

しかし、このように謙遜しては見せても、内心は歌詠みとしての自負があり、それを読み取るべきである。全体的に対句表現や和歌的表現をちりばめた作りになっていたことは、すでに述べたとおりであった。

金子英世「天徳四年内裏歌合と初期百首の成立」は、内裏歌合に触発された好忠が、晴れの場に参加し活躍したいという願望と不遇意識を百首歌に結実させ、自らの才能と不遇感の理解者である順のもとへ送ったと想像している。

また、白楽天に倣ったと思われる百首歌を詠作し、その序の中で詩句を引用するなど、好忠は、彼の生き方に共鳴しているようである。白楽天は文才によって栄達のきっかけをつかんだ。好忠には、自分も同じように作品で認められたいという強いあこがれがあったのであろう（解説《一》参照）。

実際には出世などまず期待できない身分の好忠ではあったが、歌人としてならば表舞台に出られることもあろうかと思い、それをきっかけにして少しでもよい官途を望むというのはありえよう。とすると、「あはれ、たづきありせば」と伝手のないことを嘆いていた好忠であったが、この百首歌によって源順を含む知友たちに「たづき」を求めようとした。この序文はそのように読むべきであろう。

1

春《はる》十

昨日《きのふ》まで冬ごもれりし暗部《くらぶ》山今日《けふ》は春《はる》へと峰《みね》もさやけみ（三六九）

【校異】○**はる十**―春十（書）はる（冷）○**きのふ**―昨日（冷）○**冬**―ふゆ（書・冷）○**くらふ山**―くらふやま（承・天）○**けふは**―けさは（書）○**はるへと**―、ルヘト（承）

【通釈】春歌十首

昨日まで冬ごもりしていた、その名のように暗い暗部山は、立春の今日はうってかわって春のころだよというように山頂もはっきりと明るくなって。

【語釈】 **○春十**　「春歌十首」の意。ただし、諸本によって歌数が異なる。資経本・承空本では以下の十二首があるが、冷泉家本・天理本では「いづくとも」（2）の歌がなく十一首、書陵部本では「くまごとに」（3）と「しらましや」（6）の歌がなく十首である。各歌の注釈および解説《二》参照。**○冬ごもれりし**　冬ごもりをしていた。冬ごもりの状態であった。冬で動植物が活動を停止していたことをいう。**○暗部山**　その名のとおり「暗い」山であることをいう。『順集』所載歌合の「くらぶ山麓の野べのをみなへし露の下よりうつしつるかな」（一三三・わけのありただ）の歌の判詞に「このをみなへしの歌は、ありただの朝臣のさが野をうちすぎて、くらぶ山までもとめあるきけんもあぢきなし、……」とあり、実際の所在は嵯峨野の周辺かとみられる。**○今日は春へと**　今日はもう春のころであると（いうように）。「春へ」は春のころ。春先。『万葉集』に「波流敝」（巻十四・三五〇四・三五二五）、「春敝」（巻二十・四四八八・四五一二）とある。**○峰もさやけみ**　山頂がはっきりと明るくなっていることをいう。「も」によって山頂のほか山体すべても明るいことを思わせる。「さやけみ」は第四句「今日は春へと」を承ける。いわゆるミ語法と同様の形をしているが、原因・理由とは解しがたい。ここは「さやけし」を動詞型の連用形相当にしたものか。「さやけく」のように形容詞の連用形を用いるのとは異なり、明るくなってゆくさまを動的に捉えて表現しようとしたものであろう。

【別出】　なし

【考察】　昨日とはうってかわって明るくなった暗部山の様子を描くことで、暗い冬の終わりと春の到来を詠んだ歌である。昨日と今日、冬と春、暗かった山と明るくなった峰を対比する趣向となっている。

『和歌大系』『注解』は、『古今集』仮名序にある「難波津に咲くやこの花ふゆごもり今は春へと咲くやこの花」を踏まえると指摘する。第四句の表現や、第二句「冬ごもれりし」の発想はここから得ているのであろう。

「冬ごもれりし」という表現は『万葉集』に淵源がある。西本願寺本に「冬隠」の訓として「フユコモリ」が見え、「冬《ふゆ》隠《こもり》　春さく花を手折りもて千への限りも恋ひわたるかも」（巻十・一八九一・一八九五）など三例がある。これは「春」に付く枕詞であって当該歌のように動詞ではないが、「冬隠」という表記から「冬ごもる」という動詞の用法を生じるのは自然であろう。平安時代になると、「春霞くものはやしによりこねばくさきもさらに冬ごもりけり」（寛平御集・一）、「雪ふれば冬ごもりせる草も木も春にしられぬ花ぞさきける」（古今集・冬・三二三・貫之）など、動詞の例が見えるようになる。当該歌の表現もこれらに連なるものであろう。

当該歌と初句二句を同じくする歌として、「きのふまで冬ごもれりしみ吉野の霞はけふやたちてそふらん」（順集・一六六・大納言源朝臣、大饗のところにたつべき四尺屏風調ぜしむるうた、元日）がある。大納言源高明が順に依頼した屏風歌であるが、〈好忠百首〉よりも先立つものとみられる（解説《一》参照）。好忠はこれを踏まえたのであろう。

〈順百首〉にも、共通の句を持つ例として、「昨日までふゆごもれりしがまふのにわらびのとくもおひにけるかな」（天理本好忠集・五六八・ひのと）がある。この歌は書陵部本には校合書き入れがあるものの、本行本文は同じである。一方、資経本では「冬ごもりせし」という本文であるが、いずれにせよ当該歌の影響下にある表現であろう。

また、〈恵慶百首〉には、初句を同じくし発想の類似する例、「昨日までさえし山みづぬるければうぐひすのねぞしたまたれける」（恵慶集・春・二〇八）がある。昨日まで冷たかった水がぬるいというのであるが、当該歌や〈順百首〉の歌からの影響を認めてよいであろう。

「暗部山」の「暗し」という名にちなんで詠まれた歌は、「梅花にほふ春へはくらぶ山やみにこゆれどしるくぞ有りける」（古今集・春上・三九・貫之）、「秋の夜の月のひかりしあかければくらぶの山もこえぬべらなり」（同・秋上・一九五・元方）などが見出せる。好忠自身にも「くらぶ山あきの月よにみればあかしみねにもみぢやてりまさるらん」（好忠集・毎月集・二六五・九月中）がある。

「春へ」は『万葉集』にある語で、「ひばり上がる春へとさやになりぬれば都も見えず霞たなびく」（巻二十・四四三四・四四五八・家持）など、十一例を数える。当該歌の踏まえた「難波津」の歌も、こうした万葉語を用いた歌の一つであろう。

また、〈順百首〉には「やまがはのうすらびわけてささなみのたつはるへの風にやあるらむ」（好忠集・春十・四八五）という歌があり、百首の春部冒頭で用いていている。当該歌と照応させたと思われるが、万葉語であることは承知していたであろう。

下句「今日は春へと峰もさやけみ」について、結句はいわゆるミ語法の形をしているが原因・理由には解せない。また、ミ語法ならば「峰を」とあるのが自然である。先の「難波津」の歌では、第四句「いまは春へと」は、結句の「咲くや」に係っている。当該歌も同様の構造で、第四句が「さやけみ」に係るとみる。［語釈］で述べた、「さやけみ」を動詞型の連用形相当とみて解釈する点には、いささか問題が残るが、たとえば、「惜し」に対して「惜しみ」のような派生形はある。類推によって臨時に作り出した形式とみることは許されよう。

先行注釈では『大系』のみが結句を原因・理由とみて、「立春の今朝から春だと告げている」「峰もはっきり澄みわたっているので」と注する。すなわち「春へと」の後に述語を補い、四句末で切るという解釈である。だが、先述のように「さやけみ」が第四句を承けると解するのが自然であろう。その他の先行注釈は、下句の切れ続きや「さやけみ」の語法については言及しないものの、「春だと告げているかのように峰もはっきりと見える」（全釈）、「峰もはっきりと見える」（和歌大系）、「春になったといわんばかりに、峰もはっきりと（明るくなって）見えるよ」（注解）としている。

なお、当該歌の発想について、『注解』は「立春の景を陽光の明るい山嶺に求める発想は和歌には見られず、漢詩文の世界に近接するものといえよう」と指摘し、『白氏文集』などの例を挙げる。『和歌大系』にも同様の指摘がある。

2

いづくともわかず霞《かす》める東野《あづまの》の《ゝ》お《を》く穂《ほ》の苫《とま》も春《はる》めき□ぬらし（ナシ）

【校異】 ○コノ歌ナシ（天・冷） ○いつくとも—いつことん《も》（書） ○はるめ□ぬらし—ハルメキヌラシ（承） はるめきにけり《ぬらし》（書）

【通釈】　どことも限ることなく一面に霞んでいる東野の、その奥にある刈り取った稲穂を置いていた苫屋も、すっかり春めいたことだろう。

【語釈】　○東野　東国の野原。一般には逢坂の関より東方が想起されるが、『万葉集』の東歌では遠江国・信濃国以東を指す。当該歌もはるか東方をイメージしての詠か。　○置く穂の苫　昨年の秋に収穫した稲穂を置くための苫屋の意。「東野の置く穂の苫」で、「東屋」（田舎風の粗末な家）を想起させる。「置く」は「奥」との掛詞。　○春めきぬらし　「春めく」は、春らしい気候となるの意。「らし」は根拠のある推測を表す。ここでは、東野が霞んでいることにより、その奥の方も春らしくなっただろうと推測した。

【別出】　なし

【考察】　春は東から来る。したがって、都よりも先に東野に春が来る。その東野に、霞が一面に立ちこめていることにより、その奥の方の春の到来を推測した歌である。

　収穫した稲穂を置いていた苫屋とは、「秋の田のかりほのいほのとまをあらみわが衣手はつゆにぬれつつ」（後撰集・秋中・三〇二・天智天皇・題不知）を踏まえたものであろう。秋には露が置いて冷え冷えとしていた苫屋も春らしくなっただろうと詠んでいるのである。

「おく穂」について、『大系』『全釈』『注解』は、「あづま野のをがやかりしきさぬる夜に月ふけゆけば都しぞ思ふ」（新続古今集・羇旅・九六一・法印定為・文保百首歌たてまつりけるに）をもとに、「をかや（小萱）」の誤写の可能性を指摘する。だが、「小萱」は『久安百首』あたりからしか用例がなく、あえて本文を改訂する必要はないであろう。

　所を分かつことなく一面に広がる春らしさは、物名歌合の歌ではあるが、「春立てばいづ事《くと》もなしのはなりぬわかなつむべくなりぞしにける」（近江御息所歌合・八・なしの花）という野原の様子や、「いづこともわかずはるさめふりやまふきのはなべてももえにけるかな」（宇多院歌合・一四・款冬花）の春雨によって詠まれた例がある。また、『後撰集』（春上・一九）に採られた「いづこともはるのひかりはわかなくにまだみよしののやまはゆきふる」（躬恒集・四二七）は、一面に照り注ぐ春の陽光に、帝の分け隔てのない恵みを重ねる。当該歌は、春の到来を一面の霞で知るのである。

「あづまの（東野）」という語は、あまり歌には詠まれない。その中で注目すべきは、「東野（あづまの）の煙の立てる所見てかへり見すれば月傾きぬ」（万葉集・巻一・四八・人麿）であろう。これは西本願寺本の訓であるが、賀茂真淵『万葉考』により提唱された現行の訓「ひんがしの」とは大きく異なる。好忠の時代には、「ひんがしの」ではなく「あづまのの」で享受されていたと想定される。好忠が、万葉歌からこの語を採った可能性は高いであろう。なお、平安中期の例としては、「あづまのにまかせしこまのけふはいでていろにあをばとよにひかるらん」（賀茂保憲女集・三二）、「あづまののあづまやにすむもののふやわがなをかやにかりわたるらむ」（平中物語・第二十八段・一〇二・かの名借れる男）が挙げられる。

「春めく」という語について、『注解』は、「初期定数歌周辺の流行表現」であり、その流行の契機には、「ふるさとは春めきにけりみよし野のみかきのはらをかすみこめたり」（内裏歌合天徳四年・二・兼盛・霞）があると考えられることを指摘している。

なお、当該歌は、天理本・冷泉家本にはない。

3

隈《くま》ごとに今《いま》は春《はる》へと霞《かす》みゆく峰《みね》の蕨《わらび》も萌《ゝ》えぬらむやぞ（三七〇）

【校異】○コノ歌ナシ（書）　○いまははるへと――いまはゝるへと（承・冷）　○かすみゆく――かすみ行（天・冷）

【通釈】ひとつひとつの（山肌の）くぼみの陰も、今はもう春だとばかりに霞んでいく。峰の蕨もすっかり芽が出ているだろうなあ。

【語釈】○隈　原義は、陰になり暗くなっている所。ここでは、山肌のくぼんで陰になっている暗い所をいう。○春へ春先。春の頃。1番参照。　○**蕨も萌えぬらむやぞ**　「蕨」「萌え」に「火」「燃え」を響かせる。「やぞ」は詠嘆。好忠の歌に複数の用例が見られる。本百首32番・103番にも。詳しくは、蔵中スミ「『曾丹集』の享受―富士谷成章の場合―」参照。

【別出】　なし

【考察】　山肌には、日に当たる明るい所と、窪んで陰になる暗い所がある。冬の間は日差しも弱く、暗く陰になっていた所ひとつひとつに、今は、白く明るく霞が立ってゆく。そこに春の到来を認識し、山間部にも蕨が芽吹いたことを推測した歌である。『全釈』は、「岩そそく垂水の上のさわらびの萌え出づる春になりにけるかも」（万葉集・巻八・一四一八・一四二二・志貴皇子の懽びの御歌一首）の歌を連想させると指摘するが、当該歌の春に萌え出る峰の蕨は、この万葉歌を踏まえて発想されたものであろう。また、「今は春へ」という表現や「峰」の様子に着目した点は、本百首1番歌に共通するものがある。

　万葉歌が参考にされたとおぼしき点は、語彙にも認められる。「隈ごとに」の類例として、「八十隈ごとに」という表現が、『万葉集』に三例見出される。「……この道の　八十隈ごとに　万度　かへり見すれど……」という例は二度にわたって見られ（巻二・一三一、巻二・一三八）、残りの一例は、「……道の隈　八十隈ごとに　嘆きつつ　我が過ぎ行けば……」（巻十三・三二四〇・三二五四）である。当該歌がここから着想を得た可能性はあろう。好忠は他にも、「た《くイ》まごとにここらさやけきあきの月をぐらの山のかげはいかにぞ」（好忠集・毎月集・二三〇・八月中）という歌を詠んでいる。傍書ではあるが、書陵部本では本行が「くまことに」であり、一例に加えてよいであろう。なお、「くま」という語は、「おもふてふ人の心のくまごとにたちかくれつつ見るよしもがな」（古今集・雑体・一〇三八・読人不知・題不知）という歌のように、平安期には比喩的に用いられるようになるが、この点においても、当該歌は万葉歌の詠みぶりに近い。

　また、「今は春へ」という表現は、言うまでもなく、「なにはづにさくやこの花ふゆごもりいまははるへとさくやこのはな」（古今集・仮名序）に依拠しているが、万葉歌にも、「うち上る佐保の川原の青柳は今は春へとなりにけるかも」（巻八・一四三三・一四三七・坂上郎女）があることを指摘しておきたい。これもまた、平安中期の歌人から見れば、古風な印象をもつ表現だったであろう。〈好忠百首〉の後、好忠は〈毎月集〉においても、「すまのあまもいまははるへとしりぬらしいづくともなくなべてかすめり」（好忠集・一四・正月中）、「あらをだのこぞのふるあとのふるよもぎいまははるへとひこばえにけり」（好忠集・五一・二月中）という二首の歌を詠んでいる。

「峰の蕨」を詠んだ歌は、当該歌がごく初期の例であろう。他例として、「ふゆやまのみねのわらびはもえねどもふるしらゆきのきえやすきかな」（千穎集・四一・冬十首）、「あきやまにつまこふしかのこゑよりもみねのわらびはもえぞまされる」（宰相中将君達春秋歌合・四九・春）、「君がをる峰のわらびと見ましかば知られやせまし春のしるしも」（源氏物語・椎本・六四九・大君）などが挙げられる。

「やぞ」の例には、「ことさらにみにこそきつれさくらばなみちゆきぶりとおもふらむやぞ」（躬恒集・七五）、「花のいろのこきをみすとてこきたるをおろかに人はおもふらんやぞ」（伊勢集・四六五）、「はかなくておなじ心になりにしを思ふがごとは思ふらんやぞ」（後撰集・恋一・五九四・中務）などがあるほか、本百首にも他に二例（32・103）が見出される。

本百首2番歌と3番歌は、眼前の霞から他所の春の到来を推測する点や、『万葉集』に依拠した発想や表現が見られる点において、類似性がある。

なお、当該歌は、書陵部本にはない。

4

巻向《まきもく》の穴師《あなし》の檜原《ひばら》春来《はるき》ては花《はな》か雪《ゆき》かと見《み》ゆる木綿四手《ゆふしで》（三七一）

【校異】○集付ナシ—勅（書）○まきもくの—まきもくの《か》（冷）○はるき《な》て《へくれ》は—ハルキテ《クレ》ハ　ハルナレハィ〈行末書入〉（承）はるたては（天・冷）はるな《く》れ《ヒ》は（書）○ゆふして《もイ》—ユフシテ《モ》（承）ゆふし《ヒ》も《て》（書）ゆふして（天・冷）

【通釈】　巻向の穴師の檜原に春が来た今は、白梅の花が咲いたか、あるいは降った雪が積もったかと、真っ白に見える木綿四手よ。

【語釈】　**○巻向の穴師の檜原**　「巻向」「穴師」は、いずれも奈良県桜井市の地名。巻向山に発する巻向川（痛足川《あなし》）が、三輪山の北を流れる。「檜原」は、檜が茂っている原の意。檜は常緑で、御神木にも用いる。三輪山・巻向山・初瀬山一帯には、檜が繁茂していたらしい。**○春来ては**　春が来た今は。「ては」は、ある状況が生じる前提となる事情を示す。ここでは、春が来たことで、下句の情景が生まれることを指す。**○木綿四手**　注連縄などに付けて垂らす、木綿（樹皮の繊維を裂いて作った糸）で作った幣の一種。神前に捧げる。白いものに見立てられる。40番にも。

【別出】『新勅撰和歌集』巻第一、春歌上、二〇番

（題しらず）　（曾禰好忠）

まきもくのあなしのひばらはるくればはなかゆきかと見ゆるゆふしで

『歌枕名寄』巻第九、大和国四、雑篇、巻向、痛足、二七一一番

花　雪　木綿四手　好忠

まきもくのあなしのひばら春くれば花か雪かとみゆるゆふしで

【考察】『全釈』は、『和歌色葉』の「ゆふしでとは、かの山に穴師の明神とて神のやしろのおはすれば、ゆふなんどのしろくてみゆるが花にまがふ心也」という記述を指摘する。「穴師神社」は、『延喜式』巻九（神祇九・神名上）に「穴師坐兵主神社《あなしにますひやうす》」として見える大和五社の一つである。とすれば、巻向の穴師の檜原を背景として、穴師神社への春の奉幣を花（白梅）や雪に見立てたと解せよう。

「巻向の穴師の檜原」の例は、当該歌の他には管見に入らない。ただし、「巻向の」「穴師」ならば、『万葉集』に、「痛足川川波立ちぬ巻向の弓月が岳に雲立たるらし」（巻七・一〇八七・一〇九一・雲を詠む）、「巻向の痛足の川ゆ行く水の絶ゆる

ことなくまたかへり見む」（巻七・一一〇〇・一一〇四・河を詠む）、「巻向の痛足の山に雲居つつ雨は降れども濡れつつそ来る」（巻十二・三一二六・三一四〇）という歌が見える。これらの歌には神社との関わりは見出せないが、『古今集』の「まきもくのあなしの山の山人と人も見るがに山かづらせよ」（神遊歌・一〇七六・採物歌）は、神楽歌である。

また、「巻向の」「檜原」も、同じく『万葉集』に、「鳴る神の音にのみ聞く巻向の檜原の山を今日見つるかも」（巻七・一〇九二・一〇九六）、「巻向の檜原に立てる春霞くいし思ひはなづみけめやも」（巻十・一八一三・一八一七）、「巻向の檜原もいまだ雲居ねば小松が末に沫雪ぞ降る」（巻十・二三一四・二三一八）というように、用例が見出せる。とくに右の二首目の歌は、『万葉集』巻十、春雑歌の巻頭から二首目にあたり、この地と春との結び付きを読み取ることができる。同様の例は、平安期に入っても、「まきもくのひばらの霞たちかへりみれども花のおどろかれつつ」（寛平御時后宮歌合・二七・左）という歌に見られ、当該歌もこの系譜に連なる。〈好忠百首〉を承けて詠まれた〈順百首〉にも、「まきもくのひばらうくこそおもほゆれはるをすぐせる心ならひに」（好忠集・沓冠・五三八）という例がある。なお、当該歌において、天理本・冷泉家本が、第三句を「はるたては」とするのは、この万葉歌の「巻向の檜原に立てる春霞」に引かれたか。ちなみに、「はるくれは」という異文を示す傍書をもつ伝本が多いが、『新勅撰集』の集付のある書陵部本の傍書は、『新勅撰集』との校合の結果であると考えられる。

「花か雪か」という表現は、用例が稀少である。平安期においては、当該歌のほか、「ふりまがふはなかゆきかとたどるまにわが夜のいたくふけにけるかな」（仲文集・三一・東三条院にて、粟田大将、仲春花如雪といふだいをよませ給ひけるに、中ふん）、「春山のあらしの風にあさまだきちりてまがふははなかゆきかも」（平中物語・第七段・三二・男）を見出すに過ぎない。

「木綿四手」は白く、「卯花の色みえまがふゆふしでてけふこそ神をいのるべらなれ」（貫之集・四三九・神まつる）では卯の花と、また「みづがきにふる初雪を白妙のゆふしでかくとおもひけるかな」（増基集・四二・十月、かもにこもりて、あかつきがたに）では雪との間で、見間違えることを歌に詠まれる。一般に、花を雪にたとえたり、逆に雪を花にたとえたりする歌は多いが、当該歌では、常緑の檜原の中、白く見えるものがあるという色彩のコントラストを背景に、その白いものは、花でもなく雪でもなく、実は「木綿四手」であったという、その土地にちなんだひとつの発見を詠んだものであろう。
なお、当該歌は、前掲の『和歌色葉』のほか、『和歌童蒙抄』『奥義抄』『色葉和難集』といった歌論書に取り上げられている。

5

山里《やまざと》の梅《むめ》のそのふ《えら》に春立《はるた》てば木伝《こづた》ひ散《ち》らす鶯《うぐひす》の声《こゑ》（三七二）

【校異】○やまさと—山さと（冷）○そえら《へのふ》—ソエラ《ノフ》（承）そのふ（書・天）そのえ（冷）○はるたては—はる日すら（書）○こつたひちらす—コッタ□チラス（承）こつたひくらす（書・天・冷）○こゑ—聲（天）

【通釈】山里にある梅の庭に、立春になると、枝を伝って花を散らす鶯の声がするよ。

【語釈】○そのふ　底本「そえら」。書陵部本・天理本によって校訂した。植物を栽培する庭。「御園生《みそのふ》」の例が『万葉集』に見える。○春立てば　立春になってからは。立春以降。立春の日をとくに指すのではない。「はなの木も今はほりうゑじ春たてばうつろふ色に人ならひけり」（古今集・春下・九二・素性・寛平御時きさいの宮の歌合のうた）。

【別出】『夫木和歌抄』巻第二十二、雑部四、園、一〇一七八番

むめのその

三百六十首中　好忠

山ざとのむめのそのふにはるたてばこづたひくらすうぐひすのこゑ

【考察】立春を迎えてからは、人里よりも春の到来が遅い山間の家の庭でも、梅の花が咲き、花を散らす鶯が鳴くという、春の風景を詠んだ歌である。「うぐひすのこゑなかりせばゆききえぬやまざといかではるをしらまし」（麗景殿女御歌合・

七・中務・鶯）という歌からも知られるように、鶯は山里にも遅い春を告げる。

「山里」の「梅」を詠んだ歌には、「山里にすむかひ有るは梅花見つつ鶯きくにぞ有りける」（貫之集・一四一・延喜二年五月中宮の御屏風の和歌廿六首／二月むめの花みる所）、「しるひともなきやま里の梅の花にほふ日よりぞきてもたづぬる」（元真集・三八・屏風ゑに／山里に梅さけるいへに、をとこまらうどむまよりおりてたてり）のほか、好忠と同時代の歌人にも、「鶯のなきわたらずは山ざとのいつの梅とかしるべかりける」（元輔集・一四二・屏風の歌、うめにうぐひすなく）、「やまざとのむめをわすれぬこころにて春におくれずたづねつるかな」（兼澄集・一二五・屏風のゑに、むめの花おほくさきたる山ざとにまらうとのきて、すのこにゐて人と物がたりするかたかきて侍りし所に）といった例が見える。いずれも屏風歌であり、図柄として定着していたことがわかる。好忠は〈毎月集〉にも、「山ざとの梅のこはらにはるばかりいほりてをらん花もみがてら」（好忠集・三二・正月をはり）と詠んでいる。

「梅」の「そのふ」の例は、それほど多くない。『注解』は、『千載佳句』（早春・二八・金立之）を挙げ、園の梅が漢詩文に多いことを指摘するが、より直接的には、「後れ居て長恋せずはみ園生の梅の花にもならましものを」（万葉集・巻五・八六四・八六八・諸人の梅花の歌に和へ奉る一首）、「み園生の百木の梅の散る花し天に飛び上がり雪と降りけむ」（万葉集・巻十七・三九〇六・三九二八・大伴書持）といった万葉歌の影響が指摘できよう。

ちなみに、平安期における「そのふ」の例は、「為君《キミガタメ》　根刺将求祇《ネザシモトムト》　雪深杵《ユキフカキ》　竹之園生緒《タケノソノフヲ》　別迷鉋《ワケマドフカナ》」（新撰万葉集・上・一九一）、「うりつくるそのふもしらず人しれずおつるなみだやそほつなるらん」（小大君集・八五・又の日、つかさめしに、するがのかみになりて、よろこび申しにまゐりて、そでよりおとしおきたりしは、いとこそ）などが挙げられるが、いずれも梅ではない。冷泉家本の「そのえ」によれば、『注解』が「参考」として指摘する「わがやどのむめのそのえに風ふけばにほひはよそになりやしぬらん」（古今六帖・第六・四一四九・むめ）という梅の枝を詠んだ歌がある。

「木伝ひ散らす」という表現は、鶯を詠むのが一般的である。『万葉集』では、「いつしかもこの夜の明けむうぐひすの木伝ひ散らす梅の花見む」（万葉集・巻十・一八七三・一八七七・花を詠む）、「袖垂れていざ我が園にうぐひすの木伝ひ散らす梅の花見に」（万葉集・巻十九・四二七七・四三〇一・藤原永手）のように梅の花である。これに対し、平安期には、「百千鳥こづたひちらす桜花いづれの春かきつつみざらむ」（貫之集・五七・延喜十五年九月廿二日右大将御六十賀清和の七宮御息所のつかうまつりたまひけるとき屏風料歌四首春）、「うぐひすのこづたひちらす桜花こや春の日のおそきなりけり」（海人手古良集・八九・春の花に鶯むつる）、「さくらばなこづたひちらすうぐひすのうつし心もわがおもはなくに」（古今六帖・第六・四二一一・さくら）というように桜の花と組み合わせられる傾向がある。当該歌は、前述の「梅」「そのふ」に加え、「木伝ひ散らす」「鶯」という語の組み合わせにより、きわめて万葉風であるといえよう。

なお、書陵部本・天理本・冷泉家本では、第四句が「木伝ひ暮らす」になっている。用例は稀少で、「あかでこそ木づたひくらす花の枝にねぐらもしめよ窓のうぐひす」（霊元法皇御集・九〇九・十首延宝九年歳旦／夕鶯）という後世の一例の他は、管見に入らない。

当該歌は『夫木抄』に載る。「三百六十首中」とあり、〈好忠百首〉ではなく、いわゆる〈毎月集〉の歌という認識を示している点に注意しておきたい。

6

知《し》らましや明《あ》けにけりとも春《はる》の夜《よ》に寝屋《ねや》の妻戸《つまど》に朝日《あさひ》ささ《ゝ》ずは（三七三）

【校異】○コノ歌ナシ（書）○とも—とん（冷）○はるのよに《を》—春のよに（天）はるの夜に（冷）○あさひ—あさ日（天・冷）○さゝす—サラス（承）

【通釈】夜が明けたとも知るだろうか、いや、知らないだろう。春の夜に妻と共寝をしている寝屋の妻戸に、もし朝日が射し込まなければ。

【語釈】○**明けにけり**「明く」は、「夜が明ける」の意。「明け」は「開け」を重ね、「妻戸」の縁語。○**春の夜**　春は夜が短い。○寝屋　寝室。「寝（屋）」に「（春の夜に）寝」を重ねる。○妻戸　寝殿造りで、殿舎の側面に設けられた出入り口となる両開きの扉。「妻」を掛ける。○ささず　「さす」は、「朝日が射す」の意。「鎖す」を重ね、「妻戸」の縁語。承空本「サラス」の「ラ」は、字形の類似による「ゝ」（踊り字）の誤写であろう。

【別出】　なし

【考察】　春の夜は短く、妻戸から朝日が射さなければ明けたことにも気づかない。『注解』は「ほどもなくあくといふなるはるのよをゆめも物うくみえぬなるらん」（斎宮女御集・八）を引く。

当該歌は、初句・第二句が倒置になっている。「……ましや」が初句にくる例は、好忠と同時代の歌人、大中臣能宣の「たえましやながらのはしのわれならば水のこころはあさくみゆとも」（能宣集・二四）がある。

「妻戸」の勅撰集初出は、「たたくとてやどのつまどをあけたれば人もこずゑのくひななりけり」（拾遺集・恋三・八二二・読人不知・題不知）である。このように「たたく」「くひな」との組合せで詠まれることが多い。当該歌のように「朝日」がさす状況を詠むのは、きわめて珍しい。

「寝屋の妻戸」の例も稀少で、「あやめ草かりにもくらんものゆゑにねやのつまとや人のみつらん」（後葉集・雑一・四四八・和泉式部・しのびたるをとこのいかがおもひけん、五月五日朝に、あけてのちけふあらはれぬるなむうれしきといひたりければ、かへりごとに）のほか、江戸期の一例がある程度であるが、この和泉式部の歌は、「妻戸」に「妻」を掛ける点で、当該歌との共通性が指摘できる。

「朝日」は、『万葉集』では詠まれるが、勅撰集初出は『拾遺集』を待たねばならない。『万葉集』には、「朝日さす」という表現もあり、「冬過ぎて春は来ぬらし朝日さす春日の山に霞たなびく」（万葉集・巻十・一八四四・一八四八）という春の到来を詠んだ歌がある。平安期には、「朝日さすかたの山風いまだにもてのうらさむみこほりとかなん」（貫之集・八五五）、「あさひさすみねのしらゆきむらぎえてはるのかすみはたなびきにけり」（麗景殿女御歌合・一・兼盛・霞）が見出せるが、いずれも室内に漏れて射し込む朝日とは一線を画す。なお、好忠には〈毎月集〉に、「あさ日さすけさのゆきげにみづまさり身をうきはしのゆくへしらなみ」（好忠集・二三・正月をはり）の詠があり、やはり春という季節との結びつきがうかがえる。

なお、当該歌は書陵部本にはない。

7

わぎもこが今朝《けさ》の朝寝《あさひ》にひかされてせなさへあまりたゆき《□》名《な》も立《た》つ（三七四）

【校異】○あさひ―あさい（書・冷）○ひかされて《レテツ》―ひかれてそ（書）ひかされて（天・冷）○あまり《はるは》―。《はるは》〈補入〉（書）あまり（天・冷）○たゆ□なもたつ―タユキナモタツ（承）たゆき名もたつ（書）かひたゆきかな（天・冷）

【通釈】妻の今朝の朝寝坊につられて、夫の私までもがひどくだらしないという評判も立つことだ。

【語釈】○わぎもこ　男性が妻や恋人を親しんでいう語。44番にも。○朝寝　朝遅くまで寝ていること。底本の表記「あさひ」によれば「朝日」と読めるが、歌の内容から「朝寝《あさい》」とみる。前の6番歌の結句に「あさひ」とあり、また「い」と「ひ」は字形が似ているため誤読した可能性が考えられる。○ひかされて　「ひかさる」は引かれる。引きつけられる。○せな　夫。ここでは「わぎもこ」の夫である歌の詠者自身をいう。○あまり　副詞。ひどく。むやみに。○たゆき名も立つ　「たゆし」は心の動きが鈍い状態。ぼんやりしている。だらしない。

【別出】なし

【考察】妻につられて朝寝坊をした夫が、自分までたいそうな汚名が立つことを詠んだ歌とみる。寝坊をするのは春の短夜にもよるのであろう。6番歌との内容の連続性が指摘できる。

「朝寝」は、『万葉集』に「ほととぎすけさのあさけに鳴きつるは君聞くらむかあさいかぬらむ」（万葉集・巻十・一九四九・一九五四）という例があり、また平安期には、「竹ちかくよどこねはせじ鶯のなく声きけばあさいせられず」（後撰集・春中・四八・伊衡・ねやのまへに竹のある所にやどり侍りて）が見出されるが、用例は多くない。ちなみに本文が「今朝の朝日」ならば、「つみふかくこりゐるつゆはうちはるるけさのあさひにきえやしぬらん」（高遠集・三八一）という例がある。

第三句「ひかされて」の同時代の例としては、「谷ふかくしづむたとひにひかされて老いぬる松は人も手ふれず」（元輔集・一二五・としごろつかさえ給はらで、子日しに人のゐていでて侍りしに）、「ことのねにあやなくこよひひかされて月みてあかすなげきをやせむ」（実方集・三〇八・大将殿の、月あかきよ、御ことひきてあそび給ふほどに）などがある。これらの例では、「引く」が掛詞や縁語といった表現技巧として用いられている。その点において当該歌はこれらの例と一線を画し、むしろ、「さりともとおもふこころのひかされていままでよにもふるわが身かな」（西宮左大臣集・三・小野の中君に、いとひさしくきこえ給はで）といった例に近い。

なお、天理本と冷泉家本は、結句を「かひたゆきかな」とする。共寝の体感をそのまま表現したものであろう。その例としては、「くやしくもかへりにけるか唐衣かひたゆきまでかへすかひなし」（清慎公集・六六・おはしけるを、かへし給ひければ）がある。

8

かりがねぞ霞《かすみ》を分《わ》けて帰《かへ》るなる来《こ》む秋《あき》までのわが身いかにぞ（三七五）

【校異】　○**こんあきまでの**――こむ秋までに（書）こむあきまでの（承・天）　○**わか身いかにそ**――我身いかにそ（書）
　○**いかにそ**――いかにせん（天・冷）

【通釈】　雁が霞をかき分けて（北へ）帰っていくようだ。雁が戻ってくる秋までのわが身は、どうなっているだろうか。

【語釈】○帰るなる　「なる」は推定の助動詞。雁の姿は見えないが、その鳴き声から帰っていくと推定した。○来む秋　雁が日本に戻って来る意と、来秋の意とを掛ける。○いかにぞ　どうなっているのか。生死に関わる心許なさを表わす。

【別出】なし

【考察】諸注釈が指摘するように、好忠には雁にわが身を寄せた歌が他にもあり、本百首64番歌では、列から離れて飛ぶ雁に自身を重ねている。当該歌は、雁に置いていかれる孤独感と、来秋まで生きていられるかどうかという心細さを詠んだのであろう。なお、物名歌ではあるが、「かりがねにおもひかけつつしのばなんあまつそらなるわが身なりとも」（宇多院歌合・一五・定文・躑躅花）は、「雁」と「我が身」とを詠んだ先行例である。

雁が「霞」を「分け」るという表現は、「春の日に霞わけつつとぶ雁の見えみみえずみ雲がくれ行く」（寛平御時后宮歌合・六・右）、「ふるさとにかすみとびわけゆくかりはたびのそらにやはるをすぐらむ」（亭子院歌合・一九・躬恒・左持）、「春霞とびわけいぬるこゑききてかりきぬなりとほかはいふらん」（貫之集・五〇三・同〈天慶〉五年亭子院御屏風のれうにうた廿一首）など、歌合や屏風歌にも見られ、表現の型として定着していたことがわかる。

「来む秋」の先行例としては、「ゆきめぐりいまこむあきをこひそへてこよひばかりはあひやしなまし」（躬恒集・一二三・八日のうた）があり、また後の例には、「ねぬるよのなにともなくてあけぬればいまこむ秋のけふを待つかな」（嘉言集・四〇・七月七日、たなばたのこころを）などがある。七夕の例が目立つが、帰雁を詠んだ歌としては、「かへるかりくもゐはるかになりぬなりまたこん秋もとほしとおもふに」（後拾遺集・春上・六八・赤染衛門・かへるかりをよめる）が見出される。あるいは、好忠の当該歌を踏まえた作か。なお、この赤染衛門の歌は、長久二年（一〇四一）『弘徽殿女御歌合』に出詠されたものだが、判詞では、「またこむ秋」という表現が若干勝っているということで、勝となっている。また、好忠の当該歌を念頭に置いて詠まれたと考えられる歌には、「さなへとる山田のぬしぞおいにけるこむ秋までのいのちいかにぞ」（小侍従集・三四・早苗）があり、下句が好忠の当該歌に酷似している。

結句を「……いかにぞ」とする例には、右の『小侍従集』の歌のほか、「ここにだにつれづれとなくほととぎすましてここひのもりはいかにぞ」（一条摂政御集・五二・のぶかたのきみうしなひたまたるに、ちじの大納言と、のちのよにはきこえし、しげみつのきみ）、「露きえし野辺の草葉もいろかへてあらぬそでなるころもいかにぞ」（斎宮女御集・一九六・女三宮、ははみやの御思ひになり給へりけるを、九月つごもりに御ぶくぬぎ給ふをききたまひて）、「まてといひし秋もなかばはすぎにけりたのめかおきしつゆはいかにぞ」（能宣集・二三六・あるひとの、いまあきになりなむに、つゆばかりものいはむとあるに、ほどすぎはべりにければ）などがある。状況を気遣う表現であるが、当該歌では、『小侍従集』の歌同様、来秋までの生死の程を懸念する表現と捉えられよう。

9

花見《はなみ》つつ《ゝ》春《はる》は野辺《のべ》にて暮《く》らしてむ霞《かすみ》に家路《いゑぢ》見《み》えずとならば（三七六）

【校異】**○はるはのへにて**―はるのやまへに（天）はるの山へに（冷）**○くらしてん**―すくしてん（書）

【通釈】桜の花を見ながら春は野原で過ごしてしまおう。霞のために家に帰る道が見えないというのであれば。

【語釈】**○花**　桜の花。**○暮らしてむ**　「暮らす」は日が暮れて暗くなるまで時を過ごす意。ここでは、一晩過ごすことも厭わない気持ちを込める。

【別出】なし

【考察】「花見にといでにしものを秋の野の霧に迷ひてけふはくらしつ」（後撰集・秋中・二七二・貫之）の、秋の「霧」を春の「霞」に換えて詠まれたのであろう。同じ『後撰集』には、「春くれば花見にと思ふ心こそのべの霞とともにたちけれ」（春下・一一二・因香・女ども花見むとてのべにいでて）という歌もあり、野辺に霞の立つ春の花見の情景が共通する。

また、「家路」を見失うという表現に着目すれば、「このさとにたびねしぬべしさくら花ちりのまがひにいへぢわすれて」（古今集・春下・七二・読人不知）がある。同様の例には、「ちるはなにいへぢまどひてこのさとにわれはよねにぞながゐしにける」（古今六帖・第六・四〇三五・花）もある。いずれも、散る花が家路を隠すのだが、当該歌は、その散る花を「霞」に換えた詠としても捉えられよう。

なお、「霞」が「家路」を隠すという表現は、好忠以前の歌にはまず見られない。かろうじて、『丹後国風土記』の天女伝説で、衣を取られ家から追い出された天女が天を仰いで詠んだ歌、「あまのはら　ふりさけみれば　かすみたち　いへぢまどひて　ゆくへしらずも」（一七）が見出される。『丹後国風土記』のこの歌が、好忠の時代、どの程度享受されていたかは定かではないが、あるいは、好忠が、赴任地である丹後国の伝承歌として聞き知っていた可能性があるか。

第三句「暮らしてむ」の用例としては、「はるはただ花と人とに暮してむいづれもたえむことのをしさに」（安法集・七七・前周防守元輔、右馬允かねずみ、きくを題にしてよむ、花の本にてめづらしき人にあへる）、「此春はいざやまざとにくらしてん花の都はをるに露けし」（続詞花集・雑中・八二七・実方・円融院かくれさせ給ひにける春、あはたにて人人歌よみ侍りけるに）、「もみぢみてやまべにけふはくらしてむあはれあそ《（ママ）》こいもとぬるとこ」（実方集・三一一・あき山をのぞむといふことを、うたのはてにそこのふたつのもじすゑて、殿上にてよめる）、「あふぎつつ夏はかくてもくらしてん秋のけしきをおもひこそやれ」（重之女集・百首・夏廿・二六）、「みなかみにはらへてけふはくらしてんゆふつけわたりいはのうへの水」（同・九七・六月）などがある。実際に野山に出ての詠とみなされる歌もあるが、百首歌作者としても知られる重之女の家集に二首存する点にも注意される。

当該歌は倒置法で、「……とならば」の仮定のもとで「……てむ」という決意を表わしている。倒置にはなっていないが、一首の構造が共通する例としては、「秋ののにいでぬとならばはなすすきはかなき空をまねきたててん」（古今六帖・第六・三七〇二・すすき）がある。また、「冬かひのつかれのこまもはなちてんをかべのこざさはえぬとならば」（好忠集・毎月集・六二・二月のをはり）は、当該歌の上句と下句の末尾が一致する。好忠は、百首歌で詠んだ歌の構造を、後の〈毎月集〉でも用いている。

10

庭《には》の面《をも》に薺《なづな》の花《はな》の散《ち》りぼへば春《はる》まで消《き》えぬ雪《ゆき》かとぞ見《み》る（三七七）

【校異】○をもに―おもに（承・書・天・冷）　○ちりほへ《フ》は《ヲ》―ちりほ《か》《ヒ》ふを（書）　ちりほへは（天・冷）

【通釈】庭一面に薺の花が散らばるように咲いていると、春まで消えない雪かと見ることだ。

【語釈】○薺　春の七草の一つ。春に白く小さい花が咲く。○散りぼへば　「散りぼふ」は散らばる。ここでは、一面に花が咲いている状態を表わす。

【別出】『夫木和歌抄』巻第五、春部五、春雑、一七三六番

同（三百六十首中）　　　同（好忠）

庭の面になづなの花の散りおほへば春まで消えぬ雪かとぞ見る

【考察】「庭に生ふる、唐薺《からなづな》は、よき菜なり、はれ、宮人の、さぐる袋を、おのれ懸けたり」（催馬楽・庭生）と歌われるように、薺は早春に若葉を茹でて食用とする。だが、「御園生のなづなのくさもおひにけり今朝の朝菜に何をつましし」（好忠集・毎月集・八四・三月をはり）という歌からもわかるように、育ち過ぎると食べられない。当該歌が、卑近な食用の植物に着目したのも斬新であるが、晩春になり、花が咲いて食用にならなくなってしまった薺について、その花の白さに着目し、雪かと思って見るという、『古今集』以来の伝統的な見立てを用いている。

薺は野原や道端などで自生する植物である。当該歌のように庭に生えているという情景からは、「粗末な民家の庭のような場所」（注解）が想定される。さらに、「いまはとて人の（ママ）かれはてあさぢふにさればなづなのはなぞさきける」（古今六帖・第四・二一二七・ないがしろ）、「あさぢふのとこのよどものあれしより我もなづなのなにとかはみる」（清正集・七四）などのように、「あさぢふ」とともに詠まれていることから推すと、荒れはてた庭の象徴である浅茅生に、薺を組み合わせたものと考えられる。

そもそも薺の和歌における用例は、『万葉集』にはなく、勅撰集では『拾遺集』の「雪をうすみかきねにつめるからなづ

ななづさはまくのほしききみかな」（雑春・一〇二一・長能・女のもとになづなの花につけてつかはしける）が初出である。この歌では、薺は同音反復の序詞として機能している。好忠の当該歌は、薺の花そのものを詠むことに終始しており、その点で拾遺集歌とは一線を画す。

ちなみに漢詩では、樹木を遠くから眺めて薺に例える表現が確立しており、源順の「天台山の高巌を見れば、四十五尺の波白し。長安城の遠樹を望めば、百千万茎の薺青し」（和漢朗詠集・下・六二六・眺望）という作もある。

「消えぬ雪」という表現は、『京極御息所歌合』の「ちりまがふかすがのやまのさくらばなひかりにきえぬゆきと見えつつ」（三七）、「やまざくらゆきにまがひてちりくれどきえぬばかりぞしるしなりける」（三九）、「きえぬをぞはなとしるべきこきまぜてみゆきのみふるやまのさくらは」（六〇）という三首の歌に見える。当該歌は、これらの歌から、山桜を薺に置き換えて詠むという発想を得たのであろう。『全釈』が指摘するように、薺を雪に見立てるのは好忠が嚆矢と思われる。

なお、諸注釈は、地面に散った花を雪と見立てたと解釈するが、薺の花は小さく、それが点々と散ったさまを残雪とみなすのはいささか無理があるように思われる。むしろ、群生して咲いている有様を春雪と見たと考えるべきであろう。

「散りぼふ」の平安期の和歌の例は極めて少なく、当該歌の他には、「はこねやまふたごのやまも秋ふかみあけくれかぜにこのはちりぼふ」（天理本好忠集・二六八・九月をはり）、「むらさきの御かりはゆゆしましろなるくちのはがひに雪ちりぼひて」（散木奇歌集・六一〇・野行幸）を見出すにとどまる。ただし、本百首序文では、天理本の本文において、「あらたまのとしのみそぢにあまるまで、はるはちりぼふはなをしみかね、秋はおつるこのはに心をたぐへ」とあり、また、平安期の散文作品にも、「みちのくに紙の畳紙のほそやかなるが、花か紅か、すこしにほひたるも、几帳のもとに散りぼひたり」（枕草子・七月ばかり、いみじう暑ければ）といった例が見える。基本的には散文語か。

なお、書陵部本は「ちりかふ」（散り交ふ）とするが、その本文では、「さくら花ちりかひくもれおいらくのこむといふなる道まがふがに」（古今集・賀・三四九・業平）という歌からも知られるように、花が散る様子を空間的に捉えた表現になろう。しかし、当該歌では、初句に「庭の面に」とあり、花が散らばる様子は平面的に認識されている。したがって、当該歌では、「ちりぼふ」という本文が妥当であろう。ちなみに、『夫木抄』は「散りおほふ」という本文を採っており、花が散って庭を覆うという意に解している。

11

立《た》ちながら花見暮《はなみく》らすも同《をな》じことをりて帰らむ野辺《のべ》の早蕨《さわらび》　（三七八）

【校異】○をなしこと—おなしこと（承・天・冷）おなしありそ（書）　○をりて—おりて（承・天）　○かへらん—かへらむ（書）

【通釈】立ったまま桜の花を一日中見て過ごすのも、何ら変わりはないことだ。（ならば）座って折って帰ろう、野原の早蕨を。

【語釈】**○立ちながら**　立ったまま。**○花見暮らす**　一日中花を見て過ごす。「暮らす」は、動詞の連用形に付いて、その行為を一日中し続ける意を表す。**○同じこと**　同一のこと。状況・状態に変わりがないこと。ここでは、初句二句の「立ちながら花見暮らす」ことと「同じ」とみなされる事柄が下句に詠まれる。**○をりて**　「をり」に「居り」と「折り」を掛ける。**○早蕨**　芽を出したばかりの蕨。食用にする。

【別出】なし

【考察】「立ちながら花見暮らす」ことと「同じこと」とは何を指すのか、従来の注釈書では、「桜の枝を折って花見をする」（全釈）、「早蕨を折らないで帰る」（和歌大系）、「座ってわらびでも折り取りながら花見をした」（注解）というように、解釈が分かれている。

本書では、以下のような歌であるとみる。上句で、「立ちながら花見暮らす」のと「同じこと」なのはどういうことなのかと疑問を抱かせ、第四句「をりて帰らむ」で、素性の「見てのみや人にかたらむさくら花てごとにをりていへづとにせむ」（古今集・春上・五五）を連想させて、花の枝を折ろうということかと推測させながら、結句で、折ろうとしているのは早蕨だという、意外性をもって帰着させるのである。

「蕨を折る」という行為は、「わらびをるやたのひろのにうちむれてをりくらしつつかへるさと人」（好忠集・毎月集・六五・くれの春、三月はじめ）、「又屏風ゑに、わらびをるおんな、かたみひきさげなどして」（重之集・一三七詞書）などの歌や詞書にも見出される。

当該歌は、「立ち」と「居り」、「花」と「早蕨」、「暮らす」と「帰らむ」という対を作りながら、それらを腰句「同じこと」でつなぐという構造である。「立ち」と「居り」とは、日常の動作として対比をなすが、和歌の例としても、『万葉集』に、「……立てれども　居れども　ともに戯れ……」（巻五・九〇四・九〇九）という、我が子をかわいがるさまを詠んだ一節に見出せる。また、風雅な「花」と食用の「早蕨」との対比は、当該歌の眼目であろう。さらに、「暮らす」に対して「帰らむ」というのは、長居せず早々に立ち去ろう、という意志を含む。

第三句に「同じこと」という句を置く例は、「君がむた行かましものを同じこと後れて居れど良きこともなし」（万葉集・巻十五・三七七三・三七九五）、「ささがにのそらにすがくもおなじことまたきやどにもいくよかはふる」（遍昭集・一四・ゆふぐれにくものいとはかなげにすがくをみはべりて、つねよりもあはれにはべりしかば）、「世中のなりゆくさまもおなじことといづらはそこらたちしかすみは」（好忠集・毎月集・一〇二・四月のはじめ）などが挙げられる。いずれも第三句をはさんだ前後の内容は同じであり、変わるところはない、と詠んでいる。当該歌も、同様の構造をもつ歌とみなして解すべきであろう。

茨《むばら》こき手《て》に取《と》り矯《た》めて春《はる》の野《の》の《を》藤《ふぢ》のわかそ《そかく》を折《お》りて束《つか》ねむ（三七九）

【校異】○**むはら**—んはら（冷）○**てにとり**オ—てにとり（天・冷）とりおり（書）○**のゝを**—のゝの（天・書）の

のゝ（冷）○**ふちの**―藤の（書）○**そかく**《ワカソ》―ソ《ワ》カク《ソ》（承）わかそ（書）わかは（天）我そ（冷）○**おりて**―をりて（書）ゝりて（天・冷）

【通釈】小さい茨の木をしごき、手に取り伸ばして、春の野原に生える藤の若い蔓《つる》を折って束ねよう。

【語釈】○**茨こき**　「茨小木《こき》」は小さい茨の木。とげのある低木である。「小木」に「扱《こ》き」を掛ける。「扱く」は、しごいてとげを取る意か。○**取り矯めて**　「矯む」は、ここでは曲がっている茨をまっすぐに伸ばす意。○**春の野の**　底本の「はるのゝを」を他本により改める。○**藤のわかそ**　藤の若い蔓をいうか（［考察］参照）。○**束ねむ**　「束ぬ」は、束ねる、一つにまとめて括るの意。

【別出】『夫木和歌抄』巻第五、春部五、春野、一七〇五番

　むばらこき手に取りためて春の野のふぢのわかそを折りてつがなん
　　家集　　好忠

【考察】「茨小木」は、和歌では他例を見ないものの、「茨小木の下にこそ、いたちが笛吹き猿かなで、かいかなで、稲子磨めで拍子つく、さてきりぎりすは、鉦鼓の鉦鼓のよき上手」（梁塵秘抄）といった後の歌謡には例が見える。また、「茨」ならば、『万葉集』に、「からたちの茨刈り除け倉建てむ屎遠くまれ櫛造る刀自」（巻十六・三八三二・忌部首、数種の物を詠む歌一首）、「道の辺の茨の末に延ほ豆のからまる君をはかれか行かむ」（巻二十・四三五二・四三七六・右の一首、天羽郡の上丁丈部鳥）という二首があり、『伊勢物語』にも「むばら、からたちにかかりて、家に来てうちふせり」（第六十三段）と見える。好忠自身も後に、「なつかしくてにはとらねど山がつのかきねのうばらはなさきにけり」（好忠集・毎月集・一二一・四月をはり）と詠んでいる。茨は、好忠の当時としても、身近な場所に生える木であったのだろう。当該歌は、春部の末尾に位置しており、茨の小木を刈り取り、枝を整えて、藤の蔓で束ねるという、晩春の作業の様子を詠んだものと考えられる。

第四句「藤のわかそ」の「わかそ」は、底本では「そかく」を見せ消ちにして「ワカソ」と傍書する。天理本は「わかは」（若葉）であり、また、「わかえ（若枝）」（注解）と解する注釈書もあるなど、本文異同が生じている。だが、後の用例ではあるが、「藤のわかそ」は、「しばかこふふぢのわかそにとりそへてはなのしなひをねるやたれぞも」（現存和歌六帖・六四八・知家・ふぢ）という例があることから、ここでは「わかそ」の本文を採った。そうすると、「わかそ」は「若麻」か。この「麻（そ）」は、薪などを束ねるために木の枝をねじって縄の代用とする「練麻（ねりそ）」の「そ」と同じ語素とみたい。藤は、『古今集』でも晩春から初夏にかけての景物であり、晩春のまだ若い蔓を指すとみることは可能であろう。

13

夏

春霞《はるかすみ》立《た》ちしは昨日《きのふ》いつのまに今日《けふ》は山辺《やまべ》の末黒《すぐろ》刈《か》るらむ（三八〇）

【校異】○夏―夏十（書・天）　○けふ―けさ（書）今日（冷）　○やまへ―□マへ（承）山へ（書・冷）　○すくろ―ス、ロ（承）すくろ《ナ》（冷）　○かるらむ―かるらん（承・書・天）

【通釈】夏歌

春霞が立ったのは、昨日のことだと思っていたら、いつの間にか（夏になって）、今日は（春に野焼きした）山辺のすぐろを刈り取っていることであろう。

【語釈】○夏　夏歌の意。春・秋・冬・恋の各部には底本に「十」とある。　○春霞立ちしは昨日　春霞が立つことは、春の到来を象徴する景物の一つ。それが昨日の出来事であるように思われるという、時間の経過の早さに対する認識をいう。

○今日　立夏の今日。第二句「昨日」と対。書陵部本「けさ」は、一日のうちの時間帯を限定した表現。　○すぐろ　春先の野焼きで草木の先が黒く焦げている状態や、そうした草木をいう。『全釈』『注解』が指摘するように、当該歌が初出とみられる。万葉語（［考察］参照）。冷泉家本の傍書「ナ」は、「すゝな」（菘）と判読したことによるものであろう。

【別出】『夫木和歌抄』巻第七、夏部一、首夏、二三一八番

家集、夏歌中　好忠

春がすみたちしはきのふいつのまにけふはやまべのすぐろかるらん

【考察】当該歌は、初句と第二句を、まず「袖ひちてむすびし水のこほれるを春立つけふの風やとくらむ」（古今集・春上・二・貫之・はるたちける日よめる）の第四句により、さらに、「きのふこそさなへとりしかいつのまにいなばそよぎて秋風の吹く」（古今集・秋上・一七二・読人不知）の上句を踏まえて、第二句・第三句を形成しながら、『万葉集』から取り入れた詠歌素材「すぐろ」を詠み込んで、季節を夏に転換した歌であろう。

「昨日」と「今日」の組み合わせは、「玉ゆらに昨日の夕見しものを今日の朝は恋ふべきものか」（万葉集・巻十一・二三九一・二三九五）、「昨日見て今日こそあひだ我妹子がここだく継ぎて見まく欲りかも」（同・巻十一・二五五九・二五六四）、「昨日といひけふとくらしてあすかがは流れてはやき月日なりけり」（古今集・冬・三四一・列樹）、「世中はなにかつねなるあすかがはきのふのふちぞけふはせになる」（同・雑上・九三三・読人不知）、「きくの花今日をまつとてきのふおきしつゆさへきえずえのさかりなり」（躬恒集・一六）などと詠まれ、本百首1番歌にも用いられている。

なお、書陵部本本文では、「けさ」と「昨日」との組み合わせということになるが、その例も、「はるきてはきのふばかりをあさみどりなべてけさこくのはなりにけり」（宇多院歌合・一九・貫之・石解花）、「昨日見し花のかほとてけさみればねてこそさらに色まさりけれ」（後撰集・春下・一二八・定方）などが見出される。

「春霞立ちしは昨日」という表現は、『注解』が指摘するように、後に、「花ざくらちりしはきのふあをやぎのはやまにけふはうぐひすぞなく」（長能集・一三六）というように取り込まれた。「ふぢごろも着しはきのふと思ふまにけふはみそぎの瀬にかはる世を」（源氏物語・少女・三二三・朝顔前斎院）もまた、同様の例として挙げることができよう。

第三句に「いつのまに」を置いて、時の移り変わりの早さを詠んだ歌には、「きのふこそゆきてみぬほどいつのまにうつろひぬらんのべの秋はぎ」（順集・二二一・あめつちのうた・秋）、「きのふてひけふひくらしていつのまにこてふにたる月をみるかな」（和泉式部続集・五八〇）、「昨日こそ秋はくれしかいつのまにいはまの水のうすごほるらん」（千載集・冬・三八七・公実）などがあり、『古今集』以来の表現の型であることがわかる。

「末黒」という語は、『万葉集』の「春山の　開乃乎為黒尓　春菜採む　妹が白紐　見らくしよしも」（巻八・一四二一・一四二五・尾張連歌二首）の第二句に見える「為黒」の訓に由来すると考えられる。『校本万葉集』では、神宮文庫本と京都大学本の代赭色の書き入れ、および広瀬本（定家本）は「すくろ」と訓読している。好忠と同時代の用例は見当たらないが、後世には、「あはづののすぐろのすすきつのぐめばふゆたちなづむこまぞいばゆる」（後拾遺集・春上・四五・静円・はるごまをよめる）、「小笠原すぐろにやくる下草になづまずあるる鶴ぶちの駒」（堀河百首・一八三・仲実・春駒）、「草葉にはまだ雪きえずあはづののすぐろのすすきなのみなりけり」（月詣集・六七九・勝命法師）、「むさし野のすぐろが中の下蕨まだうらわかし紫の塵」（長方集・二二）などの歌がある。いずれも春の景物である。歌語「すぐろ」は、『色葉和難抄』では前掲万葉歌を、『綺語抄』『和歌童蒙抄』では『後拾遺集』四五番歌を引用して解説されている。一方、前掲万葉歌について、『袖中抄』は「春山の関の乎為黒《ヲスグロ》に」、『八雲御抄』巻第三でも「さきのをすぐろ《開之乎為黒》」とし、「をすぐろ」という語を提示する。その例には、「春山のさきのをすぐろかき分けてつめるわかなに淡雪ぞふる」（堀河百首・七五・基俊・若菜）がある。この基俊歌は、前掲万葉歌の上句を踏まえた詠である。『堀河百首』に「すぐろ」「をすぐろ」両様の例が見えることから、院政期におけるこれらの語の享受のあり方がわかる。

14

花《はな》散《ち》りし庭《には》の木《こ》の葉《は》も茂《しげ》りあひて天照《あまて》る月の影《かげ》ぞまれなる（三八一）

【校異】○コノ歌ナシ（冷）○集付ナシ―新古（書）○このは―この葉（書）

【通釈】　花が散った庭の木の葉も、（夏になり）一面に繁って、空に照る月の光が庭に降り注ぐのは僅かであることだ。

【語釈】　**○花散りし**　「花」は春を象徴する景物の一つ。これが散ったことで、春が過ぎ去ったことをいう。**○庭の木の葉も茂りあひて**　夏になり、木の葉が繁茂することをいう。「夢よりもはかなき世の中を、嘆きわびつつ明かし暮らすほどに、四月十余日にもなりぬれば、木の下くらがりもてゆく」（和泉式部日記）。**○天照る月の影ぞまれなる**　「天照る月」は、空に照り輝く月。『万葉集』由来の語。繁茂した木の葉によって月の光が遮られ、庭に降り注ぎにくい状態をいう。『和歌大系』『注解』は、漢詩との表現の類似性を指摘する（［考察］参照）。

【別出】『新古今和歌集』巻第三、夏歌、一八六番

　　題しらず　　　　曾禰好忠

花ちりし庭の木葉もしげりあひてあまてる月の影ぞまれなる

『定家八代抄』巻第三、夏歌、二〇三番

　　　　　　　　　　曾禰好忠

同(新)　花散りし庭の木葉も茂りあひて天照る月のかげぞまれなる

【考察】　庭の樹木は、春には花を咲かせていたが、すでに花も散り、夏になって、月光を遮るほどに葉が繁茂している。その情景を、『和歌大系』が指摘する「にほひつつちりにし花ぞおもほゆる夏は緑の葉のみしげれば」（後撰集・夏・一六五・読人不知）を踏まえて、『注解』が引用する「このまよりもりくる月の影見れば心づくしの秋はきにけり」（古今集・秋上・一八四・読人不知・題不知）の発想を加え、『万葉集』由来の語「天照る月」を用いて詠んだ歌であろう。

『和歌大系』『注解』が指摘する「空礙二風枝一難レ転レ影　深籠二煙葉一未レ舒レ光」（類聚句題抄・文如正・樹滋月過遅）とも共通する情景であるが、むしろ、「妹が目の見まく欲しけく夕闇の木の葉隠れる月待つがごと」（万葉集・巻十一・二六六六・

二六七四）の直接的な影響関係を認めるべきかもしれない。なお、当該歌の影響歌として、「花ちりしにはのこのはもしげりあひてうゑしかきねも見こそわかれね」（源氏物語古注釈書引用和歌・六三九・紫明抄・花散里）が挙げられよう。

花が散ったことによって春から夏への季節の推移を詠んだ歌としては、「幾之間丹《イツノマニ》　花散丹兼《ハナチリニケム》　求谷《ウチハヘテ》　有勢者夏之《アリセバナツノ》　蔭丹世申緒《カゲニセマシヲ》」（新撰万葉集・三一九）があり、好忠の〈毎月集〉でも、「はなちりしはるのあらしををしみをきてなつのひよりにふかせてしかな」（好忠集・一四九・五月はて）という歌がある。以降も「花ちりてしげきこずゑの程もなくうらみどきにもいかがなるべき」（清少納言集・一四・はるかへりて、きのかれたるにつけて）、「やどりするみやまのさとははなちりてこずゑばかりは夏めきにけり」（重家集・二三九）のように詠まれている。

「茂りあふ」という語は、「おほあらきのもりのした草しげりあひて深くも夏のなりにけるかな」（拾遺集・夏・一三六・忠岑・右大将定国四十賀に、内より屛風てうじてたまひけるに）、「しげりあひて乱るる荻のうはばすらなびくはなつもみなつきぬらん」（海人手子良集・夏・一九）、「をぐら山しかのかよひぢみえぬまでいまはしたくさしげりあひぬらん」（恵慶集・百首・夏・二二一）、「夏はみないづこともなくあし引の山べも野べもしげりあひつつ」（古今六帖・第一・一〇六・みな月）のように、夏になり草が繁茂する情景を詠む場合が多い。好忠も〈毎月集〉で「むめつ河　はるのくれにし　あしたより　庭のこかげは　ひまなく　もりのしたくさ　しげければ　つゆもぬるばみ　をきわたり……」（好忠集・九三・四月上）、「見るままにには の草木はしげれどもこと《いま》はかりにもせなはきまさず」（同・九六・四月のはじめ）と詠んでいる。また、木の葉の繁りを詠む例歌としては、「神がきのみむろの山のさかきばは神のみまへにしげりあひにけり」（古今集・神遊歌・一〇七四・とりもののうた）をはじめ、「あさづまのみねのこのかげしげり合ひてさかえゆくよをみるがたのしき」（兼盛集・一一五・大嘗会歌）、「庭の面は月もらぬまで成りにけり梢になつのかげしげりつつ」（有吉保本匡房集・三一・庭樹結葉）がある。匡房歌は当該歌の影響歌であろう。

「天照る月」という語句は、夙に『万葉集』に「ひさかたの天照る月は神代にか出で反るらむ年は経につつ」（巻七・一〇八〇・一〇八四）、「ひさかたの天照る月の隠れなば何になそへて妹を偲はむ」（巻十一・二四六三・二四六七・人麻呂歌集、拾遺集・恋三・七八九・人麿）、「ひさかたの天照る月は見つれども我が思ふ妹に逢はぬころかも」（巻十五・三六五〇・三六七二）のように詠まれた。『万葉集』由来の語であり、平安期にも「ひさかたのあまてる月のにごりなくきみがみよをばともにとぞ思ふ」（是貞親王家歌合・九）、「秋のよのあまてる月の光にはおく白露を玉とこそ見れ」（寛平御時后宮歌合・九八）、「かげさへやこよひはにほふきくのはなあまてるつきにかのそはるらん」（内裏菊合・七・是則）のように、月光の清らかさが主として詠まれたが、受容は限られた範囲に留まったようである。『古今六帖』にも「久かたのあまてる月を鏡にて恋しき人のかげをだにみん」（第一・三三八・ざふのつき）、「ひさかたのあまてる月のくもまにもきみをわすれてわがおもはなくに」（第五・二八八三・わすれず）、「ひさかたのあまてる月をあみにしてわが大君はかさにつくれり」（第五・三四五四・かさ）の三首が収載されている。

木の間から月の光が見えたり、漏れ落ちたりすることを詠む発想・類型の例歌としては、「木のまよりかげのみ見ゆる月くさのうつし心はそめてしものを」（新撰和歌・二五四）、「秋の夜の月の影こそこのまよりおちば衣と身にうつりけれ」（後撰集・秋中・三一八・読人不知）があり、いずれも下句の詠者の心情を導き出す序詞として機能している。

15

夏衣《なつごろも》き時《どき》になれどわが宿《やど》に山ほとと《ゝ》ぎすまだぞ声《こゑ》せぬ（三八二）

【校異】○なつころも―夏ころも（冷）　○わかやどに―わかやとの《に》（冷）　○山ほとゝきす―やまほとゝきす（天）

【通釈】夏衣を着るべき時節になり、山にいる時鳥がやって来るべき時節になっても、私の家では、まだ山から下りてきた時鳥の鳴き声がしないことだ。

【語釈】○**夏衣き時**　夏衣に衣更えするべき時節。四月一日に夏の衣更えをする慣習は、和歌に多く詠まれる。勅撰集においては、『後撰集』から夏部の巻頭歌に位置付けられた。また、「き時」は、夏衣の「着時」と「山ほととぎす」の「来時」

との掛詞。「着る」「来る」のにふさわしい時、「着る」「来る」べき時の意。○山ほととぎす　山にいる時鳥。夏になると山から下りてきて、人里でも鳴く。

【別出】　なし

【考察】　四月になり衣更えの時期なのに、時鳥はまだ山から下りて来ず、自分の庭でも声がしないという初夏の情景を詠んだ歌である。「夏衣しばしなたちそ時鳥鳴くともいまだ聞えざりけり」（貫之集・七八・延喜十七年八月宣旨によりて）を踏まえた詠であろう。また、「夏草はしげりにけれどほととぎすなどわがやどにひとこゑもせぬ」（仁和御集・七）は、第三句以下の表現に共通性が見出される。

「夏衣」は、右の『貫之集』七八番歌のほか、「かけてのみみつつぞしのぶなつごろもうすむらさきにさけるふぢなみ」（躬恒集・四四一）、「夏ごろもうたしめやまのほととぎす鳴く声しげく成りまさるなり」（古今六帖・第二・八六四・山）のように、「裁ち／立ち」「薄（し）／薄（紫）」「打た（しめ）／うた（しめ山）」など、掛詞を下接することが多い。当該歌の「夏衣き時」という表現も、この類型を踏まえたものであろう。

なお、「夏衣き時」の例歌は、『注解』が指摘する「なつごろもうたしめやまのほととぎすいまはきどきにたちかへりなけ」（家持集・七六）があるのみである。当該歌との前後関係はにわかに決しがたいが、この歌は、前掲古今六帖歌と上句が一致しており、きわめて類型的である。

初句「夏衣」「着る」という表現は、「今日よりは夏の衣に成りぬれどきるひとさへはかはらざりけり」（後撰集・夏・一四七・読人不知）、「いとどしくあつくこそなれ夏ごろもきるひとからやすずしかるらん」（相如集・五一）、「こひしくはかたみにもみんなつ衣きてみるほどのこころなぐさめ」（高遠集・一五四）、「夏ごろもきていくかにかなりぬらんのこれるはなはけふもちりつつ」（道済集・六八）など、好忠の時代には散見される。

また、「夏衣」と「ほととぎす」の組み合わせは、「夏衣たちてし日より時鳥とくきかんとぞ待ちわたりつる」（貫之集・五二七・同じ年〈天慶五年〉四月のないしの屛風のうた十二首）、「けふよりはなつのころもになるなへにひもさしあへずほととぎすなく」（好忠集・順百首・沓冠・五四〇）、「なつごろもたちかへてけるけふよりは山ほととぎすひとへにぞまつ」（二条太皇太后宮大弐集・三三・四月一日）などがあり、夏の到来を実感する風物として定着している。

このように時鳥は、暦の上での夏、四月になるとその鳴く声を待望される鳥である。夙に『万葉集』には、「常人も起きつつ聞くぞほととぎすこの暁に来鳴く初声」（巻十九・四一七一・四一九五・家持・二十四日は立夏四月の節に応る。これに因りて二十三日の暮に、忽ちに霍公鳥の暁に喧く声を思ひて作る歌二首）という例がある。また、『古今集』にも、「五月こばなきもふりなむ郭公まだしきほどのこゑをきかばや」（古今集・夏・一三八・伊勢）というように、五月になる前に初々しい声を聞きたいという歌が見える。他にも、「みやまいでてまづはつこゑはほととぎすよぶかくまたむわがやどになけ」（亭子院歌合・四一・雅固・夏四月）、「われにまづなきてきかせよほととぎすまだ世になれぬこころのひと声」（元真集・一二六・四月一日、人のもとに時鳥待つ）などの例が見受けられる。いずれも「初声」や「まだしきほどのこゑ」「まだ世になれぬこころのひと声」など、時鳥が本格的に鳴く前の忍び音を詠んでいる。〈順百首〉の「ほととぎすうひたつ山をさとしらばこのまはゆきてきくべきものを」（好忠集・夏十・四九五）も、夏部の第二首に配されており、四月の忍び音を詠んだとみられよう。

なお、『和泉式部日記』には、四月三十日に受け取った歌への翌日（五月一日）の返歌として、「しのびねはくるしきものを時鳥こだかきこゑをけふよりはきけ」（和泉式部日記・一五・敦道親王）という歌が載る。時鳥は、四月には「しのびね」、五月になると「小高き声」で鳴くという捉え方が端的に表れている例である。

16 蟬《せみ》の羽《は》のうすら衣《ごろも》になりゆくになどうちとけぬ山ほととぎす（三八三）

【校異】○なりゆくに《ニシヲ》—なりにしを（書）なりゆくに（天）なり行に（冷）○山ほとゝきす《ほとゝきすそも》—ほとゝきすそも（書）

やまほとゝきす（天）山ほとゝきす（冷）

【通釈】蟬の羽根のように薄い単衣になってゆくのに、どうして心を開いて鳴き声を聞かせてくれないのか、山時鳥は。

【語釈】○**蟬の羽のうすら衣**　蟬の羽根のように薄い単衣の夏衣。「うすら」は、名詞の上に付いて、そのものの厚みが薄そうに見える意を添える。「うすら衣」は万葉語に基づいた好忠の造語であろう（［考察］参照）。○**など**　疑問の意を表す副詞。どうして。○**うちとけぬ**　時鳥が心を許して鳴かないことをいう。五月になり本格的に鳴くはずなのに、忍び音を漏らすに留まる時鳥に対する不満を表す。15番「山ほととぎすまだぞ声せぬ」が意識されていよう。「衣」の縁語。女性が心を開かず、馴れ親しむ仲になれない男性の恋の恨みを響かせているか。

【別出】『夫木和歌抄』巻第三十三、雑部十五、衣、一五五四五番

うすら衣

三百六十首中　　好忠

せみの羽のうすら衣に成行くになどうちとけぬ山ほととぎす

【考察】当該歌は、『注解』が指摘する「なくこゑはまだきかねどもせみのはのうすきころもをたちぞきてける」（内裏歌合天徳四年・二二・能宣・十一番首夏）と、「氷だにとまらぬ春の谷風になどうちとけぬ鶯のこゑ」（順集・一八五・天徳四年内裏歌合のうた、うぐひす）の下句が踏まえられている。

「蟬のは」は、先の能宣歌に先立って、『古今集』に、「蟬のはのよるの衣はうすけれどうつりがこくもにほひぬるかな」（雑上・八七六・友則・方たがへに人の家にまかれりける時に、あるじのきぬをきせたりけるをあしたにかへすとてよみける）、「蟬の羽のひとへにうすき夏衣なればよりなむ物にやはあらぬ」（雑体・一〇三五・躬恒・題不知）の二首の歌があるほか、「せみのはのうすきこころといふなれどうつくしやとぞまづはなかるる」（元良親王集・一一・おやある女に、ほどなくたえ

給ひにければ、おやいふときき給ひて)、「岩のうへにちりもなけれどせみのはの袖のみこそはたぐふべらなれ」(貫之集・七〇〇・延喜十二年十二月春立つあしたに、さだかたの左衛門督のないしのかみに賀たてまつれる時のうた)といった用例が見受けられる。

だが、「うすら衣」という語には、好忠以外の歌人の用例を未だ見出し得ない。したがって、「蟬の羽のうすら衣」という語句も同様に、好忠の歌の他には例がなく、前掲『古今集』一〇三五番歌の「蟬の羽のひとへにうすき夏衣」といった表現に基づく好忠の造語と考えられる。好忠は〈毎月集〉でも、「せみのはのうすらごろもになりにしをいもとぬるよのまどをなるかな」(好忠集・一四一・五月中)というように同じ語句を用いているが、歌語としては受容されなかったようである。

なお、「うすら衣」と同じ語構成の歌語としては、「薄ら氷《び》」がある。夙に『万葉集』に「佐保川に凍り渡れる薄ら氷の薄き心を我が思はなくに」(巻二十・四四七八・四五〇二・大原桜井真人、古今六帖・第三・一六二一・ひ)という例があり、好忠の時代も、歌に詠まれた例が散見する。また、好忠は、〈毎月集〉において、歌に詠まれるのが珍しい「うすらぐ」という語を、「かものゐるいりえのこほりうすらぎてそこのみくづもあらはれにけり」(好忠集・一二・正月はじめ)、「あさなあさなにはくさとるとせし程にいもがかきねはうすらぎにけり」(好忠集・六七・くれの春、三月はじめ)、「せみのはのうすらぎごろもかはらねばあききたりともをもはざりけり」(好忠集・一九六・はじめの秋七月)の三首に用いている。この語の由来はおそらく、「朽網山夕居る雲の 薄往者 我は恋ひむな君が目を欲り」(万葉集・巻十一・二六七四・二六八二)の第三句の西本願寺本ほかの訓に見られる「薄らがば」であろう(現代の新訓では「薄れ去なば」)。とすれば、「うすら衣」は、「薄ら氷」「薄らぐ」といった『万葉集』由来の語に基づくものであろう。

時鳥は、15番歌でも考察したように、四月から忍び音で鳴くが、本格的に鳴くのは五月である。当該歌の「などうちとけぬ」という句には、「五月になったというのになぜ心を許して鳴いてくれないのか」という含意があろう。時鳥の声を「うちとく」という語を用いて詠んだ例には、「うちとけぬこゑならねどもほととぎすしのびになくもあはれなりけり」(高遠集・三三九・月次/四月)、「さみだれにまだならねどもほととぎすうちとけてなけよはのひとこゑ」(花山院歌合・一・弾正宮上・郭公)、「かきくらしあめはさ月の心ちしてまだうちとけぬ郭公かな」(和泉式部集・五五七)などがある。

なお、「うちとけぬ」声の用例としては、他に「はるかぜかみづむすびつるふゆの日にうちとけがたきうぐひすのねか」(一条摂政御集・九二)、「鶯のねはうちとけで足引の山の雪こそしたきえにけれ」(元輔集・一九)など、鶯について詠んだ歌が見出される。

「ほととぎす」について、疑問の副詞を用いて詠む例としては、「ほととぎす思はずありき木の暗のかくなるまでになにか来鳴かぬ」(万葉集・巻八・一四八七・一四九一・家持)、「藤波の茂りは過ぎぬあしひきの山ほととぎすなどか来鳴かぬ」(同・巻十九・四二一〇・四二三四・久米広縄)、「やどりせし花橘もかれなくになどほととぎすこゑたえぬらむ」(古今集・夏・一五五・千里・寛平御時きさいの宮の歌合のうた)、「ほととぎすなどかきなかぬわがやどのはなたちばなのみになるよまで」(躬恒集・四三二)、「あやしさにねざめてきけばほととぎすなど古郷に声のきこえじ」(元真集・四八)などがある。時鳥が鳴かないことをいぶかしがる類型が一般的である。

17

草《くさ》まよふせながわかふをかきわけて入《い》るとせし間《ま》に裳裾《もすそ》濡《ぬ》らしつ（三八四）

【校異】○くさ―草（冷）○わかふ―わさた（天・冷）○いると《な》せし《する》ま―いるとせしま（天・冷）いなとするま（書）

【通釈】夏草が繁茂して乱れる、夫が若い苗を植えた所を、掻き分けて入ったと思ったら、裳の裾を濡らしてしまった。

【語釈】○草まよふ　草が繁茂して乱れる。「まよふ」は、乱れる、もつれ絡む意とみる。［考察］参照。○せながわかふ　「せな」は女性が男性を親しんでいう語。ここは夫の意であろう。「わかふ」は、「蓬生」「浅茅生」などにある語素「生

（ふ）」を有するとすれば、「若生」か。ならば芽生えてあまり時間の経たない若い苗が生えている所をいうのであろう。○**入るとせし間に**　「入る」は、ここでは「わかふ」での農作業のために、田畑に入ることをいうか。「……とせし間に」は、……しようとした間に、の意。主観的な時間の認識が短いことをいう。「とをやまだこぞにこりせずつくりをきてもるとせしまにいもはたはれぬ」（好忠集・毎月集・一八九・はじめの秋七月）。なお、書陵部本の「いなと」の「な」は、「累」を「奈」に誤読したのであろう。「せしま」「するま」の異同は意改によるものか。○**裳裾濡らしつ**　夏の繁茂した草に置く露のために、裳の裾が濡れることをいう。『万葉集』の表現に基づく（［考察］参照）。

【別出】『夫木和歌抄』巻第二十二、雑部四、田、一〇一三六番

せながわさだ　　好忠

家集

くさまよふせながわさだをかきわけているとせしまにもすそぬらしつ

【考察】「夏ぐさのなかをつゆけみかきわけてかる人なしにしげる野辺かな」（内裏歌合天徳四年・三〇・忠見・十五番　夏草）を踏まえ、夏草の繁る中、夫の田畑に入って農作業に従事しようとする妻の姿を、裳裾を濡らすという『万葉集』の表現を用いて詠んだ歌である。

「草まよふ」という句は、当該歌以外に例を見出せない。だが、類例として、「葦まよふ」が挙げられる。「あしまよふなにはのうらにひくふねのつなでながくもこひわたるかな」（亭子院歌合・五六）がごく早い例とみられ、「にごりゆく水には影の見えばこそあしまよふえをとどめても見め」（後撰集・恋六・一〇二三・読人不知・とどのふかれがたになり侍りにければ、とどめおきたるふえをつかはすとて）、「そこふかくおもふこころはあしまよふうきにもうつるかげをみしより」（相如集・四二）、「みなといりはなみさわがしみあしまよふえにこそ人を思ふべらなれ」（古今六帖・第三・一六六〇・江）などの歌がある。好忠は、あるいはこの「葦まよふ」から「草まよふ」という表現に思い至ったのかもしれない。なお、好忠の〈毎月集〉には、「わがせこがきませりつるか見ぬほどにはのこぐさもかたまよひせり」（好忠集・一四四・五月中）とあり、

夏に草が乱れて茂ることを「まよふ」と表現したことがわかる。

「わかふ」の例歌は同時代にはなく、平安期では「いそなつまんいまおひそむるわかふのりみるめぎばさひじきこころぶと」（山家集・一三八一）の「わかふのり（若布海苔）」に「若生」が響かせてあるとすれば、唯一の例歌となる。

「入るとせし間に」の類例には、「たきつせに誰白玉をみだりけんひろふとせしに袖はひちにき」（後撰集・雑三・一二三五・人の家にまかりたりけるに、やり水にたきいとおもしろかりければ、かへりてつかはしける）、「空蟬の世にもにたるか花ざくらさくと見しまにかつちりにけり」（古今集・春下・七三・読人不知・題不知）、「いろいろにまがきの菊はなりにけりただ一枝の霜とみしまに」（公任集・一三六・山ざとにゆきてまがきのきくひとしといふ事を）などがあり、「……（と）したとたんに」「……（と）したらすぐに」の意が読み取れよう。

裳の裾を濡らすという情景は、『万葉集』に集中して詠まれ、「君がため山田の沢にゑぐ摘むと雪消の水に裳の裾濡れぬ」（巻十・一八三九・一八四三）、「朝戸出の君が足結を濡らす露原早く起き出でつつ我も裳裾濡らさな」（巻十一・二三五七・二三六一）、「人目守る君がまにまに我さへに早く起きつつ裳の裾濡れぬ」（巻十一・二五六三・二五六八）などの用例が見出される。当該歌も、これらの『万葉集』の表現に基づいて詠まれていよう。好忠は〈毎月集〉でも、「ねせりつむはるのさはだにおりたちてころものすそのぬれぬ日ぞなき」（好忠集・二〇・正月中）という歌を詠んでいる。なお、催馬楽「我が門に」にも、「我が門に　我が門に　上裳の裾濡れ　下裳の裾濡れ　朝菜摘み　夕菜摘み　朝菜摘み」という用例が見える。

18

よそに見《み》しおも《を》あら□の駒《こま》も草《くさ》なれてなつくばかりに野《の》はなりにけり（三八五）

【校異】　○**みし**―見し（書）　○**をもあ□のこまも**―ヲモアラノコマモ（承）　おもあらのこまも（書・天・冷）　○**くさ**―草（天・冷）　○**なつくはかりに**―第三字「く」は「か」の上から重ねて修正（冷）

【通釈】遠くから見ていた荒々しい顔の馬も、今では（繁茂した）草に馴れて、なじみ親しむほどになり、夏が来たとばかりに野はなったことだよ。

【語釈】○よそに見し　離れて遠くから見ていた。対象について疎々しい気持ちをもっていることを表す。「よそ」は第四句「なつく」と対をなす。○おもあらの駒　顔つきが荒々しい馬。他例は見ないが、「おもあら」は「面荒」か。『落窪物語』に登場する「面白の駒」と同じ語構成とみる。○草なれて　馬が草を食べて、草に馴れ親しんだことをいう。○なつくばかりに　「なつく」は、「懐く」に「夏来《なつく》」を掛ける。馬がなじみ親しむほどに。春には荒々しかった馬が、夏になって落ち着いたことをいう。また、夏が来たとばかりに。夏の到来は草の繁茂が象徴的に示す。

【別出】『夫木和歌抄』巻第二十七、雑部九、動物部、馬、一二九八二番

家集

余所にみし大あらきのこまも草なれてなつくばかりに野は成りにけり　好忠

【考察】春から夏になって、放牧地の馬の様子が、草になじんで穏やかに変化したことによって、草の繁茂する夏の野になったことに気づいたという歌である。他例のない「おもあらの駒」という語も、後の「草なれてなつくばかり」という様子と対にして理解することができる。

「おもあらの駒」は、先行注釈書のいうように「荒々しい顔つきの駒」と解するのが妥当であろう。『注解』の示す「はるののにあれたるこまのなつけにはくさばにみをもなさんとぞおもふ」（躬恒集・三六九）にもあるように、春の駒は荒々しいものである。

また、［語釈］で示したように、「おもあらの駒」は、「おもしろの駒」という『落窪物語』の登場人物名の語構成に通ずるものがある。この人物は、「笑みたる顔、色は雪の白さにて、首いと長うて、顔つき、ただ駒のやうに、鼻のいららぎたること限りなし」（巻二）と描写されている。「おもあら」も「面荒」の意で理解可能な表現とみられよう。

なお、『夫木抄』では、当該歌の「おもあらの」を「大あらきの」としている。「おもあらの」という表現になじみがなかったことに加え、当該歌と同様に「草」や「駒」を詠んだ「おほあらきのもりのした草おいぬれば駒もすさめずかる人もなし」（古今集・雑上・八九二）に影響されて生じた異文であろう。

野飼いの駒の例は、本百首にもう一例、81番歌がある。また、『注解』は「類想が認められる」として、「なつぐさはむすぶばかりになりにけりのがひのこまやあくがれにけん」（重之集・百首・夏廿・二四二）を挙げる。結べるほどに伸びた夏草と、それに心引かれる放牧の馬を詠む。〈重之百首〉中にある歌であり、当該歌からの影響が想定される。

初句「よそに見し」は、荒々しい春駒には近寄れないので、遠くから離れて見ていたというのであろう。「よそ」には、自分とは隔たりがあって関わりがないという意があり、第四句「なつく」とは正反対の状態をいう。語の対比が看取される。動詞「なつく」は、当該歌では四段活用の自動詞であるが、下二段活用の他動詞やその名詞化の例で、馬について用いた例がある。前掲『躬恒集』三六九番歌のほか、「のがひせしをざさのはらもかれにけりいまはわがこまなになつけん」（好忠集・毎月集・二八二・十月）などである。

「野はなりにけり」の歌句は、『和歌大系』と『注解』が参考歌として引く、「秋ちかうのはなりにけり白露のおけるくさばも色かはりゆく」（古今集・物名・四四〇・友則・きちかうの花）によるとみられる。他にも、「みわたせばひらのたかねにゆききえてわかなつむべくのはなりにけり」（麗景殿女御歌合・一一・兼盛・若菜）という歌が見え、本百首85番歌にも例がある。なお、『注解』の指摘する〈順百首〉の「ねのひしてみしほどもなく草まくらむすぶばかりにのはなりにけり」（好忠集・春十・四九〇）では、同一句を用いつつ季節を春にずらして詠んでいる。

19

五月《さ》闇雲間《やみくもま》ばかりの星《ほし》かとて花《はな》たちばなに目《め》をぞつけつる（三八六）

【校異】○**さ月やみ**—五月やみ（書）さつきやみ（承・天・冷）○**はなたちばな**—はなたち花（書）

【通釈】五月の夜の暗闇で、雲の切れ目あたりの星かと思って、橘の花をじっと見てしまったよ。

【語釈】○五月闇　五月雨の頃の夜の暗闇。○雲間ばかりの星　雲の切れ目あたりにのぞく星。○花たちばなに目をぞつけつる　「花たちばな」は、橘の花。「目をつく」は、注視する、じっと見るの意。白い橘の花を星と見間違って目をとめたことをいう。

【別出】『夫木和歌抄』巻第七、夏部一、橘、二七一八番

家集　好忠

さつきやみくもまばかりのほしかとてはなたちばなにめをぞつけつる

【考察】五月闇の中、思いがけず雲の切れ目から星が見えたと思って凝視してみると、実は白い橘の花だったという、花橘を星に見立てた歌である。

「五月闇」の先行例として、貫之の屏風歌に「さ月やみこのしたやみにともす火はしかのたちどのしるべなりけり」（天理本貫之集・七・五月かがり）がある。鹿狩りの照射《ともし》を詠んでいるが、暗闇の中の光という点では、当該歌の発想につながるものがあるか。「さ月やみくらまの山のほとときすおぼつかなしやよはのひとこゑ」（清正集・二三）や、「さつきやみおぼつかなさのいとどまさらむ」（斎宮女御集・七八・短連歌）では、五月闇の「おぼつかなさ」を詠んでおり、その暗さの程が知られる。

花橘といえば、「さつきまつ花橘のかをかげば昔の人の袖のかぞする」（古今集・夏・一三九・読人不知）があるが、以降はその香りを詠むことが多くなる。好忠も後に、この歌を踏まえて、「かをかげばむかしの人のこひしさにはなたちばなにてをぞそめつる」（好忠集・毎月集・一一一・四月中）と詠んでいる。また、その他の類型としては、「けさきなきいまだたびなる郭公花たちばなにやどはからなむ」（古今集・夏・一四一）や、「やどりせし花橘もかれなくになどほととぎすこゑたえぬらむ」（古今集・夏・一五五・千里）などのように、時鳥と組み合わせられることも多い。

ところが、当該歌ではこうした類型によらず、別の詠み方を模索したかのようである。闇の中に明るい星を見ようとし、

さらにその闇は「五月闇」であるため、五月の花である「花橘」をその星と見間違える対象として配置している。

こうした趣向に関して『注解』も、「その花橘を全く新たな視点から捉えようとしている点、注目に値しよう」と指摘する。さらに、菊の花を星に見立てた「久方の雲のうへにて見る菊はあまつほしとぞあやまたれける」（古今集・秋下・二六九・敏行・寛平御時きくの花をよませたまうける）を示し、この発想を橘に転用したかとしている。ただ、この敏行歌は「花」という点で共通するものの、やや観念的な歌である。むしろ、「花橘」の詠み方として従来にはない新しい発想をもって「目をぞつけつる」と視覚で捉えた点を評価すべきであろう。

なお、「五月闇」と「花橘」との組み合わせは、当該歌がごく初期の例であろう。他にも、「さつきやみはなたちばなにほととぎすかげそふときにあへるきみかも」（赤人集・二五九）があるが、この歌では、さらに時鳥が組み合わせられている。

曇《くも》りなき大海《おほうみ》の原《はら》を飛《と》ぶ鳥《とり》の影《かげ》さへしるく照《て》れる月影《かげ》（三八七）

【校異】○**おほうみの**―あをみの（書）○**月《なつ》かけ《な》**―月カケ《ナツカナ》（承）夏かな（書）月かけ（天）つきかけ（冷）

【通釈】曇りのない大海原を飛ぶ鳥の姿まではっきりと見えるほど照っている月の光よ。

【語釈】○**曇りなき**　視界が良好なことをいう。○**大海の原**　大海原。『万葉集』の「大海乃原笑」（巻六・九三八・九四三・赤人）に基づく語であろう。西本願寺本の訓に「オホウミノハラノ」とある。その他、「こひせじのみそぎのふねもこぎよらばおほうみのはらにときやはなたん」（うつほ物語・菊の宴・五〇九・源中将）、「よるやどるいそべのなみやさわぐらん大うみのはらにちどりなくなり」（重之集・一六二）に例がある。書陵部本「あをみのはら」では、「青い海原」の意となる。○**飛ぶ鳥の影さへしるく**　飛ぶ鳥の姿まではっきりと。「飛ぶ鳥の」は75番にも。［別出］『夫木抄』では「飛ぶ雁」で、秋部に収められている。○**照れる月影**　照っている月の光。書陵部本は「てれる夏かな」で、夏の陽光を詠んだ歌になっている。

【別出】『夫木和歌抄』巻第十二、秋部三、雁、四九八四番

家集　　　　　　　　　　　同（好忠）

くもりなきおほうみのはらをとぶかりのかげさへしるくてれる月かげ

【考察】晴れ渡った夜、明るく照らす月の光のもと、大海原を鳥が飛んで行く情景を詠んだ歌である。直前19番歌で詠まれた五月雨の季節が明けて、晴天が続く真夏の夜の、明るい月の光を詠んでいる。

『標注曽丹集』は当該歌の注として、「白雲にはねうちかはしとぶかりのかずさへ見ゆる秋のよの月」（古今集・秋上・一九一）を挙げている。季節は異なるが、飛ぶ鳥の姿を照らし出す月光という趣向が一致する。当該歌は、この古今集歌を踏まえ、季節を夏にして詠んだものであろう。

さらに、この古今集歌の第四句「かずさへ見ゆる」は、『古今集』諸本中、平安期の伝本に、「影さへみゆる」（伝公任筆本）、「かけさへ見ゆる」（元永本）などの異文がある。仮名一字の違いではあるが、平安期には「かげさへ見ゆる」の本文で享受されていた可能性があろう。そうすると、当該歌と表現がいっそう近似することになる。

さて、当該歌は、19番「五月闇」の歌の直後に位置していることから、梅雨明け後の情景を詠んだものと捉えられよう。夏の月影を詠んだ先例としては、「夏の夜の霜やおけるとみるまでに荒れたる宿を照す月かげ」（寛平御時后宮歌合・五〇）や、「あたらしくてる月かげにほとゝぎすふるごゑしるくなきわたるなり」（躬恒集・一一〇）などがある。ちなみに、右の第一例は『古今六帖』の「夏の月」題、七首のうちの第一首（二八六）である。

なお、書陵部本は、第二句「あをみのはらを」、結句「てれる夏かな」とする。「あをみのはら」について、『注解』は「古風な語」と注する。また、この結句ならば夏の陽光が降り注ぐ情景を詠んだことになり、「月影」を詠む底本本文とは全く異なる内容となる。

［別出］に挙げた『夫木抄』では、第三句を「飛ぶ雁の」として、秋部に配している。前掲の古今集歌に引かれた誤写か。

水無月《みな》のなごしと思ふ心《こゝろ》には荒《あら》ぶる神ぞかなはざりける（三八八）

【校異】○みな月―みなつき（書・天・冷）○なこしと―なこしを（書）○思ふ―おもふ（承・書・天・冷）○こゝろ―心（冷）○神―かみ（天・冷）○かなはさりける―かひなかりける（書）

【通釈】水無月の夏越しの祓えによって神が穏やかになるという人々の心に対しては、荒ぶる神も思うままにならなかったよ。

【語釈】○水無月 六月の異称。○なごしと思ふ心 神が穏やかになると思う心。祓えによって神が穏やかになることを確信する人の思い。「和《なご》し」に「夏越し」を掛ける。「夏越し」は「夏越しの祓え」。六月晦日に川原に出て行う禊。「六月祓。邪神をはらひなごむる祓ゆゑになごしと云也」（八雲御抄・巻三）。○荒ぶる神 人間に危害を加える神。厄神。「荒ぶる」は「和し」との対。○かなはざりける 対抗できなかった。思うままにならなかった。厄神も、穏やかにと願う人々の心に従わざるを得なかったことをいう。

【別出】なし

【考察】夏越しの祓えという年中行事を背景に、「和し」と「夏越し」とを掛け、そこに、「荒ぶる神」を対比させて一首をまとめた歌である。

順の「ねぎごとをきかずあらぶる神だにも今日はなごしと人はしらなん」（順集・一七四・大納言源朝臣、大饗のところにたつべき四尺屏風調ぜしむるうた／六月、はらへ）は、1番歌の［考察］でも取り上げた、大納言源高明が順に依頼した一連の屏風歌中の一首であるが、当該歌はこの歌を踏まえて詠まれたものであろう。「荒ぶる神」の和歌における用例は、この順歌や当該歌がごく早い例とみられる。

「夏越しの祓え」の歌は、『古今集』には載らないが、『後撰集』夏部の末尾に続けて二首収められている。また、『古今六帖』には、「夏越しの祓え」が歌題に設定されており、その冒頭には、「みな月のなごしのはらへする人はちとせの命のぶといふなり」（第一・一〇九）が収められる。この歌はのちに『拾遺集』（賀・二九二・読人不知・題不知）に採られた。初句から第二句にかけての表現が当該歌に近い。同様の例は、他にも、「みなづきのなごしはらふるかみのごとみづのこころはなぎやしぬらむ」（忠見集・二一・おなじ御とき、み屏風に／六月、かはのからすをり）がある。祓えのおかげで神が穏やかになり、そのように水も凪いでいると詠む。当該歌もこれと同じ発想で、祓えによって平穏を願う心には、荒ぶる神であっても鎮められてなすすべがなかったというのである。

また、年中行事の一つとして、「夏越しの祓え」は、屏風歌の題材にもなった。前掲の順や忠見の歌をはじめ、『和歌大系』が参考歌として挙げる「かはなみもなごしのはらへするけふはうかぶかげさへのどけかりけり」（能宣集・三九七・屏風に／六月、河原にはらへし侍るところ）などがその例である。この時代、夏越しの祓えは、屏風の図柄として定着していたとみられる。こうした月次絵の屏風歌と初期百首とに、表現の位相の近さがうかがえる。

また、『注解』は、〈毎月集〉の「けふよりはなごしの月になりぬとてあらぶる神にものなるな人」（好忠集・一五五・六月はじめ）を引き、当該歌と「同様の言語技巧を用いて夏越の祓を詠んでいる」と指摘する。さらに、「これ以後、『なごし』と『荒ぶる神』を詠む詠法が類型化する」とし、「さばへなすあらぶる神もおしなべてけふはなごしの祓なりけり」（拾遺集・夏・一三四・長能）を挙げる。この歌も、『長能集』では、詞書に「屏風の絵に水無月ばらへしたる所」（六六）とあり、屏風歌であったことがわかる。

なお、〈順百首〉でも、夏越しの祓えの歌は、「ゆふだちにややくれにけりみな月のなごしのはらへせでやすぐさん」（好忠集・夏十・五〇三）として、夏部の第九首に配置されている。

懐《なつ》かしく吹《ふ》きくる風《□ぜ》にはかられて上紐《うはひも》ささず暮《く》らすころかな（三八九）

【校異】○ふきくる□せ―ふきくるかせ（承・書・天・冷）○さゝす―さゝて（天・冷）

【通釈】慕わしく吹いてくる風にまんまと乗せられて、衣の襟元の紐を留めずに暮らすころであるよ。

【語釈】○懐かしく吹きくる風　心引かれるように心地よく吹いてくる風。○はかられて　相手の意図のままに乗せられ操られることをいう。ここでは、心地よい風に促されるままに行動する自分の状態をいう。○上紐ささず　衣の襟元の紐を留めずに。襟元を開けただらしない恰好で涼もうとしている様子をいう。「上紐」は、狩衣や袍《ほう》などの盤領《まるえり》の頸紙《くびかみ》の開閉のために、上前《うわまえ》の端に付けた玉紐。下前の羂《わな》に差し入れて留める。「ささず」というのは、玉紐を羂に差し入れず、外した状態をいうのであろう。「夏は上紐ささで風にむかひ」（序）。

【別出】なし

【考察】夏部の最後の歌である。心地よく涼感を運ぶ風によって、つい、上着の襟を開けて、だらしのない恰好をしてしまう。その状態を「風にはかられ」たものと表現した。秋の予感を漂わせつつも、まだ暑い晩夏の日常詠である。

「夏越しの祓へ」（21）の歌から、当該歌のような秋の気配を感じさせる晩夏の歌で締め括るという配列は、『古今六帖』に通じる。『古今六帖』第一帖では、「なごしのはらへ」の次に「夏のはて」と歌題が続く。その「夏のはて」の歌四首は、「秋のさかひ」（一二一）、「秋のとなり」（一二二）、「恋しき秋」（一二三）と続き、最後の一二四番には、『古今集』夏部末尾の「夏と秋と行きかふそらのかよひぢはかたへすずしき風やふくらむ」（古今集・夏・一六八・躬恒）が配置される。このような『古今六帖』における題序の意識が、本百首の配列にも看取される。

「はかられて」という表現は、「さりともとおもふこころにはかられてよくも今日までいけるわがみか」（敦忠集・五二）、「はかなかる夢のしるしにはかられてうつつにまくる身とやなりなん」（後撰集・恋四・八七一・千里）に見えるほか、『注解』が挙げる、「秋の野にまねくをばなにはかられてかりにきつれどけふはくらしつ」（兼盛集・一四九・八月小鷹がりする所）や、「のきばなるむめさきぬとてはかられぬ人たのめなるゆきやなになり」（好忠集・順百首・沓冠・五五〇）といった用例がある。当該歌同様、人以外のものに「はかられ」たことを詠むのが一般的と言ってよいであろう。

衣の紐を解いて涼むという情景は、『注解』が指摘するように、ほとんど歌には詠まれない。本百首以降、「山の井をかつ結びつつ夏衣ひもうちとけてすずむ比かな」（順集・二〇七・康保五年、女五男八親王の御屏風の歌／人の家の泉のつらにすずむ）、「したひもはうちとけながらてをひちてさかるゐのし水むすびけるかな」（恵慶集・百首・夏・二二五）といった歌がかろうじて見出されるが、いずれも当該歌の影響下で詠まれたものであろう。とくに恵慶の歌は、百首歌中の夏部末尾に位置している点に注意される。

なお、『注解』は好忠の周辺の例として右の二首を示し、「こうした着想は実生活から得られたものかとも推測されるが」としながらも、「移㆑牀避㆑日依㆓松竹㆒　解㆑帯當㆑風掛㆓薜蘿㆒」（白氏文集・三二一八）といった例を挙げ、「漢詩文表現に近接しており、漢詩取りによって見出されたものである可能性も考え得よう」と指摘する。

23

秋十

桜麻《さくらあさ》の刈《か》り生《ふ》の原《はら》をけさ見《み》れば外山片掛《とやまかたか》け秋風《あきかぜ》ぞ吹《ふ》く（三九〇）

【校異】○集付ナシ—勅（書）○秋十—秋（冷）○はらを—はた《ら》を（書）はたを（冷）○けさ—けさ《ふ》（書）○とやま—は《と》やま（書）ゝやま（冷）○あきかせ—秋かせ（冷）

【通釈】秋歌十首

桜麻を刈った後にまた芽を出した麻原を（立秋になった）今朝見ると、麓の山に片寄せるように秋風が吹くことよ。

【語釈】 ○秋十 秋歌十首の意。 ○桜麻の 『万葉集』に見える枕詞「桜麻乃」(巻十一・二六八七・二六九五)、「桜麻之」(巻十二・三〇四九・三〇六三)による語。現代の新訓は「さくらをの」とするが、西本願寺本には「サクラアサノ」とある。「をふの下草」に続く。当該歌では、枕詞ではなく実体としての麻を詠んだとみる。「桜麻」は麻の雄株とも桜色の麻ともいう。 ○刈り生の原 「刈り生」は、刈った後にもう一度芽が出ること。ここでは麻を刈り取った後に芽が出た野原。後世、『歌枕名寄』は所在地不明の歌枕として採歌する。 ○今朝 秋部の冒頭なので、立秋を迎えた日の朝をいう。昨日までは夏であった。 ○外山片掛け 人里近い麓の山に片寄せるように。「外山」は、人里に近い麓の方の山。「深山《みやま》」の対。85番にも。「み山にはあられふるらしとやまなるまさきのかづらいろづきにけり」(古今集・大歌所御歌・一〇七七)。「片掛く」は、一方に接するようにする、寄せかけるの意。秋風が刈り生の原を外山に吹き寄せるさまをいう。

【別出】 『新勅撰和歌集』巻第四、秋上、二〇六番

題しらず　　曾禰好忠

さくらあさのかりふのはらをけさ見ればと山かたかけ秋風ぞふく

『歌枕名寄』未勘国上、加利布原、九四八〇番

新勅四　　好忠

桜あさのかりふの原をけふみれば外山かたかけ秋風ぞふく

【考察】 秋部冒頭の歌でありながら、春の景を連想させる初句の「さくらあさ」(桜麻)から始まり、「麻の刈り生」の夏、そして結句の「秋風ぞ吹く」まで、春・夏・秋という三つの季節を詠み込む。「きのふこそさなへとりしかいつのまにいなばそよぎて秋風の吹く」(古今集・秋上・一七二・読人不知・題不知)のように、一首の中に季節の推移を盛り込みながらも、好忠以前には見えない語句を用い、『全釈』が指摘する「素材的な新しさ」がある。

「桜麻」は、[語釈]に示したように、『万葉集』の枕詞由来の語である。平安時代の例歌は少なく、好忠以前には、「おほあらきのもりのした草おいぬれば駒もすさめずかる人もなし」(古今集・雑上・八九二)の左注に示された異伝に、「又は、

さくらあさのをふのしたくさおいぬれば」とあるのみである。だが、平安後期以降になると、以下の例のように「おふ」「しげる」とともに詠まれる。「桜あさのをふのうらなみ立ちかへりみれどもあかぬ山なしの花」（散木奇歌集・春・一八三・なしの花さかりなりけるを見てよめる）、「夏くればさえだたしそふさくらあさのあさましきまでしげるこひかな」（内蔵頭長実家歌合保安二年閏五月二十六日・三〇・前大夫進・十五番右）、「さくらあさのおふのしげみに思ふ事ちへはた帯のいかで結ばん」（中宮亮顕輔家歌合・七〇・隆縁・十一番右）、「さくらあさのをふのしたくさしげれたただあかで別れし花の名なれば」（新古今集・夏・一八五・待賢門院安芸・崇徳院に百首歌たてまつりける時、夏歌）などである。

一方、「かりふ」とともに詠んだ例として、後世に「さくらあさのかりふの跡のよもぎにぞうつり行くよの程はかなしき」（夫木抄・巻二十八・一三四八四・為家・毎日一首中）がある。「さくらあさのかりふ」という表現が当該歌と一致しており、為家が当該歌の影響下に詠作していることが知られる。また、時代は下るが、契沖に「桜麻のかりふの原のふるよもぎひとりみだれて秋風ぞ吹く」（漫吟集・秋上・一二二〇）という歌がある。当該歌の「桜麻のかりふの原」をそのまま用いて詠んでいる。

「片掛く」の例は、「雪をおきて梅のはなこひそあしひきの山かたかけて家ゐせるきみ」（古今六帖・第一・七二〇・ゆき）、「たにみづにかたかけおふるなつぐさはきしゆくかげのこまぞすさむる」（賀茂保憲女集・六二・五月せみのこゑ、むぎのあきをおくる）などがある。後世の「はしたかのと山かたかけ長き日のくるるをしらぬさくらがりかな」（亜槐集・巻三・春・三四五）、「草の葉もはや霜がれの色みえて外山かたかけ冬はきにけり」（続後拾遺集・冬・四一二・後一条入道前関白左大臣）は、好忠歌の影響を受けていよう。

秋風《あきかぜ》の吹《ふ》く衣手《ころもで》の寒《さむ》ければ片敷《かたし》くかたに波《なみ》ぞ立《た》ちける（三九一）

【校異】　**○あきかせの**―あき風の（天）　**○ふく**―吹（冷）　**○さむけれは**―さんけれは（冷）

【通釈】（あの人に）飽きられて秋風が吹く衣の袖が寒いので、独りで袖の片方を敷いて寝ていると、そこが涙の入り江となり波が立っていることだ。

【語釈】○秋風の 「秋」に「飽き」を掛ける。○衣手 着物の袖。○片敷く 独り寝をする自分の着物の片袖を敷くこと。○かたに 「方」（場所）と「潟」（入り江・波の縁語）を掛ける。○波ぞ立ちける 流した涙でできた入り江に波が立っている。

【別出】なし

【考察】秋風が吹くと波が立つという表現と、独り寝の寒さをいう表現の「衣」を「片敷く」とを組み合わせた歌である。いずれも『万葉集』以来の表現類型である。

秋の独り寝の寒さを片敷きの衣とともに詠む例は、「わが恋ふる妹に逢はさず玉の浦に衣かたしき一人かも寝む」（万葉集・巻九・一六九二・一六九六・紀伊国作歌二首）、「はつせ風かく吹く夜半はいつまでか衣かたしきわが一人寝む」（同・巻十・二二六一・二二六五・風に寄する）という歌が見える。平安期にも、「さむしろに衣かたしきこよひもや我をまつらむうぢのはしひめ」（古今集・恋四・六八九）があるほか、「かたしきのころもでさむきまつかぜにあきのゆふべとしらせずもがな」（伊勢集・四三二）、「くれ竹のよさむにいまはなりぬとやかりそめぶしに衣かたしく」（順集・二〇・秋）、「秋かぜの吹きでのはまのはまひめはよさむになれや衣かたしく」（夫木抄・雑七・一一八一八・祐挙・ふきでのはま、未国、家集、よさむ、ふきでのはま）などと詠まれる。

また、「秋風」が吹くと「波が立つ」という表現も『万葉集』から見え、「……新治の　鳥羽の淡海も　秋風に　白波立ちぬ……」（巻九・一七五七・一七六一）、「秋風に川波立ちぬしましくは八十の舟津にみ舟留めよ」（巻十・二〇四六・二〇五〇）、「……秋風の　吹き来る夕に　天の川　白波しのぎ……」（巻十・二〇八九・二〇九三）という例がある。平安期に入っても、「秋風の吹きあげにたてる白菊は花かあらぬか浪のよするか」（古今集・秋下・二七二・道真）、「秋風に浪やたつらん天河わたるせもなく月のながるる」（後撰集・秋中・三三〇・読人不知・月を見て）などが見出される。

また、涙が流れて溜まり、波立つという歌には、「もとゆひにふりそふ雪のしづくには枕のしたに浪ぞたちける」（拾遺集・雑秋・一一五三・中務のみこ）、「衣河みなれし人の別には袂までこそ浪は立ちけれ」（新古今集・離別・八六五・重之）、「行く年ををじまの海士のぬれ衣かさねて袖に波や立つらん」（新三十六人撰　正元二年・二八七）などがある。いずれも「涙」の語は用いず、「枕」や「袂」「袖」との組み合わせで「涙」を暗示している点は、当該歌と軌を一にする表現とみられよう。

25

山里《やまざと》の霧《きり》の籬《まがき》の隔《へだ》てずはをちかた人の袖も見《み》てまし（三九二）

【校異】○**集付ナシ**—新古（書）新（冷）○**やまさとの**《へに》—ヤマサトノ《ニ》（承）山さとに（書）山さとの（天・冷）○**をちかた人の**—おちこち《かた》人の（書）○**袖も**—そても（承・書・天）

【通釈】山里の霧が垣根のように隔てなければ、むこうにいるあの人の、せめて袖だけでも見ようものを。

【語釈】○**山里**　山の中にある人里。○**霧の籬**　立ちこめた霧を「籬」（木や竹などを荒く編んだ垣根）に喩えた表現。霧が立ちこめて垣根のように空間を遮り、人や物を隠している状態をいう。○**隔てずは**　隔てなければ。「ずは」は順接の仮定条件。○**をちかた人**　遠くにいる人。空間的・心理的距離がある人をいう。ここでは、霧で隔てられた向こう側にいる人。○**袖も**　せめて袖だけでも。係助詞「も」は最小限の希望を表す。○**見てまし**　見ようものを。「まし」は事実に反する事態の想像を表す。

【別出】『新古今和歌集』巻第五、秋歌下、四九五番

だいしらず　　曾禰好忠

山ざとにきりの籬のへだてずはをちかた人のそでもみてまし
『定家十体』幽玄様五十八首、一五番

好忠

やまざとにきりのまがきのへだてずはをちかた人の袖もみてまし
『定家八代抄』巻第五、秋歌下、三八八番

題不知

曾禰好忠

新 山ざとにきりの籬のへだてずは遠方人の袖もみてまし

【考察】「霧の籬」「をちかた人」という先行例のある語句を用いながら、山里を舞台として、立ちこめる霧の向こう側にいる人について、霧が立っていないなら、姿は見えずともせめて袖だけでも見たいのにという思慕の情を詠んだ歌である。

「霧の籬」は、好忠以前にも、「さやかにもけさはみえずやをみなへしきりのまがきにたちかくれつつ」（亭子院女郎花合・六）、「人のみることやわびしきをみなへしきりのまがきにたちかくるらん」（忠岑集・三五・すざくゐんのをみなへしあはせに）といった歌合で詠まれている。その後も、「みづはみづありとたのまんもみぢばのきりのまがきにかほなもらしそ」（異本系実方集・一一八・花山院御前にゆふぎりたちて、もみぢのみえぬ、よませ給ふに）、「あだなたつことぞはかなきをみなへしきりのまがきにたちかくるれど」（大弐三位集・五五・をみなへし）、「をみなへし忘れ草とぞ思ひつるきりのまがきにおそくはるれば」（為仲集・七四）、「さらぬだに夕さびしきやまざとにきりのまがきにをしかなくなり」（待賢門院堀河集・六二）という例がある。好忠自身も当該歌の他に、「おほひえやをひえのやまもあきくればとほめもみえずきりのまがきは」（好忠集・毎月集・二一五・七月下）と詠んでいる。なお、『源氏物語』には、「立ちとまり霧のまがきの過ぎうくは草のとざしにさはりしもせじ」（若紫・六七・忍び所の女）、「秋はてて霧のまがきにむすぼほれあるかなきかにうつる朝顔」（朝顔・三一二・朝顔の姫君）という二首の歌が見える。

「をちかた人」の用例は、夙に『万葉集』に「我が待ちし秋萩咲きぬ今だにもにほひに行かな彼方人に」（巻十・二〇一四・

二〇一八）という歌があり、平安期に入ってからも、『源氏物語』夕顔巻の引歌にもなった「うちわたすをち方人に物まうすわれそのそこにしろくさけるはなにの花ぞも」（古今集・雑体・旋頭歌・一〇〇七・読人不知・題不知）が知られる。その他、「織女のあまのとわたるこよひさへをち方人のつれなかるらむ」（後撰集・秋上・二三八・読人不知・七日、敦忠集・三七、朝忠集・二二）、「ときしもあれかくさみだれのおとまさりをちかた人のひをもこそふれ」（蜻蛉日記・中・一三一・作者）といった例もある。後には、経信母が、「明けぬるか河瀬の霧のたえ間よりをちかた人の袖のみゆるは」（経信母集・八・七条に、河霧たちわたるあか月、やうやうあくるほどに、人のゆきかふを見て）と詠んでいる（後拾遺集・三二四に入集）。この「霧」の絶え間から「をちかた人の袖」を見るという表現は、あるいは好忠歌から得たものか。

来《く》る雁《かり》の羽風《はかぜ》涼《すゞ》しき夕暮《ぐ》れに誰《たれ》か旅寝《たびね》の衣《ころも》更《が》へせぬ（三九三）

【校異】○**くるかりの**―くるあきの（天・冷）　○**はかせすゝしき《く》**―ハカセス、シキ（承）　はかせすゝしく（書・天）　○**夕くれに《なるなへに》**―ユフクレニ　ス、シクナルナヘニィ〈行末書入〉（承）　なるなへに（書）　なるときは（天・冷）　○**かへせぬ**―かへさぬ（承・天）

【通釈】やって来る雁の羽ばたく風が涼しい夕暮れに、いったい誰が旅先で寝るための着替えをしないことがあろうか。

【語釈】○**来る雁**　秋になって北方から飛来する雁。雁は渡り鳥で、春にはまた北方に帰る。○**羽風**　鳥の羽ばたきによって起こる風。○**旅寝**　自宅を離れ、よそで寝ること。旅先で寝ること。○**衣更へ**　着ている衣服を別の衣服に着替えること。着替え。

【別出】『新古今和歌集』巻第五、秋歌下、四九九番

凡河内躬恒

はつかりの羽かぜすずしくなるなへにたれか旅ねの衣かへさぬ

（だいしらず）

旅の空で、就寝のための着替えをする時分、涼しく吹いてくる風を、秋になって飛来した雁の羽ばたく風と取りなして、秋の夕暮れの旅情を詠んだ歌である。

【考察】「来る雁」の歌は、「あまのはらやどかす人のなければやあきくるかりのねをばなくらん」（是貞親王家歌合・一五）が早い例とみられ、勅撰集にも、「春がすみなかしかよひぢなかりせば秋くるかりはかへらざらまし」（古今集・物名・四六五・滋春・すみながし）、「あき風に霧とびわけてくるかりの千世にかはらぬ声きこゆなり」（後撰集・秋下・三五七・貫之・題不知）という例がある。また、好忠にも、「くるかりのよはのはおとにおどろきてのべのしらつゆおきゐたるかな」（好忠集・毎月集・二一七・八月上）が見出せる。

「雁」の「羽風」を詠んだ例としては、「秋ぎりのはれぬおもひにまどはれて雁のは風におどろかすかな」（元真集・二八八）、「露のみのむしきえざらばこころみよかりのはかぜにとひやおとると」（斎宮女御集・一八一）、「こしかたもみえでながむるかりがねも羽風にはらふとこよかなしな」（元輔集・一二四・また女のなくなりにたるに、かりがねのさむき風をとはぬとよみて侍りし返しに）、「扇とてかりのはかぜをふくほどにわかれむほどやつくべかりける」（恵慶集・七八・八月、とほくまかる人に、あふぎとらすとて）、「かりがねのかへるはかぜやかよふらんすぎゆくみねのはなものこらず」（重之集・一二三）、「月影をまつらんさともあるものをかりのはかぜのぬるくきこゆる」（同・二二〇・あきのよ月をみて、かりなきわたる）、「かりがねのは風をさむみはたおりめくだまくこゑのきりきりとなく」（古今六帖・第六・四〇一七・はたおりめ）などがある。

だが、当該歌のように、雁の羽風を温度感覚で捉えた歌は意外と少ない。右の古今六帖歌は寒さを詠んでいるが、同様の例は、後世の「さよふけてたびのそらにてなくかりはおのがはかぜやよさむなるらむ」（皇后宮春秋歌合・一〇・伊勢大輔・雁）が、かろうじて挙げられる。好忠の当該歌のように涼しさを詠んだ例は、時代は下るが、「ころもうすみねられぬ秋のさよなかにはかぜすずしくかりぞなくなる」（天喜六年丹後守公基朝臣歌合・一四・七番右）がある。あるいは好忠の当該歌を踏まえた詠か。

なお、『新古今集』では作者を躬恒としているが、作者名の異伝とみて［別出］に挙げた。現存する『躬恒集』諸本には見出せない歌である。歌句は、『好忠集』諸本のうち書陵部本の本文に近く、初句「はつかりの」、結句「衣かへさぬ」で小異がある程度である。ただし、書陵部本には当該歌に「新古」の集付はない。

27

山里《ざと》に葛《くず》はひかか《□》る松垣《まつがき》のひまなくものは秋《あき》ぞ悲《かな》しき（三九四）

【校異】○集付ナシ—新古（書）新（冷）○山さとに—やまさとに（天）山里に（冷）○はひか□る—はひかゝる（承・書・天・冷）○ひまなくものはあきそかなしき—ヒマナク物ハアキソカナシキ（承）ひまなく《ものは》。あきは《ヒ》も《ヒ》の《ヒ》そかなしき（書）ひまなくあきはものそかなしき（天）ひまなく秋はものそかなしき（冷）

【通釈】山里にあって葛が這いかかる松垣に隙間がないように、絶え間なく、何事につけても秋は悲しいことだ。

【語釈】○**葛はひかかる**　葛が這って覆うようにかぶさる。○**松垣**　松で作られた垣根。目が粗い。［考察］参照。○**ひまなく**　葛が垣に這いまつわり、空間的に隙間がない意の「隙なく」と、悲しい気持ちが続き、時間的に絶え間のない意の「暇なく」とを掛ける。第三句までは「ひまなく」を導く序詞。○**ものは秋ぞ悲しき**　「もの」は、考えたり感じたりするすべての事柄を指す。秋という季節は、何事につけてもの悲しさを誘う。「物ごとに秋ぞかなしきもみぢつつうつろひゆくをかぎりと思へば」（古今集・秋上・一八七・読人不知・題不知）。

【別出】『新古今和歌集』巻第十六、雑歌上、一五六九番

題しらず　曾禰好忠

山里にくずはひかかる松がきのひまなく物は秋ぞかなしき

【考察】　序詞「山里に葛這ひかかる松垣の」で、粗末な田舎家の情景を描きながら、葛が松垣に這い纏わるさまの「隙なく」を導き、時間の途切れのない「暇なく」を掛けることによって、秋という季節の絶え間ない哀愁を詠んだ歌である。

和泉式部の「まつがきにはひくるくずをとふ人はみるにかなしき秋の山里」（和泉式部集・百首・秋・五四）は、好忠の当該歌を踏まえて詠まれたものであろう。

「山里」の「葛」は、「をしかふすしげみにはへるくずのはのうらさびしげにみゆるやまざと」（能宣集・二一九・あふぎのゑに、やまざとのことに人もすまぬあたりより、たびびとみすぎてまかるところに）に見られるように、図柄としても定着している歌材の組み合わせである。だが、もっぱら「葛」は「うらさびしげに」とあるように「裏」といった語と組み合わせられる。それを「はひかかる」ものとして詠む当該歌は、『注解』が指摘するように、秋歌の材料として「新しい流れに属する」詠みぶりであるといえよう。後世には、「うらさびてくずはひかかるやまざとのいへゐたづぬる人もあれかし」（家経集・一六・山ざとにありときて、女院の大輔のおもとのちかきやまざとより）、「うらさびてくずはひかかる山ざとの我こそひとをうらみはてつれ」（伊勢大輔集・一四一・あるやまざとにまかりたりしに、いへちかくあるところ、山でらもちかき、とききていひやりし）という贈答歌や、「おのづからあきはきにけりやまざとのくずはひかかるまきのふせやに」（経信集・九七・伏見にて、山家秋といふ事を）、「やまざとにくずはひかかるまきのやをさびしといひてとふ人ぞなき」（如願集・八四二）などの歌が見える。

「松垣」の和歌における例は、当該歌以前には見出せない。後の例としては、「山ざとのしづの松がきひまをあらみいたくなふきそこがらしのかぜ」（後拾遺集・秋下・三四〇・大宮越前・山家秋風といふ心をよめる）、「山がつのしづのまつがきひまをあらみ冬になりぬとけさかこふらし」（夫木抄・冬一・六三四七・兼宗）、「風はやみ冬のはじめは山がつのしづの松がきひまなくぞゆふ」（堀河百首・冬十五首・八九五）というように、「賤の松垣」という表現が見られ、目の粗い粗末なものであったことがわかる。また、右の堀河百首歌や「とこなつのはなおひしげるまつがきもゆひかためてはつゆももらさじ」（相模集・三四七）によれば、松垣の目を隙間のないよう繋ぎ縛ることもしたようである。当該歌では、この部分は序詞であるが、葛が松垣の隙間をあたかも繋ぎ縛るように這いかかっている粗末な山家が、秋の哀愁を誘う情景として、新たに見出されたといえよう。

28

夏剥《なつは》ぎの麻生《おふ》の茂《しげ》りを見《み》るときぞ秋来《あきゝ》にけりとほどは知《し》らるゝ（三九五）

【校異】○なつはき―夏はき（冷）　○おふ―をふ（冷）　○とき―時（天）　○ほとは《も》―ほとも（書）ほとは（天・冷）

【通釈】夏に皮を剥ぐために刈り取った麻が、再び茂っているのを見るとき、秋が来たのだなあと、時節の進み具合が自然に分かるよ。

【語釈】○夏剥ぎ　夏に麻を刈り取り、茎の皮から繊維を採るため皮を剥ぐこと。なお「夏萩」（夏に開花する萩）という説もあるが採らない。○麻生の茂り　夏に刈り取った麻が秋になり、また茂っていること（［考察］参照）。「麻生」は、麻の生えている所。○ほど　季節が進む程度。時期。時節。

【別出】『万代和歌集』巻第四、秋歌上、八二九番

　秋歌のなかに　　好忠

　なつはぎのをふのしげりを見るときぞあききにけりとほどもしらるる

【考察】夏、麻を刈り取った所に、また麻が茂っているという情景に、夏から秋への季節の移り変わり、秋の到来と時節の深まりを認識するという歌である。

「夏剥ぎ」の例は「なつはぎのあさのをがらとあだ人の心かろさといづれまされり」（好忠集・毎月集・一六一・六月はじめ）にも見え、この歌からは六月初旬には麻の皮を剥ぐことがわかる。なお、北村季吟『増山井』の六月の項には、「麻を

刈は夏也。二番刈は秋なり。実も秋也」とある。この記述から推せば、六月上旬は夏の一番刈りで、当該歌はその後、二番刈りをする時期になり、麻が茂った有様を見て秋の到来を感じたことになる。

なお、当該歌は「秋十」の第六首にあたる。秋部の配列として、冒頭の23番歌に詠まれた「桜麻の刈生の原」は、六月に刈り取ってまもない麻原であったが、その後また生い茂ったさまが当該歌で取り上げられていることに注意したい。

ところで、「あききぬとめにはさやかに見えねども風のおとにぞおどろかれぬる」（古今集・秋上・一六九・敏行）の歌以来、秋の訪れは風の音で感じることが多い。また、「吹く風のしるくもあるかな荻のはのそよぐなかにぞ秋はきにける」（貫之集・五一一）のように、葉のそよぐ音で秋を知ることもある。視覚で秋を捉える場合は、「このまよりもりくる月の影見れば心づくしの秋はきにけり」（古今集・秋上・一八四・読人不知）や、「したもみぢ見るにつけてぞわが身にも秋きにけりとつゆもおきそふ」（朝光集・一二一・とう宮の左近のくら人わすれたまうて、のちにきこえたる）のように、月光や紅葉がよく詠まれる。一方、好忠は日常の農作業の情景をあえて取り上げたのであろう。

「麻生」の例は、『万葉集』に「桜麻の麻原（をふ）の下草露しあれば明かしてい行け母は知るとも」（巻十一・二六八七・二六九五）、「桜麻の麻原（をふ）の下草早く生ひば妹が下紐解かざらましを」（巻十二・三〇四九・三〇六三）の二首があり、前者は異伝歌が『古今六帖』三五七七番に載る。『古今六帖』には他にも、「はつまきのをふのしたくさかげしげみあるかなきかにわびつつぞふる」（第五・二九九八・おもひやす）、「さくらをのをふのしたくさやせたれどたとふばかりもあらずわが身は」（第五・二九九九・おもひやす）の歌が見出せる。多くは「桜麻のをふの下草」という表現であり、これは「おほあらきのもりのした草おいぬれば駒もすさめずかる人もなし」（古今集・雑上・八九二・読人不知・題不知）の左注「又は、さくらあさのをふのしたくさおいぬれば」にも見られる。当該歌の「夏剝ぎの麻生の茂り」も、『古今集』の左注をはじめとするこれらの歌の表現をもとに発想したものであろう。

季節の「ほど」が「知らる」という表現は、『注解』が指摘する「荻の葉の末こす風の音よりぞ秋のふけゆく程はしらるる」（順集・一四八・源朝臣すけかぬ）のほか、「相坂のせきのまにまに花を見て春のきにけるほどもしられず」（馬内侍集・

一〇一・このをとこ、つつみてさるべきをりあふほどに、いし山へまうづときて、かへりて三月ばかりに）が挙げられる。

29

遠山田《とをやまだ》穂波《ほなみ》うち過《す》ぎ出《い》でにけり今《いま》は水守《みもり》もながめすらしも（三九六）

【校異】○とをやまた―とほやまた（天）とほ山た（冷）○ほなみ―となみ（天・冷）○なかめ《そら》―そらめ（書）なかめ（天・冷）

【通釈】人里離れた山中の田で稲穂が波打ち、十分に穂先が出揃ったことだなあ。今ごろは水田の番人も、ぼんやり物思いにふけっているだろうよ。

【語釈】○遠山田　人里から遠く離れた山中にある田。○穂波うち過ぎ出でにけり　「穂波」は、波のように揺れる穂。「波」は第四句「水守」の縁語。「うち過ぐ」は、十分に稲穂が実る意。「うち」は接頭辞で、「（波）打ち」を掛ける。「穂波出づ」は「穂に出づ」に同じ。穂先に実を結ぶ意。○水守　田の水の管理人。○ながめ　ぼんやりと見やりながら物思いにふけること。異文「そらめ」は、目をそらすこと、わき見の意。

【別出】なし

【考察】稲が実って刈り取りを待つばかりの田は、すでに水のない状態である。その頃になると、人里から遠い山中の田の水の管理人も、山川から水を引き、適度に量を調整するという、それまで担ってきた役目から開放されて緊張を解いていることだろうと思いをはせた歌であろう。

先行諸注は「みもり」を「見守」（田の番人）と解し、「ながめ」（異文「そらめ」）をするのは無事に収穫できる安心感のためとする。ただ、「ほのめきしひかりばかりに秋のたのみもりわびしきころのかぜかな」（賀茂保憲女集・七八・あき）や、「水をあさみみさごもみゆる山がはは秋のみもりもひかずやあるらん」（うつほ物語・内侍のかみ・六五一・俊蔭女）などから推すと、ここは「水守」（水の番人）であろう。稲の収穫を控えた秋はその役目を終える時期である。ここは「水守」がその役目から開放された安堵感を推量した歌とみる。

なお、〈毎月集〉には、「わがまもるなかせのいねものぎはうちむらむらほさきいでにけらしも」（好忠集・一九七・七月中）という稲作の歌がある。後の「遠山田むらむらほさき出でにけりいまやみもりのいほりさすらん」（宝治百首・秋・一四六三・真観・秋田）は、この〈毎月集〉の歌と当該歌を念頭に詠作されたものであろう。

「遠山田」という語は『万葉集』には見られず、平安期に入っても好忠前後では、「とほ山田もるや人めのしげければほにこそいでね忘れやはする」（古今六帖・第二・九六九・山だ）、「とほ山田たねまきおける人よりもゐせきの水はもりまさるらん」（順集・二一四・田のなかに水ひくをのこあり）のほか、好忠自身の「とをやまだこぞにこりせずつくりをきてもるとせしまにいもはたはれぬ」（好忠集・毎月集・一八九・七月）といった例を見出す程度である。

また、「穂波」も『万葉集』にはなく、好忠の頃の例としては、「秋の田のほなみおしわけおく露の消えもしなななん恋ひてあはずは」（古今六帖・第二・一一一九・秋のた）が挙げられるのみである。

み吉野《よしの》の《ゝ》象《きさ》山かげの百枝松《もゝえまつ》いく秋風《あきかぜ》にそなれきぬらむ（三九七）

【校異】○集付ナシ—詞花（書）○きさ山かけのもゝえまつ《ヘニタテルマツ》—キサ山カケノモ、ヨマツ《ニタテル》（承）きさやまかきにたく《て》《ヒ》る《る》《ヒ》まつ（書）きさ山かけにたてるまつ（天）せき山かせのもゝえまつ（冷）○きぬらん—きぬらむ（冷）

【通釈】吉野の象山の山陰にある枝が多い松は、幾度の秋、秋風に吹かれ続けてきたのだろうか。

【語釈】○み吉野の象山かげの「象山」は、大和国吉野にある山の名であることが当該歌から知られる。『歌ことば歌枕大辞典』は「現在の奈良県吉野郡吉野町宮滝（吉野離宮跡に比定される）から、吉野川を隔てて南方に望まれる山とされる」

（「象山」の項、小川靖彦氏）という。なお、顕昭『詞華集注』は、第二句を「キサヤマカギニ」とし、「キサヤマ、吉野ニアリ。カギハキハナリ。キサ山ノ際也。嶋カギトヨメルモ、シマギハナリ」と注する。**○百枝松**　枝が多く伸びている松。**○いく秋風**　「幾《いく》秋」と「秋風」とを縮約した表現。また、「幾」は「百枝松」の「百」に対応する。**○そなれきぬらむ**　「そなる」（磯馴る）は、木が風に吹かれ続け、枝や幹が傾いて伸びる意（［考察］参照）。

【別出】『詞花和歌集』巻第三、秋、一一〇番

　　題知らず　　　　　　　　　　　曾禰好忠

　みよしののきさやまかげにたてる松いくあきかぜにそなれきぬらん

『歌枕名寄』巻第七、大和国二、吉野篇、象山、二一八八番

　　詞三　　　　　　　　　　　　　好忠

　みよしののきさ山ぎはにたてる松いく秋風にそなれきぬらん

【考察】初句・第二句を「み吉野の象山際の木末にはここだもさわく鳥の声かも」（万葉集・巻六・九二四・九二九・赤人）により、また吉野の松の発想を、まず「み吉野の玉松《たままつ》が枝《え》は愛《は》しきかも君がみ言《こと》を持ちて通はく」（万葉集・巻二・一一三・一一三・額田王）から得たのであろう。吉野の松は、本百首62番でも詠んでおり、また、好忠と同時代にも、「見わたせば松のはしろきよしの山いくよつもれる雪にかあるらん」（拾遺集・冬・二五〇・兼盛・入道摂政の家の屏風に）という例がある。

　ただし、「百枝松」の例は他例を見ない。後世の西行・俊成らは、「百枝の松」「松の百枝」を詠んでいるが、いずれも伊勢神宮の松を指す。承徳三年（一〇九九）書写奥書の『承徳本古謡集』の風俗歌、「伊勢の海なるや　はれ　小伊勢の海なるや　久千良の寄る島の　百枝の松の　八百枝の　や　今こそ枝さして　本の富せめや」（伊勢風俗）も、伊勢の例である。

　そうすると、好忠は、「……わが二人見し　出で立ちの　百枝槻《ももえつき》の木　こちごちに　枝させるごと　春の葉の　しげきがごとく　思へりし……」（万葉集・巻二・二一三・人麻呂）、「……ある我がやどに　百枝《ももえ》さし　生《お》ふる橘　玉に貫く……」

（万葉集・巻八・一五〇七・一五一一・家持）、「みむろきの　神なびやまに　ももえさし　しげくおひたる　つきのよのいやつぎつぎの　たまかつら……」（古今六帖・第四・二五〇二・赤人・ふるきみやこにてよめる）などに見られる「百枝槻」「百枝さし」という表現をもとに、「百枝松」という語を着想したか。

下句「いく秋風にそなれきぬらむ」は、「我見てもひさしく成りぬ住の江の岸の姫松いくよへぬらむ」（古今集・雑上・九〇五・読人不知）の結句の意に通じる。ただし、古今集歌の「幾世《いくよ》」は和歌によく使われるが、「幾秋」は好忠以前には見出せない。当該歌が秋部の歌であることを意識しての用語であろう。

「そなる」は、「風ふけばなみこすいそのそなれまつ根にあらはれてなきぬべらなり」（古今六帖・第六・四一一三・まつ）のように、海岸の松について用いることが多い。しかしながら、当該歌では吉野の松なので、「そなれとはたゞ物になるゝをいふなり」（色葉和難集）、「ソナルハ馴ト云詞也」（詞華集注）と注されるように、海風に限らず強風に吹きさらされ続ける意と解される。風に吹かれ思うように枝を伸ばせない松が、思いどおりにならない人生を送る好忠の境遇と重なるとすれば、当該歌の下句は、秋の除目を何度経ても官職が得られなかったことを暗示するか。

当該歌は『詞花集』に採られたこともあってか、その影響を受けたと思われる、「くりかへしいく秋かぜにそなれきていろもかはらぬあをつづらかな」（秋篠月清集・二三八・草）、「つれなくていく秋風をちぎりきぬきさやまかげのまつとせしまに」（月卿雲客妬歌合・二三・順徳院・契経年恋）といった歌が見出せる。

31

ひとりも寝風《ぬかぜ》もやや《ゝ》吹《ふ》きまさるなり《也》ふりにし妹《いも》が家路《いづち》尋《たづ》ねむ（三九八）

【校異】　○かせ―風（天）　○ふき―吹《ふき》（冷）　○也―なり（承・書・天・冷）　○いつち―いゐち（書・天）いへち（冷）　○たつねん―たつねむ（承・書）

【通釈】独りで寝る。風も次第に吹きつのっているようだ。今は逢っていない恋人の家を訪ねよう。

【語釈】○ひとりも寝　「寝」は終止形。○やや　少しずつ。しだいに。だんだんと。○吹きまさるなり　秋が深まり吹きつのる風の音が聞こえるようになったことをいう。○ふりにし妹　かつて妻または恋人だった人。かつて関わりがあり、今は通いが途絶えた女性。年老いた妻、老妻と解釈する注釈書もあるが、必ずしも年齢とは関わらない（[考察]参照）。○家路　底本「いつち」を校訂。家へ向かう道。ここでは女性の家へ行く道を指す。

【別出】なし

【考察】上句は、大伴家持が亡妾を悲傷して詠んだ、「今よりは秋風さむく吹きなむをいかにかひとり長き夜を寝む」（万葉集・巻三・四六二・四六五）によるとみられる。

独り寝は、『万葉集』以来多く詠まれる。「ひとり寝と薦朽ちめやも綾蓆緒になるまでに君をし待たむ」（万葉集・巻十一・二五三八・二五四三・読人不知）、「ひとりぬるとこは草ばにあらねども秋くるよひはつゆけかりけり」（古今集・秋上・一八八・読人不知・題不知）、「吹く風は色も見えねど冬くればひとりぬるよの身にぞしみける」（後撰集・冬・四四九・読人不知・題不知）などである。好忠自身も他に、「ひとりぬるかぜのさむさにかみな月しぐれふりにしつまぞこひしき」（好忠集・毎月集・二九一・十月中）と詠んでおり、冷風が独り寝にしみるという点で当該歌と共通する。

「風もやや吹きまさる」という表現は、「をぎかぜもややふきまさるこゑすなりあはれ秋こそふかくなるらし」（後拾遺集・秋上・三二三・長能・花山院歌合せさせたまはむとしけるにとどまりはべりにけれどうたをばたてまつりけるに秋風をよめる）にも見られる。長能歌の方が、好忠の当該歌よりもやや後の作か。

なお、風が「やや」吹くという表現は、『万葉集』にはないが、平安期に入ると、「あき風のややふきしけばのをさむみわびしき声に松虫ぞ鳴く」（後撰集・秋上・二六一・貫之）、「秋かぜのややふきしけばきりぎりすうくもよもぎのやどをかるるか」（古今六帖・第六・三九九一・きりぎりす）といった例が見出せる。好忠の時代に詠み始められたようである。

「ふりにし妹」の例も、やはり好忠よりも後の例だが、かろうじて「月かげにこちくの声ぞ聞ゆなるふりにしいもは待ちやかぬらん」（公任集・五一一・月のまへの笛の音）という例を見出すにとどまる。上句を助動詞「なり」で切り、第四句に「ふりにしいも」を置く点が当該歌と共通する。

ちなみに、「ふりにし人」の例ならば、「藤衣あたらしく立つ年なればふりにし人はなほや恋しき」（貫之集・八・七九三・おなじ中納言うせたまへるとしのまたのとしのついたちの日、かの中納言の御いへにたてまつりける）、「いそのかみふりにし人のあふときはうれしかりけり夏の夜の雨」（元輔集・一一・くら人所まかりはなれて後に、なしつぼにてをのこどもあめふるひ、さけたべし次に友だちにあひてはべるよしをよみて侍る）という歌がある。好忠も、「身にさむくあきのさよかぜふくなへにふりにし人のゆめにみえつる」（好忠集・毎月集・二四三・八月をはり）と詠んでいる。秋風の冷たさに、昔交際していた恋人を思うという、当該歌と同じ趣向であろう。また、その状況を女性の立場で詠んだ「はださむく風はよごとになりまさるわが見しひとはおとづれもせず」（好忠集・毎月集・二三三・八月中）という歌もある。

なお、「ふりにし床」という例も、「夜ひのまにはやなぐさめよいその神ふりにしとこもうちはらふべく」（後撰集・恋三・七五六・仲平・宮づかへし侍りける女、ほどひさしくありてものいはむといひ侍りけるに、おそくまかりければ）という歌に見出される。

以上の用例から推すと、「ふりにし」という表現は、例えば右の後撰集歌の詞書に「ほどひさしくありて」と端的に示されるように、以前は関係があったが、今は関係が途絶えてしまったという状態を意味するようである。前掲『好忠集』二三三番の「わが見しひと」も、同じ心理的距離をもって使われた表現とみられよう。したがって、「ふりにし妹」は、年老いた女性を指すとは限らないと考えられる。

「妹が家路」の例は、まず『万葉集』に、「春の雨にありけるものを立ち隠り妹が家道にこの日暮らしつ」（巻十・一八七七・一八八一）、「天の川打橋渡せ妹が家道止まず通はむ時待たずとも」（巻十・二〇五六・二〇六〇）、「妹が家道近くありせば見れど飽かぬまりふの浦を見せましものを」（巻十五・三六三五・三六五七）の三首がある。このうち一八七七番歌は、『古今六帖』四五三番に採録されている。『古今六帖』には他にも、「春雨にころものそではひちぬらんいもがいへぢの山はこえなん」（第五・二七九〇・人丸・とほみちへだてたる）という歌が見出される。また、歌合にも、「したくさはしげりにけりなむかしみしいもがいへぢのあともなきまで」（一条大納言家歌合・一二・あつのぶ・若草）、「いもがいへぢみちたそかれになるときはかきねのはなをたづねてぞゆく」（花山院歌合・三・なほただ・卯花）といった例がある。好忠にも、「きて見よといもがいへぢへつげやらんわがひとりぬるとこ夏のはな」（好忠集・毎月集・一七二・六月中）があり、この歌は後に『後拾遺集』（夏・二二七）に採られることになる。用例の所在は『万葉集』と十世紀に集中しており、それ以降はほとんど詠まれなくなる。

松風《まつかぜ》のうらさびしかる秋《あき》すらに我《われ》をば人のしのぶらむやぞ（三九九）

【校異】○さひし―かなし（書）○あきすら《そ》に《た》―あきそらた（書）秋すらた（天）あきすらた（冷）○人―ひと（天）

【通釈】松風がものさびしい秋でさえ、私のことをあの人は思い慕っているだろうか。いや、慕ってなどいない。

【語釈】○松風　松の梢に当たって音を立てる風。「松」に「待つ」を響かせる。○うらさびしかる　「うら」は心の意。「うらさびし」は、心さびしい、何となくさびしいの意。ここでは松風の音を聞いたときの感情をいう。○秋すらに　「秋」に「飽き」を響かせる。「すらに」は「すら」と同じ。……でさえ。……だって。書陵部本に「そらだ」とあるが、富士谷成章『あゆひ抄』では「すら」に同じとする。○やぞ　強い反語。どうして……であろうか、いや決して……ではない（3番参照）。

【別出】なし

【考察】松を抜ける風の音に心さびしさを感じる秋になっても、あの人は私を慕って訪れることはない。「松風」に「待つ」、

「秋」に「飽き」を響かせて、孤閨を託つ女性の立場で詠んだ歌である。「こぬ人をまつゆふぐれの秋風はいかにふけばかわびしかるらむ」(古今集・恋五・七七七・読人不知・題不知)にも通じる思いであろう。

「松風」に「待つ」を掛けた女歌の例には、「我を君とふやとふやと松風のいまはあらしとなるぞかなしき」(古今六帖・第一・四三四・あらし)がある。この歌の類想歌には、御所本『躬恒集』の「逢ふことをいまやいまやとまつかぜのおとにのみやはききわたりなん」(三四九)、「逢ふことをいつしかとのみまつ風のおとにしられでこひわたるかな」(三五九)という二首がある。

また、「秋」の「風」と接頭辞「うら」の付く形容詞を詠んだ例としては、「わがせこが衣のすそを吹返しうらめづらしき秋のはつ風」(古今集・秋上・一七一・読人不知・題不知)がある。さらに、「うらさびし」の例も、同じく『古今集』の「君まさで煙たえにししほがまの浦さびしくも見え渡るかな」(哀傷・八五二・貫之・河原の左のおほいまうちぎみの身まかりてのちかの家にまかりてありけるに、しほがまといふ所のさまをつくれりけるを見てよめる)が指摘できる。おそらく好忠の当該歌の上句は、これらの古今集歌から発想を得たのであろう。

「われをば人の」という句は、「おもへばやしたゆふひものとけつらん我をば人のこひじものゆゑ」(一条摂政御集・一二〇・ひさしくえおはせで、むかへびに)、「みくま野のうらのはまゆふいくへかも我をば人の思ひへだつる」(古今六帖・第三・一九三八・はまゆふ)といった歌に見出される。いずれも、「こひじ」「思ひへだつる」というように、相手が自分に恋していないことを詠んでおり、当該歌も同様に解せよう。

第三句「秋すらに」の「すらに」は、夙に『万葉集』に「軽の池の浦回行き廻る鴨すらに玉藻の上にひとり寝なくに」(巻三・三九〇・三九三・紀皇女の御歌一首)、「暇なみ五月をすらに我妹子が花橘を見ずか過ぐさむ」(巻八・一五〇四・一五〇八・高安の歌一首)、「……たまきはる　命惜しけど　せむすべの　たどきを知らに　かくしてや　荒し男すらに　嘆き伏せらむ」(万葉集・巻十七・三九六二・三九八四・忽ちに枉疾に沈み、殆と泉路に臨む。よりて歌詞を作り、以て悲緒を申ぶる一首)といった例が見える。平安期には、「みちすらに時雨にあひぬいとどしくほしあへぬ袖のぬれにけるかな」(貫之集・二・一三六・道行人のしぐれにあへる）、「こますらにすさめぬ程におひぬればなにのあやめもしられやはする」（和泉式部集・四九五・同日、清少納言）、「我すらに思ひこそやれ春日のの雪間をいかで鶴の分くらん」（栄花物語・はつはな・五六・花山院）などの例があるが、ごく少ない。

前の31番歌が、吹きつのる秋風を契機に、久しぶりに女性のもとを訪れようという男性の歌であるのに対し、当該歌は、秋風が吹いても自分を思ってもくれないだろうと、男性への不信感を述べた女性の歌である。男女双方の立場の歌を呼応させて、秋歌十首は締めくくられている。

33

冬十

唐錦《からにしき》山の木《こ》の葉を縒《よ》り裁《た》ちて幣《ぬさ》をば風ぞ四方《よも》に手向《たむ》くる（四〇〇）

【校異】○**冬十**―ふゆ（冷）　○**からにしき山のこの葉を**《にしきを》―カラニシキ山ノコノハヲ《ニシキ》（承）神なつき山のにしきを（書）からにしきやまのこのはを（天）からにしき山のこのはを（冷）　○**よ《も》りたち《て》て**―もりたてゝ（書）きりたちて（天・冷）　○**ぬさをは**―ぬさとは（書・天・冷）　○**風**―かせ（書・天・冷）

【通釈】　冬歌十首

唐錦のような色鮮やかな山の木の葉を（糸に）縒り（布を）裁断して、できた幣を、風があちらこちらの神々に供えている。

【語釈】○**唐錦**　舶来の錦。紅葉を喩える。○**縒り裁ちて**　「よりたつ」を「縒り裁つ」とみる。「唐錦」の縁語。和歌にはまず用いられない。○**四方**　あちらこちら。いたるところ。○**手向くる**　「手向く」は、神仏に供え物を献じること。

【別出】　なし

【考察】　激しい木枯らしの風が秋の名残の紅葉を吹き散らすさまを、風が唐錦を幣に仕立てて方々の神に供えている、と見立てた歌である。

上句は、「からにしきかぜのたつらんもみぢばはきりのたつにもおくれざりけり」（陽成院一親王姫君達歌合・三二・右）に、下句は、『和歌大系』が参考として挙げる「あき風はたがたむけとか紅葉ばをぬさにきりつつ吹きちらすらん」（寛平御時后宮歌合・一〇七・右）の下句による。この二首に表現と発想を依拠する歌であろう。

「唐錦」は、「思ふどちまとゐせる夜は唐錦たたまくをしき物にぞありける」（古今集・雑上・八六四・読人不知・題不知）のほか、「……からにしき　たつたの山の　もみぢばを　見てのみしのぶ　神な月……」（古今集・雑体・一〇〇二・貫之）、「唐錦たつたの山も今よりはもみぢながらにときはならなん」（後撰集・秋下・三八五・貫之・題不知）など、地名「龍田」が象徴的に示すように、「裁つ」という語とともに詠まれることが多い。

また、「風」は、「あさみどりそめてみだれるあをやぎのいとをばはるのかぜやよるらむ」（亭子院歌合・二一・是則・春）、「つきかげのいりくるやどのあをやぎはかぜのよるさへみゆるものかな」（一条摂政御集・一五三）、「ともすればかぜのよるにぞあをやぎのいとはなかなかみだれそめける」（能宣集・七二・ある所の歌合／やなぎ）などの青柳や、「山おろしのかぜにくさばのなびくをもよるをもなどかふくといふらん」（忠岑集・一三七・伊衡）の草葉を「縒る」ものとして詠まれる。

これに加えて、「風」は「立つ」ことから、紅葉の錦を「裁つ」ものでもある。前掲の『陽成院一親王姫君達歌合』の歌の他に、「むらながらみゆるもみぢば神な月まだ山かぜのたたぬなりけり」（清正集・四三・ゐに）などの例があり、好忠自身も、「きる人もよになきものはあきやまにかぜのふきたつにしきなりけり」（好忠集・毎月集・二六〇・九月中）と詠んでいる。

そうすると、「縒り裁つ」という語は、「風」が（木の葉を）「縒る」ことで「唐錦」を「裁つ」という意と考えられる。当該歌は、こうして幣を作り、手向けるまでの一連の行為の主体を「風」とするところに趣向がある。

なお、第三句「縒り裁ちて」は、天理本・冷泉家本では「きりたちて」になっている。この異文には、「いろいろのもみぢのにしきりたちてのこれるはしはいくきとかみむ」（忠見集・五六・きりたちて、もみぢのきどもかくせるところ）の例があり、「（霧が）立つ」と「（錦を）裁つ」という掛詞になっているが、当該歌に「霧」を読み取ることは難しかろう。

なお、書陵部本にある「もりたてゝ」の他例は見られない。

〈順百首〉には、「かみな月しぐるるたびのやまごえにもみぢをかぜのたむけつるかな」（好忠集・冬十・五一九）という、風が紅葉を手向ける歌がある。同趣向の例としては、他にも「ちはやぶるかみな月とはしらねばやもみぢをぬさと風のたむくる」（道命阿闍梨集・一六五・これははやうよみたりし、十月かみのやしろにもみぢしたるをみて）が見出せる。

「錦」を「幣」とする詠み方は、「このたびはぬさもとりあへずたむけ山紅葉の錦神のまにまに」（古今集・羈旅・四二〇・道真）をはじめ、表現類型として定着しているが、「唐錦」と「幣」とを組み合わせた平安中期までの例は、「から錦あらふとみゆるたつた川やまとの国のぬさにぞ有りける」（兼輔集・六〇）が見られる程度である。また、紅葉を幣と見立てる歌は、先の道真歌のほか、「道しらばたづねもゆかむもみぢばをぬさとたむけて秋はいにけり」（古今集・秋下・三一三・躬恒）といった例もある。冬部冒頭の当該歌は、この『古今集』秋下巻末の躬恒歌に、晩秋初冬の情景として通底するものがあろう。

なお、「幣」を「手向く」という例は、勅撰集では、『古今集』に五例（二九八・二九九・三〇〇・三一三・四二〇）、『後撰集』に三例（四一九・一三三七・一三三八）存するが、その後は『千載集』まで見られない。

「山の木の葉」の用例は、まず『万葉集』に、「飛鳥川もみち葉流る葛城の山の木の葉は今し散るらし」（巻十・二二一〇・二二一四）があり、平安期にも、「あきのつゆいろいろごとにおけばこそ山のこのはのちくさなるらめ」（古今集・秋下・二五九・読人不知・題不知）、「千鳥なくさほの河ぎりたちぬらし山のこのはも色まさりゆく」（古今集・賀・三六一）、「秋風に山のこのはのうつろへば人の心もいかがとぞ思ふ」（古今集・恋四・七一四・素性・題不知）が見出せる。いずれも紅葉や落葉を詠んでおり、秋から冬の季節感を伴う。

「風」が「四方」に吹く情景は、「秋風のよものやまよりおのがじしふくにちりぬるもみぢかなしな」（藤六集・五）、「きてもみる人しなければわがやどのもみぢはよものかぜにまかせつ」（相如集・六三）といった歌に見られ、好忠も後に、「あきかぜのよもにふきくるおとはやまなにのくさきかのどけかるべき」（好忠集・毎月集・二〇八・七月下）と詠んでいる。いずれも、秋の紅葉を散らす強く冷たい風を詠む。

34

繁《しげ》かりし蓬《よもぎ》の垣《かき》の隔《へだ》てにもさはらぬものは冬にぞあり《有・》ける（四〇一）

【校異】**○冬にそ有ける**―冬にそありける（承・書）ふゆにさりけり（天）ふゆにさりける（冷）

【通釈】繁茂していた蓬の垣根の隔てにも遮られることがないものは、冬であったのだ。

【語釈】**○蓬の垣**　生い茂っていた蓬が垣根のようになっているさまをいう。蓬は荒れ果てた家の象徴。人が訪問するのに妨げとなる。冬には枯れてしまう。**○さはらぬ**　「障《さは》る」は、妨げとなる、遮られるの意。

【別出】『万代和歌集』巻第六、冬歌、一二六九番

（題不知）　好忠

しげかりしよもぎのかきのへだてにもさはらぬものは冬にぞ有りける

『夫木和歌抄』巻第三十一、雑部十三、牆、一五〇一八番

よもぎのかき

題不知、万代　好忠

しげかりしよもぎのかきのへだてにもさはらぬ物は冬にざりけり

【考察】当該歌の発想には、『全釈』『和歌大系』『注解』が指摘するように、「とふ人もなきやどなれどくる春はやへむぐらにもさはらざりけり」（貫之集・二〇七・三条右大臣屏風のうた）があろう。この貫之歌の「やへむぐら」を「蓬の垣」に、

季節を春から冬に置き換えて、荒れた住まいの様子を表現した。『注解』は、「荒れた宿に訪れる季節を詠むのは、好忠周辺で好まれた趣向である」と指摘する。

この貫之歌は、『源氏物語』桐壺巻の、靫負命婦が亡き桐壺更衣の里邸を訪れる場面において、「草も高くなり、野分にいとど荒れたる心地して、月影ばかりぞ、八重葎にもさはらずさし入りたる」というように、引歌として秋の情景描写に用いられる。しかし、好忠は、当該歌をはじめ、後の〈毎月集〉でも、「しづのめのあさけのころもめをあらみはげしき冬は風もさはらず」（好忠集・三一八・十一月上）、「つくば山はやまのしげりしげけれどふりしくゆきはさはらざりけり」（好忠集・三五〇・十二月中）というように、冬歌として詠んでいる。

『大系』『全釈』は、春から夏に繁茂していた蓬も今は枯れ、冬が訪れたという季節の移り変わりを詠んだとして解釈するが、それに加えて『和歌大系』は「蓬の垣」を荒れた邸の象徴とし、『注解』は荒廃した庭の風情を読み取る。蓬は、人が訪れない荒れた住居を表す景物である。『和歌大系』が参考として挙げる「我もふりよもぎもやどにしげりにしかどにおとする人はたれぞも」（古今六帖・第六・三九五六・よもぎ）のほか、「とふ人もみえぬよもぎのもとなれや今はすみれのさかりなるかな」（海人手古良集・五）、「よもぎふのあれたるやどのとぼそよりいとどふりいるあめのあしおと」（千穎集・八五・心細十首）などの例がある。

「蓬の垣」という表現は、当該歌がごく初期の例で、これ以後、「さなくてもさびしきものを冬くればよもぎのかきもかれがれにして」（和泉式部集・三八九）、「へだてこしよもぎのかきも霜がれてあらはに冬の初をぞ見《しイ》る」（弘長百首・冬十首・三五三・家良・初冬）といった例を見出すに過ぎない。好忠が発想した表現が、和泉式部らに受容されたのであろう。

当該百首の序文にある「蓬のもとにとぢられて、出でつかふる事もなき」という記述と当該歌が対応しているとすれば、『注解』が「不遇な生活を送る好忠自身のわび住まいをイメージすることもできよう」と述べるように、都での出仕がかなわず、丹後掾としての生活に閉塞感を持つ好忠の状況を、当該歌の背後に読み取ってもよいであろう。また、序文の「冬はさびしき宿に群れゐて、荒れたる宿のひまをわけ」という箇所は、人の訪れのない荒れた家に歓迎しない冬だけがやって来るという、当該歌の孤独感に通じよう。

35　楸《ひさぎ》お《を》ふる沢辺《さはべ》の茅原《ちはら》冬来《く》れば雲雀《ひばり》の床《とこ》ぞ現《あらは》れにける（四〇二）

【校異】**○集付ナシ**―詞花（書）**○をふる**―おふる（承・書・天・冷）**○さはへのちはら**―ひさの〻はらも（天・冷）**○冬**―ふゆ（冷）

【通釈】楸が生えている沢辺の茅原は、冬が来ると、雲雀の巣があらわに見えるようになったことだ。

【語釈】**○楸**　木豇豆《きささげ》、あるいは赤芽柏《あかめがしわ》の異名。いずれも落葉高木。**○茅原**　茅《ちがや》の生い茂った原。茅はイネ科の多年草で、叢生する。和歌では「浅茅原」と詠まれることが多い。**○雲雀の床**　雲雀の巣。雲雀は草原や川原などに多く住み、四月から七月には椀形の巣を作る。好忠の創始した表現とみられる。**○現れにける**　「現れ」は「洗はれ」と同音で「沢辺」の縁語。

【別出】『詞花和歌集』巻第四、冬、一四一番

（題不知）　（曾禰好忠）

ひさぎおふるさはべのちはら冬くればひばりのとこぞあらはれにける

【考察】雲雀が雛を育てる時期、巣は、楸の陰や繁茂する茅に隠れているが、冬になると、楸は落葉し、茅も枯れてしまって、巣の所在がはっきりと見える。直前の34番歌に、冬を迎えた好忠自身の家の有様が暗示されているとすれば、当該歌の「雲雀の床」にも、同様に、草木が枯れてあらわになった冬の情景を読み取ることができよう。『注解』は、「本来隠しておくべきもの（寝床）が衆人の目にさらされることになったという不都合さ」を指摘している。

「楸おふる」という句は、夙に『万葉集』に「ぬばたまの夜のふけ行けば久木生ふる清き川原に千鳥しば鳴く」（巻六・九

二五・九三〇）と見える。平安期には、「ひさぎおふるかはらのやどの遠近にみゆるものものきみにいはせん」（安法集・五一・伊勢といふ人、歌どもの題かきあつめてやれるに）のほか、好忠自身にも〈毎月集〉に、「ひさぎおふるあとのかはらのあさぢふものこらずしもにかれはてにけり」（好忠集・三一四・十一月上）という例があるが、これ以後は、『堀河百首』まで用例は見当たらない。『全釈』『注解』が指摘するように、当該歌は先の万葉歌に歌句を倣ったのだろう。万葉歌以来の、水辺に生える楸のイメージも継承している。

また、「雲雀」という歌材も万葉歌によるものと考えられる。平安期にはほとんど歌に詠まれないが、『万葉集』には、大伴家持の「うらうらに照れる春日にひばり上がり心悲しもひとりし思へば」（巻十九・四二九二・四三一六・二十五日に作る歌一首）、「ひばり上がる春へとさやになりぬれば都も見えず霞たなびく」（巻二十・四四三四・四四五八・三月三日に防人を検校する勅使と兵部の使人等と同しく集ひて飲宴し作る歌三首）の二首が見える。平安期にわずかに見出せる「うきなのみおひ出づるものを雲雀あがるをかだの原をみすててぞ行く」（増基集・七八・をかだのはらといふ所をめぐるに）という例も、これらの家持歌の影響下に詠まれている。

好忠には後にも、雲雀を詠んだ歌、「みちしばもけふははるばるあをみはへおりゐるひばりかくろへぬべみ」（好忠集・毎月集・八三・三月をはり）があるが、これも万葉歌と同様、雲雀を春の景物として扱っている。ところが、当該歌は冬の歌であり、そこに着眼の新しさがあるという『注解』の見解には首肯されよう。

なお、順の「なにたかくふりてあめなるひばりかげいとどあらくぞまさるべらなる」（源順馬名歌合・一六・右　あめなるひばりかげ）には、馬の名にちなんだ「ひばりかげ」という語が見える。

好忠の独創とみられるのが、「雲雀の床」である。同時代には用例がなく、後世には、「すみれさくひばりの床にやどかりて野をなつかしみくらす春かな」（拾遺愚草・一九九八・詠花鳥和歌各十二首／鳥／三月雲雀）、「むすびおきしひばりの床も草かれてあらはれわたるむさしのの原」（後鳥羽院御集・九三・正治二年八月御百首／鳥五首）、「すみれつむ野べには人のたびねしてひばりの床やよそに成るらん」（御室五十首・八一五・寂蓮・詠五十首和歌／春十二首）などがある。巣があらわに見えることによって、春から冬への季節の移り変わりを示す新たな歌語として、好忠はこの語を案出したのであろう。右の『後鳥羽院御集』九三番は、この観点からも当該歌を踏まえているといえよう。なお、このように新古今集時代の歌人に着目されているのは、当該歌が『詞花集』に入集していることから推すと、勅撰集経由の享受の一端であろう。

「現る」という語は、次のような好忠と同時代歌人の歌からもわかるように、「洗はる」との掛詞であることが多い。「さは水につみあらはるるしのびねをかくせりけるはうき心かな」（仲文集・九・承香殿にさぶらひける人をかたらひけるが、みそかに人をもたりて、まかりたりしかば、まどひかくしてけるに、くつのありけるをみて、まへのやり水におひたりけるねぜりをとりて）、「しのぶぐさいかなるつゆかおきつらんけさはねもみなあらはれにけり」（朝光集・一〇四・かくかよひたまへど、あさからずとかくしたまふを、左大将見あらはしたまひて、よひとよ物がたりし給ひてかへりたまひぬ、またの日、左）などの例である。好忠の当該歌においては、「洗はる」の意で解することはできないが、「沢辺」との縁で選択された語である可能性は、指摘しておいてよいであろう。

白雪《しらゆき》の降《ふ》り敷《し》く冬と数《かぞ》ふればわが身に年《とし》の積《つ》もるなりけり（四〇三）

【校異】 ○しらゆきの―しら雪の（書・天）しもゆきの（冷） ○ふりしく―ふりゆく（天・冷） ○冬と《かすを》―かすを（書）冬も（天）ふゆも（冷） ○わか身―わかみ（冷）

【通釈】 白雪が一面に降り積もる冬が来たと数えてみると、（雪が積もるだけではなく）私自身に年齢が積もり重なったことだよ。

【語釈】 ○白雪　下句との関連で白髪を連想させる。 ○降り敷く　あたり一面に降り積もる。「（白雪が）降る」に、年を取る意の「（わが身が）旧る」を響かせる。天理本・冷泉家本の本文「ふりゆく」ならば、年老いてゆく時間の経過がより鮮明になろう。

【別出】　なし

【考察】　雪が降る冬という季節を、これまで何回経てきたかと数えて、年老いた自分自身に気づいたという感慨を詠んだ歌である。

　初句・第二句を、『貫之集』にも見える「白雪のふりしく時はみよしのの山した風に花ぞちりける」（古今集・賀・三六三・内侍のかみの右大将ふぢはらの朝臣の四十賀しける時に、四季のゑかけるうしろの屏風にかきたりけるうた　冬）により、また、第三句以下を、「かぞふればとまらぬ物を年といひてことしはいたくおいぞしにける」（古今集・雑上・八九三・読人不知・題不知）によって、それらを組み合わせたものであろう。

「あらたまの年のをはりになるごとに雪もわが身もふりまさりつつ」（古今集・冬・三三九・元方・年のはてによめる）という歌に代表されるように、「雪」も「わが身」も「ふる（降る・旧る）」という常套表現はあるが、当該歌では、年末を示す語を用いず、「冬」の到来によって年を重ねたことを実感する。「冬」と「かす」（数）の異同が存在するのも、このためであろう。あるいは、「冬十」の第四首にあたるという百首歌中の配列を考慮してのことか。書陵部本を底本とする『注解』は、「白雪の降りしく数」という本文について、「やや解しにくい。白雪が降り積もった季節の数、の意か」とする。ちなみに、「数を数ふ」という表現は、和歌にも散見する。

「降りしく」「雪」と老いを詠んだ例には、「白雪のやへふりしけるかへる山かへるがへるもおいにけるかな」（古今集・雑上・九〇二・棟梁・寛平御時きさいの宮の歌合のうた）、「ふりしけばまさにわがみとそへつべくおもへばゆきのそらにちりつつ」（秋萩集・二四）、「年ふればこしのしら山おいにけりおほくの冬の雪つもりつつ」（拾遺集・冬・二四九・忠見・題不知）などがある。中でも忠見歌は、雪の積もる冬という季節が度重なることで老いを感じるという趣向が当該歌と共通していよう。

「おちたぎつたきのみなかみとしつもりおいにけらしなくろきすぢなし」（古今集・雑下・九二八・忠岑・ひえの山なるお

37

とはのたきを見てよめる）といふ歌からも知られるように、「年」が「積もる」ということは、当然、「老いにけらしな」という感慨に直結する。当該歌は、「老い」という語を用いず、この古今歌と同様の心情を詠んだといえるであろう。
「わが身」に「年」あるいは「年月」が「（ふり）積もる」という下句の表現は、「桜花かつちりながら年月は我が身にのみぞつもるべらなる」（貫之集・四三三・返し、女）、「あらたまのとしふりつもるやまざとにゆきあかれぬはわがみなりけり」（躬恒集・八七）など、古今集時代から類型が見られる。好忠と同時代にも、「かぞふれば我が身につもる年月をおくりむかふとなにいそぐらん」（兼盛集・一九三・十二月仏名する家）という例があり、上句が当該歌の第三句以下と酷似する。この兼盛歌は天元二年（九七九）十月、円融院三尺屏風の歌と推定される（田島智子『屏風歌の研究』資料篇）ことから、当該歌がやや先行する例とみられる。

鏡《かゞみ》かと氷《こほり》とぢたる水底《みなそこ》に深《ふか》くなりゆく冬にもあるかな（四〇四）

【校異】○**とぢたる**―とけたる（天・冷）　○**みなそこ《わす》に**―みなわすに（書）みなそこに（天・冷）　○**なりゆく**―なり行（冷）　○**冬**―ふゆ（承・冷）
【通釈】鏡かと見まがう氷が張っている水底に深さを感じ、深まっていく冬であるなあ。
【語釈】○**水底**　書陵部本「みなわす」。『大系』は「水泡洲か。水の泡が浮いている中洲」とするが、『注解』が指摘するように他例は見出せない。　○**深くなりゆく冬**　深くなっていく冬。水深が深く見えるようになるさまに冬の深まりを重ねる。「冬深く野はなりにけり」（85）。
【別出】なし
【考察】鏡のように水面に氷が張ったことで感じられる底知れぬ「深さ」に、冬の「深まり」を重ねて詠んだ歌である。「みなそこにしづめるはなのかげみればはるのふかくもなりにけるかな」（亭子院歌合・三四・是則・右）は、水底深く沈んだように映る花の姿に深まりゆく春を重ねるが、当該歌は、『注解』が指摘するように、この歌と同様の趣向を冬にずらして詠んだとみられる。

氷を鏡に見立てる表現は、次に挙げるように漢詩文に見られることが知られている。

眼前貯水号瑶池　手溉手穿送歳時　冬至毎朝凍作鏡　春来終日浪成漪　（新撰万葉集・一五八・冬歌二十一首）

冬来氷鏡拋檐懸　一旦趁看未破前　嫗女嚬臨無粉黛　老来皴集幾廻年　（同・一六八・冬歌二十一首）

ただし、『注解』は、好忠が活躍した時期には、「氷そのものよりも水面や水に映る月（月光）を鏡に見立てるのが一般的」という。とすれば、「ほりておきし池は鏡とこほれども影にもみえぬ年ぞ経にける」（寛平御時后宮歌合・一二七・左）は、氷自体を鏡と見る先行例として、特に指摘しておくべきであろう。

「水底」「深し」の古い例としては、『万葉集』に「大き海の水底深く思ひつつ裳引きならしし菅原の里」（巻二十・四四九一・四五一五・右の一首、藤原宿奈麻呂朝臣の妻石川女郎、愛を薄くし離別せられ、悲しび恨みて作る歌なり）がある。後には「心ざしふかくみなそこかづきつつむなしくいづなおきのしまもり」（忠岑集・一七三・寛平の御ときの中宮の御びやうぶに、あまのかづきしたるところ）、「ちぢの川ながれてつどふわたつうみのみなそこふかくおもふころかな」（古今六帖・第三・一七六〇・うみ）など、思いの深さと重ねる歌が見える。また、「みなそこの色さへ深き松がえにちとせをかねてさける藤波」（後撰集・春下・一二四・読人不知・題不知）、「むらさきのいろのふかきはみなそこにみえつるふぢのはなにざりける」（躬恒集・二四一）、「水底に影しうつれば紅葉ばの色もふかくや成りまさるらん」（貫之集・二六・延喜十三年十月内侍屏風のうた、うちのおほせにてたてまつる／河のほとりに紅葉ある所）など、松や藤、紅葉の色の深さを重ねることも多い。冬という季節の深まりを詠んだ当該歌は、このような人の思いや植物の色彩の深さから離れた作であることに注意しておきたい。また、これらの用例の中に屏風歌が散見されることは、百首歌としての当該歌の表現を考える上で、留意されよう。

なお、好忠の〈毎月集〉には、「あしがものきゐるきしべのふちよりもふかくなりゆく冬にもあるかな」（好忠集・三一五・中のふゆ、十一月上）といった同趣向の歌があり、下句が当該歌と完全に一致する。

38

神祭《まつ》るみ冬《ふゆ》なかばになりにけるあこねが寝屋《ねや》に榊《さかきを》折り敷《し》く（四〇五）

【校異】○神まつる―かみまつる（天）○みふゆ《ふゆは》―冬は（書）ふゆは（天・冷）○なかはに―中はに（冷）○なりにける―ナリニケル〈句末の「ル」は「リ」の上に重ねて修正〉（承）なりにけり（書・天・冷）○あこね―あねこ（書・天・冷）○さかき―すかき（書）さかき（天・冷）○をりしく―おりしき（天）をりしき（冷）

【通釈】神を祭る冬は半ばの十一月になったことだ。「あこね」の寝室に榊を折り敷いている。

【語釈】○神祭る　神を祭る。神事の多い四月と十一月を指すことが多い。ここでは十一月の神事をいう。神社でも個人の邸宅でも行われたが、自邸での様子を詠んだものか。自邸で祭る「いへのかみ」は、「魅《イヘノカミ》」（類聚名義抄・僧下）、「宅神祭」（小右記・長元元年十一月二十五日条）、「ヤカツ神家神也」（和歌初学抄）、「ウケモノ神家神也、保食神也」（同）などと記される。○み冬なかば　冬の真ん中。十一月。「み冬」は『万葉集』三九〇一（三九二三）番に見える万葉語（［考察］参照）。伊藤博『万葉集釈注』は、「『冬』を含めた広い意味での時間名詞に『み』を冠する例は、集中、この一例のみ」とする。「み」は美称の接頭辞。他本「冬は」「ふゆは」。なじみのない「み冬」の語を改めたのであろう。○あこねが寝屋　「あこね」は語義未詳。「吾子寝」で吾が子が寝る意か。『播磨国風土記』に、応神天皇が豊忍別命の国造の地位を剝奪した時、但馬の国造「阿胡尼命」が罪の償いをして赦されたと記されるが、関連は不明。あるいは、他本本文にある「あねこ」を誤写したものか。『延喜式』巻九神名上・尾張国「愛智郡十七座」に「火上姉子神社」が記載される（［考察］参照）。「寝屋」は寝室。○榊折り敷く　榊の枝を折って敷く。

神まつる冬はなかばに成りにけりあねこがねやにさかきをりしく

【別出】『夫木和歌抄』巻第十六、冬部一、冬雑、六七二四番
三百六十首中　好忠

【考察】神を祭る十一月になったことを、「あこね」の寝室に榊が折り敷いてあるのを見て初めて気付いたという歌であろう。神祭りとしてはむしろ「神まつる卯月にさける卯の花はしろくもきねがしらげたるかな」（拾遺集・夏・九一・躬恒・延喜御時月次御屏風に）のように、四月の行事として詠む方が一般的であった。『古今六帖』第一帖の「神まつり」題の歌も、「五月」の直前に配されている。

だが、「神まつる時にしなれば榊葉のときはの陰はかはらざりけり」（貫之集・二四二・延喜御時内裏御屏風のうた廿六首／山里に神祭る）は、屏風歌二十六首のうち第二十五首に位置しており、十一月の神事を詠んだ先行例である。他にも平安期には、「さかきばのしもうちはらひときはにてあれずまつらんわがやどのかみ」（能宣集・九二・十一月、神まつるいへ）、「神まつるさかきばさすになりにけりゆふづくよにぞおほぬさに見し」（好忠集・順百首・冬十・五一八）、「神よよりいはひそめてしあしひきのやまのさかきば色もかはらず」（道済集・八五・十一月、神まつりする家）、「ときはなる山のさかきを折りとりてかはらぬ宿のしるしにはさす」（経信母集・三・十一月、神まつる所に榊さす）などが見られる。用例数はそれほど多くはないが、歌に詠まれる年中行事のひとつであったことが知られる。また、神事には榊の葉を用いており、多くの歌に詠まれている。

個人の邸宅で神祭りが行われていたことは、前掲『能宣集』『道済集』の詞書のほか、「四月、いへのかみまつる」（忠見集・四二・詞書）などからも知られる。当該歌も自邸での神祭りを詠んでいるのであろう。

「み冬」という語は、「み冬継ぎ春は来たれど梅の花君にしあらねば折る人もなし」（万葉集・巻十七・三九〇一・三九二三・書持）にある万葉語である。平安期には、当該歌以外、管見に入らない。鎌倉期には万葉歌を踏まえて、「みふゆつぎはるしきぬればあをやぎのかづらき山に霞たなびく」（新勅撰集・春上・三〇・実朝）のほか、「かぎりあるみふゆしそへば

年の内にほつえはさきぬ軒のむめがえ」（新撰六帖・二〇六・家良）、「一とせをわきぞかねぬるみふゆつぎのこる日数の春はきにけり」（宝治百首・一・後嵯峨院）のように詠まれている。

「なかばになる」という表現は、平安期には「こがれつつはるのなかばになりぬ《にけ》なりいまやさくらん山ぶきのはな」（書陵部本能宣集・六八）、「ときはかくなつのなかばになりぬれどまだはつかなるせみのこゑかな」（大斎院前御集・一〇九・御）、「つきかげはいつもあかぬにこよひこそあきのなかばにあはれなりけれ」（高遠集・四〇三）のように、春・夏・秋については詠まれたが、冬の例は当該歌のみ見出される。

「あこね」は、おそらく人物を指す語であろうが、語義は未詳である。ただし、「あこね」という地名ならば、「わが欲りし野島は見せつ底深き阿胡根の浦の珠ぞ拾はぬ」（万葉集・巻一・一二・中皇命）の「阿胡根の浦」がある。『五代集歌枕』では「あこねのうら　紀伊」とあり、『夫木抄』でも「あこねの浦、阿胡根、紀伊」とし、さらに後の宣長『玉勝間』でも、紀州日高郡「塩屋浦の南に野島ノ里あり、その海べをあこねの浦」と指摘して、紀伊国の歌枕と理解している。その一方で、後代の偽書ながら、「たづねても君にぞかたる神のますあこねの浦の昔がたりを」（古今和歌集古注釈書引用和歌・四一七・玉伝神秘抄）、「伊勢の海神のあこねのうらさびてなほゆくすゑぞひさしかるべき」（同・四一九・同）、「しる程の人しなければ伊勢の国あこねのちぎり君としめしつ」（伊勢物語古注釈書引用和歌・一六三・伊勢物語髄脳）のように、伊勢国の「あこねの浦」の神が詠まれている。だが、紀伊国にしろ伊勢国にしろ、当該歌との関連は、現時点では未詳というほかはない。

なお、書陵部本や天理本を底本とする先行注釈書は、「あねこ」の本文に従い、「姉児の意か」（大系）、「霊祭には、姉児（巫女）の部屋を榊を折り敷いて清めたのである。そして亡くなった神霊を呼びよせた」（全釈）とし、『注解』も「姉児（巫女）」説に従っている。「姉児」の例は、「冬きてはあねごがねやのたかすがきいく夜すきまのかぜかさむけき」（新撰六帖・第一・一八三・知家・冬の夜）があり、「さかき」ではなく「すがき」を詠んでいる点も書陵部本と一致する。「姉児」を巫女と解釈する点や、自邸での事例を含めて、神祭り全体の実態解明が待たれる。

「をりしく」という語は、「あたらよをいせのはまをぎ折敷きていもこひしらにみつる月かな」（基俊集・四二）、「しはつ山ならの下葉を折敷きて今夜はさねん都恋しみ」（長秋詠草・九三）などに詠まれる。用例は少ないが、植物を手折って敷いた上に寝るという歌が見出される。当該歌の下句の表現に一脈通じるものがある。

39

葺《ふ》けるとて人にも見《み》せむ消《き》えざらば顕《あら》はの宿《やど》に降《ふ》れる白玉《しらたま》（四〇六）

【校異】○**ふける**《〈けふり》—けふる（書）ふける（天・冷）○**人**—ひと（天）○**みせん**—みせむ（承・天）見せん（冷）○**あらは**—あはら（天・冷）○**しらたま**—シラユキ（承）

【通釈】屋根を葺いたといって、人にも見せよう。消えなかったなら、外から中がまる見えの家に降っている白玉のような霰を。

【語釈】○**葺けるとて**　「葺く」は、屋根を覆い作る意。通常は、板や瓦、茅などで作る。「そき板持ち葺ける板目のあはざらばいかにせむとか我が寝そめけむ」（万葉集・巻十一・二六五〇・二六五八）。○**顕はの宿**　人目を遮るものがなく、外から中が見通せるような賤家をいう。『注解』は「あばら」に校訂する。意は通じやすいが、ここでは底本本文を尊重し、類型的な表現を避けた好忠独自の語句とみる。○**白玉**　「雪」（大系）・「みぞれ・雪」（全釈）と解する注釈書があるが、『和歌大系』『注解』に従って、霰の見立てと解する。承空本「シラユキ」は、「あさぼらけありあけの月と見るまでによしのさとにふれるしらゆき」（古今集・冬・三三二・是則）の結句に見られるような表現類型に引かれた誤写であろう。

【別出】なし

【考察】『注解』が指摘する「かきくらし霰ふりしけ白玉をしける庭とも人のみるべく」（後撰集・冬・四六四・読人不知・題不知）の、霰が降る庭の様子を白玉を敷いたと見立てる発想を踏まえて、白玉で屋根を葺いたと詠んだ歌である。
同様の発想の詠歌には、「山ざとのしばのいほりもふゆくればしらたまふける心ちかもする」（恵慶集・百首・冬・二三八）、

「ねやのうへにあられもふれば時のほど心にもあらぬたまをこそしけ」（相模集・走湯初度百首・二七〇）、「我がやどもあられふりしくときはみな玉のうてなになりかへるめり」（同・走湯再度百首・三七〇）、「宿はあれてあられふ（ママ）れば白玉をしけるがごともみゆるにはかな」（和泉式部集・百首・冬・六八）、「やまざとはたまのうてなとなりにけりにはのあられのきえぬかぎりは」（経信集・一六二）、「あられふる時にしなればしづのやもたまのうてなとみえわたるかな」（二条皇太后宮大弐集・七一）などがある。好忠の当該歌も、この系譜に連なるものとして位置付けられよう。

「人にも見せん」という句には、「から国の人にもみせんあしたづのすだつとおろす千代の毛衣」（元輔集・二五四）、「たづねくるひとにもみせんむめの花ちるともみづにながれざらなん」（後拾遺集・春上・六四・経衡）といった例がある。貴重なもの、美しいものを他者に誇る意が認められる。

「消えざらば」は、第三句に置かれて主語となる語の条件句を形成するのが一般的な用法である。「秋ののにおく白露のきえざらば玉にぬきてもかけてみてまし」（後撰集・秋中・三一二・読人不知・題不知）、「白露のかかるがやがてきえざらば草ばぞたまのくしげならまし」（拾遺集・物名・三六七・忠岑）、「わがやどに今日ふるゆきのきえざらばいつしかはるをまたれましやは」（重之集・百首・冬廿・二八八）といった例が見える。

「顕はの宿」という語句の例は未見であるが、「くさがれのほどちかければあきのむしやどもあらはになきよわるかな」（恵慶集・一一〇）、「あしのはにかくれてすみしわがやどのこやもあらはに冬ぞきにける」（重之集・百首・冬廿・二八七）といった例はある。「やど」が「あらは」であるさまを「顕はの宿」と縮約したところに、好忠の独自性が見出されよう。

なお、霰を「白玉」に見立てる例は、好忠と同時代までには、前掲の『後撰集』四六四番歌を見出すのみである。

岩山《いわやま》と木綿《ゆふ》四手《しで》かけて祈《いの》りこし御垣《みかき》をしるみ置《を》ける霜《しも》かな（四〇七）

【校異】○いわやま―いりやま（書）いはやま（天・冷）○みかきをしるみ―さかきをしけみ（書）みかきをしな

み（天）　○をける―おける（書・冷）　○かも《な》―カモ《ナ》（承）

【通釈】（神の宿る）岩山ということで、木綿四手を掛けて祈ってきた垣根が白く際立つ程置いている霜であるよ。

【語釈】○岩山　岩の多い山。岩でできた山。ここでは、『注解』が指摘する「信仰の対象となっている岩山」。神の宿る巨岩をいうのであろう。○木綿四手　神事や祭のときに、幣として榊にかけて垂らした木綿。白いものに見立てられる。4番にも。○御垣　「岩山」を囲む垣根。「御」は尊敬の接頭辞。○しるみ　形容詞「しるし（著）」の語幹に、接尾辞「み」が下接した語法。「しるし」は、はっきりと現れる意。「ときしるみはるこちかぜのたゆたふにさはべのこほりけふやひまとく」（能宣集・四〇七）。

【別出】『夫木和歌抄』巻第十六、冬部一、霜、六五九一番

家集　好忠

いとはやもゆふしでかけて祈りこしいがきおしなみおける霜かな

『夫木和歌抄』巻第二十、雑部二、いはと山、石戸、近江、八一六一番

冬歌中、古来歌　正三位知家卿

いはと山ゆふしでかけていのりこし榊おしなみおける霜かな

『歌枕名寄』巻第二十四、近江国下、石戸山、六二九六番

曾禰好忠

いはと山ゆふしでかけていのりこしさか木おしなみおける霜かな

【考察】長年、木綿四手を掛けて、岩山を祭ってきたご利益として、御垣一面に真っ白に霜が置いて、あたかも全体に木綿四手を掛けたようであると、冬の白一色の世界を見立てた歌である。

「岩山」は、同時代には例がなく、以降も「くまのすむこけのいはやまおそろしみむべなりけりな人もかよはぬ」（山家集・

九六二)、「いはやまのしばのした草やせぬとて思ひにたへぬほどをしらめや」(新撰六帖・第五・一五七六・家良・おもひやす)、「岩山のおほやがはらのいはひづらひかばゆるゆるわがなたこ(ママ)そね」(夫木抄・八一〇〇・読人不知)と詠まれるのみで、用例は稀少である。初句の本文に、[別出]を含めて異同が生じているのは、第二句以降との繋がりが理解し難かったためであろう。

「木綿四手」「掛く」という表現は、「さかきばにゆふしでかけてたが世にか神のみまへにいはひそめけん」(拾遺集・雑下・五七六・神楽歌)、「さかきばのゆふしでかけしその神におしかへしてもにたるころかな」(後拾遺集・恋三・七四九・道雅)のように詠まれ、榊の葉に掛けることが多い。また、「みづがきにふる初雪を白妙のゆふしでかくとおもひけるかな」(増基集・四二・十月、かもにこもりて、あかつきがたに)のように、瑞垣に降る雪を木綿四手に見立てた歌もある。当該歌の「御垣をしるみ置ける霜」の情景に重なってこよう。後の「かみがきのみむろのやまにしもふればゆふしでかけぬさかき葉ぞなき」(金葉集二度本・冬・二九五・師時)は、霜を木綿四手に見立てる点で、当該歌と共通する。その他、「卯花の色みえまがふゆふしでてけふこそ神をいのるべらなれ」(貫之集・四三九・神まつる)などを参看すると、「木綿四手」は、その真っ白な色から、白いものに見立てるのがひとつの詠み方になっていることがわかる。本百首4番歌でも、「花か雪かと見ゆる木綿四手」と詠まれている。

なお、「たまづさにみがきそめたるひかりをばゆふしでかけししるしとぞ思ふ」(相模集・四二三)は、走湯権現からの返歌の百首を、木綿四手を掛けて祈った利益と捉えている。

「山」を信仰の対象として「いのりく」と詠んだ歌には、「いのりくるみかみの山のかひしあればちとせの影にかくてつかへん」(拾遺集・神楽歌・六一一・能宣・天禄元年大嘗会風俗/みかみの山)がある。好忠と同時代の作として挙げられる。

41

うはまだら今朝《けさ》しも寝屋《ねや》の見《み》えつるはうべこそ夜半《よは》に袖はさえ《へ》けれ(四〇八)

【校異】○う《む》へ―むへ（書・天・冷）○みえ―見え（天）○よは―夜は（冷）○袖《した》―ソテ《シタ》（承）した（書）そて（天・冷）○さへけれ―さえけれ（承・天）さゑけれ（書）さえくれ（冷）

【通釈】寝屋の屋根がまだらになるように今朝まさに霜が置いて見えたのは、なるほど夜更けに袖が冷え冷えとしたことであったよ。

【語釈】○うはまだら「まだら」は濃淡が一様でない意。ここでは寝室の屋根に霜が置いたさまについていう。○今朝しも「今朝」は、第四句「夜半」と対をなす。「しも」は強意で、「霜」を掛ける。また、初句「うは（まだら）」との対比で「しも」（下）を響かせる。○うべこそ「うべ」は、理由や事情などについて納得し肯定する意を表わす副詞で、なるほど、もっともなことに、の意。○さえけれ「さえ」は「冴ゆ」で、しんしんと冷える意。

【別出】なし

【考察】目覚めた早朝に、寝室の屋根に霜がおいて斑模様に見えたことで、夜更けに寝床の袖が冷え冷えとしたことを納得したという歌である。『注解』は、一首全体の発想が「霜堕二中天一衣覚レ冷」（千載佳句・二三〇・伝温・冬夜）に依拠しているかと指摘する。また、『万葉集』に「天雲のよそに雁が音聞きしより薄垂《はだれ》霜降り寒しこの夜は」（巻十・二一三二・二一三六）という歌があり、この「薄垂霜（斑霜）」が、当該歌の「うはまだら」に置く霜のイメージに近かろう。

当該歌の影響下で詠まれた歌には、『注解』が指摘する「ねやのうへに霜や置くらんかたしけるしたこそいたくさえのぼるなれ」（和泉式部集・百首・冬・六七）がある。寝室の屋根に霜が置くことを詠んでおり、「かたしきてねられぬねやのうへにしもいとあやにくにおけるけさかな」（同・一六八・あしたのしも）、「ねやのうへはしもやおくらんうづみびのあたりは春のここちこそすれ」（風情集・三二三・冬夜）なども、一様に屋根のさまを詠んでいるとみられる。

初句「うはまだら」は今のところ他例を見ない。「まだら」は、『万葉集』では「時ならぬ斑衣の着欲しきか衣榛原時にあらねど」（巻七・一二六〇・一二六四・古歌集）、「寸戸人の斑衾に綿さはだ入りなましもの妹が小床に」（巻十四・三三五四・三三六八）のように、「衣」や「衾」の摺り色の濃淡が一様でないことをいう。

なお、平安期には、「時しらぬ山はふじのねいつとてかかのこまだらに雪のふるらむ」（業平集・六六・ふじのこほり、ふじのみたけ、さ月のつごもりに雪いとしろくふりたるに）、「たかさごのしかなく秋のあらしにはかのこまだらになみぞたちける」（忠見集・九）、「おほ空をこめたる菊のまがきかもほしまだらにて花のみゆるは」（安法集・六五・しら菊のまがきのうちにさきみだれたるをみて）、「人ごころまだらにみゆる草なればかれぬる人のしるしなるべし」（馬内侍集・三五・かかるべきことにあらずといひてあはぬ人のもとより、なが月ばかりに、まだらなる草葉をおこせければ）というように、「かのこまだら」に代表される例が目立つ。

「今朝しも」の例には、「思ひにはきゆる物ぞとしりながらけさしもおきてなにきつらん」（後撰集・雑二・一一三四・興風）、「あしたづのあそぶ洲崎も冬くればけさしも冬の心ちみえけれ」（海人手古良集・三三）、「くさまくらさこそはたびのとこならめけさしもおきてかへるべしやは」（金葉集二度本・雑上・五六四・宗通）など、当該歌と同じく、強意の「しも」と「霜」との掛詞として用いられている歌がある。

第三句「……の見えつるは」の例は、「夢にてもうれしきことのみえつるはただにうれふる身にはまされり」（千里集・一一六）、「梅花にほひのちかくみえつるは春の隣のちかきなりけり」（貫之集・八六九）、「はるのひのはるかにみちの見えつるはやひろのはまをゆけばなりけり」（高遠集・二一九）、「なみのよるいさりをぶねの見えつるはいをねられねば見ゆるなりけり」（同・二三九）がある。初句・第二句で提示する見えた事象の理由を、下句で説明するという構成である。

「うべこそ」の類例は、『万葉集』に、「うべしこそ」のかたちで、「奈良山の峰なほ霧りあふうべしこそまがきの下の雪は消ずけれ」（巻十・二三一六・二三二〇）という例がある。また、勅撰集における初出は『後撰集』の「ひきてうゑし人はむべこそ老いにけれ松のこだかく成りにけるかな」（雑一・一一〇七・躬恒）である。その他、「のべ見ればわかなつみけりうべしこそかきねの草も春めきにけれ」（拾遺抄・春・七・貫之）や、永観元年の障子歌、「名にしおへばくもらざりけりかがみ山むべこそなつのかげにみえけれ」（順集・二六〇・夏、かがみの山）などの例が見える。

「袖」が「さゆ」という表現は、「君恋砥《キミコフト》　霜砥吾身之《シモトワガミノ》　成沼礼者《ナリヌレバ》　袖之滴曾《ソデノシヅクゾ》　冴増芸留《サエマサリケル》」（新撰万葉集・二三一）、「しもゆきのきえてうき身のしづくこそそでたわむまでさえかかりけれ」（古今六帖・第一・六〇一・しづく）、「しもおかぬ袖だにさゆる冬の夜にかものうはげを思ひこそやれ」（拾遺集・冬・二三〇・公任）などの歌に見える。「霜」と組み合わせて詠まれる例が目立つ。

42

高瀬《たかせ》さす淀《よど》のみぎはのうは氷《ごほり》下《した》にぞ嘆《なげ》く常《つね□》ならぬ世《よ》を（四〇九）

【校異】○**たかせ**―こかて（冷）○**よとの**―夜との（冷）○**みきは**―みには（書）○**したにそ**―したに《ソ》（冷）○**つね□らぬ**―つねならぬ（承・書・天・冷）○**よを**―夜は（冷）よは（天）

【通釈】浅瀬に棹さして舟を進める淀の川岸の水面に張った氷のように（表面は何事もなく）心の中で嘆くことだ、無常なこの世の中を。

【語釈】○**高瀬さす**　浅瀬に棹さして、舟を進める。○**淀のみぎは**　淀の川岸の辺り。「淀」は山城国の歌枕。宇治川・木津川・桂川が合流する辺りで、水が淀んでいた。81番にも。○**うは氷**　水面に張った氷。下に流れる水の動きを隠して、表面上は何事もない平穏な様子を表現する。「ひをさむみ氷もとけぬ池なれやうへはつれなきふかきわがこひ」（順集・一八）。ここまで「上」と対をなす「下」を導き出す序詞。○**下にぞ嘆く**　表面に出さずに心の中で嘆く。○**常ならぬ世**　無常の世の中。62番にも。

【別出】『続後撰和歌集』巻第十八、雑歌下、一二三八番

（題しらず）　好忠

たかせさすよどのみぎはのうす氷したにぞなげくつねならぬ世を

『夫木和歌抄』巻第十七、冬部二、氷、七〇六一番

同（家集中）　　　　　　　　好忠

こがでさすよどのみぎはのうはごほり下にぞなげくつねならぬよは

『歌枕名寄』巻第五、山城国五、淀、河、一四八六番

続後十六　觗　氷　　　　　同（好忠）

高瀬さすよどのみぎはのうす氷したにぞなげくつねならぬ世を

【考察】『注解』が指摘するように、「高瀬さす淀」は、「薦枕　高瀬の淀に　やいそ　たがにへ人ぞ　しきつぎのぼる　あみおろし　さでさしのぼる」（神楽歌・小前張・薦枕）、「こもまくらたかせのよどにかるこものかるともわれはしらでたのまん」（古今六帖・第六・三八一〇・こも）から着想を得、また、「上氷下にぞ嘆く」は、「冬河のうへはこほれる我なれやしたにながれてこひわたるらむ」（古今集・恋二・五九一・宗岳大頼）によるのであろう。

「高瀬さす淀」の類例として、〈毎月集〉の「あさなけにさほさすよどの河をさもこころとけては春ぞみなるる」（好忠集・二四・正月をはり）が挙げられる。

「高瀬さす」という表現には、当該歌より遅れて「高瀬さすうかひも今はおり立ちて水なつかしきかもの川なみ」（海人手古良集・一八）、「橋姫のこころを汲みて高瀬さす棹のしづくに袖ぞ濡れぬる」（源氏物語・橋姫・六二八・薫）という例があり、鎌倉期には「たかせさすむつだの淀の柳原みどりもふかくかすむ春かな」（新古今集・春上・七二・公経）、「うかひ舟たかせさしこすほどなれやむすぼほれ行くかがり火の影」（新古今集・夏・二五二・寂蓮）がある。用例としては少なく、勅撰集初出も右に挙げた『新古今集』を待たねばならない。

淀川の「みぎは」は、「よどがはのみぎはにおふるわか草のねをしたづねばそこもしりなん」（朝忠集・四）、「あめのあしもかずこそまされよどがはのこものみぎはもいかがなるらん」（賀茂保憲女集・二〇九）、「よどがはのみぎはにおふるあやめ草いくわたりかずさすねなるらん」（帯刀陣歌合正暦四年・八）、「ふかからぬよどのみぎはのあやめぐさねたきになにか

かきてみるべき」（相模集・四四五）など、菰や菖蒲草など、生えている草を詠むことが多い。

「うは氷」という語は、「うは氷あはにむすべるひもなればかざす日影にゆるぶばかりを」（枕草子・一二・清少納言）、「うはごほりとくるなるべし山がはのいはまくしみづおとまさるなり」（重之子僧集・一）、「かやりびの下にこがるるうはごほりはるくるかたもなきこころかな」（肥後集・七二）、「はやくみし山井のみづのうはごほりうちとけざまはかはらざりけり」（伊勢大輔集・五六）、「かもめこそよがれにけらしゐなのなるこやのいけ水うはごほりせり」（後拾遺集・冬・四二〇・僧都長算・入道前太政大臣の修行のもとにて冬夜の氷をよみ侍ける）といった歌に詠まれるが、好忠以前の例は未見である。

また、「うは氷　下に……」という表現も、「なみだがはみぎはにこほるうはごほりしたにかよひてすぐすころかな」（相模集・五六〇）、「しもがれのあしまのみづのうはごほりしたにながるるねこそかくれね」（四条宮下野集・一四一）がある。当該歌の影響下に詠まれたものであろう。

なお、「上」「下」を対にした表現は、当該歌がよった前掲『古今集』五九一番歌のほか、「白露のうへはつれなくおきゐつつ萩のしたばの色をこそ見れ」（後撰集・秋中・二八五・読人不知・あひしりて侍りける女のあだなたちて侍りければ、ひさしくとぶらはざりけり、八月ばかりに女のもとよりなどかいとつれなきといひおこせて侍りければ）、「谷水のうへはひとつにこほるともしたの心はのどけからめや」（定頼集・五六）などがある。『定頼集』の歌は、直接的には先の古今集歌によるとみられよう。

「下に嘆く」という表現は、「むもれぎのしたになげくとなとりがはこひしきせにはあらはれぬべし」（元良親王集・五二）、「やへながらあだにみゆればやまぶきのしたにぞなげくゐでのかはづは」（斎宮女御集・六三）、「したにのみなげくをしらでむらさきのねずりのころもむつまじきゆゑ」（実方集・一七〇）、「うづみ火のしたにうき身をなげきつつはかなくきえむことをしぞ思ふ」（好忠集・毎月集・三四五・十二月初め）などがある。『元良親王集』『好忠集』〈毎月集〉の歌は、「埋もれ木の」「うづみ火の」が「下」の語を導いており、当該歌の「下」を導く序詞の発想と軌を一にするものがある。

「常ならぬ世」の例歌としては、「心にもまかせざりけるいのちもてたのめもおかじつねならぬよを」（朝忠集・一一）、「たきのうへのみふねの山にゐる雲のつねならぬよをたれかたのまん」（古今六帖・第二・八四一・山）、「つねならぬよを人しれずながむればあな心ぼそのきのたまみづ」（千穎集・八一・無常）、「常ならぬ世はうき身こそかなしけれそのかずにだにいらじとおもへば」（拾遺集・哀傷・一三〇〇・公任）、「桜こそおもひ知らすれ咲きにほふ花ももみぢもつねならぬ世を」（源氏物語・総角・六六九・薫）などがある。右の『拾遺集』公任歌が、勅撰集初出である。

43

恋十

由良《ゆら》の門《と》を渡《わた》る舟《ふな》人かぢをたえ行方《ゆくゑ》も知《し》らぬ恋《こひ》の道《みち》かな（四一〇）

【校異】○（集付）新古―新古（書）新（冷）○恋十―こひ十（天）こひ（冷）○かちをた~~へ~~え〈斜線でミセケチ〉―カチヲタヘ（承）かちをたえ（書・天・冷）○ゆくゑ―行ゑ（書・天・冷）○こひの―恋の（書）

【通釈】恋歌十首

由良の門を漕ぎ渡って行く舟人が楫を失ってどこに流されて行くかわからないように、行く方も分からない恋の道であることだ。

【語釈】○由良の門「由良」は地名。場所については、古来、「妹がため玉を拾ふと紀伊の国の湯羅の岬にこの日暮らしつ」（万葉集・巻七・一二二〇・一二二〇）に見られるように、紀伊国の歌枕として知られるが、ここでは好忠の赴任地、丹後国の地名を示唆するのであろう。当該百首を順に送ったのも、丹後国からであったらしい（［考察］参照）。また、「ゆら」には、ゆらゆらと揺れる不安定性を読み取ることができよう。「門《と》」は、海や河口で、両岸が迫って門のように狭くなっている所。水流が出入りする所。○かぢをたえ　楫をなくして。好忠が創始した表現とみられる。後世、「楫の緒を切らして」という解釈もある（［考察］参照）。ここまで、「行方も知らぬ」を導く序詞。**○行方も知らぬ**　どうなって行くのか、目当てもない。75番にも。

【別出】『新古今和歌集』巻第十一、恋歌一、一〇七一番

（題しらず）　（曾禰好忠）

ゆらのとをわたるふな人かぢをたえ行へもしらぬ恋のみちかも

『百人一首』四六番

ゆらのとをわたるふな人かぢをたえ行へもしらぬ恋のみちかな　曾禰好忠

『定家八代抄』巻第十二、恋歌二、九六七番

（題不知）　曾禰好忠

新 由良のとをわたる舟人かぢをたえ行へも知らぬ恋の道かな

『歌枕名寄』巻第三十三、紀伊国、雑篇、湯羅、門、八七〇一番

新古十一　好忠

ゆらのとをわたる船人かぢをたえ行へもしらぬこひの道かな

【考察】当該歌の初句・第二句は、『万葉集』の「住吉の得名津に立ちて見渡せば武庫の泊まりゆ出づる舟人」（巻三・二八三・二八六・高市連黒人が歌一首）の下句の情景を、また、下句は、「わがこひはゆくへもしらずはてもなし逢ふを限と思ふばかりぞ」（古今集・恋二・六一一・躬恒・題不知）、「かげろふに見しばかりにやはまちどりゆくへもしらぬ恋にまどはん」（後撰集・恋二・六五四・等・題不知）といった勅撰集の歌を、念頭に置いて詠んだのであろう。残る第三句は、後述するように、好忠独自の表現でそれらを繋いでいる。

当該歌は『百人一首』にも採られ、よく知られている歌であるが、それ以上に、『新古今集』を見ることによって、影響

の強さがわかる。巻十一恋一の終わり近く、一〇七〇番・一〇七一番に好忠の和歌が採られている。好忠歌以降の六首を抜き出してみると次のようになる。

曾禰好忠

一〇七〇　かやり火のさよふけがたのしたこがれくるしやわが身人しれずのみ

一〇七一　ゆらのとをわたるふな人かぢをたえ行へもしらぬ恋のみちかも

鳥羽院御時、うへのをのこども、風によするこひといふ心をよみ侍りけるに

権中納言師時

摂政太政大臣

百首歌たてまつりし時

一〇七二　おひかぜにやへのしほぢをゆく舟のほのかにだにもあひみてしかな

式子内親王

題しらず

一〇七三　かぢをたえゆらのみなとによるふねのたよりもしらぬおきつしほかぜ

権中納言長方

一〇七四　しるべせよ跡なきなみにこぐふねのゆくへもしらぬやへのしほかぜ

一〇七五　きのくにやゆらのみなとにひろふてふたまさかにだにあひみてしかな

ここでは好忠歌は「かやり火の」（一〇七〇）と「ゆらのとを」（一〇七一）の二首が連続して出てくる。「かやり火の」の歌は、直前に配された「なつ草のふかくも君をおもふころかな」（一〇六八・貫之）、「夏ののくさのみちをなみしげきこひぢに」（一〇六九・是則）を承けて夏の恋の配列に従うものであるが、一〇六八番から一〇七〇番の三首の関連はさほど緊密なものではない。ところが、一〇七二番から一〇七五番までの四首は、いずれも一〇七一番「ゆらのとを」の表現を意識して配列された歌とおぼしきものが並んでいる。摂政太政大臣（良経）の歌は、好忠歌を本歌取りしたものである。式子内親王の歌は「ゆくへもしらぬ」という表現を、また権中納言長方の歌も「ゆら」という地名を持ち、好忠歌に触発されてい

ることが明確である。権中納言師時の歌のみが好忠歌との関係がやや薄いが、その直後に良経・式子内親王・長方の歌が並ぶ配列から考えて、好忠歌を揺曳させているとみるべきであろう（なお、師時歌は、47番歌をも踏まえている。詳しくは47番参照）。要するに『新古今集』の撰者の意識としては、「ゆらのとを」の歌を置き、その後もこの好忠歌に関連した表現をもつ歌を配列していると推測される。ことほどさように、この和歌の存在は大きいといえよう。

またこの五首の最後に長方が「きのくにやゆらのみなとに」と、由良を『万葉集』以来の紀伊国の歌枕として使用していることも注意される。実は、長方と同時代の歌人たちも、紀伊の由良を多く詠んでいる。「紀の国やゆらのみさきの月きよみ玉よせかくるおきつしら波」（続古今集・秋上・三九五・師光・海辺月といふことを）や、「なにとして月をまたましゆらの崎なほ雲かかる紀ぢの遠山」（歌枕名寄・八六八七・家隆）、「紀の海やゆらのとあるるわたり舟わがみさきよりいでがひもなし」（歌枕名寄・八七〇五・為家）などである。これに、上述した『新古今集』一〇七二番から一〇七五番の歌群、「語釈」で述べた「かぢをたえ」の語句が、後に述べるように好まれたことを考え合わせれば、新古今時代の歌人たちは、由良と言えば好忠のこの和歌を連想したのであり、その由良は紀伊国の歌枕と考えていたことは間違いなかろう。

一方、今日の丹後説の淵源となったのは、契沖の『百人一首改観抄』である。「此由良の門紀伊といふ。きの国に由良ある事勿論なれと、『好忠集』を見るに、丹後掾にてうつもれ居たることを述懐してよめる歌おほけれは、此の由良は、丹後の由良にて（中略）おもては恋の歌にして、我一才ある事を吹挙してみかとに奏する人なくて、召上られて然るへき官職を授らるゝ事もなきを、たとへ出せるにや」という言及は、本百首序文が統べる百首歌中の一首として当該歌を捉える時、妥当な解釈とみられよう。また、本百首に応じて詠作された〈順百首〉の序文によれば、好忠の百首歌は「与謝の海の天の橋立わたり」にいる好忠から送られてきたという。好忠は、万葉以来の紀伊国の歌枕「由良」をもちろん知っていたであろうが、丹後国に赴任したことが、詠歌の契機になった可能性を想定してみるべきであろう。

「かぢをたえ」という表現は、好忠の創作とみられ、これもまた新古今時代の歌人たちには大変好まれたようである。後鳥羽院・良経・家隆らが競い合うようにこの句を使用している。「かぢをたえ夢ぢもたえぬ沖つ風吹上の浪の音のあらさに」

（後鳥羽院御集・一四二〇・吹上浜）、「いまはとてなみだのうみにかぢをたえおきをわづらふけさのふな人」（秋篠月清集・四六九）、「かぢをたえ浦こぐ舟の山おろしに又うみわたるさをしかのこゑ」（壬二集・一八九七・海辺鹿）などがあり、もちろん当該歌の影響下に詠まれている。

なお、『後撰集』には、小野小町の詠として、「あまのすむ浦こぐ舟のかぢをなみ世を海わたる我ぞ悲しき」（雑一・一〇九〇・さだめたるをとこもなくて、物思ひ侍りけるころ）がある。『古今六帖』一八八四番、『小町集』三三番などにも重出する歌であるが、この第三句「かぢをなみ」は、『万葉集』笠金村の長歌「……ますらをの　心はなしに　たわやめの　思ひたわみて　たもとほり　我はそ恋ふる　舟梶をなみ」（巻六・九三五・九四〇）に見える「舟梶をなみ」といった表現に由来するものとみられる。ところが、『俊成三十六人歌合』三六番の小町歌では、当該句が「かぢをたえ」になっている。さらに、この歌の異伝とみられる歌が、『続古今集』にも、小町の作として、「すまのあまのうらこぐふねのかぢをたえよるべなきみぞかなしかりける」（雑中・一六四一）とあり、同歌は、『夫木抄』巻三十三、一五九〇六番にも「家集、現存六」として収載されるが、やはり第三句は「かぢをたえ」である。この小町歌の「かぢをたえ」という句は、好忠の当該歌によってこの表現が好まれるようになって、「かぢをなみ」から置き換わったものであると考えられる。ここにも、好忠の歌が後世に与えた影響の大きさがうかがえる。

「楫をなみ」の表現は、後世、格助詞「を」に「緒」の意を当てて解釈された形跡が残っている。『夫木抄』は、前掲の小町歌とその直前の順徳院御製「かぢをたえこと浦風に行く舟のうき世のなみにこがれてぞふる」（一五九〇五）を「緒」の部に入れている。『夫木抄』の時代には「楫緒」説が有力であったことを示す証左でもある。同じく『夫木抄』の「契こそゆくへもしらねゆらのとやわたるかぢ緒の又もむすばで」（雑十五・一五八七三・為家・山階入道左大臣家百首、絶恋）は「楫緒」を「結ぶ」と表現することで、「楫緒」という語の成立を明確に示している。この為家歌も、好忠の当該歌に触発されて詠まれたとみられ、為家が「楫緒」の意で理解していたことがわかる。

44

わぎもこがゆらの玉《たま》すぢうちなびき恋《こひ》しきころに寄《よ》れる心《こゝろ》か（四一一）

【校異】○ゆら《へうは》の—ユラ《ウハ》ノ（承）うはの（書）ゆらの（天・冷）○こひしき—恋しき（書）○ころ《へかた》に—コロ《カタ》ニ（承）かたに（書・天・冷）○こゝろか—恋かな（天）こひかな（冷）

【通釈】私の妻の揺れる美しい髪の毛のようになびいて、恋しく思っていた頃に引き付けられる心よ。

【語釈】○わぎもこ　男性が妻や恋人を親しんでいう語。7番にも。○ゆらの玉すぢ　美しく揺れる髪の毛。「ゆら」は揺れる髪の毛の状態をいう（［考察］参照）。「玉」は美しいことをいう接頭辞。○うちなびき　妻の髪のさまを表す初句二句を序として「うちなびく」の語を導き、下句の「心」がなびく意につなぐ。「うち」は接頭辞。○恋しきころ　恋しく思っていた頃。書陵部本以下の「恋しきかたに」の方が意をとりやすいか。○寄れる心か　引き付けられる心よ。「よれる恋かな」の異文があるが、それでは第四句「恋しき」と重複する。「なびく」「寄る」「心」の組み合わせは、和歌には多く見られる。

【別出】『万代和歌集』巻第十一、恋歌三、二三三九番

題しらず　　好忠

わぎもこがうばのたますぢうちなびきこひしきかたによれるこころか

『夫木和歌抄』巻第三十二、雑部十四、玉、一五三二四番

同（題不知）、万代　　好忠

わぎもこがうばのたますぢうちなびき恋しき方による心かな

【考察】当該歌は、『古今六帖』にも見える万葉歌、「初春の初子の今日の玉箒手に取るからに揺らく玉の緒」（巻二十・四四九三・四五一七・家持）の「揺らく玉の緒」から、「ゆらの玉すぢ」という表現を発想し、さらに、同じく『万葉集』の「水底に生ふる玉藻のうちなびく心は寄りて恋ふるこのころ」（巻十一・二四八二・二四八六）という人麿歌（拾遺集・恋

一・六四〇にも。三句・四句「うちなびき心をよせて」。『古今六帖』『人麻呂集』『定家八代抄』に重出）の第三句以下によって詠まれた歌であろう。

『万葉集』家持歌の「揺らく玉の緒」は、玉飾りが揺れ動くさまとともに、玉が触れ合って音が鳴る意とされるが、好忠は、この万葉歌の表現から、もっぱら視覚的に美しい髪の毛が揺れ動くさまを表す「ゆらの玉すぢ」という表現を生み出したものと考えられる。この家持歌の後世における影響は、「ゆふだすきかけし思ひの末つひにみだるな露もゆらの玉のを」（洞院百首・一八〇五・経通）、「手にとりてゆらく玉のを絶えざりし人ばかりだにあひみてしかな」（久安百首・一六二一・公能）、「よしさらばまことの道のしるべしてわれをいざなへゆらく玉の緒」（俊頼髄脳・二八〇）といった歌にも見られるが、やはり聴覚的な要素はなく、「ゆらの玉のを」「ゆらく玉のを」で、「玉のを」の不安定さを表している。本百首では、前歌43番でも、「由良の門」が詠まれており、語の使用の連続性が指摘できよう。

髪の状態を「ゆら」という点については、『源氏物語』で、女性の髪の様子を「ゆらゆらと」と表現されているのが参考になろう。「髪は扇をひろげたるやうにゆらゆらとして」（若紫）、「御髪はゆらゆらときよらにて」（賢木）、「この春より生ほす御髪、尼そぎのほどにてゆらゆらとめでたく」（薄雲）、「つゆばかりうちふくみ迷ふ筋もなくて、いときよらにゆらゆらとして」（若菜下）の四例が見える。とくに若菜下の例では、髪の「筋」にも言及しているが、当該歌の「玉すぢ」にも通じる視点であろう。

なお、「ゆらの玉すぢ」について、諸注釈書は「うばのたますぢ」と解する。髪に係る枕詞「うばたまの」を「うばの」とし、「たますぢ」（玉筋）と組み合わせたものとみるのである。好忠歌における類似表現には、書陵部本に「としふればうばのたますらおいにけりからすのかみにとしつもりつつ」（好忠集・毎月集・三五九・十二月をはり）とあり、「うばのたま」という表現が見える。ここでも下句に「からすのかみ」と黒髪があり、さらに「としつもりつつ」と年を経て白髪となったことを示す表現が続く。だが、書陵部本の本文「うはの」は、資経本では「むらの」になっており、当該歌同様の本文の不安定さがある。「うばのたますぢ」の用例自体は、「いにしへのをとめのすがたおもほえてかきつくろひしむばのたますぢ」（兼澄集・一六）という用例があり、また、本来の「うはたまの」の形で髪の「すち」を詠む歌は、「ものをのみみだれてぞおもふ誰にかは今はなげかんむばたまのすぢ」（和泉式部続集・七二・かしらをいとひさしうけづらで、かみのみだれたるにも）のほか、源俊頼の「うばたまのかみのすぢきるほどばかり心のうちを人にみせばや」（散木奇歌集・一四六八）を見出す。「うばのたますぢ」という表現も、これらの類型表現に引かれた可能性は否定できまい。

第三句以下は、直接的には前掲の万葉歌によるとみられるが、「恋ふるこのころ」と現在の心を詠む万葉歌に対し、当該歌は「恋しきころ」を偲ぶ内容になっている。なお、［語釈］でも触れたように、「なびく」「寄る」「心」の組み合わせは多く、「明日香川瀬々の玉藻のうちなびく心は妹に寄りにけるかも」（万葉集・巻十三・三二六七・三二八一）のほか、「をみなへし秋のの風にうちなびき心ひとつをたれによすらむ」（古今集・秋上・二三〇・時平・朱雀院のをみなへしあはせによみてたてまつりける）などがある。

45

恋《こ》ひわびてわが結《ゆ》ふ帯《おび》のほど見《み》れば身はなきまでに衰《おとろ》へにけり（四一二）

【校異】○**わかゆふ**―我ゆふ（書）○**みれは**―見れは（天）○**身は**―みは（冷）○**なきまて□**―なきまてに（承・書・天・冷）○**おとろへ**―をとろへ（天）

【通釈】恋に悩んで、私が結んだ帯の様子を見ると、身体はないほどに痩せ衰えてしまったよ。

【語釈】○**恋ひわびて**　恋に悩んで。恋に苦しんで。○**結ふ帯のほど**　結んだ帯の様子。身体が痩せ細り、帯を三重巻きつけて結ぶことができるほどになったことを指す（［考察］参照）。○**身はなきまでに**　身体がなくなってしまうほどに。死んでしまいそうなさまをいう。

【別出】なし

【考察】「恋ひわびて」死ぬという発想は、「こひわびてしぬてふことはまだなきを世のためしにもなりぬべきかな」（後撰集・恋六・一〇三六・忠岑・つれなく侍りける人に）に見られる。この発想を背景に、恋に悩んで痩せ衰えた我が身の状態を、結んだ帯の様子で認識した歌である。

帯を三重巻き結ぶことで痩せ衰えた身を示す表現は、「……一重結ふ　帯を三重結ひ　苦しきに……」（万葉集・巻九・一八〇〇・一八〇四）など『万葉集』に多く見られる。それが恋の苦しさによるものであれば、『古今六帖』第五「おもひやす」題に見られる次の二首、「ひとへのみいもがむすばんおびを猶みへにゆふべくなりぬわが身は」（二九九七・家持）、「ふたつなくこひをしすればつねのおびのみへにゆふべく我がみはなりぬ」（三〇〇五）が挙げられよう。とくに後者は、万葉歌（巻十三・三二七三・三二八七）でもあり、当該歌は、この万葉歌をもとに詠まれたのであろう。他にも、後世の例になるが、「みづがきのひさしきよりこひすればわがおびゆるぶあさゆふごとに」（和歌童蒙抄・三七九・みづがき）などの歌がある。

「身はなきまでに」という表現は、身体が実際にあっても、ないに等しい状態、死んだも同様の状態を意味しようが、当該歌では、帯を巻き結んだ様子によって、痩せ衰えた身体を具体的に想起させる詠みぶりである。だが通常は、「身ははやくなき物のごと成りにしをきえせぬ物は心なりけり」（後撰集・雑三・一二一三・伊勢・むかしおなじ所にみやづかへしける人、年ごろいかにぞなどとひおこせて侍りければ、つかはしける）、「たのまじとおもふもわびしいかにして身をなきものにいまはなしてむ」（能宣集・二五五・女のもとにつかはす）といった例のように、死を意識し、観念的に身を「なきもの」と捉えることが多い。

これに関連して、結句「衰へにけり」のように、身体が衰弱していることの自覚を直接的に表現した例は、意外に少ない。結句でない例を含めても、同時代に「老のきくおとろへにける藤ばかまきしにのこりてありとこたへよ」（元輔集・一六六・きむたうの朝臣、つぼさかにまうでて侍りしみちに、きくの花きしづらにさきて侍りしかば）がある程度である。また、結句の例は、後世の「おもひのみますみのかがみあさごとの我が面影もおとろへにけり」（延文百首・二四八三・寄鏡恋）まで管見に入らない。

46

ま白《しろ》なるおきのまゆかき見るときぞ妹《いも》が手風《てかぜ》はいとど恋《こひ》しき（四一三）

【校異】○ましろ《へくら》―マシロ《クラ》（承）まくら（書）ましろ（天・冷）○おき《チ》の―おちの（書）おきの（天・冷）○□ゆかき―まゆかき（承・書・天・冷）○見る―みる（承・書・天・冷）○ときぞ―おりそ（書）○てかせは〈「そ」の上に「は」を重ねて修正〉―てはせは（天・冷）○こひしき―恋しき（書）

【通釈】真っ白な繭を熾火に掛けて湯掻くのを見る時こそは、妻の手風がいっそう恋しくなることだ。

【語釈】○ま白なる　真っ白な。「田子の浦ゆうち出でて見ればま白にそ富士の高嶺に雪は降りける」（万葉集・巻三・三一八・三二一・赤人）、「ふるものは雪。にくけれどみぞれのふるにあられ雪のましろにてまじりたるをかし」（能因本枕草子・二二六・ふるものは）などに見られる。第二句の「繭」に係る。○おきのまゆかき　難解。繭を熱湯に入れ、湯掻く作業のことか。湯掻いた繭をほどいて生糸を採る。熱湯を沸かすために熾火が必要なことから、「熾《おき》」の「繭掻《まゆか》き」と表現したとみた。「湯掻き」を掛ける（［考察］参照）。なお、和歌における「熾」の用例としては、「おきのゐて身をやくよりもかなしきは都しまべの別れなりけり」（伊勢物語・第百十五段・一九六・女）、「もの思ふ心はひとくだくれどあつきおきにぞおよばざりける」（千里集・六一・心灰不及炉中火）などがある。○手風　手を動かすことによって起こる風。

【別出】『夫木和歌抄』巻第三十二、雑部十四、弓、一五一二八番

題不知、万廿　　　読人不知

枕なるあふちのまゆみみるときぞ君が手風はいとど恋しき

【考察】初句二句の「ま白なるおきのまゆかき」が難解である。歌論書に収められている本文は、「枕なるをぶちのまゆみ」

（奥儀抄・中釈・三八〇、袖中抄・第五・二一九、同・第二十・一〇〇二、和歌色葉・中巻・一四八、色葉和難集・巻八・七三九）で、大きな異同がある。

まず初句であるが、校異に掲出したごとく、本行に「枕なる」を持つのは書陵部本のみで、他は「ましろなる」である。おそらく本来は、「ましろなる」という本文だったのであろう。

また、第二句「おきのまゆかき」は、前掲のとおり、歌論書では「をぶちのまゆみ」という本文を掲げる。この場合、「をぶち」は、『後撰集』一二五二番の「陸奥のをぶちのこま」により、東北の歌枕が想定される。だが、『奥儀抄』は、「おちのまゆがき」という本文も捨て難いとして、「をぶちとは陸奥国にある所なり。ただし、或人云はく、これは『まくらなるおちのまゆがき見るときぞ』とよむべし。まゆみはひがごとなりと申すなり。何れにつくべしともおぼえず。この義にては、『まゆがき』とは、眉作り筆なり。それが落ちてあるを見る時ぞ、いとど妹は思ひ出でらるると詠めり。かくてをかしき心なり」と述べて、「まゆがき」を「眉作り筆」と解する説を挙げ、両説を並記する。また、『和歌色葉』も同様の立場をとる。『注解』が、「まゆかき」の本文を生かした上で、眉を描くこと、その道具と考えるのは、こうした歌論書の説を踏襲したものであろう。また、『夫木抄』のように「あふち（楝）のまゆみ」とする場合は、「枕許に置いてある楝の木で作った弓」（全釈）というのが、こうした立場での共通する解釈である。

だが、ここでは、底本の本文「ましろなるおきのまゆかき」を尊重し、真っ白な繭を熾火で沸かした湯に投入して湯掻くという、生糸を採る工程の一齣として、一首の解釈を試みた。一般に、繭を採るのは夏の作業である。夏の暑い最中、繭を湯掻くのは、熱気の籠もる場所での重労働だったであろう。また、養蚕を女性の仕事とみれば、当該歌は、その作業を見た男性の立場で詠んだ作ということになる。繭を湯掻く女性の手の動きが、妻が涼しい風を扇いでくれる手の動きを連想させたとも考え得る。

「手風」の例は、「ときむすぶてかぜにいたくほころびてはなのしたひもとけにけるかな」（朝光集・四・帥殿、大はん所にはかまのこしのおちたりけるを、たれがならむとの給ふに、あるかぎり、我にはあらず我にはあらずとただしけり、さてまかでてのあしたにつけて、台盤どころに」、「うぐひすのよるあをやぎのいとなればきみがて風にとくるなるらん」（朝光集・七）があるほか、〈恵慶百首〉の「あかねさすあをみな月の日をいたみあふぎのて風ぬるくもあるかな」（恵慶集・百首・夏・二二四）にも見出せる。

47

八潮路《やしほぢ》の波《なみ》の高《たか》きをかきわけて深《ふか》く思《をも》ふと知《し》るらめやぞも（四一四）

【校異】○なみのたかきを《〈カミノミヤカキ》―ナミノタカキ《カミノミヤカキ》ヲ（承）神のみかきを（書）なみのたかきを（天・冷）○をもふと―オモフト（承）思と（書）思ふと（冷）

【通釈】多くの潮の流れの高い波をかき分けて（海人が）深く潜るように、深く思っているとあなたは知っているだろうか。

【語釈】○八潮路の波の高きをかきわけて　「深く」を導く序詞。「八潮路」は、八重の潮路の略。多くの潮路。多くの潮の流れ。『延喜式』所収「祝詞・六月晦大祓」に「荒塩《あらしほ》の塩の八百道《やほち》の八塩道《ヤシホチ》の塩の八百会《あひ》に座す速開都比売といふ神、持ちかか呑みてむ」と見える。和歌に用いられるのは、当該歌が初出か。○深く　上句の内容から「（深く）潜る」意を言外に表しつつ、「（深く）思ふ」の語を引き出す。○しるらめやぞも　「やぞも」は反語の意味を強める「やぞ」に終助詞「も」がついた形。「ひばらもるふるのやしろのかみやつこはるきにけりとしるらめやぞも」（好忠集・毎月集・一六）。

【別出】なし

【考察】『後撰集』恋五の冒頭に、「伊勢の海に遊ぶあまともなりにしか浪かきわけてみるめかづかむ」（八九一・業平・題不知）、「おぼろけのあまやはかづくいせの海の浪高き浦におふるみるめは」（八九二・伊勢・返し）の贈答歌がある。当該歌の「波の高きをかき分けて」という表現は、この贈答歌の「浪かきわけて」「浪高き」という表現によるのであろう。また、この贈答歌を踏まえると、当該歌には明示されないけれども、水中に潜る海人が想起されよう。なお、右の例は業平と伊勢の贈答歌になっているが、業平は「仲平」の誤りであろう。

また、下句は、「紅のはつ花ぞめの色ふかく思ひし心我わすれめや」（古今集・恋四・七二三・読人不知・題不知）の第三句以下によるところが大きかろう。「深く思ふ」心を私は決して忘れないという『古今集』の歌を踏まえ、当該歌は、「深く思ふ」私の心を相手は知らないだろうと反語を用いて詠んだとみられる。

「八潮路」の和歌における例は、好忠以後にも、「みそぎしてこのことのははやしほぢのしほのやほあひにさすらはしてよ」（弁乳母集・八六）、「おほみ舟ゐなののおきのやしほぢにからろばかりぞまかぢしげぬく」（堀河百首・一四四六・顕仲）などを見ることができる。とくに前者が、［語釈］に挙げた祝詞（六月晦大祓）を明らかに踏まえている点には注意しておきたい。

なお、「八潮路」を「八重の潮路」というのは、音数律の制約によるものであろうが、本百首43番の［考察］で掲出した「おひかぜにやへのしほぢをゆく舟のほのかにだにもあひみてしかな」（新古今集・恋一・一〇七二・師時）は、「やへのしほぢ」「舟」といった語句を用いることで、43番歌と当該歌の内容を組み合わせたような歌になっている。師時は、〈好忠百首〉を見て、この歌の発想を得たと考えられる。「八重の潮路」の例としては、「はるばるとやへの塩ぢにおく網をたな引く物は霞なりけり」（後拾遺集・春上・四一・藤原節信・はるなにはといふところにあみひくをみてよみ侍ける）、「かぎりあればやへのしほちにこぎいでぬとわがおもふ人にいかでつげまし」（続後撰集・羈旅・一三二三・匡房・海路心を）などがあるが、すべて好忠以降の作である。

48

あぢきなし身《み》にます物は何《なに》かあると恋《こひ》せし人をもどきしかども（四一五）

【校異】 ○**集付ナシ**―後拾（書）後（冷）　○**みに**―身に（書・天）　○**物は**―ものは（天）　○**こひ**―恋（書）　○**人**

とん（冷）

―ひと（天）　○**もときしかとも**《へものを》―モトキシカトモ《モノヲ》（承）もときし物《も》を（書）もときしかとも（天）もときしか

【通釈】　どうにもならないことだ。自分の身以上に大事なものは何があろうか、ありはしないと、恋をした人を非難したのだが。

【語釈】　○**あぢきなし**　どうにもならない、仕方がない。自分の現状に対して諦めを含んだ気持ちをいう。73番にも。○**身にます物**　わが身に勝るもの。自分自身以上のもの。「ます」は勝るの意。○**何かある**　何があるだろうか、いやない。反語表現。○**恋せし人**　かつて恋をした人。自分の恋の相手ではなく、周囲にいる同性の友人などが想定される。○**もどきしかども**　「もどく」は、非難するの意。「ども」は逆接。他人を非難した自分であったが、自分もまた予想外のどうにもならない状態に陥ったことをいう。言外に、自分も恋した結果、かつて非難した相手と同様の状態にあることを表す。

【別出】　『後拾遺和歌集』巻第十四、恋四、七七五番

（題不知）　　　　曾禰好忠

あぢきなしわがみにまさるものやあると恋せし人をもどきしものを

『定家八代抄』巻第十五、恋歌五、一四〇六番

曾禰好忠

[後]あぢきなしわが身にまさるものやあると恋せし人をもどきしものを

【考察】　「いのちやはなにぞはつゆのあだ物をあふにしかへばをしからなくに」（古今集・恋二・六一五・友則）という先行歌の内容とは逆に、自分の身こそが大切で、恋のために身を滅ぼすようなことはしないと思っていたが、自分も恋をして、かつて非難した、恋をしている人と同様の状態に陥ってしまったという歌である。同じ趣向の歌は、「もどかしとこひせしひとを見しかどもげにもしぬべきわざにざりける」（内裏歌合寛和二年・三九・敦信）、「みのうへになるべきこともしらま

せばこひせし人をもどかざらまし」（播磨守兼房朝臣歌合・二二・源親宗）のほか、『注解』が指摘する「しなばやと恋せし人のこと草にいひしはわれが身に成りにけり」（久安百首・解題四・恋下・公能）がある。

「あぢきなし」の平安期の歌の例は、それほど多くはない。初句を「あぢきなし」とする歌には、「あぢきなしなげきなつめそうき事にあひくるみをばすてぬものから」（古今集・物名・四五五・兵衛・なし、なつめ、くるみ）、「あぢきなし花をみるとてかへるさにみちやまどはむ山のしら雪」（三条右大臣集・一七）、「あぢきなしなにのまがごといまさらにわらはごとするおきなにしもて」（古今六帖・第二・一三九二・おきな）などがある。

「身にます」という表現は、「身にますかがみ」と続くことが多く、当該歌はその点において表現類型から外れることになる。本百首では第二句・第三句「身にますものはなにかあると」で異同はないが、［別出］は『後拾遺集』をはじめ「わが身にまさる」とする。「身にまさる」という表現には、「身にまさる物なかりけりみどりこはやらんかたなくかなしけれども」（金葉集二度本・雑下・六一一・おほちにこをすててはべりけるおしくくみにかきつけてはべりける）の例がある。「わが身にまさる」から「身にます」への改変は考えにくく、むしろ、「身にます」から「わが身にまさる」へと変えられた可能性が想定し得る。

「何かある」の例としては、「年ふれどたれもわすれぬうき世にはなぐさむことのなにか有るべき」（うつほ物語・楼上下・九八八・仲忠）のほか、時代は下って「すみよしのきしに涙をかけつればわかのうらみはなにか有るべき」（拾玉集・一五四四）という歌があるが、きわめて少ない。

「もどく」という語は、「まさりてはわれぞもえけるなつむしをひにかかりとてなにもどきけむ」（躬恒集・四四二）や「おもはじと心をもどくこころしもまどひまさりてこひしかるらん」（賀茂保憲女集・一九六）、「いにしへや物思ふ人をもどきけんむくいばかりの心ちこそすれ」（和泉式部集・四三三）、「いまさらにいりぬるひとのこひするをもどきしこころいかでしらせむ」（範永集・一二一・年老いたる人の、いろめくをわらひしが、われもいかなることかありけむ、わかき女のもとに）があるが、「もどく」行為についての後悔や反省を詠む歌が目立つ。

49

恋ひわぶる心は千々《ちぢ》に砕《くだ》くるをなど数《かず》ならぬわが身なるらむ（四一六）

【校異】○集付ナシ—續古（書）○恋わふる—君こふる（書）きみこふる（天・冷）○心は—こゝろは（書・天）○くたくるを《へれと》—クタクルヲ《レト》（承）くたくれと（書）くたくるを（天・冷）○わか身なるらん《ーそ》—ワカ身ナルラン《ヒトツソ》（承）我み一《ヒヒ》そ《なるらん》（書）わか身なるらん（天）わかみなるらん（冷）

【通釈】恋にもだえ苦しむ私の心は千々に砕け散っているのに、どうしてものの数にも入らない私なのだろうか。

【語釈】○恋ひわぶる　恋にもだえ苦しむ。「わぶ」は物事が思いどおりにいかないまま日々を過ごす意。○心は千々に砕くる　恋ゆえにあれこれと悩むさまを、心がばらばらに砕ける、と表現した。「かずならぬ心をちぢにくだきつつ」（55）。○数ならぬ我が身　ものの数にも入らない私の身の上。数える価値のない、恋の対象ではない自分のことをいう。「数ならで思ふ思ひ」（87）。「数ならぬ」は「千々」と対比した表現。また、「身」は「心」と対比される。

【別出】『続古今和歌集』巻第十五、恋歌五、一三三九番

（だいしらず）　曾禰好忠

きみこふとこころはちぢにくだくるをなどかずならぬわがみなるらん

【考察】恋に懊悩する心は砕けて、数は千にも及んでいるのに、わが身は物の数に入らず、相手にされない理不尽さを詠んだ歌である。

「恋ひわぶる」を初句にもつ歌の先行例には、「こひわぶるひとにあふよのしののめはわかるといかでみぬよしもがな」（陽成院親王二人歌合・三八）がある。中世以降は、「こひ侘ぶる心なぐさにあひみんとかごとばかりにたのめやはせぬ」（久安百首・二六三・教長）や「恋ひわぶる心はそらにうきぬれど涙のそこに身はしづむかな」（千載集・恋五・九四七・実房・題不知）など、用例は多くなる。

底本以外の諸本は、初句を「君こふる」とする。『注解』は「きみこふるこころはそらにあまのはらかひなくてふる月日なりけり」（内裏歌合天徳四年・三五・中務）を参考にしたかと指摘する。「恋ひわぶる」よりも「君こふる」の方が用例数としては多く、一般的な表現とみられる。

「心」が「千々に砕くる」という表現は、「一たびも恋しとおもふにくるしきは心ぞちぢにくだくべらなる」（寛平御時后宮歌合・一五七）によるのであろう。他にも類例を含めて、「あひ見てもちぢにくだくるたましひのおぼつかなさをおもひおこせよ」（元真集・二四一）、「人をおもふ心いくらにくだくればおほくしのぶに猶いはるらむ」（うつほ物語・藤原の君・六八・じじうの君）などの、好忠と同時代の歌がある。また、〈順百首〉でも「はなゆへに身をやすてて し草まくらちぢにくだくるわがこころかな」（好忠集・春十・四九一）、「ひとたびもわりなくものを思ふにはむねをちぢにぞくだくべらなる」（同・沓冠・五五五）の二首の歌に用いられている。「身はひとつこころはちぢにくだくればさまざま物のなげかしきかな」（和泉式部続集・六七）も、この表現の系譜に連なる一首と位置付けられよう。同じ和泉式部の歌で、「きみこふる心はちぢにくだくれどひとつもうせぬものにぞありける」（後拾遺集・恋四・八〇一）について、『全釈』は、当該歌を本歌とするか、と指摘する。初句の「きみこふる」は底本以外の本文によるとみられ、当該歌を踏まえた例として注意される。

「数ならぬ身」という表現は「花がたみめならぶ人のあまたあればわすられぬらむかずならぬ身は」（古今集・恋五・七五四・読人不知・題不知）によるものであろう。その他、「ひとりのみ年へけるにもおとらじをかずならぬ身のあるはあるかは」（拾遺集・雑恋・一二五〇・元輔・中中ひとりあらばなど女のいひ侍りければ）など、恋歌に詠まれている。

なお、書陵部本の結句や、資経本・承空本の結句にある傍書から、「我が身一つぞ」という句の存在が知られる。その場合、「千々」と「一」とが明らかに対比される。「我が身一つ」という歌句は、夙に『万葉集』に、「さにつらふ　君が御言と玉梓の　使ひも来ねば　思ひ病む　我が身一つぞ……」（巻十六・三八一一・三八三三）と見え、平安期に入ってからも、「月やあらぬ春や昔の春ならぬわが身ひとつはもとの身にして」（古今集・恋五・七四七・業平）のほか、「月見ればちぢに物こそかなしけれわが身ひとつの秋にはあらねど」（古今集・秋上・一九三・千里・これさだのみこの家の歌合によめる）

といった、「千々」「一つ」の対比を詠む例もある。「我が身一つぞ」の異文は、こうした表現をもとに生まれたものか。

50

君《きみ》恋《こ》ふとしのびに身をやこがらしの風《かぜ》のあなづる灰《はい》となしてむ（四一七）

【校異】○きみ―君（冷）○しのひに身をやこからしの―しのひ〳〵に身をやきて（天）しのひ〳〵にみをやきて（冷）○はいと―はゐと（書）はひと（天・冷）○なしてん―なしてむ（承・書）

【通釈】あなたを恋い慕って、ひそかにこの身を恋の火で焦がし、木枯らしの風が軽んじる灰としてしまおうか。

【語釈】○しのびに　こっそりと。隠して。「しのび」に「火」を掛ける。「しのび（火）」「こがらし（木枯／焦が）」「灰」は縁語。○こがらし　「木枯らし」に身を「焦が（す）」を掛ける。○風のあなづる灰となしてむ　「あなづる」は、軽くみる、の意。「てむ」は、強い意志を表わす。……てしまおう。「こひこひてただにややまむなつむしのおもひのほかにみをやすててむ」（陽成院歌合・七）。木枯らしの風が吹けば灰は吹き飛んでしまうことから、風は灰を軽んじているとみられるが、この身を焦がしてあえて灰にしてしまおうというのである。

【別出】『夫木和歌抄』巻第十九、雑部一、火、七九四三番

家集　好忠

君こふとしのびしのびに身をやきてかぜのあなづるはひとなしてむ

【考察】『注解』は、『古今六帖』にも載る「きみこふとわれこそむねはこがらしのもりともわぶれかげとなりつつ」（平中物語・第十五段・七一・男）を参考にしたかと指摘する。「身をこがらし」という表現ならば、「人しれぬおもひするがの国にこそ身を木がらしのもりはありけれ」（古今六帖・第二・一〇四七・もり）の例もある。

初句の「君こふと」は、『万葉集』に見られる、「君恋（きみこふと）うらぶれ居れば悔しくも我が下紐の結ふ手いたづら

に」（巻十一・二四〇九・二四一三）、「君恋（きみこふと）寝ねぬ朝明に誰が乗れる馬の足の音そ我に聞かする」（巻十一・二六五四・二六六二）、「恋君（きみこふと）我が泣く涙白たへの袖さへ湿ちてせむすべもなし」（巻十二・二九五三・二九六五）という歌の初句「君恋」あるいは「恋君」の西本願寺本の訓に由来するものであろう（現代の新訓では「きみにこひ」）。平安期においても、前掲の『平中物語』の例のほか、『後撰集』に二首（四二七・五六二）見られ、「きみこふとかつはきえつつふるものをかくてもいけるみとやみるらん」（内裏歌合天徳四年・三九・元真・十九番　右）という歌もある。

「しのびに」という語は、『古今集』が勅撰集における初出で、「いつはりの涙なりせば唐衣しのびに袖はしぼらざらまし」（恋二・五七六・忠房）という例がある。天理本・冷泉家本、および『夫木抄』所収本文では、「しのびしのびに」となっているが、この例も、『古今集』に、「みちのくのあだちのまゆみわがひかばすゑさへよりこしのびしのびに」（神遊歌・一〇七八・とりもののうた）という歌を見出す。

「あなづる」の和歌における用例は、「あなづるなたけどもくちき燃えなくにたとへばそもや我が恋ふらくは」（新撰和歌髄脳・二一）、「おもはずにあなづりにくきこがはかなさつきの雨に水まさりつつ」（山家集・二二九）、「山桜いかなるむくい春にありて風のあなづる花に咲きけん」（宝治百首・六六四・真観）、「いかにして我が衣手の秋くれば露のあなづる物となりけむ」（百首歌合建長八年・一〇六・衣笠前内大臣・五十三番　右）などが挙げられるが、好忠と同時代までに詠まれた確例は、今のところ見当たらない。

灰は、『白氏文集』の詩句を題として、「もの思ふ心ははひとくだくれどあつきおきにぞおよばざりける」（千里集・六一・心灰不及炉中火）、「かなしきもうれしきこともおほかたはこころのはひと成りぬべらなり」（千里集・一一〇・憂喜皆心灰）などのように詠まれる。『注解』は、同じ趣向の歌として、「もえはててはひとなりなん時にこそ人を思ひのやまむごにせめ」（拾遺集・恋五・九二九・読人不知・題不知）を挙げるが、この歌は火葬の灰を詠んでいる。

51

を《お》だまきり朝明《あさけ》の真《ま》人わがごとや心のうちにものは《□》思《をも》ひし（四一八）

【校異】○**おたまきり**《は》—おたまきり（書）をたまきは（天）をたまきり（冷）○**ま人**—まひ人（冷）○**わかことや**—我ことや（冷）○**心の**—こゝろの（天）○**もの□**—ものは（承・書・天・冷）○**をもひし**—おもひし（書）思らし（天）思ふらし（冷）

【通釈】苧玉《おだま》の糸を切るように、霧の中、思いを断ち切って、夜明け方に帰っていくあなたさまは、私のように心の中で物思いをしただろうか。していないだろう。

【語釈】○**をだまきり**　未詳。「をだま」は苧玉か。「苧玉」は、紡いだ麻糸を、中を空洞にして丸く巻き付けたもの。苧環。ここでは「苧玉切り」と解し、苧玉に巻いた糸を切るという表現に、思いを断ち切る意を込めるとみる（［考察］参照）。また、「切り」に「霧」を掛けるか。なお、底本の傍書、および天理本と『夫木抄』の本文によれば、「苧環は」と解せる。『注解』は、「朝」に付く枕詞かと指摘する。○**朝明の真人**　「あさけ」は、『大系』『全釈』では「朝餉」（朝の食事）、『和歌大系』では「朝明」（朝早く）とするが、ここは後者であろう。朝方、夜が明けるころ。「暁」よりも朝に近い時間帯を指す。「真人（まひと・まうと）」は、相手を敬う二人称（［考察］参照）。○**わがごとや**　「わがごと」は、私のように。自分と重ねて他者の心中を推し量る。「や」は反語。

【別出】『夫木和歌抄』巻第三十六、雑部十八、言語、一七三二九番

同（恋歌中）　同（好忠）

をだまきはあさけのま人わがごとやこころのうちに物おもふらん

【考察】初句「をだまきり」は未詳ながら、〈毎月集〉に、「をだまきりかけつつひきしいとよりもながしやなつのくるるまつまは」（好忠集・一三八・五月中）という例がある。「掛け」「引き」「縒り」「長し」「繰る」といった糸の縁語が用いられ

ていることから、「をだま」を苧環と同じ「苧玉」とみて、「苧玉切り」と解した。なお、「をだまき」の例には、「いにしへのしづのをだまきいやしきもよきもさかりは有りしものなり」（古今集・雑上・八八八）がある。

当該歌は、「我が背子が朝明の姿よく見ずて今日の間を恋ひ暮らすかも」（万葉集・巻十二・二八四一・二八五二）、「朝烏早くな鳴きそ我が背子が朝明の姿見れば悲しも」（万葉集・巻十二・三〇九五・三一〇九）など、朝方帰っていく男性を見送る女性の思いを詠んだ万葉歌を踏まえて、後朝の別れの際の男性の心情を、女性の立場から推し量り、自分ほどの物思いをしていないに違いないと詠んだ歌であろう。

「真人」の用例には、「設楽が真人の単重の狩衣な取入《とりれ》そ妬し　な取入そ小雨にそぼ濡らせ夜離れするいといと妬し」（小前張・蟋蟀・或説）という神楽歌がある。浮気な男性に対して女性が嫉妬する歌であり、女性の立場からの詠という点でも、当該歌に通じるものがある。なお、「朝けの真人」の用例も、「たまさかにあひみても又わかれぬるあさけのま人なごりかなしも」（夫木抄・一七三三〇・読人不知・鶴教家歌合）がある。やはり後朝の歌である。

「わがごとや」を第三句に置く歌は、「あしひきの山郭公わがごとや君にこひつついねがてにする」（古今集・恋一・四九九）、「花さかぬむめのたちえもわがごとやとしのこなたにはるを待つらん」（清正集・七六・としかへりてものいはんとたのめたるをんなに、しはすに）、「いにしへにありけん人もわがごとやみわのひばらにかざしをりけん」（古今六帖・第四・二三二六・かざし）など、好忠の時代までにも見出される。

なお、「わがごとや心のうちにものは思ひし」という表現のもとには、『万葉集』の「さにつらふ色には出でず少なくも心の内に我が思はなくに」（巻十一・二五二三・二五二八）、「言に言へば耳にたやすし少なくも心の内に我が思はなくに」（巻十一・二五八一・二五八六）、「人目多み目こそ忍ぶれ少なくも心の内に我が思はなくに」（巻十二・二九一一・二九二三）に見える「少なくも心の内に我が思はなくに」があろう。いずれも自分の心中に持った激しい恋心の表現である。

52
わが恋《こひ》はつけて慰《なぐさ》む方《かた》ぞなきいづくも嘆《なげ》く同《おな》じ世《よ》なれば（四一九）

【校異】○わかこひは―わか恋は（書）我こひは（冷）○なくさむ―なくさん（冷）○いつくも―イツクモナケク（承）いつこもなへて（書）いつこもなけく（天・冷）○おなしよ―をなし世（書）

【通釈】私の恋は、何によっても慰める方法はない。どこでも嘆いているという点では同じなのが男女の仲というものなので。

【語釈】○つけて　こと寄せて。「世中にある人ことわざしげきものなれば、心におもふことを見るものきくものにつけていひいだせるなり」（古今集・仮名序）。○慰む方ぞなき　心を慰める方法もない。○いづくも嘆く同じ世　自分だけではなくどこの誰でもが、恋の悩みで男女の仲を嘆いていることをいう。

【別出】なし

【考察】『注解』は、当該歌が、「こひしきをなににつけてかなぐさめむゆめにもみえずぬるよなければ」（内裏歌合天徳四年・三四・能宣）を念頭に置いて詠まれたとする。あわせて、上句は、『古今集』の「わがこひはむなしきそらにみちぬらし思ひやれどもゆく方もなし」（恋一・四八八）や、「怨みてもなきてもいはむ方ぞなきかがみに見ゆる影ならずして」（恋五・八一四・興風）をも参考にしたであろう。

「わが恋」を「慰む」ことのないものとして詠んだ歌には、『万葉集』の「我が恋は慰めかねつま日長く夢に見えずて年の経ぬれば」（巻十一・二八一四・二八二五）という例がある。この万葉歌の初句と第二句は、平安期に入っても、「わが恋はなぐさめかねつするがなるたごのうら波やむ時もなく」（信明集・一〇・むらかみの御ときに、国国の名たかきところどころを御屏風の絵にかかせ給ひて／田子浦）のように詠まれている。当該歌の上句は、この万葉歌の表現類型に連なるとみてよいだろう。

「つけて」は、前掲『内裏歌合天徳四年』能宣歌のように、「なににつけてか」という型で詠まれた例が目立つ。「そよとなる秋のをぎだになかりせばなににつけてかかぜをきかまし」（女四宮歌合・一三・すけの君・をぎ）、「はなもみなちりなん後はわがやどになににつけてか人をみるべき」（為頼集・一四・中務の宮）、「しのびねのころはすぎにきほととぎすなににつけてかねをばなかまし」（実方集・一五五・四月ばかりものいふ人の、五月までしのびければ）などの歌がある。
「いづくも」「同じ」という表現は、平安期には「あまの河あけゆく程の露けさにいづくも同じ空を詠めて」（御堂関白集・一九・御返事）のほか、「さびしさにやどをたちいでてながむればいづくもおなじあきのゆふぐれ」（後拾遺集・秋上・三三三・良暹法師・題不知）が人口に膾炙している。

これはこの　国常立《あとこたち》の　神代《よゝ》より　人の心の　あさか山　影《かげ》さへしるき　山の井の　とよさきの　み船《ふね》をよせし　難波津《なにはづ》に　咲《さ》きてにほへる　花《はな》なしに　多《おほ》くの人の　口《くち》の端《は》に　おぼめく事を　記《しる》すなる□べし

【校異】○あとこたちの—ア《クニ》トコタチノ〈「ア」を墨滅〉（承）雨のしたの（天）あめのしたの（冷）○神よ—かみよ（天）○人の心の—人の心（冷）○あさか山—あさき（天・冷）○しるき—しる（冷）○山の井—やまの井（天）○とよさきの—ナシ（天・冷）○みふねを—みかね（天・冷）○よせし—ことよせし（天・冷）○なにはつに—なにはつ（天・冷）○はななしに—はなと（天・冷）○人の—ナシ（冷）○おほめく事—おほゆること（天・冷）○しるす—しるしたる（天・冷）○な□へし—なるへし（承・書・天・冷）

【通釈】この歌は、以下いうような、国常立尊《くにとこたちのみこと》の神代から（歌の歴史は始まり、さらに歌の父母とされた）、人の心が浅いことをいった、安積山の影までもよく見える山の泉の、と詠まれた歌、豊碕の宮の御船を寄せた、難波津に咲き映える花と詠まれた歌、これら二首のような秀歌はないが、多くの人の口の端にのぼり、いぶかしがるようなこと（歌）を記すようである。

【語釈】**○これはこの**　「これは」は以下に続く三十一首の沓冠歌全体を指す。「この」は「このような」「以下に言うような」といった意味で、以下に述べることを導き出すための言辞。西耕生は、「これはこの」が「これやこの」「これぞこの」と同様の「かしこまりの発語」であるという見方を示す（［考察］参照）。**○国常立の神代より**　底本「あとこたちの……」を、承空本の傍書によって改めた。「国常立」は『日本書紀』神代上に見える国常立尊のことで、天地開闢の時に最初に生まれた神。この箇所は、『古今集』仮名序の「このうた、あめつちのひらけはじまりける時より、いできにけり」を踏まえる。**○人の心のあさか山影さへしるき山の井の**　「人の心の」は「あさか山」を導く。『古今集』仮名序で言及された「あさか山かげさへ見ゆる山の井のあさくは人をおもふものかは」（古今六帖・第二・九八五・やまの井）を踏まえる。以下三十一首は、この歌の三十一字を順に歌頭に据える。なお、この歌の下句は、『万葉集』には「浅心乎　吾念莫国（浅き心をわが思はなくに）」（巻十六・三八〇七・三八二九）とある。平安時代には『古今六帖』の形で享受されていたのであろう。**○とよさきのみ船をよせし**　「難波津」を導く。「とよさき」は『注解』が難波長柄豊碕宮をいうとする見方を示しており、いまはこれに従うのが穏当であろう。『日本書紀』に孝徳天皇が大化元年十二月に遷都したことが見える。「冬十二月乙未朔癸卯、天皇遷都難波長柄豊碕」（巻第二十五）。**○難波津に咲きてにほへる花なしに**　「なにはづにさくやこの花ふゆごもりいまははるべとさくやこのはな」（古今集・仮名序）を踏まえる。以下三十一首はこの歌の三十一字を順に歌尾に据える。「あさか山」「なにはつ」の二首の歌は、『古今集』仮名序において歌の父母とされた。「花なし」は「優れた歌はない」と自身の詠作について謙遜した表現。**○多くの人の口の端におぼめく事**　これも自身の詠作を謙遜した表現。多くの人の噂にのぼっていぶかしがるような変わった歌。「おぼめく」は、いぶかしがる、不審に思うの意。**○記すなるべし**　記すようである。この序は、五七調の長歌仕立てで、『古今集』仮名序を踏まえ、「あさか山」「なにはつ」の歌を示しており、作者・好忠自身によるものと考えられる。「なるべし」は、それをあえて婉曲に叙述したのであろう。なお、これは、『古今集』仮名序に、「……この歌も、かくのごとくなるべし」「……と言へるなるべし」などと、多く見られる文末表現である。

【考察】 以下に続く沓冠歌三十一首を導く序文である。

本百首の53番から83番までは、『古今集』仮名序で言及された「あさか山」「なにはつ」の歌のそれぞれ三十一字を順に第一字と末字とに詠み込む。百首歌という試みが初めてであると想定されるなら、これを構成する部分として「あさか山」「なにはつ」沓冠三十一首を配置するというのも初めてである。沓冠歌のような技巧によった歌を詠む場を設定するため、一連の詠歌の意図をまず示しておこうとしたのであろう。〈順百首〉の作者である源順には「あめつち」を詠み込んだ沓冠歌（順集・四〜五一）がある。好忠の沓冠歌詠作は、直接的には順を意識してのこととみることができよう。

本百首の前半には、勅撰集の二大主題というべき四季と恋の歌が配置されるが、これに対して後半に配置されたのは、技巧が主眼となる沓冠と物名の歌である。質的に異なる歌群が始まるこの後半の冒頭において、構成を明らかにしている。本百首の構成をこのようにしたのには、四季や恋の歌も詠めるが技巧の歌も詠める、という好忠の自負心を読み取ることも許されようか。

内容としては、おおよそ以下のことを読み取ることができよう。

『古今集』仮名序には、和歌というものが天地開闢のときから起こったとある。これを踏まえて「国常立の神代より」とした。さらに、「人の心のあさか山……」と「難波津に咲きてにほへる……」とで、仮名序で「歌の父母」と評された「あさか山」「なにはつ」の古歌を示し、以下の歌はこの二首が題になることを示している。わが詠作を「多くの人の口の端におぼめく事」と謙遜しつつ、それを末尾で、仮名序に多用される「……なるべし」とまとめている。以上のように、内容のみならず文末表現によっても『古今集』仮名序を強く想起させることになり、自己の詠作による試みが、歌の伝統を念頭に置いた営為であることを標榜したものといえよう。

本百首を承けた〈順百首〉においてこの箇所は、「これは安積山に難波津」と、ごく簡単な詞書になっている。本百首に応じた歌群ならば、このような説明で十分であろう。また、〈恵慶百首〉では「安積山に難波津をかみしもにおきて」と、どのような題の歌群であるかを明確に示している。

この序に関して、西耕生「『あさか山難波津』の沓冠歌をみちびく序―曾禰好忠集本文復元私按―」は、「おおよそ一首の長歌のごとき体裁を取りながら、古今和歌集仮名序において『歌の父母のように』評せられる『あさか山難波津』の二歌にあやかって、その二歌に用いられた歌詞を和歌の頭尾の一文字それぞれに据えながら三十一首に配し詠じた沓冠の出来《でき》を、好忠自身が謙退の意をこめて述べようとした序文」と捉える。大筋はこれに従って考えてよいであろう。だが、序文全体が、「五・七・五・七……七・七」という音数律によっていたと考え、第七句「山の井の」の後に何らかの七音句があったものとする点には、疑義が残る。諸本いずれにおいてもこの句は存在せず、補い示すことはできないため、いまは、音数律を意識した序文であるという程度に留めておく。

なお、この序は底本の資経本と書陵部本とで同文であり、天理本・冷泉家本の本文と対立する。従来、天理本と書陵部本の本文を比較して、前者のほうがわかりやすいとし、書陵部本の本文について誤写を含むとみる向きもあった。しかし、『古今集』仮名序を強く意識した内容で、音数律を意識した序としてみると、西のいうように、資経本・書陵部本の本文のほうが本来の姿に近いのであろう。

53

あり経《へ》じと嘆《なげ》くもの《物》から限《かぎ》りあれば涙《なみだ》に浮《う》きて世《よ》をも経《ふ》るかな（四二〇）

【校異】○**物から**―ものから（書・天・冷）

【通釈】もう生きていくまいと嘆いてみるものの、嘆くにも限りがあり、命は思うに任せないものなので、流す涙に浮かぶように、つらい気持ちでこの世を生きてゆくことだよ。

【語釈】 ○**あり経じ** （私は）生きていくまい。生きてゆくものか。「あり経《ふ》」は、生きて月日を過ごす意。『注解』は「あり経」が『好忠集』全体でほかに三首あることを指摘しているが、それらはすべて本百首に含まれる（76・95・103）。○**嘆くものから限りあれば** 嘆くにしても限りがあるので。生きてゆくまいと嘆いてみても、命は思いのままにならないので、生きるしかない。○**涙に浮きて** 自分が流した涙に体が浮いて。多くの涙を流すことをいう。「哀てふことにあかねば世間を涙にうかぶ我が身なりけり」（貫之集・五九七・恋）。また、「浮き」には「憂き」の意を掛ける。○**世をも経るかな** この世を生きてゆくことだよ。「世を経」は「この世を生きてゆく」の意。

【別出】 『万代和歌集』巻第十九、雑歌六、三五九四番

（題しらず） 好忠

ありへじとなげくものからかぎりあればなみだにうきて世をもふるかな

【考察】 冠の「あ」は「安積山」歌の初句「あさかやま」の第一字を、沓の「な」は「難波津」歌の初句「なにはつに」の第一字を詠み込んでいる。

基本となる発想は、自分の命であっても思うままにはならないということである。これには、「いのちだに心にかなふ物ならばなにか別のかなしからまし」（古今集・離別・三八七・しろめ・源のさねがつくしへゆあみむとてまかりけるに、山ざきにてわかれをしみける所にてよめる）や、「をしからぬいのちなれども心にしまかせられねばうきよにぞすむ」（伊勢集・二〇六・世中のうきことを）といった先例があるが、当該歌は、とくに後者、伊勢の、命が心のままにならないから心憂くもやむなく生きてゆく、という歌を踏まえたものと思われる。当該歌はこれに加えて、［語釈］で挙げた『貫之集』五九七番歌の「世間を涙にうかぶ我が身」という表現を念頭に置いて詠まれたのであろう。

「あり経」の先例には、「ありへてもくちしはてねばをみなへしひとさかりゆくあきもありけり」（亭子院女郎花合・四三）、「ありへてもかすがののもりはるにあふはとしもわかなもつめるしるしか」（京極御息所歌合・二一）、「いさり火のよるはほ

のかにかくしつつ有りへばこひのしたにけぬべし」（後撰集・恋二・六八一・忠国・しのびてあひわたり侍りけるひとに）などがあり、好忠と同時代にも、「露の命もしとどまりてありふとも今年ばかりぞ春の望は」（元輔集・一七〇・正月申文つけて侍りし蔵人に）、「ことのはにそひていのちのたえにせばありへてつらき人をみましや」（能宣集・二二・ひさしくおとづれはべらぬ人につかはす）などの歌が見出される。

第三句「限りあれば」の例は、「かぎりあればゆきてはきぬるみちなれどいづれのたびかをしまざるべき」（清正集・四九・うちに、うさのつかひのせんせられけるに）、「はるながらあらましものをかぎりあればなつきにけりとかぜぞぬるめる」（高遠集・三三八）などがあり、現状を把握して仕方なく受け入れる際の表現のひとつである。

第四句「涙に浮く」という表現は、『和歌大系』が指摘する「篝火にあらぬわが身のなぞもかく涙の河にうきてもゆらむ」（古今集・恋一・五二九・読人不知）や、「みな神にいのるかひなく涙河うきても人をよそに見るかな」（後撰集・恋一・五八五・読人不知）がある。この二首は、「うき」に「憂き」を掛ける点も当該歌と共通する。とくに、『後撰集』五八五番歌の第三句以下は、「涙」「浮きて」「かな」の組み合わせが一致している。

結句「世をも経るかな」は同時代に他に三例を見出せる。「あぶくまのきりとはなしに終夜立渡りつつ世をもふるかな」（後撰集・恋二・六〇七・藤原輔文・女のざうしによるよるたちよりつつ物などいひてのち）、「うきてぬるかものうはげにおくしもの心とけなきよをもふるかな」（古今六帖・第一・六七四・しも）、「風はやみ秋はてがたのくずの葉とうらみつつのみ世をもふるかな」（元輔集・二五一・人にかはりて）である。いずれも、生きてゆくつらさを詠んだ歌である。

54

さかたがは淵《ふち》は瀬《せ》にこそなりにけれ水の流《なが》れは速《ゝや》くながらに（四二一）

【校異】　○さかたかは―あすかゝは（冷）　○水―みつ（書・天）　○ゝやく―はやく（書・天）

【通釈】「さかた川」の淵だったところは瀬になってしまったよ。水の流れは速いままに、時の過ぎるのも早いままに。

【語釈】○さかたがは　川の名とみられるが未詳。「さはだがは」の誤りである可能性はあるが、いまは改訂しない（［考察］参照）。○淵は瀬にこそなりにけれ　世の移り変わりの激しいことのたとえ。『古今集』九三三番を踏まえる。○速くながらに　速いままに。水の流れの速さをいうとともに、時の流れの早さをもいう。『注解』は、淵が瀬になる変化と、流れが速いままの不変との対比を指摘している。

【別出】なし

【考察】冠の「さ」は「安積山」歌の初句「あさかやま」の第二字を、沓の「に」は「難波津」歌の初句「なにはつに」の第二字を詠み込んでいる。

川の流れにことよせて、この世の転変と時の流れの早さを詠んだ歌である。諸注がいうように、「世中はなにかつねなるあすかがはきのふのふちぞけふはせになる」（古今集・雑上・九三三・読人不知）を踏まえる。また、上句の表現は、「あすかがはふちはせになる世なりとも思ひそめてむ人はわすれじ」（古今集・恋四・六八七・読人不知）により、下句は、「昨日といひけふとくらしてあすかがは流れてはやき月日なりけり」（同・冬・三四一・列樹・年のはてによめる）を念頭に置いて、水の流れの速さに時の流れの早さを重ねている。

「さかたがは」は典拠を見いだせない。『全釈』『注解』は「沢田川」に改訂する。催馬楽「沢田川」に「沢田川　袖漬くばかりや　浅けれど　はれ　浅けれど　恭仁の宮人　や　高橋わたす　あはれ　そこよしや　高橋わたす」とあり、浅い川として知られる。本百首の沓冠歌にも、浅い川としての沢田川を詠んだ71番歌がある。また、当該歌を承けた〈順百首〉の沓冠歌に、「さはだがはせぜのむもれぎあらはれてはなさきにけりはるのしるしに」（好忠集・五三五）とも詠まれている。

しかし、「さかたがは」のままでも文字制約の条件は満たすため、未詳とはいえ、底本のほか、書陵部本・天理本の三本で安定した本文である点を尊重した。催馬楽の沢田川が浅い川であり、当該歌の詠み方とは異なっている点にも注意される。なお、『古今集』九三三番歌を踏まえた例に、「ふちはせになりかはるてふあすかがは渡り見てこそしるべかりけれ」（後撰集・恋三・七五〇・元方・女に心ざしあるよしをいひつかはしたりければ、世中の人の心さだめなければたのみがたきよしをいひて侍りければ）がある。これが『古今六帖』（第五・三〇一五・元方・思ひわずらふ）に採られると、第三句「あすかがは」に「よの中は」という異文が生じており、具体的な川の名が消えている。これは、「淵は瀬になる」という部分が主眼であれば、「飛鳥川」を明示するのが常道の詠み方である一方で、そこが「飛鳥川」であるということは、表現上、捨象されうることを示唆している。当該歌において「さかたがは」という目慣れぬ川を詠んだとしても、百首歌の創始という、いわば実験的な場では、「さ」で始めるという制約さえ満たせばよしという詠み方が許されたのかもしれない。

冷泉家本が当該歌の初句を「あすかがは」とするのも、『古今集』九三三番以下の類型に引かれたためであろう。しかし、「あすかがは」では、「さ」で始めるという文字制約を満たせないことになる。

55

数《かず》ならぬ心を千々《ちゞ》にくだきつゝ人をしのばぬ時《とき》しなければ（四二二）

【校異】○心を《ハ》―心を（書・冷）こゝろを（天）○とき―時（書）

【通釈】物の数にも入らない私の心を千々に砕くように繰り返し悩むよ。あの人をしのばぬ時はないので。

【語釈】○数ならぬ心を千々にくだきつつ　「数ならぬ心」は、物の数でもない私の心。「数ならで思ふ思ひ」（87）。「数ならぬわが身」（49）。「心を千々にくだく」は、様々に思い苦しむ。「千々」は数の多いこと。『和歌大系』『注解』は「数ならぬ」と「千々」とが対比されるとする。上句と下句は倒置。「恋ひわぶる心は千々に砕くるを」（49）。

【別出】なし

【考察】 冠の「か」は「安積山」歌の初句「あさかやま」の第三字を、沓の「は」は「難波津」歌の初句「なにはつに」の第三字を詠み込んでいる。

「心を千々にくだく」という表現を軸にして構成した恋歌である。「一」と「千々」とを対比した先例には、「一たびも恋しとおもふにくるしきは心ぞちぢにくだくべらなる」（寛平御時后宮歌合・一五七）があり、当該歌はこれを踏まえて、「数ならぬ」と「千々」との対比に変奏したものとみることができる。

「一」と「千々」との対比は、前掲『寛平御時后宮歌合』一五七番のほか、この歌を踏まえて詠まれた、「ひとたびもわりなくものをおもふにはむねもちぢにぞくだくべらなる」（好忠集・順百首・沓冠・五五五）がある。後には、「君こふる心はちぢにくだくれどひとつもうせぬ物にぞ有りける」（和泉式部集・百首・恋・九一）もある。また、「たましひ」が砕けると詠んだ、「あひ見てもちぢにくだくるたましひのおぼつかなさをおもひおこせよ」（元真集・二四一）も見出される。

「数ならぬ」は、「数ならぬ身」という形が一般的である。「花がたみめならぶ人のあまたあればわすられぬらむかずならぬ身は」（古今集・恋五・七五四・読人不知）や、「かずならぬみ山がくれの郭公人しれぬねをなきつつぞふる」（後撰集・恋一・五四九・列樹・えがたかるべき女を思ひかけてつかはしける）などの例がある。『後撰集』では「数ならぬ身」の形で六例を数える。

「数ならぬ心」の例はごく少ない。「数ならぬ心のうちにいとどしくそらさへゆるすころのわびしさ」（信明集・八五）や、「かずならぬこころに身をばまかせねど身にしたがふは心なりけり」（紫式部集・五四・身をおもはずなりとなげくことの、やうやうなのめに、ひたぶるのさまなるをおもひける）が挙げられる程度である。当該歌では「数ならぬ」と「心を千々にくだく」という慣用句とを併せ用いた形である。

下句の「人をしのばぬ時しなければ」という表現は、「わすらるる時しなければあしたづの思ひみだれてねをのみぞなく」（古今集・恋一・五一四）の初句二句からの摂取であろう。ほか、「わすらるる時しなければ春の田を返す返すぞ人は恋しき」（貫之集・一四二・延喜二年五月中宮の御屏風の和歌廿六首／田かへす所）といった例もある。

一首の構造を見ると、上句と下句が倒置されている。沓の文字制約を満たすべく「ば」で止めようとしてのことであろう。係り承けの関係としては、「やまざくらわが見にくれば春霞峰にもをにもたちかくしつつ」（古今集・春上・五一・読人不知・題不知）のような、「……ば……つつ」と同じと捉えることができよう。

56

八橋《やつはし》のくもでにものを思《ゝも》ふかな袖《そで》は涙《なみだ》の淵《ふち》となしつつ《ゝ》（四二三）

【校異】**○ものを**―物を（書）**○ゝもふ**―おもふ（承・書・天）思ふ（冷）**○そては《ヲ》**―そてを（書）そては（天・冷）

【通釈】八橋の蜘蛛手のように、あれこれ物を思うことよ。袖は、流した多くの涙の淵のようにして、ひどく濡らしながら。

【語釈】**○八橋のくもでにものを思ふかな**　八橋が四方八方に分岐した川に架かっているように、あれこれ物思いをする。「八橋」は、川に幅の狭い橋板を数枚、折れ折れに継ぎ続けて架けた橋。もとは一般名詞というが、三河国の歌枕として著名。「蜘蛛手」は、蜘蛛が足を八方に広げた形から、川が四方八方に分岐したさまをいう。また、あれこれとさまざまに思案を巡らすさまを重ねる。**○涙の淵となしつつ**　「涙の淵」は、涙を大量に流しているさまの比喩。「淵」は「橋」の縁語。「袂を淵となしもはててめ」（99）。

【別出】なし

【考察】冠の「や」は「安積山」歌の初句「あさかやま」の第四字を、沓の「つ」は「難波津」歌の初句「なにはつに」の第四字を詠み込んでいる。

55番に続いて恋歌である。上句に『伊勢物語』で著名な「八橋のくもで」を配し、下句に「涙河身なぐばかりのふちはあれど氷とけねばゆく方もなし」（後撰集・冬・四九四・読人不知・題不知）による「涙の淵」という表現を用いて一首にまとめている。

「八橋のくもで」は、『伊勢物語』第九段、「かきつばた」の五文字を句頭に据えた「からころも」の歌で知られる場面、「三河の国、八橋といふ所にいたりぬ。そこを八橋といひけるは、水ゆく河の蜘蛛手なれば、橋を八つ渡せるによりてなむ、八橋といひける」による表現である。「からころも」歌は、『古今集』四一〇番にも載るが、その詞書には、「くもで」の語は見えないことから、この表現が、『古今集』ではなく、『伊勢物語』を踏まえたものであることがわかる。好忠と同時代には、当該歌と同じ表現を持つ、「うちわたし長き心はやつはしのくもでに思ふ事はたえせじ」（後撰集・恋一・五七〇・読人不知）、「恋ひせんとなれるみかはのやつ橋のくもでに物をおもふ比かな」（古今六帖・第二・一二五九・くに）といった例がある。

「涙の淵」の例としては、「忍びつつながきよすがら恋ひわびて涙の淵とうかびてぞふる」（本院侍従集・一七）や、「影みえぬなみだのふちのころもでにうづまくあわのきえぞしぬべき」（斎宮女御集・四・女御ぅせさせたまひてのち、さい院より御とぶらひの御かへりに、さい宮）、「たまさかにあふせはなくてみなのがはなみだのふちにしづむこひかな」（肥後集・一八六・みなのがは）などがある。さらに、「涙」は明示しないが、涙を受ける「袂」を「淵」と詠んだ例には、本百首99番歌が挙げられる。

一方、涙の川の「淵瀬」を詠むという形に展開した表現もある。「さだめなきよをきくころのなみだこそそでのうへなるふちせなりけれ」（伊勢集・二二二）や、「ふちせとも心もしらず涙河おりやたつべきそでのぬるるに」（後撰集・恋二・六一二）、「ゆめにてもあふと見えなんこひわたるなみだのかはふちせありやと」（元真集・三二九）といった例である。

57

松の葉《は》の緑《みどり》の袖《そで》は年経《としふ》とも色変《いろか》はるべき我《われ》ならなくに（四二四）

【校異】○松のは―まつの葉（書）まつのは（天・冷）○としふとも―としふとん（ヒ も）（書）としふとん（冷）※底本、

歌の上部に「〇」の印がある。

【通釈】　松の葉のような常緑の六位の袖は、たとえ年が経っても、昇進して色が変わりそうな私ではないのに。

【語釈】　○松の葉の緑の袖　松の葉の緑色に六位の袍の緑色を重ねた表現。また、常緑の松は、下句の「色変はるべき我ならなくに」に対応する。「六位、深緑衣」（令義解・衣服令・第十九・朝服）。「六位、緑の袖、あをき衣」（八雲御抄・巻三）。

○色変はるべき　「色変はる」は緑色の袍の色が変わることで、六位から昇進することをいう。

【別出】　なし

【考察】　「冠」の「ま」は「安積山」歌の初句「あさかやま」の第五字を、「沓」の「に」は「難波津」歌の初句「なにはつに」の第五字を詠み込んでいる。

松の葉が常緑であるのにことよせて、長年六位に留まり昇進できない自分の身の上を嘆く歌である。

第三句「年経とも」以下の表現は、「まつ山のまつとしきけばとしふともいろかはらじとわれもたのまむ」（元良親王集・四〇）に酷似する。当該歌は、この歌に、六位の「緑の袖」の発想を加えて構成したのであろう。

松の緑に袖の色を重ねる発想は、他にも「すみの江のまつはみどりの袖ながらなをだにかへばものはおもはじ」（好忠集・つらね歌・四八三）がある。また、〈順百首〉序文にも「……年経ぬる緑の袖の、忍びに落つる紅の涙にひちにけるを……」とある。その他、順の応和元年の長歌に、「……我はなほ　かひもなぎさに　みつしほの　世にはからくて　すみの江の　松はむなしく　おいぬれど　みどりのころも　ぬぎかへん……」（順集・一一八）とあり、住の江の松は長い年月を思わせ、常緑の松の色と相俟って、長い間六位に留まっているという不遇意識を表現する。また、順と同じく梨壺の五人の一人である能宣には、「まつならばひくひとけふはありなましそでのみどりぞかひなかりける」（能宣集・三二・二月子日おなじ所のをとこども、のべにまかりて侍るに、直物の除目に中文たてまつりてはべれど、えなるまじとうけたまはりて）という歌がある。松ならば人が引いてくれることもあろうが、松と同じ緑の袖の六位の自分は甲斐がないと嘆く歌である。これら好忠周辺の人々の不遇意識を詠んだ歌については、解説《八》参照。

58　かきくらす心《こゝろ》の闇《やみ》にまよひつつ憂《う》しと見る世《よ》に経《ふ》るがわびしさ（四二五）

【校異】○こゝろ―心（書・冷）○まよ《と》ひ―まとひ（書・天・冷）○見る―みる（承・書）○ふるかわひしさ―ふるそわひしき（天）ふるそ《か》わひしき《さ》（冷）

【通釈】鬱屈する心の闇に迷いながら、つらいと思う世の中に、生き続けるのは切ないことだ。

【語釈】○かきくらす　心を曇らす。悲嘆に暮れる。○心の闇　思い惑って分別を失う心を、暗闇にたとえていう。○憂しと見る世　「と見る」は、……と思って見る、の意。つらい世の中「憂き世」を、「世」を「憂し」と思って「見る」という主体の判断として示す。

【別出】なし

【考察】冠の「か」は「安積山」歌の第二句「かげさへみゆる」の第一字を、沓の「さ」は「難波津」歌の第二句「さくやこのはな」の第一字を詠み込んでいる。

鬱屈した気持ちで嘆き、どうしてよいかわからず思い惑いながらも、つらい世の中に生き続ける切なさを詠んだ歌である。当該歌の上句には、『伊勢物語』第六十九段にも見える「かきくらす心のやみに迷ひにき夢うつつとは世人さだめよ」（古今集・恋三・六四六・業平）がほぼそのまま用いられ、また、下句は、「身をうしと思ふにきえぬ物なればかくてもへぬるよにこそ有りけれ」（古今集・恋五・八〇六・読人不知・題不知）によるとみられる。いずれも恋部の歌で、当該歌も恋歌の印象があろう。

「心の闇」という表現も、先の業平歌や次の例では恋心を表す。「……心のやみに　まどひつつ　あふさか山を　こえいで

て　しげきおもひを　やましなの　山をうしろに　みなしつつ……」（忠岑集・八四・かひのくににまかりたりしほどに、たのみはべりしをんな、人になたち侍けるをききて、かへりまうできて）。だが、一方で、親心を詠んだ例や俗世への執着を詠んだ例もある。「人のおやの心はやみにあらねども子を思ふ道にまどひぬるかな」（後撰集・雑一・一一〇二・兼輔・太政大臣の、左大将にてすまひのかへりあるじし侍りける日、中将にてまかりて、ことをはりてこれかれまかりあかれけるに、やむごとなき人二三人ばかりとどめて、まらうどあるじさけあまたたびののち、ゑひにのりてこどものうへなど申しけるついでに）、「おろかなる心のやみにまどひつつうき世にめぐる我が身つらしな」（増基集・一六・……八講はてのあしたに、ある人、かういひおこせたり）といった例である。

また、世の中に住み続けるつらさを詠んだ歌に、前掲の『古今集』八〇六番ほかの恋歌もあるが、「世の中を憂しとやさしと思へども飛び立ちかねつ鳥にしあらねば」（万葉集・巻五・八九三・八九七・憶良・貧窮問答歌一首幷短歌）といった生活苦を詠んだ歌もある。

そうすると当該歌は、上句で恋歌の表現を使いながら、一方で、好忠の当時の立場、すなわち、官人としての不遇感に根差した作としても解することができる。言い換えれば、私的な恋の要素と、公的な官人としての要素とを「憂し」という感情を要として重層化した一首とみることができよう。

なお、「憂し」と「わびし」とを組み合わせる発想の根底には、「わびぬれば身をうき草のねをたえてさそふ水あらばいなむとぞ思ふ」（古今集・雑下・九三八・小町・文屋のやすひでみかはのぞうになりて、あがた見にはえいでたたじやといひやれりける返事によめる）があろう。

59

今日《けふ》かとも知《し》らぬわが身を嘆《なげ》く間《ま》にわが黒髪《くろかみ》ぞ白《しろ》くなりゆく（四二六）

【校異】　○**けふ**―今日（冷）　○**かとも**―カラモ（承）　かとん（冷）　○**わか身**《うきよ》―うきよ（書）　わか身（天）　わかみ（冷）

○わかくろかみそ――わかくろかみも（天・冷）　○なりゆく――なり行（冷）

【通釈】　今日死ぬかともわからない私自身の身の上を嘆いているうちに、私の黒髪は白くなってゆく。

【語釈】　○今日かとも　今日、命が絶えるかとも。

【別出】　なし

【考察】　冠の「け」は「安積山」歌の第二句「かげさへみゆる」の第二字を、沓の「く」は「難波津」歌の第二句「さくやこのはな」の第二字を詠み込んでいる。

今日死ぬか、明日死ぬかと思いながら、一日一日を生き長らえていると、だんだん黒髪が白くなり、老いていく。死んで嘆きから解放されることもなく過ごしてしまった、不如意な長い人生を、髪色の変化によって実感した歌である。

上句は「あすしらぬわが身とおもへどくれぬまのけふは人こそかなしかりけれ」（古今集・哀傷・八三八・貫之・きのとものりが身まかりにける時よめる）に、下句は「くろかみのしろくなりゆく身にしあればまづはつ雪をあはれとぞみる」（後撰集・冬・四六七・読人不知・題不知）に依拠して詠んだものとみられる。

「今日かとも知らぬ我が身」という表現は、右の『古今集』八三八番をはじめ、「あすしらぬわが身なりとも怨みおかむこの世にてのみやまじと思へば」（拾遺集・恋二・七五五・能宣・けさうし侍りける女の、五月夏至日なりければ、うたがひなく思ひたゆみてものいひ侍りけるに、したしきさまになりにければ、いみじくうらみわびてのちにさらにあはじといひ侍りければ）にも見られる類型である。この「明日知らぬ我が身」をもとにして、冠の文字を「け」とするという制約により生み出された表現であろう。「明日知らぬ」よりも「今日かとも」の方が、時間的切迫感がある。『和歌大系』『注解』が指摘する「けふかともあすともしらぬ白菊のしらずいく世をふべきわが身ぞ」（拾遺集・雑恋・一二五七・読人不知・女の許に菊ををりてつかはしける）は、当該歌との前後関係はにわかに判断し難いが、表現の類似性において注目されよう。

「わが黒髪」は、黒髪が白髪に変わることによって、時の経過に伴う老いを主題とする歌に用いられることが多い。その場合、「ありつつも君をば待たむうちなびく我が黒髪に霜の置くまでに」（万葉集・巻二・八七）、「うばたまのわがくろかみやかはるらむ鏡の影にふれるしらゆき」（古今集・物名・四六〇・貫之・かみやがは）、「烏羽玉のわがくろかみを年ふれば滝の糸とぞなりぬべらなる」（貫之集・二〇〇）などのように、白髪を「霜」「しらゆき」「滝の糸」といった景物で比喩的に表現する例が散見されるが、当該歌はこれらの比喩を用いない点で一線を画す。和歌表現としては素直すぎるともいえそうだが、沓の文字制約によるものとも考えられる。

「わが身を嘆く」という行為は、「しら波のたちかへりくる数よりもわが身をなげくことはまされり」（千里集・一二〇・詠懐）のように、回数を重ねることによって嘆きの深さを表す例があるが、当該歌は嘆いて過ごした時間の長さを詠んでいる。「嘆く間に……（なり）ゆく」という表現の類例としては、「そのはらのやまをいくかとなげくまにきみもわが身もさかりすぎゆく」（家持集・三一二）が挙げられよう。当該歌と同様、嘆いている間にむやみに過ぎていく人生を惜しむ歌として注目される。ただし、この家持歌が人生の盛りに視点を置くのに対し、当該歌は老いて行く姿を詠んでいる。

60

さ さ《ゝ》波《なみ》や長等《ながら》の山にながらへて心にものの《ゝ》か《□》なはざらめや（四二七）

【校異】 **○さゝなみや**―さゝなみの（書）　**○山に**―やまに（書）やまの（天）山の（冷）　**○なからへて**―なからへは（書）　**○心**―こゝろ（天）　**○□なはさらめや**―かなはさらめや（承・書・天・冷）

【通釈】 細波の立つ琵琶湖がある近江国の、「なが」という名をもつ長柄の山に生き長らえて、何か思いどおりにならないことがあろうか。

【語釈】 **○ささ波や**　近江国の琵琶湖西岸の地名に付く枕詞。当該歌はその早い例である。ここでは、「長等の山」に係る。

○長等の山　近江国の歌枕。三井寺の西方にそびえる山。北は比叡山に連なり、南は逢坂山に至る。「なが」の同音反復で

「ながらへて」と続く。この用法も当該歌が早い例。○かなはざらめや　「ざらめや」は、……しないであろうか、きっと……する、の意。ここでは、現実には思いどおりにならないことについての願望を表す。

【別出】　なし

【考察】　冠の「さ」は「安積山」歌の第二句「かげさへみゆる」の第三字を、沓の「や」は「難波津」歌の第二句「さくやこのはな」の第三字を詠み込んでいる。

つらい世の中であっても、生きていれば、きっと思いはかなうだろうという歌である。当該百首序文にも表出される不遇意識に内容がそぐわないからか、先行注釈書は、好忠の人生と重ねて、当該歌に悲憤や諦念を読み取ろうとしているが、それは当該歌の配列が、好忠百首序文のもと、直前の59番歌や、後の61番歌といった、生きていくことのつらさを詠んだ歌に挟まれた位置にあることから推して初めて生まれる解釈であろう。一首の解釈としてはやはり、思いは叶うはずだという願望を詠んだ点に主眼があるとみられる。

冠の「さ」から「細波（ささなみ）」を発想し、「細波の長等」と近江の歌枕に繋ぎながらも、難波の「長柄」を詠んだ『古今集』の有名な歌、「あふ事をながらのはしのながらへてこひ渡るまに年ぞへにける」（恋五・八二六・是則・題不知）の表現類型「ながらへて」を当該歌に転用した上、命を長らえるの意から、やはり『古今集』の「いのちだに心にかなふ物ならばなにか別のかなしからまし」（離別・三八七・しろめ・源のさねがつくしへゆあみむとてまかりけるに、山ざきにてわかれをしみける所にてよめる）の上句によって、当該歌の下句を作ったのであろう。前述のように一首の意が解しにくいのは、沓を「や」とする制約のため、結句を「かなはざらめや」とせざるを得なかったからとも考え得る。

「細波」は、『万葉集』においては、「細波の」の形で、「志賀」「比良山」などに付く枕詞として用いられ、当該歌のような「細波や」の例はない。これは、「後代の万葉歌風摂取の中で生じた」形（歌ことば歌枕大辞典・小波（さざなみ）・高木和子氏）であろう。「細波」を「長等の山」に冠する例は、「さざなみのながらの山のながらへてたのしかるべき君がみよかな」（拾遺集・神楽歌・五九九・能宣・安和元年大嘗会風俗、ながらの山）や、『平中物語』第七段の「とひければこたへけるなをさざなみのながら《（ママ）》やまのやまびこもせぬ」（三三・男）、「さざなみのながらのやまの山びこはとへどこたへずぬししなければ」（三四・人）があるが、当該歌のように「細波や」とする好忠と同時代以前の歌は、今のところ管見に入らない。また、「長等」に冠する例は、前掲の大嘗会歌と同じ時の詠と見られる「さざなみのながらのうらにこぐふねはちとせをつみてはこぶなりけり」（尊経閣本元輔集・一八〇・れいぜん院の御ときのだい上ゑのうた）があり、やはり「さざなみの」の形である。なお、安和元年の大嘗会に先立って、好忠が、近江国の「長等」を歌に詠んでいる点には注意しておきたい。

　また、この近江国の地名「長等《ながら》」を同音反復で「ながら（ふ）」に続ける表現は、好忠の当該歌がごく初期の例として注目されるが、難波の「長柄《ながら》」ならば、前述の『古今集』八二六番のほか、「……かくしつつ　ながらのはしの　ながらへて　なにはのうらに　たつ浪の　浪のしわにや　おぼほれむ……」（古今集・雑体・一〇〇三・忠岑・ふるうたにくはへてたてまつれるながうた）に見え、その後も、「こころだにながらのはしはながらへんわが身に人はたとへざるべく」（信明集・五・むらかみの御ときに、国国の名たかきところどころを御屏風の絵にかかせ給ひて／長柄橋）という歌がある。このように、難波の「長柄」は、「長柄の橋」として屏風歌にも詠まれ、好忠の時代には、その図柄とともに表現も定着していたものと推察される。当該歌が、この難波の「長柄」の詠み方を、近江国の「長等」に転用したと想定される所以である。

「心にかなふ」という表現は、前掲の『古今集』三八七番をはじめ、「いづみがはこころにかなふいのちあらばなどかちとせもわたらざるべき」（元良親王集・一四〇・おなじ院にて、いづみがはといふことをよませたまひける人人、千とせおはしませといはひきこえければ、みやの御）、「心にもかなはざりける世の中をうき身はみじと思ひけるかな」（小町集・五八・四のみこのうせたまへるつとめて、風ふくに）などのように、思うに任せない命を詠む場合があるが、当該歌は、思いどおりにしたい「もの」を明確に示さない。好忠の官人としての立場を念頭に置くならば、現実には思うに任せない官途昇進願望を読み取ることができよう。

61　経《へ》じや世《よ》にいかにせましと人知《し》れず問《と》はば答《ゞこたえ》へよ四方《ゝも》の山びこ《と》（四二八）

【校異】○人しれす―おもひかね（天）思かね（冷）○こたえよ―こたへよ（承・書・天・冷）○山ひと《こ》―山ヒト（承）山ひこ（書・冷）やまひこ（天）

【通釈】もうこの世の中に生きていくまい。では、いったいどうしたらよかろうかと、人に知られないように尋ねたら、答えておくれ。まわりの山彦よ。

【語釈】○経じや世に　「世に経じや」の倒置。冠の文字制約「へ」を充足するための処置と考えられる。○いかにせまし　この世の中で生きていかないとすると、ではどうしたらよかろうか。「まし」は、実行を思い迷う意を表す。『全釈』は、「世の中にどのように生きたらよいのか」とする。○四方　自分のいる場所を中心として、東西南北、前後左右、四方、まわり。○山びこ　山で出した声が反響すること。沓冠の文字制約により、山の霊が真似て答えるものとされたところからいう。こだま。底本・承空本本文は「山ひと」とする。沓冠の文字制約により、「こ」と「と」との仮名字形の類似による誤写とみて校訂した（［考察］参照）。なお、『古今集』の墨滅歌、「そま人は宮木ひくらしあしひきの山の山びこよびとよむなり」（物名・一一〇一・貫之・ひぐらし）でも、『古今六帖』所収歌（第六・四〇〇八・貫之・ひぐらし）では、「山びこ」が「山人」になっている。

【別出】なし

【考察】冠の「へ」は「安積山」歌の第二句「かげさへみゆる」の第四字を、沓の「こ」は「難波津」歌の第二句「さくやこのはな」の第四字を詠み込んでいる。

もうこれ以上、つらい世の中に生きるのはやめようと思いながらも、どうしてよいかわからず、かといって相談できる相手もいない。そこで、こっそりと山彦に聞いてみるしか術のないつらさを詠んだ歌である。

当該歌の初句・第二句は、「へじやよにうきよをこれにかぎりてん思ふこころはある身ながらに」（元良親王集・一〇・みぶのごにつかはしける）の上句により、第三句以下は、「つれもなき人をこふとて山びこのこたへするまでなげきつるかな」（古今集・恋一・五二一・読人不知・題不知）に発想を得たものであろう。恋歌の表現が組み合わせられているとみられる。

初句「へじやよに」は、先の『元良親王集』一〇番に見出されるが、第二句「いかにせまし」は、「……心のやみに　まどひつつ　あふさか山を　こえいでて　しげきおもひを　やましなの　山をうしろに　みなしつつ　うしろめたしと　おもひおきて　わがみはせたの　はしにいたり　いかにせましと　うちなげき……」（忠岑集・八四・かひのくににまかりたりしほどに、たのみはべりしをんな、人になたち侍けるをききて、かへりまうできて）といった長歌に見えるほか、「ひとりしていかにせましとわびつればそよともまへのをぎぞこたふる」（大和物語・第百四十八段・二四八・女）にも存し、恋歌における逡巡する気持ちをいう例が見受けられる。

「山彦」は、夙に『万葉集』にも「……山彦の　応へむ極み　たにぐくの　さ渡る極み……」（万葉集・巻六・九七一・九七六・四年壬申、藤原宇合卿、西海道の節度使に遣はさるる時に、高橋連虫麻呂が作る歌一首）と詠まれ、また前掲『古今集』五二一番においても、こちらの声に応えるものである。

「四方の山彦」とは、「四方の山」の「山彦」の意であろう。「よも山のやまの山びこなければやわがよぶ声にこたへだにせぬ」（古今六帖・第二・九九五・やまびこ）という歌にも見えるように、呼び声に応えてくれる唯一の存在とみなされている。

62

み吉野《よしの》に立《た》てる松《まつ》そら千代《ちよ》経《ふ》るをかくもあるかな常《つね》ならぬ世《よ》の（四二九）

【校異】○まつそら—まつすら（天・冷）○かくもあるかな《うらむなるかなイ》—カクモアルカナ《ウラムナルカナ》（承）うらむなるかな（書）かくもあるかな（天）うくもあるかな（冷）○つねならぬよの—つねならぬよを《の》（書）

【通釈】吉野に立っている松ですら千年という長い間を過ごしているのに、こんなものなのだな、無常の世の中というものは。

【語釈】 ○み吉野 地名「吉野」の美称。当該歌では、人目につかない深山と捉えられている。○松そら 「そら」は、体言に付いて、程度の甚だしい例を挙げて他を類推させる副助詞。『夫木抄』は、この箇所を「松原」とする。本文の不安定さがうかがえる。○かくもあるかな こんなものなのだな、という達観した心情を表す。異文が多く、冷泉家本の「うくもあるかな」は「か」と「う」との仮名字形の類似による誤写か。また、「うらむなるかな」は、「かく」の指す内容が具体的に示されていないため、意改された結果か。○常ならぬ世の 「常ならぬ世」は、無常の世の中。42番にも。結句の末尾が「の」で終わる歌には、「吹きまよふ野風をさむみ秋はぎのうつりも行くか人の心の」（古今集・恋五・七八一・雲林院のみこ・題不知）がある。蔵中スミ「『曾丹集』の享受—富士谷成章の場合—」、『あゆひ抄』「〔の〕づめの歌」参照。

【別出】『夫木和歌抄』巻第二十九、松、一三七九七番

家集　　　　　　　　　　　　　　　　　好忠

みよし野にたてる松原千代ふるをうべもあるかなつねならぬよの

【考察】 冠の「み」は「安積山」歌の第二句「かげさへみゆる」の第五字を、沓の「の」は「難波津」歌の第二句「さくやこのはな」の第五字を詠み込んでいる。

奥山で長年を過ごしてきた吉野の松は、人目につかない孤独な存在という点で、作者の立場と同様である。だがそれでも、松は長寿を全うしている。それにひきかえ作者は、無常の世の中で、「かくもあるかな」と、無常の世の中を嘆くのである。

この第四句は、長寿の松とは対照的に、無常の世に生きる人（好忠自身）の状況を詠んでいるとみられる。それが具体的にどのような状況を指しているのかは明確に表現されない。この百首がごく内輪の人々の間で享受されていたとすれば、明記する必要のない、わかりきったことを、あえて具体的に詠まずに一首をまとめ上げたか。あるいは、百首詠作時に、人々が共有していた社会一般の状況に依拠したものとも考え得る。だがその一方で、様々な状況を想定し得る表現の曖昧さが、一首の解釈の幅を広げているともみられよう。

「かくもあるかな」という表現の類例に、「としふればかくもありけり墨染のこはおもふてふそれかあらぬか」（新古今集・哀傷・八五二・延喜御歌・更衣の服にてまゐれりけるをみたまひて）、「としふれどかくもありけり春雨にもゆるやなぎのめづらしきかな」（古今六帖・第五・二九四五・めづらし）に見られる「かくもありけり」がある。「としふれば」「としふれど」といった時間の経過とともに詠まれるという類型が見出され、時の流れの中で、眼前の状況について認識を新たにする際に用いられる。改めて認識された内容を具体的に示すのが通常であり、その点で当該歌は一線を画す。

さて、「吉野」の「松」は、「みよしのの松の影をしそめたればあふぐ嵐のいつかつきせん」（貫之集・七一五・つねすけの中納言のあふぎあはせのうた、扇をすはまにいれたり）のほか、「みよしのにちよのはるはるおひそはるこまつのみどりひきつくさめや」（能宣集・七五・ある所の歌合／子日）、「見わたせば松のはしろきよしの山いくよつもれる雪にかあるらん」（拾遺集・冬・二五〇・兼盛・入道摂政の家の屏風に）といった用例に見られるように、寿ぎの歌において象徴的に用いられる景物であり、本百首30番にも同様の例を見出す。だが、当該歌はむしろ、「引く人もなくてやみぬるみよしのの松は子の日をよそにこそきけ」（拾遺集・雑春・一〇二八・元輔・除目のころ子の日にあたりて侍りけるに、按察更衣のつぼねより松をはしにてたべものをいだして侍りけるに）に通底するものがあろう。人の訪れもない山奥の吉野の松は、見向きもされない存在という点で、好忠と同様とみられよう。

「常ならぬ世」は、「心にもまかせざりけるいのちもてたのめもおかじつねならぬよを」（朝忠集・一一・よの中さわがしきころ／かへし）、「たきのうへのみふねの山にゐる雲のつねならぬよをたれかたのまん」（古今六帖・第二・八四一・山）、「色かをば思ひも入れず梅の花つねならぬ世によそへてぞ見る」（新古今集・雑上・一四四五・花山院・むめのはなを見たまひて）といった例に見えるように、頼みがたいものとして詠まれ、好忠自身も、本百首42番において、嘆きの対象として詠んでいる。

夢《ゆめ》にても思《おも》はざりしを白雲《しらくも》のかかる憂《う》き世《よ》に住《す》まひせむとは（四三〇）

【校異】〇集付ナシ―續拾（書）〇おもはさりし―思はさりし（書・冷）〇しらくも―しら雲（天）

【通釈】夢にも思わなかったなあ。このようなつらい世の中に住み続けようとは。

【語釈】〇思はざりしを「を」は間投助詞。詠嘆。二句切れで倒置となる。〇白雲のかかる憂き世「白雲の」は「かかる」に付く枕詞。「かかる」は「(白雲が) 掛かる」と「斯かる (憂き世)」とを掛ける。

【別出】『続拾遺和歌集』巻第十六、雑歌上、一一二五番

（題しらず）　好忠

夢にても思はざりしを白雲のかかる浮世にすまひせんとは

【考察】冠の「ゆ」は「安積山」歌の第二句「かげさへみゆる」の第六字を、沓の「は」は「難波津」歌の第二句「さくやこのはな」の第六字を詠み込んでいる。

出家することもなく、死んでしまうこともなく、つらいこの世の中で、今日までずっと暮らし続けるとは思いもしなかったという感慨を詠んだ歌である。

「夢に（て）も思はず」という表現は、夙に『万葉集』に、「現にも夢にも我は思はずき古りたる君にここに逢はむとは」（巻十一・二六〇一・二六〇六）とあり、平安中期にも、「枕ぎをおきてきつれば夢にてもうとからんとはおもはざりけり」（安法集・一九・おなじきみの、京にありける時、すはうをまくらのれうとておくりければ、かくなむいひたりける、ためもと）といった例が見えるが、和歌の用例は稀少である。当該歌は、先の万葉歌によるとみられよう。なお、和歌においては一般に、「思ひきやひなのわかれにおとろへてあまのなはたきいさりせむとは」（古今集・雑下・九六一・篁・おきのくにになかされて侍りける時によめる）や、『伊勢物語』第八十三段にも見える「わすれては夢かとぞ思ふおもひきや雪ふみわけて君を見むとは」（古今集・雑下・九七〇・業平）というに見えるように、「思ひきや……とは」という表現をとる。

「思はざりしを」は、たとえば「つひにゆくみちとはかねてききしかどきのふけふとはおもはざりしを」（古今集・哀傷・八六一・業平・やまひしてよわくなりにける時よめる）にもあるように、結句に用いられることが多い。ここは、沓冠の文字制約によって倒置法を用いたとみられる。

「白雲」が「掛かる／斯かる」という表現は、すでに『注解』が指摘する「高砂の峰の白雲かかりける人の心をたのみけるかな」（後撰集・恋二・六五二・読人不知・題不知）、「白雲のかかるそら事する人を山のふもとによせてけるかな」（拾遺集・雑恋・一二一八・読人不知・題不知）のほか、「世のなかもまたしらくもの山のはにかかるや人のつらきなるらむ」（敦忠集・二七・はじめのきたのかたうらみきこえたまうて）、「はかなくてうきてみゆれどしらくものやまにもかかるこころとをしれ」（忠見集・一八三）、「うきこともまだ白雲の山のはにかかるやつらきこころなるらん」（元真集・二〇六）、「かくばかりおもはぬやまにしら雲のかかりそめけむことぞくやしき」（村上天皇御集・四五、斎宮女御集・一〇八）、「みねたかきふもとのまつはしら雲のかかれど色はかはりやはする」（円融院御集・五四・また、おとど）などの私家集にも散見する。好忠の活躍時期に頻出する表現である。

このような用例を背景として、当該歌の第三句以下が直接依拠したと思われるのは、「白雲のしらぬやまぢにかくれなむかかるうき世のところせき身に」（元真集・二五七）であろう。前述の「白雲」「かかる」に「うき世」を加えた組み合わせは、当該歌と共通するが、好忠の俗世に住み続けた感慨に対し、元真は、出家への意思を詠んでいる。「かかる憂き世」という表現は他にも、「ありへてもかかるうき世になぞやともけふぞわが身をたのみはつべき」（長能集・五六・みづからまるらんといひたりしかど、びんなきところなりといひければ、なほなほとて）といった歌に見出せる。

「住まひす」という語は、好忠の時代までの和歌の用例としてはそれほど多くない。「みづちかみすまひすればやまなづるのながれてちとせありといはるる」（頼基集・二六・つるかはにたてるを）が、比較的早い例である。より一搬的な「住まふ」の語を用いなかったのは、結句の文字数の制約によるか。

64

る《れ》いよりもひとり離《はな》れて飛《と》ぶ雁《かり》の友《とも》に遅《をく》るる《ゝ》わが身かなしな（四三一）

【校異】○れい―れ《る》い（書）るい（天・冷）○ともに―とんに（冷）○をくるゝ―おくるゝ（書・冷）○わか身―我身（書）我み（冷）

【通釈】仲間からも一羽離れて飛ぶ雁のように、友人から一人だけ取り残される私の身の上が悲しいなあ。

【語釈】○るい　仲間。ここでは、列を作って飛ぶ雁の一群を指す。底本・承空本・書陵部本本行は、「れい」とするが、沓冠の文字制約によって校訂した。「る（類）」と「れ（礼）」との仮名字形の類似による誤写か。

【別出】なし

【考察】冠の「る」は「安積山」歌の第二句「かげさへみゆる」の第七字を、沓の「な」は「難波津」歌の第二句「さくやこのはな」の第七字を詠み込んでいる。

飛んで行く群れから外れた一羽の雁に、友から取り残された自らを投影した歌である。好忠の境遇から推せば、官途の沈滞や、自分ひとりが都から遠い丹後の地にいるという実感を表現したものと解せる。

当該歌は、次の「行く雁」の歌二首の表現を組み合わせたものと考えられる。すなわち、隊列から遅れて飛ぶ雁の発想は、「行くかりも秋すぎがたに独しも友におくれてなきわたるらむ」（千里集・四九・旅雁秋深独別群）により、結句は「葦辺より雲ゐをさして行く雁のいやとほざかるわが身かなしも」（古今集・恋五・八一九・読人不知・題不知）に依拠しているであろう。

前者の類例としては、他にも、「秋霧をわけゆくかりは何なれやおくれてのちにまどふけふかな」（順集・二九三・池にもみぢをうかぶ、水鳥あり、馬にのれる人ゆく、そらの霧のなかに雁なきて渡る、野にかりする人あり）、「いにしへのかりのかずにもおくれにき此世にもまたさきだちぬとか」（赤染衛門集・六一二・あまになりたる人にやりし）などがある。

結句「我が身かなしな」は、好忠の当該歌のほか、「たのめこし人はつれなく秋風はけふよりふきぬ我が身かなしな」（古今六帖・第一・四二一・あきの風）、「つゆよりもはかなく見ゆるよのなかをおきどころなきわが身かなしな」（千穎集・七九・無常六首）がごく早い例とみられ、続いて、「身を分けてあまねくのりをとく中にまだわたされぬわが身かなしな」（赤染衛門集・四五一・観音品）といった例が挙げられる。また、「かなしな」という表現は、勅撰集においては、『古今集』の「蟬のこゑきけばかなしな夏衣うすくや人のならむと思へば」（恋四・七一五・友則・寛平御時きさいの宮の歌合のうた）のほか、『拾遺集』『後拾遺集』に用例が存し、平安中期に集中している。

　なお、当該歌の初句・第二句をそのまま用いた作として、「るいよりもひとりはなれてしる人もなくなくこえんしでの山道」（和泉式部集・三〇八）が挙げられる。

65

八重《やえ》葎《むぐら》茂《しげ》れる宿《やど》に吹《ふ》く風《かぜ》を昔《むかし》の人の来《く》るかとぞ思ふ（四三二）

【校異】○やえむくら―やへむくら（承・書・天・冷）　○ふく―吹（冷）　○思ふ―思（書・冷）おもふ（天）

【通釈】幾重にも葎が生い茂っている我が家に吹く風の気配を、昔なじみがあった人が来たのかと思う。

【語釈】○八重葎　幾重にも茂っている葎。葎は、つる草の総称。「やへむぐらとは、あれたる所にはひかゝれるをいふ」（能因歌枕）。　○昔の人　以前なじみがあった人。ここでは別れた恋人か。

【別出】なし

【考察】冠の「や」は「安積山」歌の第三句「やまのゐの」の第一字を、沓の「ふ」は「難波津」歌の第三句「ふゆごもり」の第一字を詠み込んでいる。

「八重葎茂れる宿」は、「やへむぐらしげきやどには夏虫の声より外に問ふ人もなし」（後撰集・夏・一九四・読人不知）を踏まえていると考えられる。続く第三句以下では、風が吹くと人が訪ねたのかと、ふと思うさまが詠まれている。吹く風を恋人の来訪かと思うという歌は、「君待つと我が恋ひ居れば我がやどの簾動かし秋の風吹く」（万葉集・巻四・四八八・四九一・額田王）が挙げられる。そして、「昔の人」を思い出すという発想は、「五月待つ花橘の香をかげば昔の人の袖の香ぞする」（古今集・夏・一三九・読人不知）によるのであろう。結句の「かとぞ思ふ」という表現は、「わすれては夢かとぞ思ふおもひきや雪ふみわけて君を見むとは」（古今集・雑下・九七〇・業平）をはじめ、「春たちてなほふる雪はむめの花咲くほどもなくちるかとぞおもふ」（御所本躬恒集・一六〇・平仲和歌合初春）や「あたらしき年のたよりに玉鉾の道まどひする君かとぞ思ふ」（貫之集・四二五・同じ年さいさうの中将屛風の歌卅三首　元日ふるき男の女のもとにきて物などいふ）などに見られる。当該歌は、誰の訪れもないはずの荒家に、葎が茂り、そこに風が吹くと、誰かが葎を分け入るような気がするのは、以前関わりを持った人の来訪かと一瞬期待するさまを詠んでいる。

初句の「八重葎」は、平安期以前では、「思ふ人来むと知りせば八重むぐら覆へる庭に玉敷かましを」（万葉集・巻十一・二八二四・二八三五）や「玉敷ける家も何せむ八重むぐら覆へる小屋も妹と居りてば」（万葉集・巻十一・二八二五・二八三六）のように、粗末な家を表現するものであった。ところが平安時代になると「八重葎」は単なる雑草ではなく、荒れた家や庭の描写によく用いられ、初句・第二句の「八重葎茂れる宿」は、誰も訪れず世間から忘れ去られた家を意味するようになる。たとえば、「八重葎しげくのみこそ成りまされ人めぞ宿の草木ならまし」（貫之集・四五一・同じ年〈天慶二年〉さいさうの中将屛風の歌卅三首／やもめなる人の家）のように、屛風歌の絵柄としても定着していたようである。よって「八重葎」は、「今更にとふべき人もおもほえずやへむぐらしてかどさせりてへ」（古今集・雑下・九七五・読人不知）のように、世間から人を隔離するものである。訪れるものといえば、前掲『後撰集』一九四番歌や、「とふ人もなきやどなれどくる春はやへむぐらにもさはらざりけり」（貫之集・二〇七・三条右大臣屛風のうた）、「やへむぐらしげれるやどのさびしきに人こそ見えね秋はきにけり」（拾遺集・秋・八九・恵慶・河原院にてあれたるやどに秋はきにける心を人人のよみ侍りけるなかに）のように、人ではなく季節と虫の音ぐらいということになる。

なお、〈重之百首〉には、「風」「昔の人」を詠んだ、「あきかぜは昔の人にあらねどもふきくるよりはあはれといはるる」

（重之集・秋廿・二六六）や、「吹く風」「……人の来るかとぞ……」の語句・表現を詠んだ「をぎのはにふくあきかぜをわすれつつこひしき人のくるかとぞみる」（同・秋廿・二六八）という歌がある。重之は当該歌を念頭に置いてこれらの歌を詠作したのであろう。

66

丸小菅《まろこすげ》茂《しげ》れる野辺《のべ》の草《くさ》の上《うへ》に玉《たま》と見《み》るまで置《を》ける白露《しらつゆ》（四三三）

【校異】○しけれるのへ《やと》の―しけれるやとの（書・天・冷）○くさ―草（天）○うへに―葉に（書）○をける―おける（書・冷）○しらつゆ―しら露（天）

【通釈】丸小菅が茂っている野原の草の上に、真珠だと思って見るほどに置いている白露よ。

【語釈】○丸小菅　菅の一種。ウキヤガラまたはミクリとも。菅は山野に自生していて、刈り取って笠や蓑などを作る。

○玉　真珠。「白露」の見立て。

【別出】なし

【考察】冠の「ま」は「安積山」歌の第三句「やまのゐの」の第二字を、沓の「ゆ」は「難波津」歌の第三句「ふゆごもり」の第二字を詠み込んでいる。

当該歌の下句は、諸注釈が指摘するとおり、「さ雄鹿の朝立つ野辺の秋萩に玉と見るまで置ける白露」（万葉集・巻八・一五九八・一六〇二・秋歌三首）によるのであろう。「野辺」に「玉と見るまで置ける白露」という表現が共通する。ただし、この歌の本文は、『新撰和歌』（六〇）、『三十人撰』（四八）、『和漢朗詠集』（上・秋・三四〇・露）では、「野辺」ではなく「小野」である。好忠が万葉歌の本文でこの歌を享受していたことがうかがえる。なお、同じ下句は、「うつろはんことだにをしき秋はぎに玉と見るまでおけるしらつゆ」（拾遺抄・秋・一二二・伊勢・斎院御屏風のゐに）にも見出せる。

「丸小菅」が繁茂するという表現は、「……思ふことのみ　まろこすげ　しげさぞまさる……」（小町集・六八・あしたづの雲井のなかにまじりなば、などいひてうせたる人のあはれなるころ）に見出せる。「丸小菅」は枕詞としても使われ、「うちそばめきみひとりみよまろこすげまろはひとすげなしといふなり」（道綱母集・二二・かへりごとするを、おやはらからせいすとききて、まろこすげにさして）、「夏草のしげみにおふるまろこすげまろがまろねよいくよへぬらん」（拾遺集・恋三・八二九・読人不知）では、同音の「まろ」に付く。しかし当該歌の場合は、枕詞として用いられているのではなく、「丸小菅」そのものの茂る様子を詠んでいる。前掲『道綱母集』の詞書にも、返歌を「丸小菅」に挿してとあり、この植物が当時の人々にとっても身近なものであったことがわかる。

「白露」を「玉」に見立てる発想は、前述のとおり、すでに『万葉集』に見られる。『古今集』にも、「あさみどりいとよりかけてしらつゆをたまにもぬける春の柳か」（春上・二七・遍昭・西大寺のほとりの柳をよめる）とある。白露を玉のように通す緒として、萩や尾花、柳などが組み合わせられることが多い。

一方、当該歌のように「草の上」に「露」が置く例も、『万葉集』に「我がやどの草の上白く置く露の身も惜しからず妹に逢はざれば」（巻四・七八五・七八八）という歌がある。また、『伊勢物語』芥川の段の一節、「芥川といふ川を率て行きければ、草の上に置きたりける露を、かれは何ぞとなむ男に問ひける」（第六段）にも、その用例を見出す。なお、好忠の〈毎月集〉には、「くさのうゑにこゝらたまゐし白露をしたばのしもとむすぶころかな」（好忠集・三〇一・十月のはて）という歌がある。

67

のどかにも思《をも》ほゆるかな常夏《とこなつ》に久《ひさ》しく匂《にほ》ふ大和《やま》□なでしこ（四三四）

【校異】○をもほゆる―おもほゆる（承・書・天）思ほゆる（冷）○とこなつに―とこなつの（天・冷）○やま□

―やまと（承・天）山と（書・冷）

【通釈】　のんびりと思われるなあ。夏の間長く咲き続けている大和撫子よ。

【語釈】　○のどかに　気持ちが落ち着いている。のんびりしている。　○常夏に　夏の間ずっと。また、「常夏」は撫子の異名。「とこなつとは、なでしこの花をいふ也」（能因歌枕）。「にほひ久しければ常夏といへり」（顕注密勘抄）。　○匂ふ　美しく咲く。

【別出】　なし

【考察】　冠の「の」は「安積山」歌の第三句「やまのゐの」の第三字を、沓の「こ」は「難波津」歌の第三句「ふゆごもり」の第三字を詠み込んでいる。

「世の中にたえて桜のなかりせば春の心はのどけからまし」（古今集・春上・五三・業平）と詠まれるように、人の心は、すぐ散ってしまう桜花への執着から、休まる暇がないものである。それは、「春風の吹くたびごとに桜花こころのどかに見るほどぞなき」（元真集・一二四）という歌にも端的に表れており、花に対する人の心の典型といえるであろう。

そこで当該歌は、「大和撫子」（常夏）を取り上げ、それが長い間咲き続ける花であることから、ゆったりと賞美できるという落ち着いた心情を詠んでいる。春の桜を念頭に置いて、季節を夏にずらし、花に対する正反対の心情を詠んだとみられる。

「のどかにも思ふ」という表現は、「盤の上をすみかにしたるあしたづは世をのどかにも思ふべきかな」（伊勢集・一八六・八条大将四十賀権中納言のし給ふ／いはのうへにつるたてる所）という賀歌にも見られる。当該歌では、花を目の前にしても保たれている心の平穏をいう。

「常夏に」という語は、『万葉集』では、「立山に降り置ける雪を常夏に見れども飽かず神からならし」（巻十七・四〇〇一・四〇二五）、「立山に降り置ける雪の常夏に消ずて渡るは神ながらとそ」（巻十七・四〇〇四・四〇二八）というように、「永久に」の意で用いられる。その用法は、平安時代にも、植物の「常夏」と掛けて「ももしきにうつしうゑてぞとこなつに世をへてたえぬいろも見るべき」(元真集・五八・大将どののなでしこあはせに、右)というように継承されている。また、夏の間、長く咲き続ける撫子と組み合わせて、「秋ふかくいろうつりゆくのべながらなほとこなつにみゆるなでしこ」(女四宮歌合・一六・藤原たかただ・なでしこ)とも詠まれることもある。

その「撫子」の異名が「常夏」で、「たづのすむはまべににほふとこなつはいとどのどけきいろぞみえける」(宣耀殿女御瞿麦合・五・左)、「さきにけるえだなかりせばとこなつものどけきなをやのこさざらまし」(道綱母集・四五・とこなつ)、「ひさしくもにほふべきかなあきなれどなほとこなつの花といひつつ」(皇太后宮歌合東三条院・九・兼盛)、「ながけくの色をそめつつ春秋をしらでのみ咲くとこ夏の花」(古今六帖・第六・三六二二・なでしこ)、「あきのの花はさきつつうつろへどいつともわかぬやどのとこ夏」(本院左大臣家歌合・一・なでしこ)、「もも草のときにつけつつさく中にいつともわかぬとこ夏の花」(東院前栽合・一七・なでしこ)というように詠まれる。長く咲き続けることから、「のどけし」「ひさし」「ながけし」「いつともわかず」などの語句がともに用いられる。

「常夏」と「撫子」とを同時に詠んだ例には、「なでしこのなにむつましきとこなつをよるしもみぬぞわびしかりける」(賀茂保憲女集・六七)、「なでしこをゆめにみてこそいつしかとあけてむなしきとこなつのはな」(為頼集・六四・こなくなりて、なきねのゆめさめて、うつつとおぼえつるとて、前のせんざいをみて)などがある。「撫子」に「子」を、また、「常夏」に「床」を掛けることが多いが、好忠の当該歌には掛詞は用いられていない。

「大和撫子」の用例は、『万葉集』にはないが、八代集においては、「我のみやあはれとおもはむきりぎりすなくゆふかげのやまとなでしこ」(古今集・秋上・二四四・素性)、「あなこひし今も見てしか山がつのかきほにさける山となでしこ」(同・恋四・六九五・読人不知)、「色といへばこきもうすきもたのまれず山となでしこちる世なしやは」(後撰集・夏・二〇二・読人不知)、「打返し見まくぞほしき故郷のやまとなでしこ色やかはれる」(同・恋四・七九六・読人不知・わすれにける女を思ひいでてつかはしける)、「いづこにもさきはすらめどわがやどの山となでしこたれに見せまし」(拾遺集・夏・一三二・

伊勢・家にさきて侍りけるなでしこを、人のがりつかはしける）、「ほととぎすなきつついづるあしびきのやまとなでしこさきにけらしも」（新古今集・夏・一九六・能宣・題不知）の六首の歌がある。いずれも好忠の時代までの作とみなされる。

68

井手《ゐで》の山よそ□ながらにも見《み》るべきを立《た》ちな隔《へだ》てそ峰《みね》の白雲《しらくも》（四三五）

【校異】○**ゐての山**―いてのやま（天）　○**よそ□から**―よそなから（承・書・天・冷）　○**しらくも**―しら雲（天）

【通釈】井手の山は遠くからでも見るべきものなのに、立ち広がってさえぎらないでおくれ。峰にかかる白雲よ。

【語釈】○**井手の山**　「井手」は京都府の南部、綴喜郡井手町井手を中心とする地。歌枕。『注解』は井手町にある大山（標高三四八メートル）と指摘する。「井手の蛙」（101）で有名。○**よそながら**　ほかの所にいたままで。遠くにいながら。○**立ちな隔てそ**　「立ち隔つ」は雲や霞などが立ち広がって間をさえぎる。「な……そ」は禁止を表わす。

【別出】『夫木和歌抄』巻第二十、雑部二、井での山、山城、八五二一番

三百六十首中　　好忠

井での山よそながらにもみるべきをたちなへだてそみねのしら雲

『歌枕名寄』巻第三、山城国三、雑篇、井手、山、八九二番

好忠

井手の山よそながらだにみるべきにみねのしら雲立ちなへだてそ

【考察】冠の「ゐ」は「安積山」歌の第三句「やまのゐの」の第四字を、沓の「も」は「難波津」歌の第三句「ふゆごもり」の第四字を詠み込んでいる。

冠の「ゐ」を歌枕「井手」で始め、沓の「も」を「思ひやる心ばかりはさはらじを何へだつらん峰の白雲」（後撰集・離

別・一三〇六・橘直幹・とほくまかりける人に餞し侍りける所にて）を踏まえて終えるという発想で詠まれた歌であろう。

また、雲が山を隠すという表現は、「さきさかずよそにてもみむやまざくらみねのしらくもたちなかくしそ」（麗景殿女御歌合・一三・桜花）を参考にしたと考えられる。

「井手」は、「かはづなくゐでの山吹ちりにけり花のさかりにあはましものを」（古今集・春下・一二五・読人不知・題不知）以来、蛙と山吹の名所になった。好忠も、この古今集歌を踏まえて、本百首101番歌や〈毎月集〉の「かはづなくゐでのわかごもかりほすとつかねもあえずみだれてぞふる」（好忠集・一一八・四月のをはり）を詠んでいる。

ところが当該歌では、蛙や山吹ではなく、「井手の山」という、他例未見の山を詠む。「ゐ」で始まり「も」で終わるという制約の中で、「井手」と「峰の白雲」を撰んだため、「井手の山」とせざるを得なくなった可能性はあろう。なお、「井手の山田」を詠んだ、「かはづなくゐでの山だにまきしたねきみまつなへとおひたちにけり」（忠岑集・一五一・中宮の御びやうぶのうた、山だある所）という歌がある。その屏風絵が、「井手」を題として描かれたものであったかどうかは定かではないが、蛙が鳴く山田を「井手の山田」と認識した上での詠歌であるということは言えるであろう。とすれば、「井手の山」も案外、当時としてはある程度知られていたのかもしれない。

「よそながら」見るという表現は、『万葉集』にはないが、平安期には、「梅花よそながら見むわぎもこがとがむばかりのかにもこそしめ」（後撰集・春上・二七・読人不知）、「あきぎりはたたずもあらなんさほ山のははそのもみぢよそながらみん」（古今六帖・第六・四〇九五・ははそ）、「つくば山さける桜のにほひをばいりてをらねどよそながらみつ」（順集・六・あめつちのうた四十八首）などがある。

「立ち隔つ」の用例には、「むつましきいもせの山としらねばやはつ秋ぎりの立ちへだつらん」（拾遺集・雑秋・一〇九五・読人不知）、「雲の波煙の浪をたちへだてあひ見むことの遥なるかな」（栄花物語・浦浦の別・二八・定子）、「きのふよりちるとぞみえし山ざくらけさはかすみのたちへだてつつ」（道済集・八九・かすみたつ、山ざくら）などがある。また、「立ちな隔てそ」の例としては、「春霞立ちなへだてそ花ざかりみてだにあかぬ山のさくらを」（拾遺集・春・四二・元輔・天暦御時、麗景殿女御と中将更衣と歌合し侍りけるに）が見出される。霧や霞による例が目立つ。
結句「峰の白雲」は、『万葉集』に、「青山の峰の白雲朝に日に常に見れどもめづらし我が君」（巻三・三七七・三八〇）、「さ夜ふけば出で来む月を高山の峰の白雲隠してむかも」（巻十・二三三二・二三三六・月を詠む）の二首の例を見出す。また、『後撰集』の、「山ざくらさきぬる時は常よりも峰の白雲たちまさりけり」（春下・一一八・亭子院歌合のうた）では、白雲は山桜の比喩である。当該歌は白雲そのものを詠んでおり、その点で、先の万葉歌の詠みぶりに近い。

69

後生《のちをい》ひの角《つの》ぐむ葦《あし》のほどもなき憂《う》き世《よ》の中は住《す》みうかりけり（四三六）

【校異】○**のちをいの**—ノチオイノ（承）のちおひの（書・冷）のちをひの（天）○**ほとも**—ほとん（冷）○**よの中**—世中（書）よのなか（天）世の中（冷）○**うかりけり**—う□□けり（冷）

【通釈】秋の刈り取りのあとから角のように芽を出した葦の長さほどもない、短くもつらいこの世の中は住みづらいなあ。

【語釈】○**後生ひの角ぐむ葦の**　「後生ひ」は後から生じること。ここでは秋に刈り取った後に生えることか。「角ぐむ」は草木の芽が角のように出始めること。「後生ひの角ぐむ葦の」は「ほどもなき」を導く序詞。○**ほどもなき**　葦の芽の短さに、この世に生きる人間の命の短さを重ねる。○**憂き世の中**　苦しみに満ちたこの世。「世」は同音の「節《よ》」から「葦」の縁語。

【別出】『夫木和歌抄』巻第二十八、雑歌十、蘆、一三四二一番
家集　好忠
のちおひのつのぐむあしの程もなきうき世の中はすみうかりけり

【考察】 冠の「の」は「安積山」歌の第三句「やまのゐの」の第五字を、沓の「り」は「難波津」歌の第三句「ふゆごもり」の第五字を詠み込んでいる。

下句は、「山里もおなじうき世のなかなれば所かへてもすみうかりけり」（古今六帖・第二・九七三・山ざと）の「憂き世の中」を「住みうかりけり」とする点で重なってくる。ただし、この古今六帖歌は、「憂き世の中」では何処でも住みづらいと詠む。それは、「山里は物のわびしき事こそあれ世のうきよりはすみよかりけり」（古今集・雑下・九四四・読人不知）への反論ともみなせる内容である。一方、好忠の当該歌は、「憂き世の中」で過ごす時間の短さを詠む。秋の刈り取りの後に生えた葦のように短い人生であっても、やはりこの世は住みづらいというのである。

「後生ひ」という語の和歌の用例は極めて少ない。葦の例ではないが、「うしと見しこころぞ人にまさりけるこやのちおひのつのといふらむ」（輔親集・一八〇・うしをうしなひてもとめわづらふほどに、かよひしをんなのもとにいきてたてりければ、ひかせてかくいひたる）という歌を、かろうじて見出す。

「角ぐむ」の勅撰集における初出は『後拾遺集』で、好忠の「みしまえにつのぐみわたるあしのねのひとよのほどにはるめきにけり」（春上・四二）、「なにはがたうらふくかぜになみたてばつのぐむあしのみえみみえずみ」（同・四四・読人不知）の二首の歌がある。また、私家集では、「なにはめにつのぐみわたるあしのねはねはひたづねてよをたのむかな」（重之集・四四）、「いつかおひむつのぐむあしをみるほどはなにはのうらもなのみとぞ思ふ」（人丸集・二六二・むつのくに）といった例がある。いずれも「葦」についていう。

「葦」は、地下に根を張り、そこから芽を出す。当該歌のように、秋に刈り取った後、芽を出すとしても、生育期間が短く、冬になると一斉に枯れてしまう。葦が枯れた冬の情景は、「つのぐみしあしべほどなくかれにけりなにはの事もかかるよぞかし」（殷富門院大輔集・九二・ふゆ）というように、無常観を誘うものだったであろう。

第三句「ほどもなき」は、葦の芽の短さをいうことで、現世に生きる人の命の短さをいう。葦の短さに時間の短さを重ねた歌は、後世の例ではあるが、「みしま江やつのぐむ蘆の短か夜にひかりすくなく霞む月影」（文保百首・春二十首・一二〇八・俊光）がある。

「憂き世の中」の勅撰集における初出は『古今集』である。以下、「葦引の山のまにまにかくれなむうき世中はあるかひもなし」（古今集・雑下・九五三・読人不知）、「たのまれぬうき世中を歎きつつ日かげにおふる身を如何せん」（後撰集・雑二・一一二五・業平・おもふ所ありて、前太政大臣によせて侍りける）など、用例は多い。「住みうかりけり」という表現は、好忠の時代頃から用例が見られる。「我がごとや人もいふらん山ざとは心ぼそさぞすみうかりける」（信明集・一〇三・山ざとにあるに、女もさてあるに）、「まちどほに宮この人はおもふらむすまのはまべはすみうかりけり」（恵慶集・一九八・なつ、すまのうらに、たび人ゆく）、「いづくにか心もやりてやどさましはなきさとはすみうかりけり」（重之集・一〇四・やどりにはななし）などが初期の例として挙げられよう。

あれば厭《いと》ふなければ偲《しの》ぶ世《よ》の中にわが身ひとつは住《す》みわびぬやい《は》（四三七）

【校異】○集付ナシ―續後拾（書）○よの中―よのなか（書・天）世中（冷）○わか身―我身（書）わかみ（冷）
○すみわひ―ありわひ（書）○やは―やも《い》《ヒ》（書）やい（冷）

【通釈】いると疎ましく思う。いないと心に思い慕う。そんな夫婦の間柄に、私ひとりだけは、住みづらく思ってしまったよ。

【語釈】○あれば厭ふ　「あり」は存在するの意。「厭ふ」は、嫌だと思って避ける、疎ましく思う意。○なければ偲ぶ　「なし」は、存在しない意。「偲ぶ」は、心に思い慕う意。○世の中　男女の仲。夫婦の間柄。○わが身ひとつ　自分一人。孤立感、疎外感を強調する表現。○住みわびぬ　「住みわぶ」は、住みづらく思う意。「住む」は、男性が女性のもとに夫として通って行き、泊まる意。○やい　底本「やは」。沓の文字制約「い」によって校訂した。仮名字形の類似から、反語

「やは」に誤写されたものであろう。「やい」は、間投助詞「や」と「い」を重ねたもの。文末に位置し、詠嘆を表わす。

【別出】『続後拾遺和歌集』巻第十七、雑歌下、一一八三番

（題しらず）　好忠

あればいとふなければ忍ぶ世中に我が身ひとつは住佗びぬやは

【考察】冠の「あ」は「安積山」歌の第四句「あさくはひとを」の第一字を、沓の「い」は「難波津」歌の第四句「いまははるへと」の第一字を詠み込んでいる。

当該歌は、「あるときはありのすさびにかたらはでこひしきものとわかれてぞしる」（古今六帖・第五・二八〇五・ものがたり）の歌意と表現を踏まえて、冠の文字制約「あ」を充足させ、第三句以下は「やよやまて山郭公事づてむ我世中にすみわびぬとよ」（古今集・夏・一五二・三国町）の下句の表現に依拠し、沓の「い」を充足するために「とよ」を「やい」に置換して、一首をまとめたのであろう。従来の注釈書では、無常厭世の歌と解するが、ここでは、夫婦仲が意思疎通を欠いて円滑でない状況を、出家を望む歌の表現を用いて詠んだとみる。

第四句「わが身ひとつ」は、「かにかくに物は思はず朝露の我が身一つは君がまにまに」（万葉集・巻十一・二六九一・二六九九）、「かしまなるつくまの神のつくづくと我が身ひとつに恋をつみつる」（寛平御時后宮歌合・一七一）、「世中は昔よりやはうかりけむわが身ひとつのためになれるか」（古今集・雑下・九四八・読人不知）、「ふちせともいさやしら浪立ちさわぐわが身ひとつはよる方もなし」（後撰集・恋一・五二六・読人不知）などを参考にしたのであろう。当該歌が踏まえた『古今六帖』二八〇五番歌は、男女間の心の齟齬を詠んでおり、「よのなかをわぶるわがみはひとつしていかでこころのものをおもふらん」（敦忠集・六二）、「おほかたのわが身ひとつのうきからになべての世をも怨みつるかな」（拾遺集・恋五・九五三・貫之・題不知）、「おちつもるなみだをふかみゆきかへるうきことぞなるわが身ひとつは」（能宣集・五三・あるをとこの、かたらふをんなにつかはさむとまうせば）、「みてもおもひみずてもおもひおほかたはわが身ひとつやものおもふやま」（古今六帖・第二・九一二・山）のように、男女間の恋心を詠む例歌も確認される。

なお、前掲古今六帖歌に表現が酷似した歌として、「ある時はありのすさびに憎かりきなくてぞ人は恋しかりける」(源氏物語古注釈書引用和歌・一・源氏釈)が挙げられる。『源氏物語』桐壺巻の桐壺更衣逝去後の叙述、「もの思ひ知りたまふは、さま容貌などのめでたかりしこと、心ばせのなだらかにめやすく憎みがたかりしことなど、今ぞ思し出づる。さまあしき御もてなしゆゑこそ、すげなうそねみたまひしか、人柄のあはれに情ありし御心を、上の女房なども恋ひしのびあへり。なくてぞとは、かかるをりにやと見えたり」に見える引歌である。ここでは、人の生存時と死後とで評価が逆転するあやにくさを詠んでいる。

当該歌の影響歌には、生存時と死後とを対比して詠む「しのぶべき人もなき身はある時にあはれあはれといひやおかまし」(和泉式部集・一五二・世間はかなき事を聞きて)がある一方で、恋歌として詠む「あればいとふなければしたふ人心しらで思はば君や恨みん」(基佐集・二二三・したふ恋と云ふ事を)も認められる。

初句・第二句のように、「あり」と「なし」とを対比して詠んだ歌には、「名にしおはばいざ事とはむ宮こどりわが思ふ人はありやなしやと」(古今集・羇旅・四一一・業平)、「世中といひつるものかかげろふのあるかなきかのほどにぞ有りける」(後撰集・雑四・一二六四・読人不知)「まぼろしにたとへばよはたたのまれぬなけれどあればあれどなければ」(和泉式部続集・四九九)がある。

また、「厭ふ」と「偲ぶ」とをともに詠んだ例には、「生死の二つの海を厭ひ見て潮干の山を偲ひつるかも」(万葉集・巻十六・三八四九・三八七一・世間の無常を厭ひし歌二首)、「いとひてもなほしのばるるわが身かな二たびくべき此世ならねば」(千載集・雑中・一一二九・季通・百首歌たてまつりける時、無常の心をよめる)、「くやしきはよしなき君になれそめていとふみやこのしのばれぬべき」(山家集・七五五・あるみやばらにつけつかうまつりける女房、よをそむきて、みやこはなれてとほくまからんとおもひたちて、まゐらせけるにかはりて)がある。

恋歌の「偲ぶ」の例歌としては、「山吹の花取り持ちてつれもなく離れにし妹を偲ひつるかも」(万葉集・巻十九・四一八四・四二〇八・留女女郎)、「つれもなき人をやねたくしらつゆのおくとはなげきぬとはしのばむ」(古今集・恋一・四八六・

読人不知）、「独のみながめふるやのつまなれば人を忍ぶの草ぞおひける」（同・恋五・七六九・貞登）、「うしと思ふものから人のこひしきはいづこをしのぶ心なるらん」（拾遺集・恋二・七三一・読人不知）などがある。

結句末の「やい」の例歌には、「あやしやいわれをほだしとおもふらんこころにまかすのにもやまにも」（一条摂政御集・一三六）のほか、「あならやいこめてぞただにやみなましかくつらからむ物としりせば」（定頼集・五五・やいごめ）といった物名歌もあり、好忠の時代に詠まれていたことがわかる。

71

沢《さは》田《だ》川《がわ》流《なが》れて人の見《み》えこずは誰《たれ》に見《み》せまし瀬々《せゞ》の白玉《しらたま》（四三八）

【校異】○さはたかわ―さはたかは（承・天・冷）さわたかは（書）○みえ―見え（天）○みせ―見せ（冷）○せゝ―そこ（書）

【通釈】沢田川の水が流れて、時が流れても、あの人がやって来ないとしたら、誰に見せたらよいのか、瀬々に泡立つ美しい白玉を。

【語釈】○**沢田川**　山城国の歌枕。京都府木津川市加茂町を流れる木津川の一部の名称。○**流れて人の**　沢田川の水が「流れて」の意に、時間・月日が「流れて」を重ねる。○**見えこずは**　待っていても、人がやって来ないとしたら、の意。○**誰に見せまし**　「まし」は、迷う思いをいい、誰に見せようか、の意。○**瀬々の白玉**　浅瀬を流れる水が白く泡立つ様子を、美しい白玉に喩えた表現。「みづのあわをしらたまとてはぬきつとも」（古今六帖・第四・二二〇九・雑の思ひ）。

【別出】『夫木和歌抄』巻第二十四、雑部六、さはだ川、山しろ又大和或越中、一一二二一番

家集　好忠

さはだ河ながれて人のみえこずはたれにみせましせぜの白玉

【考察】冠の「さ」は「安積山」歌の第四句「あさくはひとを」の第二字を、沓の「ま」は「難波津」歌の第四句「いまははるへと」の第二字を詠み込んでいる。

当該歌は、冠の文字制約「さ」を「さはだ川せぜのしらいとくりかへしきみうちはへてよろづよはへよ」（躬恒集・二九二）の初句によって充足させ、第三句以降は「君こずはたれにかみせんしら川のせぜにうづまくたきのしらたま」（古今六帖・第三・一五五五・川）を踏まえて一首をまとめたのであろう。

内容は、右の古今六帖歌を踏まえている。沢田川の瀬々に立つ白玉のような美しい水泡を、共感し、賞美してくれるはずのあの人が来るのを待って、ともに見たいという歌である。〈順百首〉の「さはだがはせぜのむもれぎあらはれてはなさきにけりはるのしるしに」（好忠集・沓冠・五三五）は、当該歌を承けて詠まれたとみられる。

「沢田川」は、夙に、催馬楽「沢田川」に「沢田川　袖漬ばかり　や　浅けれど　ハレ　浅けれど」と歌われた地名である。和歌においても、前引の『躬恒集』二九二番歌の他に、「年ごとにあゆしはしればさはた川うやつかづけて川瀬たづねん」（古今六帖・第三・一五〇六・鵜）がある。ただしこの古今六帖歌は、『万葉集』では「さきたがは（辟田川）」（巻十九・四一五八・四一八二・家持）となっており、万葉歌の異伝である。

第二句「流れて」は、川の水と時間が流れる意を重ねており、「昨日といひけふとくらしてあすかがは流れてはやき月日なりけり」（古今集・冬・三四一・列樹・年のはてによめる）、「白河のしらずともいはじそこきよみ流れて世世にすまむと思へば」（同・恋三・六六六・貞文）、「松をのみときはとおもへばよとともにながるる水も緑なりけり」（貫之集・一一八・延喜十八年承香殿御屏風の歌、仰によりてたてまつる十四首／川の辺りの松）などの例がある。

第三句「見えこず」の例歌には、「我妹が我を思はばまそ鏡照り出づる月の影に見えこね」（万葉集・巻十一・二四六二・二四六六・人麻呂歌集）、「うゑていにし秋田かるまで見えこねばけさはつかりのねにぞなきぬる」（古今集・恋五・七七六）、「秋やまにもみぢひろひにいりしいもはここにやみたぬまてどみえこず」（古今六帖・第四・二四八九・悲しび）などがある。会えない恋人を待つ歌に用いる表現である。

第四句「誰に見せまし」には、「もろともにわが折る宿の梅のはなあかぬ匂ひをたれにみせまし」（兼輔集・二四）、「いづこにもさきはすらめどわがやどのやまとなでしこたれにみせまし」（重之集・二四）、「はつしものおかぬだにこきもみちばのそのさかりをばたれにみせまし」（伊勢集・一二〇）、「君こずは誰に見せましわがやどのかきねにさける槿の花」（拾遺集・秋・一五五）といった例がある。自然物の美しさをともに賞翫したいという心情を表す。とくに拾遺集歌の初句・第二句は、好忠の当該歌や前掲『古今六帖』一五五五番歌との共通性が見出される。

72

草深《くさふか》み伏《ふし》見の里《さと》は荒《あ》れぬらしここにわが世《よ》の久《ひさ》に経《へ》ぬれば（四三九）

【校異】○くさ―草（天）　○ふかみ―しけみ（書）　○ふし見―ふしみ（承・天・冷）　○あれぬらし―あれぬらん（天）あれぬらむ（冷）　○わかよ―わか世（書）

【通釈】草深くて、伏見の里は荒れてしまったらしい。ここで私は人生を長く過ごしてしまったので。

【語釈】○**草深み**　伏見の里に草が茂っていることをいう。荒れた状態の具体的な表現。また、山城国の「伏見」（京都市伏見区中央部付近）の近隣にある歌枕「深草」を想起させる。○**伏見の里**　山城国と大和国（現在の奈良市菅原町）にある歌枕。当該歌では、「深草」にほど近い山城国の「伏見」とみる（［考察］参照）。「伏し見る」意を響かせるか。○**荒れぬらし**　荒れてしまったらしい。長らく離れている「伏見の里」の現状を推定する。○**ここに**　「伏見の里」以外の場所をいう。好忠の赴任先の丹後を暗示するか。○**わが世**　自分の人生。○**久に**　時間の長いこと、同じ状態が長く続くことをいう。

【別出】なし

【考察】冠の「く」は「安積山」歌の第四句「あさくはひとを」の第三字を、沓の「は」は「難波津」歌の第四句「いまははるへと」の第三字を詠み込んでいる。

当該歌は、『古今集』の「いざここにわが世はへなむ菅原や伏見の里のあれまくもをし」(雑下・九八一・読人不知・題不知)、「年をへてすみこしさとをいでていなばいとど深草のとやなりなむ」(雑下・九七一・業平・深草のさとにすみ侍りて、京へまうでくとてそこなりける人によみておくりける)の表現と発想を組み合わせ、冠の文字制約「く」は、業平歌の「深草」から「草深み」を、また、沓の文字制約「は」は、先の九八一番歌の第二句を、結句の表現類型「経ぬれば」にあてはめることで、一首をまとめたのであろう。

「伏見の里」は、前掲古今集歌に見られるように、「菅原や伏見」と詠むことによって、大和国の歌枕と知られる。だが、『万葉集』では、「巨椋の入江ひびくなり射目人の伏見が田居に雁渡るらし」(巻九・一六九九・一七〇三)と、山城国の「伏見」が詠まれている。「菅原」「伏見の里」「荒る」が初めて関連づけられたのは、前引の『古今集』九八一番歌であった。『後撰集』では、「菅原や伏見のくれに見わたせば霞にまがふをはつせの山」(雑三・一二四二・読人不知・ふしみといふ所にて、その心をこれかれよみけるに)と、「伏し見」の意を重ねた詠み方が生じた。また、「菅原や伏見の里のあれしよりかよひし人の跡もたえにき」(後撰集・恋六・一〇二四・読人不知・菅原のおほいまうちぎみの家に侍りける女にかよひ侍りけるをとこ、なかたえて又とひて侍りければ)では、菅原道真の家の女がいた「菅原や伏見の里」は山城国であろうが、その表現は、荒廃した土地の名と「伏し見る」の意を重ねて、菅原氏の本貫である大和国の「菅原の伏見」に依拠していよう。『うつほ物語』では、「すが原やふしみのさとをわするるはわがあれまくやをしまざるらん」(忠こそ・一〇〇・一条北の方)、「あれまくは君をぞをしむ菅原やふしみのさとのあまたなければ」(同・一〇一・千蔭)の贈答歌があり、また、『源氏物語』でも、「人々は心ゆき顔にいそぎ思ひたれど、今はとてこの伏見を荒らしはてむも、いみじく心細ければ」(早蕨)という例がある。いずれも『古今集』九八一番歌による表現である。

その一方で、山城国の伏見の里は、「君ならでたれかはまたは山しろのふしみのさとをたちならすべき」(敦忠集・一六・ありはらのすけひらがむすめに)のように、大和国の場合と同じく「伏し見る」の掛詞として詠まれているが、国名を明示することで大和国の歌枕と区別されている。

さて当該歌には、「菅原や」「山しろの」という語句はなく、その代わりに「草深み」という句が据えられる。この句からは、山城国の「伏見」の近隣にある歌枕「深草」が想起されよう。好忠は、「菅原や伏見」で定着している荒廃の地、大和国の「伏見」と同じ地名を、山城国にも見出したのではないか。好忠と同時代の歌人、忠見の屏風歌にも、「年ふればふしみの里もあれにけり昔の人はすまぬなるべし」（歌仙家集本忠見集・六・ふしみ、あれたる家を人わたる）とある。この歌の前後の屏風絵の図柄が「井手」と「淀の渡り」であり、山城国の「伏見の里」も、少しずつ歌枕として認識されてきていたのではなかろうか。つまり、「草深み」という初句は、「深草」という歌枕からくる表現で、冠を「く」とするという文字制約によって、「草深み」という表現を採ることになった、という可能性が想定できそうに思われる。

「深草」といえば、前掲『古今集』九七一番歌が想起される。この業平歌が、長年住み慣れた女性のいる深草から京の都へ出て行こうとしている時の詠であるのに対し、好忠は、伏見の里から、丹後国かどこか別の場所に出て行き、年月が経ってしまった感慨を詠んでいる。好忠歌の「伏見の里」に、「伏し見る」という、女性との逢瀬を重ね合わせるとき、好忠の歌には、業平の歌の後日譚の趣きさえ読み取れるように思われる。

初句「草深み」の例歌には、「草深みきりぎりすいたく鳴く宿に萩見に君はいつか来まさむ」（万葉集・巻十・二二七一・二二七五）、「草ふかみあせにしみづはぬるくともむすびし袖は今もかわかじ」（元輔集・二四一）、「いなびのにかりするしたひ草ふかみむつきはみえでゆみのはずみゆ」（古今六帖・第二・一一六三・かり）がある。草深さは、荒廃の象徴である。「久に」の語は、夙に『万葉集』に、「月も日も変はりゆくとも久に経る三諸の山の離宮所」（万葉集・巻十三・三二三一・三二四五）と詠まれ、平安期においても、「住の江の松ほどひさになりぬればあしたづのねになかぬ日はなし」（古今集・恋五・七七九・兼覧王）、「ひさにこぬ人をまつにやあひぬ《にけ》らむときはのこひとわがなりぬるは」（左兵衛佐定文歌合・二一・躬恒）などの例がある。

また「経ぬれば」の例歌には、「剣大刀名の惜しけくも吾はなし君に逢はずて年の経ぬれば」（万葉集・巻四・六一六・六一九)、「吾が恋は慰めかねつゝまけ長く夢に見えずて年の経ぬれば」(同・巻十一・二八一四・二八二五)、「ちはやぶる宇治の橋守なれをしぞあはれとは思ふ年のへぬれば」(古今集・雑上・九〇四・読人不知)、「ちはやぶる神もみこそなれぬらしさまざまいのる年もへぬれば」(後撰集・恋二・六五九・おほつぶね)があり、句末に詠まれることが多い。これらの定型を利用して、当該歌の沓の文字制約が充たされたとみられる。

73

花《はな》すす《ゝ》き穂《ほ》に出《い》でて《ゝ》人を招《まね》くかなしのばむことのあぢきなければ(四四〇)

【校異】○いてゝ《し》—いてし(書)いてゝ(天)　○まねく《シノフ》—こふる(書)まねく(天)　○しのはん—しのはぬ(書)しのはむ(天)

【通釈】花薄は、穂になって出て靡き、はっきりと人を招いているよ。心の中に恋心を隠すようなことが無益なので。

【語釈】○**花すすき**　白い穂の出た薄。尾花ともいう。女性に喩えられる。○**穂に出でて**　「穂に出づ」は、穂になって出る意。態度や行為にはっきり現れる意の「秀に出づ」を掛ける。88番にも。○**招く**　袖や手を振って近くに呼び寄せる意。花すすきが風に靡くさまをいう。○**しのばむこと**　「しのぶ」は激しい感情を心中に隠す意。ここでは、恋しい気持ちを隠していることをいう。○**あぢきなければ**　「あぢきなし」は、甲斐がない、無益だ、の意。48番にも。恋心を我慢していても仕方がないという気持ちをいう。和歌では「あぢきなく」という連用修飾語として詠むのが一般的である。

【別出】なし

【考察】冠の「は」は「安積山」歌の第四句「あさくはひとを」の第四字を、沓の「は」は「難波津」歌の第四句「いまははるへと」の第四字を詠み込んでいる。

当該歌は、上句を「秋の野の草のたもとか花すすきほにいでてまねく袖と見ゆらむ」（古今集・秋上・二四三・在原棟梁）の第三句・第四句によって、冠の文字制約「は」を充足させ、下句は「花すすき我こそしたに思ひしかほにいでて人にむすばれにけり」（古今集・恋五・七四八・仲平）の歌意を踏まえつつ、心中に秘めた恋の虚しさを「あぢきなし」という語を用いてまとめたのであろう。

花薄が風に靡くさまを、女性が恋人を招いていると見立てた歌は、「まねくかとみてたちよれば花すすきうちふくかぜになびくなりけり」（本院左大臣家歌合・四・すすき）、「吹く風になびくをばなをうちつけにまねく袖かと頼みけるかな」（貫之集・一二二・延喜十八年承香殿御屏風の歌、仰によりてたてまつる十四首／女の家にをとこいたりて、まがきのを花のもとにたてり）などの例がある。当該歌では、花薄が人を招く理由を、心の中に恋情を隠すような我慢をしていても仕方がないと思ってのことかと推察したのである。

「花すすき穂に出づ」という表現は、夙に『万葉集』に、「めづらしき君が家なるはなすすき穂に出づる秋の過ぐらく惜しも」（巻八・一六〇一・一六〇八）という歌が見え、平安期には、「花すすきほにいでてこひば名をしみしたゆふひものむすぼほれつつ」（古今集・恋三・六五三・小野春風）、「まねくとてきつるかひなく花すすきほに出でて風のはかるなりけり」（貫之集・二三三）、「しろたへのいもがそでしてあきののにほにいでてまねくはなすすきかな」（躬恒集・二〇七）など、花すすきを女性に喩えた、恋歌の類型表現として多く詠まれている。

下句「しのばむことのあぢきなければ」には、「秋萩の花野の薄穂には出でず吾が恋わたる隠れ妻はも」（万葉集・巻十・二二八五・二二八六）、「わぎもこにあふさか山のしのすすきほにはいでずもこひわたるかな」（古今集・墨滅歌・恋一・一一〇七）、「のべみればおふる薄の草わかみまだほに出でぬ恋もするかな」（貫之集・六〇一）のような、忍ぶ恋の類型が踏まえられていよう。

人恋《こ》ふる涙《なみだ》の海《うみ》に浮《う》き沈《しづ》み水の泡《あは》とぞ思《をも》ひ消《き》えぬる（四四一）

【校異】○人—ひと（天）○うみ—ふち（書）○うきしつみ—しつみつゝ（天）○水—みつ（書）○をもひ—おもひ（承・書・天）

【通釈】あの人を恋い慕って流す涙の海に浮いたり沈んだりして、水の泡がはかなく消えるように、気が滅入ることだ。

【語釈】○涙の海　当該歌が初出。散文では、『うつほ物語』俊蔭巻に「月日経るままに、ただ涙の海をたたへてゐたり」がある。「涙」の縁語として「海」「浮き」「沈み」「水」「泡」「消え」を用いる。○浮き沈み　「浮き」に「憂き」を響かせる。○水の泡　「泡」は、はかないものの喩え。「にはたづみゆくかたしらぬものおもひにはかなきあわのきえぬべきかな」（一条摂政御集・一六三）。「水の泡よりも異に、春の夢よりも異ならず」（序）。○思ひ消えぬる　「消え」に「思ひ消え」と「（水の泡が）消え」を重ねる。また、「思ひ」の「ひ」に「火」を掛ける。恋い焦がれて深く思い沈む女性の状態をいう。

【別出】『夫木和歌抄』巻第二十三、雑部五、涙の海、一〇二六七番

家集　好忠

人こふる涙の海にしづみつつ水の淡とぞ思ひきえぬる

【考察】冠の「ひ」は「安積山」歌の第四句「あさくはひとを」の第五字を、沓の「る」は「難波津」歌の第四句「いまははるへと」の第五字を詠み込んでいる。

当該歌は、「わたつうみとなりにしとこをいまさらにはらはばそでやあわときえなむ」（伊勢集・一五）の歌意を踏まえ、初句・第二句は「人こふる涙は春ぞぬるみけるたえぬおもひのわかすなるべし」（後撰集・恋一・五四六・伊勢）によって、冠の文字制約「ひ」を充足させ、下句は、「かくれゐてわがうきさまを水のうへのあわともはやく思ひきえなん」（後撰集・

雑一・一一五三・読人不知）の第三句以下の表現によったのであろう。

「人恋ふる涙」の例は、好忠の時代まででも意外と少ない。前引の『後撰集』五四六番歌のほか、「人こふるなみだながらも身にそひてうしろめたくももらすなるかな」（御所本中務集・二六二）があり、伊勢・中務親子の作が目立つ。

「涙の海」には、「楫緒絶え命も絶ゆと知らせばや涙の海に沈む舟人」（狭衣物語・巻一・三五・飛鳥井の女君）、「誰により涙の海に身を沈めしほるるあまとなりぬとか知る」（浜松中納言物語・巻一・六・大将殿の姫君）などの例があるが、いずれも後世の物語中の和歌である。むしろ、「おくれずぞ心にのりてこがるべきわれはなみだをうみになしつつ」（伊勢集・一五八）、「流れいづる涙の河のゆくすゑはつひに近江のうみとたのまん」（後撰集・恋五・九七二・読人不知）などの歌が、この表現の根底にあるとみるべきであろう。

涙に「浮き沈む」という表現は、「あかずして君を恋ひつる涙にぞうきみしづみみやせわたりける」（寛平御時后宮歌合・一七〇）、「きみこふとわれぞなかれていはるべきなみだのかはのうきしづみつつ」（元真集・二六八）などがある。「八瀬」「涙の川」とともに詠まれているが、「涙の海」と詠む当該歌は、恋の思いの深さをさらに表していよう。

「水の泡」は、序文にも見える語句である。［語釈］に挙げた『一条摂政御集』一六三番歌のほか、「水のあわのきえてうき身といひながら流れて猶もたのまるるかな」（古今集・恋五・七九二・友則）、「おもひがはたえずながるる水のあわのうたかた人にあはできえめや」（後撰集・恋一・五一五・伊勢）、「ながれ行く水のあわとぞ思ひける雪もはらはぬをしのうきねを」（康資王母集・七二）などの例がある。

「思ひ消ゆ」という語の勅撰集における初出は『古今集』である。二首続けて「白雪のふりてつもれる山ざとはすむ人さへや思ひきゆらむ」（冬・三二八・忠岑・寛平御時きさいの宮の歌合のうた）、「ゆきふりて人もかよはぬみちなれやあとはかもなく思ひきゆらむ」（冬・三二九・躬恒・雪のふれるを見てよめる）という歌が見える。いずれも「雪」との組み合わせで詠まれる。『後撰集』には三首見え、前掲一一五三番歌のほか、「ふるさとの雪は花とぞふりつもるながむる我も思ひきえつつ」（冬・四八五）、「おきて行く人の心をしらつゆの我こそまづは思ひきえぬれ」（恋四・八六三・人のもとよりかへりてつかはしける／返し）がある。『古今集』に見られた「雪」との組み合わせの他に、「水の上の泡」や「白露」とともに用いられる。当該歌もその一例とみなされよう。八代集においては、他に『新古今集』の一首を見出すのみである。なお、『後撰集』八六三番歌は、結句に当該歌と同じ「思ひ消えぬる」という句をもつ。

75

飛《と》ぶ鳥《とり》の心は空《そら》にあくがれて行方《ゆくゑ》も知《し》らぬものをこそ思《をも》へ（四四二）

【校異】　**○集付ナシ**—續千（書）　**○心**—こゝろ（天）　**○をもへ**—おもへ（承・天）思へ（書）　※底本、歌の上部に「一」の印がある。

【通釈】　飛ぶ鳥のように、私の心は空にさまよい出て、何処へ行くのか目当てのない物思いをすることだ。

【語釈】　**○飛ぶ鳥の**　飛ぶ鳥のように。第二句・第三句の「心は空にあくがれて」という詠者の心情の比喩表現。20番にも。**○あくがれて**　「あくがる」は、物思いのために、心が身体からさまよい出る意。**○行方も知らぬ**　どうなって行くのか、目当てもない。43番にも。**○ものをこそ思へ**　物思いをすることだ。恋の物思いを思わせる。

【別出】　『続千載和歌集』巻第十二、恋歌二、一二四二番

（題しらず）　曽禰好忠

とぶ鳥のこころは空にあくがれて行へもしらぬ物をこそ思へ

【考察】　冠の「と」は「安積山」歌の第四句「あさくはひとを」の第六字を、沓の「へ」は「難波津」歌の第四句「いまははるへと」の第六字を詠み込んでいる。

当該歌の上句は、「わがこころはるのやまべにあくがれてながながしひをけふもくらしつ」（亭子院歌合・一四・躬恒）の上句を踏まえ、また下句は、「はつかりのこゑをはつかにききしよりなかぞらにのみものをこそおもへ」（躬恒集・四四九）

の下句を踏まえて、一首を形成したのであろう。とくに後者の歌にある「はつかり」「なかぞら」は、当該歌の発想に通ずるものがある。

「飛ぶ鳥の」という句は、『万葉集』において、「明日香」に付く枕詞として、「飛ぶ鳥の明日香の里を置きて去なば君があたりは見えずかもあらむ」（巻一・七八・元明天皇）のように詠まれることが知られる。だが、平安期においては、用例数は多くはないが、「とぶとりのこゑもきこえぬ奥山のふかき心を人はしらなむ」（古今集・恋一・五三五・読人不知）、「とぶとりのこゑもきこえぬおく山にいりてぞものはおもひましける」（一条摂政御集・七五）のように、「飛ぶ鳥の声も聞こえぬ奥山」と詠む歌が見られる。当該歌は、詠者の心情の比喩表現として詠んでいる点でこれらの例と一線を画す。後には、「身はここに心はそらにとぶとりのこにこもりたる心ちこそすれ」（赤染衛門集・九八・ことにおもはぬをんなのもとに、ものいみにさしこめられていひたる）という歌も詠まれている。

「心」が「あくがる」という表現は、前掲『亭子院歌合』一四番歌のほか、「いつまでか野辺に心のあくがれむ花しちらずは千世もへぬべし」（古今集・春下・九六・素性）が、先行例として挙げられる。また、「心」が「空にあくがる」という例も、「なつのよはこころもそらにあくがれぬやまほととぎすなくさとやあると」（内裏歌合寛和二年・一一・長能）という歌がある。また、類例として、「よにふれば心のほかにあくがれて君が立つなをよそにこそきけ」（重之集・二一五）も見出されるが、当該歌と同時代の例はそれほど多くない。

ただし、身体から思うに任せない「心」が離れるという例には、「身をすててゆきやしにけむ思ふより外なる物は心なりけり」（古今集・雑下・九七七・躬恒・人をとはでひさしうありけるをりにあひうらみければよめる）がある。また、恋のために「魂」が遊離していくという表現も、「思ひあまり出でにし魂のあるならむ夜ぶかく見えば魂むすびせよ」（伊勢物語・第百十段・一八九・男）、「ものおもへばさはのほたるをわがみよりあくがれにけるたまかとぞみる」（後拾遺集・雑六・一一六二・和泉式部・をとこにわすられて侍けるころきぶねにまゐりてみたらしがはにほたるのとび侍けるをみてよめる）に見出される。『源氏物語』に「もの思ふ人の魂はげにあくがるるものになむありける」（葵）とあるのは、当該歌の表現に近い。
「行方も知らぬ」という句は、「みさご居る沖の荒磯に寄る波の行くへも知らず我が恋ふらくは」（万葉集・巻十一・二七三九・二七四八）、「わがこひはゆくへもしらずはてもなし逢ふを限と思ふばかりぞ」（古今集・恋二・六一一・躬恒）、「かげろふに見しばかりにやはまちどりゆくへもしらぬ恋にまどはん」（後撰集・恋二・六五四・源等）などと詠まれる。恋歌の表現として詠むのが一般的であったようである。
　結句「ものをこそ思へ」の同時代の例歌としては、「人しれず空をながめて天河浪うちつけにものをこそ思へ」（貫之集・一五二）、「はこどりの身をいたづらになしはててあかずかなしき物をこそ思へ」（斎宮女御集・一七八）、「ほととぎすねざめのこゑをききしよりあやめもしらぬものをこそおもへ」（能宣集・二六七）、「くるなつとわかるるはるの中にゐてしづ心なきものをこそおもへ」（重之集・七〇）などがある。勅撰集においては、『古今集』『後撰集』には見出されず、『拾遺集』にある三首すべては読み人知らずの歌である。

76

惜《を》しと思《おも》ふ命《いのち》心にかなはなむあり経《へ》ば人に逢《あ》ふよありやと（四四三）

【校異】　**○をし**―オシ（承）　**○とおもふ**―と思（書）からぬ（天）　**○心**―こゝろ（書・天）　**○かなはなん**―かなはすは（天）　**○あふよ《せ》**―あふ世（書）あふせ（天）

【通釈】　惜しいと思う命が私の願いどおりになってほしい。生き長らえたならば、あの人に逢える時があろうかと。

【語釈】　**○心にかなはなむ**　自分の願いどおりになってほしい。「なむ」は、ある事態の実現を期待し、あつらえ望む意の終助詞。「心にかなふ」という表現は、本百首90番のほか、「しなましをこころにかなふ身なりせばなにをかねたるいのちとかふる」（好忠集・つらね歌・四七八）にもある。**○あり経ば**　生き長らえたならば。「あり経」は、53番・95番・103番にも。○逢ふよ　「よ」は「世」で、時、折の意。「夜」を響かせる。

【別出】　なし

【考察】　冠の「を」は「安積山」歌の第四句「あさくはひとを」の第七字を、沓の「と」は「難波津」歌の第四句「いまははるへと」の第七字を詠み込んでいる。

当該歌は、『和歌大系』が指摘する「いのちやはなにぞはつゆのあだ物をあふにしかへばをしからなくに」（古今集・恋二・六一五・友則）を念頭に置き発想を転換して、「命あらば逢ふこともあらむ我がゆゑにはだな思ひそ命だに経ば」（万葉集・巻十五・三七四五・三七六七・中臣娘子）の歌意を踏まえて詠んだものであろう。

具体的には、冠の文字制約「を」を含む初句から第二句にかけては、「をしとおもふいのちにかへてあかつきのわかれのみちはいかでやめてむ」（陽成院親王二人歌合・三〇・あかつきのわかれのこひ）により、第二句・第三句は、「いのちだに心にかなふ物ならばなにか別のかなしからまし」（古今集・離別・三八七・白女）の上句を踏まえる。また、沓の文字制約「と」を含む下句は、「かくしのみありけるものを萩の花咲きてありやと問ひし君はも」（万葉集・巻三・四五五・四五八）、「つゆばかりたのみおかなんことのはにしばしもとまるいのちありやと」（亭子院歌合・六五）などに見られる「……ありやと」という言い回しを用いて、前引の『万葉集』三七四五番歌の初句・第二句の内容を表現したのであろう。

「惜しと思ふ」が初句にくる例には、「をしと思ふ心はいとによられなむちる花ごとにぬきてとどめむ」（古今集・春下・一一四・素性）、「をしと思ふ心はなくてこのたびはゆく馬にむちをおほせつるかな」（後撰集・離別・一三一一・読人不知）などがある。「心」に続く歌が目立つ。「命」の例は、同時代までには前引の『陽成院親王二人歌合』三〇番歌を見出すのみである。これ以降も「をしとおもふ命にそへておそろしくこひしき人のたまかはるもの」（和泉式部集・八八）といった例が挙げられるものの、数は少ない。

「心にかなふ」という表現は、前掲『古今集』三八七番歌のほか、「いづみがはこころにかなふいのちあらばなどかちとせもわたらざるべき」（元良親王集・一四〇）、「こころにもいのちかなはぬみなりけりかくてもいけるわがみとおもへば」（元真集・二三八）などの歌にも詠まれる。ままならない「命」について、仮定や否定、願望表現を取る例が見出される。
「あり経ば」の例には、「いさり火のよるはほのかにかくしつつ有りへばこひのしたにけぬべし」（後撰集・恋二・六八一・藤原忠国）、「いかにしていかにこのよにありへばかしばしも物をおもはざるべき」（和泉式部続集・二一五）などがある。この世に生き長らえたならば、という仮定のもとに推測される内容は、幸せなものではないことが多いようである。その点で、当該歌はこれらの歌と一線を画す。
「逢ふ世」という語句は、七夕の歌として詠まれるのが一般的である。その他の例には、「いかで猶しばし忘れん命だにあらば逢ふ世のありもこそすれ」（深養父集・六〇）、「いのちあらばあふよもあらんよのなかになどしぬばかりおもふこころぞ」（惟成弁集・三二）といった「いのち」とともに詠まれる歌がある。当該歌は、これらの表現の系譜に連なるものであろう。なお、「逢ふよありやと」という句は、『源氏物語』に、「見し夢をあふ夜ありやとなげく間に目さへあはでぞころも経にける」（帚木・二一・光源氏）という歌に見える。

77

思《をも》ひやる心づかひはいとなきをゆめにも見《み》ずと聞《き》くがあやしさ（四四四）

【校異】○をもひやる―おもひやる（承・書・天）○心つかひは―心ツカヒモ《ハ》《ヒ》（承）こゝろつかひは（書・天）○ゆめにもみすと―ゆめに見えすと（天）○きくかあや《かな》しさ―きくかゝなしさ（書）きくかあやしさ（天）

【通釈】あなたのことを思う心遣いは絶え間なく、使いを頻繁に送っているのに、私からの手紙を全く見ず、私のことを全く夢にも見ないと聞くことの不審さよ。

【語釈】○思ひやる　思い巡らす、気を配る。ここでは、恋人が自分をどう思っているか、好意をもってくれているか、嫌っていないかなどと推し量って気遣う意。○心づかひ　対象に対して、心を油断なく働かせること。ここでは、恋人に嫌われないように、できれば好かれるようになどと、心を緊張させること。また、「つかひ」に、手紙を託す使者の意を掛ける。**○いとなきを**　「いとなし」は、絶え間がないの意。「いと」は暇《いとま》。心遣いが絶え間ないさまと、文の使いを頻繁に送るさまとを重ねる。「を」は逆接。**○ゆめにも見ず**　相手が自分のことを夢にも見ない意。「ゆめにも」には、打消を伴って「全く」の意を掛ける。

【別出】『夫木和歌抄』巻第三十五、雑部十七、こころづかひ、一六六三五番

　家集　　　　　　　　　　　　　　　　好忠

おもひやるこころづかひはいとなきに夢にみえずときくがあやしさ

【考察】冠の「お」は「安積山」歌の結句「おもふものかは」の第一字を、沓の「さ」は「難波津」歌の結句「さくやこのはな」の第一字を詠み込んでいる。

　恋人が自分をどう思っているのか、絶えず気を配っているのに、なぜ相手は、自分のことを全く夢にも見ないのかといぶかしんだ歌である。『夫木抄』所収本文の第四句「夢にみえずと」は、天理本本文と一致する。

　当該歌は、『万葉集』の「確かなる使ひをなみと心をそ使ひに遣りし夢に見えきや」（巻十二・二八七四・二八八六）による。この万葉歌の発想をもとに、冠「お」の条件を、「思ひやる心はつねにかよへども相坂の関こえずもあるかな」（後撰集・恋一・五一六・三統公忠・題不知）ほか二首の後撰集歌に見える「思ひやる心」という表現で満たし、また、下句も『後撰集』の「時のまもなぐさめつらんさめぬまは夢にだに見ぬわれぞかなしき」（哀傷・一四二〇・玄上朝臣女・人をなくなして、かぎりなくこひて思ひいりてねたる夜のゆめに見えければ、おもひける人にかくなんといひつかはしたりければ）の下句の表現を念頭に置いて詠んだものであろう。

「思ひやる心」という表現は、勅撰集においては『古今集』にはなく、前述のとおり、『後撰集』には計三首の例がある。すなわち、前掲五一六番歌のほか、「思ひやる心にたぐふ身なりせばひとひにちたび君はみてまし」（恋二・六七八・千古・題不知）、「思ひやる心ばかりはさはらじを何へだつらん峰の白雲」（離別・一三〇六・橘直幹・とほくまかりける人に餞し

侍りける所にて）である。

「心づかひ」という語の、好忠と同時代の例としては、「ひとにますこころづかひもあるものをたよりなくてふことをつぐらん」（忠見集・一七八・かへし）、「いづこにかたづねてあはむみをわけてきみがゆるさぬこころづかひを」（忠見集・一七九・またかへし）といった贈答歌や、「はるのとふ心つかひをたづぬればはなのたよりにこてふなりけり」（仲文集・八・はなのえだに、ふみのあるをみて）がある。文の使いを掛けるのが常套であることから、当該歌においても、相手に心を込めた文を送っている状況を想定すべきであろう。『注解』は「二人の間を往来する使者の存在が『心づかひ』の語を際立たせる」と指摘する。

また、「いとなし」の例は、『万葉集』には見えないが、勅撰集においては、古今・後撰時代にしばしば用いられる。まず、『古今集』に、「あはれともうしとも物を思ふ時などか涙のいとなかるらむ」（恋五・八〇五・読人不知・題不知）という例がある。この歌では、「いと流る」（たいそう流れる）との掛詞になっている。当該歌では、［語釈］で触れたように、心遣いをし続けるさまを、より具体的に、文の使いを送り続けるさまに重ねるところに表現の工夫が見える。その後は『後撰集』に「春の池の玉もに遊ぶにほどりのあしのいとなきこひもするかな」（春中・七二・宮道高風・題不知）、「ひぐらしの声もいとなくきこゆるは秋ゆふぐれになればなりけり」（秋下・四二〇・貫之・題不知）の二首が、また『後拾遺集』に「ひととせにふたたびもこぬはるなればいとなくけふは花をこそみれ」（春上・一一〇・兼盛・屏風のゑに三月花宴するところにまら人きたるところをよめる）の一首が見出せる。だがそれ以後の八代集には用例がなく、十三代集に視野を広げても、他にはわずか二首を数えるのみである。

なお、私家集にも、「なげきこる山とわが身はなりぬれば心のみこそいとなかりけれ」（貫之集・六四四）、「ゆく人もかへるもみゆるよどがははなみの心もいとなかるらん」（清正集・八一・ゑに）、「よるはさめひるはながめにくらされてはるはこのめぞいとなかりける」（一条摂政御集・一三二・きさらぎばかりに、いかにぞと、のたまたるに、をんな）といった用例がある。

一心に恋人のことを思っていると、相手の夢に現れるという俗信は、当該歌がよった前掲の『万葉集』二八七四番歌からも知られるが、他にも『万葉集』には、「夜昼といふ分き知らず我が恋ふる心はけだし夢に見えきや」（巻四・七一六・七一九）、「我妹子に恋ひてすべなみ白たへの袖返ししは夢に見えきや」（巻十一・二八一二・二八一三）、「すべもなき片恋をすとこのころに我が死ぬべきは夢に見えきや」（巻十二・三一一一・三一二五）という歌がある。

結句の「聞くが……しさ」という表現は、好忠と同時代以前の用例としては、「ふなばりの猪養の山に伏す鹿のつま呼ぶ声を聞くがともしさ」（万葉集・巻八・一五六一・一五六八）、「いつしかとまつちの山の桜花まちてもよそにきくがかなしさ」（後撰集・雑四・一二五五・読人不知・とほきくにに侍りける人を、京にのぼりたりとききてあひまつに、まうできながらとはざりければ）、「つきくさにころもいろどりすらずともうつろふ色と聞くがくるしさ」（古今六帖・第六・三八四三・つきくさ）などを見出す。好忠は、結句末を「さ」で終わらなければならない当該歌に、この言い回しを利用したとみられる。

なお、句末に「あやしさ」をもつ歌には、「よの人のならねばあまにあらねどもしほたるとのみいふがあやしさ」（忠岑集・一三五・伊衡）、「なにごともなるともなしにうりつらの名にのみたたむことのあやしさ」（義孝集・五六・四日のよ、かへしあり）があるが、『うつほ物語』に、「わが宿に時時ふきし秋風のいとどあらしになるがあやしさ」（忠こそ・一一五・一条の北の方）、「おく露も時雨もよくとみしものをかはれる色をみるがあやしさ」（吹上下・四一六・妻君〈種松妻〉）の二首が見え、また〈恵慶百首〉にも二首、「かをとめて我はむつぶるあやめ草よそめにこまのみるがあやしさ」（恵慶集・沓冠・二六一・夏）、「おくやまのほそたにがはのいはまよりさすがにたえぬつまのあやしさ」（同・沓冠・二八〇・恋）といった例がある。助詞「が」（あるいは「の」）で承けた内容に対するいぶかしさ、不審さを表す類型的な言い回しである。

藻屑《もくづ》焼《や》く浦《うら》には海人《あま》や離《か》れにけむ煙《けぶり》立《た》つとも見《み》えずなりゆ《行》く・（四四五）

【校異】○みえす―見えす（天）　○なり行―なりゆく（承・書・天）

【通釈】藻屑を焼く浦には海人が立ち去りいなくなってしまったのだろうか。塩焼きの煙が立っているようにも見えなくなってゆく。

【語釈】○藻屑　海中にある藻などの屑。乾燥して焚き火にされるが、「藻屑」を「焼く」という表現は、和歌には意外と見当たらない（【考察】参照）。○離れにけむ　「離れ」は「離る」で、その場を離れ遠ざかる意。「離る」は「刈る」と同音で、「海人」の縁語。

【別出】『万代和歌集』巻第十六、雑歌三、三二九九番

（題不知）　好忠

もくづたくうらにはあまやかれにけむけぶりたつとも見えずなりゆく

【考察】冠の「も」は「安積山」歌の結句「おもふものかは」の第二字を、沓の「く」は「難波津」歌の第二句「さくやこのはな」の第二字を詠み込んでいる。

海人が浦にやって来て藻屑を焼くと煙が立つはずだが、その煙もだんだん立っているように見えなくなっていくことから、海人がいなくなったことを推測した歌である。冠「も」の条件を満たす語としては、当該歌の「藻屑」のほか、より和歌に詠まれる「藻塩」が挙げられようが、「藻塩」は焼くと塩が取れるけれども、「藻屑」は焚き火にした後、利益になるものは何も残らない。当該歌の「藻屑」という語は、海人の足がだんだん浦から遠のくという心さびしい状況を生み出すために選び取られた詠歌素材とも捉えられよう。また、下句の表現は、「人をおもふ心のおきは身をぞやく煙たつとは見えぬものから」（寛平御時后宮歌合・一六九）によると考えられる。

『注解』は、「見るめなきわが身をうらとしらねばやかれなであまのあしたゆくくる」（古今集・恋三・六二三・小町・題不知）を踏まえるとし、「藻屑焼く浦」は「恋の思いを燃やすわたし」であり、『海人』は恋の相手」であると指摘する。また、

『注解』に先行する『大系』『全釈』も、恋歌の要素を見出して解する。

ただし、『和歌大系』は、好忠の〈毎月集〉の二首、「けぶりたつはるのうららら見るときはまだみぬあまのありかをぞしる」（好忠集・四八・二月中）、「はるばるとうららうらけぶりたちのぼるあまの日よりにもくづやくかも」（同・五五・二月のをはり）を挙げ、とくに恋歌とは解さず、「海岸に煙のないことから海人の不在を思う」とする。また前掲の『注解』も、補説において、「恋の寓意を含まない形で解釈することも可能である」とも指摘している。

確かに、海人の塩焼きは「すまのあまのしほやく煙風をいたみおもはぬ方にたなびきにけり」（古今集・恋四・七〇八・読人不知・題不知）をはじめとする歌によって、恋歌の表現として確立しているが、一方、「もしほやく煙になるるすまのあまは秋立つ霧もわかずやあるらん」（拾遺集・雑秋・一〇九六・読人不知・天暦御屏風に）といった屏風絵の図柄としても定着している。

そこでここでは、藻屑を焼く煙も見えなくなっていく浦の情景を、恋歌の表現を利用して詠んだ歌と解しておく。なお、当該歌が後世、『万代集』に雑歌として採られていることにも注意される。

「藻屑」は、水面やその沖の方に浮かび、流れる屑で、はかないもの、取るに足りないものとして詠まれる。すなわち、「あふまでのかたみとてこそとどめけめ涙に浮ぶもくづなりけり」（古今集・恋四・七四五・興風・おやのまもりける人のむすめにいとしのびにあひてものらいひけるあひだに、おやのよぶといひければいそぎかへるとてもをなむぬぎおきていりにける、そののちもをかへすとてよめる）、「かづきいでしおきのもくづをわすれずはそこのみるめを我にからせよ」（後撰集・雑二・一一四九・輔臣）、「かりすつる池のもくづの今はとてくちたる身にも哀とぞみゆ」（小馬命婦集・五・いたづらにはらひけるもくづくちふさにあり）といった例である。一方、当該歌のように焼く例も、前掲『好忠集』五五番歌のほか、「もくづたくあまのかやりびそれすらもすずろにかかるしたもえはせじ」（惟規集・二・をんなに）という例がわずかながら見え、また、「もくづ火のいそまをわくるいさり船ほのかなりしにおもひそめてき」（千載集・恋一・六四五・長能・女につかはしける）といった「もくづ火」の用例もあり、蚊遣り火や篝火としても用いられたことがわかる。なお、『源氏物語』行幸巻には、「よるべなみかかる渚にうち寄せて海人もたづねぬもくづとぞ見し」（三九八）という歌が見える。藻屑は玉鬘、海人はその父の内大臣を指し、娘を探さない父親に対する光源氏の歌である。

結句「見えずなり行く」の用例としては、「影だにも見えずなりゆく山の井はあさきより又水やたえにし」（後撰集・恋一・五三〇・紀乳母・あひまちける人の、ひさしうせうそこなかりければつかはしける）、「ひたくれば見えずなりゆくあさがほのはなのにほひをよにやたとへむ」（千穎集・七六・無常六首）、「わたつみもゆきげの水はまさりけりをちのしまじま見えずなりゆく」（拾遺集・雑秋・一一五二・中務親王・雪をしまじまのかたにつくりて見侍りけるに、やうやうきえ侍りければ）などがあり、時間の推移を視覚的に捉えた表現である。

79

古里《ふるさ》□はあらぬさまにもあらずとか言《い》ふ人あらば問《と》ひて聞《き》かばや（四四六）

【校異】○**ふるさ□は**―ふるさとは（承・書・天）　○**あらぬ《りし》さまに**―アラヌ《リシ》サマニモ（承）ありしさまにも（書・天）
○**あらすとか**―あらすかと（天）

【通釈】私の故郷は、昔と変わった様子でもないとか言う人がいるならば、故郷の様子を尋ねて聞きたいものだ。

【語釈】○**古里**　昔なじみの土地。96番にも。ここでは、生まれ故郷を指すか。『大系』『全釈』は、本百首72番に関連して伏見かとするが、具体的に場所を想定する必要はなかろう。○**あらぬさま**　自分の記憶に残っている風景とは変わった様子。

【別出】なし

【考察】冠の「ふ」は「安積山」歌の結句「おもふものかは」の第三字を、沓の「や」は「難波津」歌の第二句「さくやこのはな」の第三字を詠み込んでいる。

「ふるさとにあらぬものからわがために人の心のあれて見ゆらむ」（古今集・恋四・七四一・伊勢・題不知）という歌から

も知られるように、そもそも故郷は荒れてしまうものである。だから、昔と変わった様子でもないと言うような人がいたら様子を聞いてみたいという、望郷の思いを詠んだ歌である。

上句は、直接的には、「ふるさとは見しごともあらずをののえのくちし所ぞこひしかりける」（古今集・雑下・九九一・友則・つくしに侍りける時にまかりかよひつつごうちける人のもとに、京にかへりまうできてつかはしける）を踏まえていよう。

また、同じ場所の昔と今との対比という点では、『伊勢物語』第四段にも載る「月やあらぬ春や昔の春ならぬわが身ひとつはもとの身にして」（古今集・恋五・七四七・業平）にも通じるものがある。当該歌には、「あらぬ」「あらず」「あらば」というように、「あり」の未然形が繰り返し用いられているが、これらの語句使用の面から見ても、業平歌の上句の「あらぬ」「ならぬ」との類似性が指摘されよう。

第二句の「あらぬさま」には、本文異同が存する。底本と承空本の傍書、および書陵部本・天理本の本文では、「ありしさま」になっている。

「あらぬさま」という表現の和歌における用例は、それほど多くはない。平安中期にも、「わが身こそあらぬさまなれそれながらそらおぼれする君はきみなり」（源氏物語・若菜下・四九四・物の怪）を見出す程度である。なお、『源氏物語』蓬生巻では、末摘花の心中思意の中に、光源氏の須磨流謫を「あらぬさま」という例が存する。

一方、「ありしさま」は、当該歌の異文本文と同じく「ありしさまにもあらず」という表現が、「あきくれどなつのころもかへなくにありしさまにもあらずなりゆく」（重之集・百首・二六一・秋廿）、「世中のありしさまにもあらねどもそらはかはらぬはぎのあさぎり」（大斎院前の御集・一九四・八月十八日のつとめて、とぐちをおしあけたればきりいといみじうたちたり、よはかはりたれど、そらはおなじやうにぞありけるとて、進）という二首の歌に見出される。

このように見てくると、原態はやはり、底本本文の「あらぬさま」であって、後に、比較的意が通りやすい「ありしさま」に変えられた可能性がありそうである。

「……とか言ふ」という表現は、好忠と同時代の歌にも、「やどりゐるとぐらあまたにきこゆればいづれをわきてふるすとかいふ」（元良親王集・四九）、「をやまだも春はまくとかいふなりしかりくるあきをよるはこひつつ」（宰相中将君達春秋歌合・一〇・秋の御方）という用例がある。少数ではあるが、当時用いられていた言い回しであったことがわかる。

なお、第四句「言ふ人あらば」という発想の裏には、「あさぢふのをののしの原しのぶとも人しるらめやいふ人なしに」（古今集・恋一・五〇五・読人不知・題不知）、「ひとりして物をおもへば秋のよのいなばのそよといふ人のなき」（同・恋二・五八四・躬恒・題不知）などに見られる、「言う人なし」という『古今集』以来の類型表現があろう。

結句「問ひて聞かばや」の用例を求めるのは難しい。好忠以後、かろうじて、藤原公重の「あくがるるこころやたれもおなじきと月みるひとにとひてきかばや」（風情集・二五〇・月十首　御室にて）や、慈円の「人ごとにとひてきかばや桜花ちるををしまぬ心ありやと」（拾玉集・六・花）、「人ごとにとひてきかばや時鳥おなじ声をばいかがききなす」（同・九二〇・郭公）を見出す。

本つ人今《いま》は限《かぎ》りと見《み》えしより誰馴《たれな》らすらむわが伏《ふ》しし床《とこに》　（四四七）

【校異】　○**本つ人**―モトツ人（承）もとつ人に（書）本つめに（天）　○**みえ《へたえ》しより**―ミ《タ》エシヨリ（承）たえしより（書）見えしより（天）　○**わかふしとこに《へしとこ》**―ワカフシトコニ《シトコ》（承）わかふしゝとこ（書）わかふしとこに（天）

【通釈】　元の妻は、今はもう二人の関係も終わりだと見た目にはっきりとわかった時から、誰を馴れさせているのだろうか、私が寝ていた床に。

【語釈】　○**本つ人**　元から親しくしていた人。以前から親しくしている人。ここでは元の妻を指す。　○**今は限りと見えしより**　夫婦関係の破綻が見た目にはっきりとわかった時から。「今は限り」は、今はもう終わり、の意。　○**誰馴らすらむ**

誰を馴れさせているのだろうか。「ならす」は馴れさせる意。「我が背子をならしの岡のよぶこどり君よびかへせ夜のふけぬ時」（拾遺集・恋三・八一九・赤人）。元の妻が次に関係を持っている男性は誰かと想像している。○我が伏しし床　自分が寝ていた床。自分が元の妻と共寝をしていた床。底本「わかふしとこに」であるが、元来「わかふしゝとこ」とあったものが、「ゝ」の脱落により「わかふしとこ」となり、さらに「に」が補われたものか。沓を「こ」とする文字制約に合わせて、底本・承空本の傍書、および書陵部本により校訂した。

【別出】　なし

【考察】　冠「も」は「安積山」歌の結句「おもふものかは」の第四字を、沓の「こ」は「難波津」歌の結句「さくやこのはな」の第四字を詠み込んでいる。

当該歌は、夫婦関係ももうこれまでと目に見えてわかった時から、元の妻は、いったい誰を新しい夫として、自分と共寝をした床に馴れさせているのかと、元の夫の立場で詠んだ歌である。〈毎月集〉には、「あきはててわがせなぎみがたえしよりねやのよどこをとりぞたててし」（好忠集・二七六・九月下）という歌があり、夫の訪れが途絶えた妻が、共寝をしていた床を片付けたという歌であるが、夫婦関係が破綻した後の寝床をめぐる詠として、当該歌との関連が認められよう。

「本つ人」の用例は、『注解』も指摘するように、『万葉集』に「本つ人ほととぎすをやめづらしみ今か汝が来し恋ひつつ居れば」（巻十・一九六二・一九六六）、「橡の衣解き洗ひ真土山本つ人にはなほ及かずけり」（巻十二・三〇〇九・三〇二三）、「ほととぎすなほも鳴かなむ本つ人かけつつもとな我を音し泣くも」（巻二十・四四三七・四四六一・先太上天皇の御製の霍公鳥の歌一首）の三例がある。平安期の歌としては、「しらねどもこたへやはする時鳥もとつひととふこゑをあはれと」（民部卿家歌合・六）が早い。その他、「いまさらにしのびぞわぶる郭公もとつひととはねのみなかれて」（馬内侍集・一六三・四月つごもりがたに、むかしさぶらひしともだちのなきことかといひたれば）、「もとつ人あかで帰りぬよぶこ鳥猶よびかへせながな名たのまん」（堀河百首・二〇九・公実・喚子鳥）などが見出される。なお、『源氏物語』浮舟巻には、「かたしく袖を我のみ思ひやる心地しつるを、同じ心なるもあはれなり、わびしくもあるかな、かばかりなる本つ人をおきて、わが方にまさる思ひはいかでつくべきぞ、とねたう思さる」と、匂宮が自分より先に浮舟と関係していた薫を「本つ人」と呼んでいる例がある。

第二句「今は限りと」を含めて、上句の表現は、「いとはれて今はかぎりとしりにしを更にむかしの恋しかるらん」（寛平御時后宮歌合・一七五）が下敷きとなっていよう。他にも、男女の仲がもう終わりだという歌には、「人ごころいまはかぎりになりぬればみるこそみぬにおとらざりけれ」（左兵衛佐定文歌合・二九・会恋）、「忘れむといひし事にもあらなくに今は限と思ふものかは」（後撰集・恋五・九二四・怨みおこせて侍りける人の返事に）といった例がある。

「見えしより」という句は、諸本間で「たえしより」という異文がある。「たえしより」だと、前掲『好忠集』二七六番の〈毎月集〉歌のように、夫婦の縁が切れた時からは、という意となる。一方、「見えしより」であれば、やはり〈毎月集〉の、「わぎもこがころもうすれてみえしよりたはれねせじとおもひなりにき」（好忠集・二五八・九月中）に見えるように、その状況や姿をはっきり見て取れた時からは、ということになろう。そうすると、「見えしより」の本文を採る場合、この夫婦の仲は、まだ完全に絶えているわけではないことになる。夫婦の関係の終焉が明らかにわかった時から、夫は、新たな男性の存在を思い、元の妻に未練を抱いている意に解せよう。

「我が伏しし床」の類例として、「よのなかのあはれをしらばまくらむしわがふすとこになかざらめやは」（大斎院前の御集・一八四）、「あはづ野に真柴をりかけ庵して我がふす床に雪ぞ降りしく」（三井寺新羅社歌合・五二・泰覚）、「人しれぬこひのすみかをたづぬればわがふすとこのうへにぞありける」（隆房集・三三・しづかなりしよ、つくづくとおもひし心のうちに）など、「わがふす床」が挙げられるが、即物的な表現であるからか、用例数は少ない。

81

野飼《のが》ひせし駒《こま》の春《はる》よりあさりしに尽《つ》きずもあるかな淀《よど》の若菰《わかごも》の・（四四八）

【校異】　**○はるより**――はゝより（書）　**○わかこも**――わかこもの（書）まこもの（天）

【通釈】 野に放ち飼いにした馬が春から食べたのに、なくならないことよ。淀の若い菰の芽が。

【語釈】 ○**野飼ひせし駒** 野に放し飼いにした馬。 ○**あさりしに** 「あさる」は、動物が餌を捜す。ここでは馬が菰の若芽を探し出して食べることをいう。 ○**淀** 一般に水の流れが滞ったところを指す語だが、ここでは、山城国の歌枕「淀」を指す。宇治川・木津川・桂川が合流する辺り。42番にも。 ○**若菰の** 菰は、水辺に生える稲科の植物。『万葉集』以来「まこも（真菰）」の語で歌に多く詠まれる。底本「わかこも」であるが、沓「の」の文字制約を満たさないため、書陵部本によって「わかこもの」に校訂する。結句が八音で破格の字余りになるが、天理本「まこもの」によって校訂することは控えた。

【別出】 『万代和歌集』巻第十四、雑歌一、二八五七番

（夏歌の中に） （好忠）

野がひせしこまのはるよりあさりしにつきずもあるかなよどのわかごも

【考察】 冠「の」は「安積山」歌の結句「おもふものかは」の第五字を、沓の「の」は「難波津」歌の結句「さくやこのはな」の第五字を詠み込んでいる。

馬を放牧する季節は、「いとはるるわが身ははるのこまなれやのがひがてらにはなちすてつる」（古今集・雑体・一〇四五）のように春からである。淀に放牧された春の馬は、「よどのなるみづのみまきにはなちかふこまいはへたり春めきぬらし」（恵慶集・百首・春・二一二）と詠まれている。夏になると、「なつぐさはむすぶばかりになりにけりのがひのこまやあくがれにけん」（重之集・百首・夏廿・二四二）と、餌となる草の繁茂とともに詠んだ歌がある。当該歌も、春を過ぎて、前掲の重之歌と同様に夏の情景を詠んでいる。あるいは、当該歌の影響下に、この重之歌が詠まれたとも考え得よう。「野飼ひの駒」は、「初期定数歌周辺で流行した」（注解）という。好忠には「のがひせしをさざがはらもかれにけりいまはわがこまなにになつけん」（好忠集・毎月集・二八二・十月）もある。

「野飼ひ」の例としては、前掲『古今集』一〇四五番歌、『重之集』二四二番歌のほか、「君が手をかれゆく秋のするゑにしも

のがひにはなつむまぞかなしき」（後撰集・離別・一三一二・伊勢にまかりける人、とくいなんと心もとながるときゝて、たびのてうどなどとらするものから、たたむがみにかきてとらする、名をばむまといひけるに／返し）、「まこもぐさよどのわたりにかりにきてのがひのこまをなつけてしかな」（相模集・二四四）がある。

なお、『うつほ物語』内侍のかみの巻には、馬権助国時に対し、仲忠が自身を「野飼ひに放たれたる身」と語る場面がある。これに対し、国時が、「駒牽も近くなりぬれば、野飼ひも数に入りたまふ時やあらむ」と、駒牽には、野に放ち飼いされた馬が入ることもあると言っている。仲忠の発言は、自分を厩の馬ではないとする自嘲だろう。

「あさる」は『万葉集』以来詠まれている語であるが、「駒」についていう用例は、まず、『大系』『注解』『和歌大系』が指摘する「はるごまのあさるさはべのまこもぐさまことにわれをおもふやはきみ」（古今六帖・第六・三八〇八・こも）が挙げられる。平安期には、他にも、「かくれぬもかひなかりけり春ごまのあさればこものねだに残らず」（和泉式部集・一七）や、「春駒はあさかのぬまにあさりしてかつみのうらはふみしだくなり」（散木奇歌集・春・一五七・はるごまをよめる）などがある。

「尽きずもあるかな」という句の例としては、「きく人もあはれといふなるおもひにはいとどなみだのつきずもあるかな」（伊勢集・四四八）、「山かぜにまかするよりは梅の花にほひのやどにつきずもあるかな」（元真集・一八・むめのはなあるところに人あそぶ）、「すにすめばそこにも千とせあるつるのながれてゆけどつきずもあるかな」（うつほ物語・蔵開上・七三九・権中納言〈忠澄〉）、「かり人のしたにみをのみこがせどもくゆる心のつきずもあるかな」（和泉式部集・五六九）などがある。用例数は少数ながら、結句に置かれることが多い。当該歌は、「沓」の文字の制約によって、第四句に置いたのであろう。

「淀の若菰」は、「山しろのよどのわかごもかりにだにこぬ人たのむ我ぞはかなき」（古今集・恋五・七五九・読人不知）をはじめ、「こまちかふさはのわかごもかりにきていかでよどののことをしりけん」（古今六帖・第六・三八一二・こも）、「さつきまつぬまにおひたるわかごものそよそよわれもいかでとぞ思ふ」（同・第六・三八一四・こも）などがあり、〈順百首〉

にも「みわたせばよどのわかごもからなくにねながらはるをしりにけらしも」(好忠集・春十・四八九)という歌が見出される。ひとつの類型表現として認められるであろう。

82

かひなくて月日をのみぞ過《す》ごしける空《そら》をながめて世《よ》をし過《す》ぐせば(四四九)

【校異】○月日をのみそ―つきひをのみそ(天) ○すこしける―すこしくる(書) すくしける(天) ○すくせは―つくせは(天)

【通釈】何の甲斐もなくて、ただ月と太陽が昇り沈み、歳月が移っていくのに任せてきたよ。空を見上げ、物思いにふけって人生を過ごしているので。

【語釈】○かひなくて「かひなし」は、やったり希望したりしただけの効果やしるしがない、無駄だの意。「かひあるべくもあらず」(87)。○月日をのみぞ過ごしける「月日」は、歳月の意に月と太陽の意を掛ける。「過ごす」は、時が移っていくのに任せるの意に、(月や太陽が空を)通り過ぎていくのに任せる意を重ねる。○空をながめて 上の空で物思いにふける意に、空を見上げる意を重ねる。「月日」「空」「ながむ」は縁語。○世をし過ぐせば「世」は生涯、人生。

【別出】なし

【考察】冠「か」は「安積山」歌の結句「おもふものかは」の第六字を、沓の「は」は「難波津」歌の結句「さくやこのはな」の第六字を詠み込んでいる。

『注解』が指摘する「きみこふるこころはそらにあまのはらかひなくてふる月日なりけり」(内裏歌合天徳四年・三五・中務)を踏まえながら、結句は、「春やこし秋やゆきけんおぼつかな影の朽木と世をすぐす身は」(後撰集・雑二・一一七五・閑院・山里に侍りけるに、むかしあひしれる人の、いつよりここにはすむぞととひければ)によって詠まれた歌とみられる。

空を眺めるという行為は、「おほぞらはこひしき人のかたみかは物思ふごとにながめらるらむ」（古今集・恋四・七四三・人真）や「たのめどもむなしきそらをながめつつしのびにそでのぬれぬ日ぞなき」（中務集・一五八）など、恋の物思いを表す例が目立つ。

また、「ながめ」をしているうちに時が経ったことを憂える歌も、「花の色はうつりにけりないたづらにわが身世にふるながめせしまに」（古今集・春下・一一三・小町）をはじめ、この小町歌を踏まえて詠まれた、「あさなけに世のうきことをしのびつつながめせしまに年はへにけり」（後撰集・雑二・一一七四・土左・をとこなど侍らずして、としごろ山里にこもり侍りける女を、むかしあひしりて侍りける人、みちまかりけるついでに、ひさしうきこえざりつるを、ここになりけりといひいれて侍りければ）などの例がある。

また、「世」を「過ぐす」という表現は、「思ひしる人も有りける世の中をいつをいつとてすぐすなるらん」（拾遺集・哀傷・一三三五・公任・成信重家ら出家し侍りけるころ、左大弁行成がもとにいひつかはしける）や「いとどしくつねならぬ世を歎く身にあひみぬ程と過すべしやは」（公任集・三六八・さねよしといふ人久しうこもりゐたりけるころ、雪のふりけるつとめて）など、人生の述懐、無常を詠む歌が多い。

当該歌の発想としては、『うつほ物語』の、俊蔭女が父俊蔭の死後、悲しみのうちに詠んだ、「侘び人は月日の数ぞしられけるあけくれひとり空をながめて」（俊蔭・一）に近い。沓冠歌という制約の中、恋歌の表現を用いながら、それと限定せず、人生の述懐をも取り込んだ歌となっている。

なお、〈毎月集〉に、「すぎぬらむ月日もしらず春はただよどのわかくさかるもてぞしる」（好忠集・八五・三月をはり）という歌がある。第四句「わかくさ」には傍書と重ね書きがあり、それらを考慮すると「すがごも」と読める。そうすると、「過ぐ」「月日」「淀」「菰」という語を用いた歌ということになるが、これは、81番歌と82番歌に詠まれた語を組み合わせたものと捉え得る。

83

播磨《はりま》なる飾磨《しかま》に染《そ》むるあながちに人をつらしと思《をも》ふころかな（四五〇）

【校異】○集付ナシ—詞花（書）　○つらしと—恋しと（書）　○をもふ—おもふ（承・書・天）

【通釈】播磨国にある飾磨で染める褐染めの「かち」ではないが、「あながちに（いちずに）」あの人のことを薄情だと思うところであるよ。

【語釈】○播磨なる飾磨にそむる　「あながちに」を導く序詞。飾磨は、播磨国飾磨郡、現在の姫路市にある地名。『風土記』や『枕草子』「市は」に飾磨の市の名が見えるほか、褐染めでも知られた。○あながちに　「強ちに」で、いちずなさま。和歌では一般に「強ひて」が用いられる。和歌に詠んだ嚆矢は好忠の当該歌か（［考察］参照）。「褐（かち）」を掛ける。「褐」は、褐染め。褐色は黒く見えるほど濃い藍色。「あながちにといふ言葉は、うちまかせて歌に詠むべしとも覚えぬことぞかし。しかあれど、『飾磨に染むる』と続きて、わざとも艶にやさしく聞こゆるなり」（無名抄・一・連けが善悪あること）。○人をつらしと　「人」は恋人。「つらし」は、主として男女の仲において、態度や仕打ちが冷たい、薄情だの意。

【別出】『詞花和歌集』巻第七、恋上、二三〇番

（題不知）　曾禰好忠

はりまなるしかまにそむるあながちに人をこひしとおもふころかな

『後葉和歌集』巻第十二、恋二、三五九番　曾禰好忠

はりまなるしかまにそむるあながちに人を恋しとおもふころかな

【考察】沓冠歌の最後。冠「は」は「安積山」歌の結句「おもふものかは」の第七字を、沓の「な」は「難波津」歌の結句「さくやこのはな」の第七字を詠み込んでいる。

播磨の飾磨の褐を詠む歌には、「はりまなるしかまのいちにそむときしかちよりこそはわれはきにしか」（藤六集・二

三・のり物なくていかでか返りたるといふ人に）、「はりまのやしかまのいちにそめかすし（マヽ）我がちにこそ君をこひしか」（重之集・一六五・おもふきみにあひやなりたりけむ、まゆみいむとてはりまぢへくだりて、かへりて）があるが、おそらく好忠の方が早い例であろう。後には、「いとせめて恋しき時ははりまなるしかまにそむるかちよりぞくる」（金葉集二度本・異本歌・七一七）、「はりまなるしかまのかちのいろなれどあひそめてのちかくはまさらじ」（有房集・二八七・はじめて人にあひて、あしたにつかはしし）という歌も詠まれる。

「あながちに」という語を初めて和歌に詠んだのも、おそらく好忠であろう。好忠は、「褐」の掛詞としてこの語を和歌に取り込んでいるが、これと同様に、藤六（輔相）は「徒歩」を、重之は「我勝ちに」を、それぞれ「褐」に掛けて詠んでいる。

　なお、『夜の寝覚』巻三では、中の君が帝を拒んだ状況を男君に語る場面の中で、「……すべて、はかなくて長居さぶらふが怠りなれば、今宵なども『出でなばや』と思ひはべりつれども、飾磨に染むるさまにては。それにつけても、『いかでなほ』ともきこえさせまほしくて、待ちきこえさせつるものを。心浅うもはべらざりつるものを、言ふかひなげにのみもと、いとらうたく言ひ出でたるに」と、当該歌を引歌として用いている。

「人」を「つらし」と詠む例は、「あはずしてこよひあけなば春の日の長くや人をつらしと思はむ」（古今集・恋三・六二四・宗于）、「かくばかりあふひのまれになる人をいかがつらしとおもはざるべき」（同・物名・四三三・あふひ、かつら）、「あひみずてわが恋ひしなん命をもさすがに人やつらしと思はん」（貫之集・六七八）、「つらしとも思ひぞはてぬ涙河流れて人をたのむ心は」（後撰集・恋二・六五六・橘実利女の許につかはしける）、「つらしとやいひはててまし白露の人に心はおかじと思ふを」（同・恋五・八九三・読人不知・つれなく見え侍りける人に）など、古今集時代から多くの歌が見出される。

　結句「思ふころかな」には、「秋ののにみだれてさける花の色のちくさに物を思ふころかな」（古今集・恋二・五八三・貫之・題不知）、「しもがれのあさぢがもとのかるかやのみだれてものをおもふころかな」（是則集・三〇）、「ひぐらしのこゑきくからに松虫の名にのみ人を思ふころかな」（後撰集・秋上・二五五・貫之・題不知）、などの例がある。「……物を思ふころかな」というかたちの用例が目立つ。

きのえ

84 二葉《ふたば》にてわが引《ひ》き植《う》ゑし松《まつ》の木の枝《ゑだ》さす春《はる》になりにけるかな（四五一）

【校異】○**集付ナシ**―續千（書）○**きのえ**―きのへ《え》〈「へ」の左肩に黒点〉（書）○**わかひきうゑし**―ワカヒキウ□シ（承）わかひきうへし（天）○**まつの木の**―まつのきの（天・冷）○**ゐた**―えた（承・書・天・冷）○**なりにけるかな**―□《アヒ》リニケルカナ（承）あひにけるかな（書）なりにけるかな（天・冷）

【通釈】きのえ

二葉の時に、私が引き抜いてきて移し植えた松の木が、成長して枝を伸ばす春になったなあ。

【語釈】○**きのえ** 木の兄、甲。十干の最初。第三句から第四句にかけて隠す。○**二葉にてわが引き植ゑし** まだ若い二葉のときに引き抜いてきて植えた。子の日の松が想起される。○**松の木の枝さす春** 「きのえだ」に「きのえ」を隠す。「枝さす」は、枝を伸ばす意。

【別出】『続千載和歌集』巻第七、雑体、物名、七二二番

きのえ　曾禰好忠

二葉にてわがひきうゑし松の木の枝さす春にあひにけるかな

『秋風和歌集』巻第二十、雑体歌、一三五七番

きのえ　よしただ

ふた葉にもわがひきうゑしまつの木のえだささすばかりなりにけるかな

【考察】　十干を詠み込む物名の最初の歌である。第三句から第四句にかけて「きのえ」を詠み込む。初句と第二句は、「ふた葉よりわがしめゆひしなでしこの花のさかりを人にをらすな」（後撰集・夏・一八三・読人不知・女ごもて侍りける人に、思ふ心侍りてつかはしける）の初句と第二句により、一首の内容と結句は、「ひきてうゑし人はむべこそ老いにけれ松のこだかく成りにけるかな」（後撰集・雑一・一一〇七・躬恒・あはぢのまつりごと人の任はてのぼりまうできてのころ、兼輔朝臣のあはたの家にて）を踏まえて詠まれたのであろう。

『注解』は、当該歌に「子供が成長し元服の日を迎えた喜び」が詠まれているかとみるが、『うつほ物語』には子である源涼の成長を感慨深く思った父院が、「昨日まで二葉の松ときこえしをかげさすまでもなりにけるかな」（吹上下・三八四・嵯峨院）と詠んでおり、当該歌に表現が近い。また、子の元服・裳着を詠む歌としては、少し時代は下るが、「二葉なるみどりの松とみしものを枝しげるまでなりにけるかな」（風葉集・賀・七二五・ひちぬいしまの前関白太政大臣・関白をのこ子、をんなご、かうぶりし、もぎ侍りける夜、さかづきのついでに）がある。

二葉の松は、子の誕生を祝って、「ふたばよりたのもしきかなかすが山こだかき松のたねぞとおもへば」（拾遺集・賀・二六七・能宣・藤氏のうぶやにまかりて）、「かねてより千歳の影ぞおもほゆるまだふた葉なることしおひの松」（元真集・一八七・ひとのこうみたる七日夜）のように詠まれ、また、子日の行事の際に、「ふたばよりとしさだまれるまつなればひさしき物とたれかみざらん」（伊勢集・七四・亭子院六十御賀京極の宮す所つかうまつりたまふ御屏風の歌　子日したるところ松のいとちひさきに）、「二葉よりけふをまつとはひかるるともひさしきほどをくらべてもみむ」（朱雀院御集・一・正月初子日、東宮といどみておほんわりごてうぜさせ給うて、中宮にまゐらせたまふとて書つめさせ給ひける）、「行きかへり野べにこだかき姫小松これも子のびの二葉なりけり」（信明集・二四・内裏の御屏風の絵に、ねのびしたるところ）などと詠まれた。

また、二葉の松を引き植えるという表現も、「ひきうゑしふたばの松は有りながら君がちとせのなきぞ悲しき」（後撰集・

哀傷・一四一一・貫之・兼輔朝臣なくなりてのち、土左のくによりまかりのぼりて、かのあはたの家にて)、「二葉よりひきこそうゑめみる人のおいせぬものと松をきくにも」(人丸集・二四二・東海道十五ヶ国/いせ)などがある。

「引き植う」という語は、夙に『万葉集』に、「……夏の野の　さ百合引き植ゑて……」(巻十八・四一一三・四一三七)、「……繁山の　谷辺に生ふる　山吹を　やどに引き植ゑて　朝露に　にほへる花を　見るごとに……」(巻十九・四一八五・四二〇九)という例が見える。平安期には、冒頭の『後撰集』一一〇七番歌をはじめとする前掲例の他にも、「ひきうゑし子の日の松もおいにけり千世のするゑにもあひみつるかな」(うつほ物語・楼の上下・一〇〇三・宮内卿かねみ)といった歌がある。

「枝さす」という語も、まず『万葉集』に見える。「……　百枝槻の木　こちごちに　枝させるごと　春の葉の　繁きがごとく……」(巻二・二一三)という例で、当該歌は、直接的には万葉表現によったのであろう。平安期には、「このはるぞえださしそふるゆくするゑのちとせをこめておふるひめまつ」(躬恒集・一九四・ひとのむすめのもぎによめる)、「春ふかみえださしひちてかみなみのかはべにたてるやまぶきのはな」(同・三八〇)など、「さす」を複合動詞として用いる例が見られる。「としごとにえださすまつのはをしげみ君をぞたのむ露なもらしそ」(重之集・一九八・大弐の御手本)は、当該歌を念頭に詠作されたものか。

なお、鎌倉期以降、「松」が「枝さす」という類例は、「ふた葉よりしるくぞ有りける姫小松千よにさすべき枝のけしきは」(秋風集・賀・六五六・贈太政大臣さねするゑ・承保三年四月中宮の皇女隆誕の九夜によみ侍りける)、「千枝にさす松のみどりは君が世にあふべき春の数にぞありける」(続拾遺集・賀・七二九・徳大寺入道前太政大臣・同年〈宝治二年〉正月、松色春久といふことを講ぜられける時、序たてまつりて)など、賀の歌に多く詠まれるようになる。

85

冬深《ふか》く野《の》はなりにけり近江《あふみ》なる伊吹《いぶき》の外山《とやま》雪降《ゆきふ》りぬらし（四五二）

きのと

【校異】○**集付ナシ**—續古（書）　○**冬**—ふゆ（書・天・冷）　○**いふきのとやま**—いふ《キ》のと山（冷）

【通釈】きのと

野原は冬が深くなったなあ。近江国にある伊吹の人里に近い山の麓では、雪が降ったらしい。

【語釈】○**きのと**　木の弟、乙。十干の第二。第四句に隠す。○**近江なる伊吹の外山**　「いぶきのとやま」に「きのと」を隠す。伊吹山は近江国の歌枕。滋賀県から岐阜県にわたる標高一三七七メートルの高山。信仰の対象とされた。「外山」は人里に近い山。麓。23番にも。○**雪降りぬらし**　「ぬらし」は、……てしまったらしい、の意。野の様子を見て冬の深まりを実感し、伊吹山の麓でも雪が降ったことを推測する。

【別出】『続古今和歌集』巻第六、冬歌、六四七番

題不知　曾禰好忠

冬ふかくのはなりにけりあふみなるいぶきのとやま雪ふりぬらし

『万代和歌集』巻第六、冬歌、一四八三番

冬歌に　好忠

ふゆふかくのはなりにけりあふみなるいぶきのとやまゆきふりにけり

『雲葉和歌集』巻第八、冬歌、八三九番

題しらず　曾禰好忠

ふゆふかくのはなりにけりあふみなるいぶきのとやま雪ふりぬらし

『歌枕名寄』巻第二十三、近江国中、雑篇、伊吹、外山、六二四九番
曾禰好忠
続古六
冬ふかく野はなりにけり近江なるいぶきのと山雪ふりにけり
【考察】「きのと」を第四句に詠み込む。当該歌は、眼前の野の情景に冬の深まりを感じ、伊吹山の麓ではなおさら寒く、雪が降っていることだろうと推測した歌である。身近な物事から、離れた所の様子を推測するという発想は、「ゆふされば衣手さむしみよしののよしのの山にみ雪ふるらし」（古今集・冬・三一七）に通じよう。「伊吹の外山」は他例を見ないが、「きのと」を隠すために好忠が創り出したと考えられる。
「冬」を「深し」と表現した歌には、「冬ふかく春ともしらぬこしぢにはをりしむめこそ花さきにけれ」（書陵部本中務集・二一四・順朝臣の、能登守にて下りしに）があるが、『好忠集』には三首見出される。本百首では、当該歌の他に37番歌があり、また、〈毎月集〉には「あしかものきゐるきしべのふちよりもふかくなりゆく冬にもあるかな」（好忠集・三一五・十一月上）という歌がある。
「野はなりにけり」という句は、『古今集』の物名歌、「秋ちかうのはなりにけり白露のおけるくさばも色かはりゆく」（四四〇・友則・きちかうの花）によるとみられる。当該歌も物名歌であるが、他にも、「わがそのへいざかへりなむあさがほのひとはなさくらのはなりにけり」（宇多院歌合・九・興風・桜花）、「はるきてはきのふばかりをあさみどりなべてけさこくのはなりにけり」（同・一九・貫之・石解花）に、同一句をもつ物名歌を見出す。なお、本百首18番歌にも見える。
伊吹山は、艾の産地として知られ、「かくとだにえやはいぶきのさしもぐささしもしらじなもゆるおもひを」（実方集・一二一・人にはじめてきこえける）をはじめとして、「さしも草」とともに詠まれることが多い。これ以外の詠み方は、「春きぬといまはいぶきの山べにもまだしかりけりうぐひすの声」（古今六帖・第二・八八八・山）、「なつきぬといぶきのやまのほととぎすそやなくなりあさなあさなに」（千穎集・一九・夏十二首）などに見られるが、用例数としては少ない。なお、「名にたかきこしのしら山ゆきなれていぶきのたけをなにとこそみね」（紫式部集・八一・水うみにて、いぶきの山のゆきい

としろく見ゆるを）は、琵琶湖から伊吹山を望んで詠んでいる。

86

ひのえ

天雲《あまくも》や空《そら》にたゆたひ渡《わた》るらむ照《て》る日《ひ》のえしもさやけからぬは（四五三）

【校異】○集付ナシ―新續（書）○あまくも―あふくも（天・冷）○□ゆたひ―たゆたひ（承・書）たなひき（天・冷）○わたるらん―わたるらむ（冷）○□し□―えしも（承・書・天・冷）

【通釈】ひのえ

天の雲が空に漂い移動しているのであろうか。照る日がどうしてもはっきりと明るくないのは。

【語釈】○ひのえ　火の兄、丙。十干の第三。第四句に隠す。○天雲　天の雲。空に浮かぶ雲。○たゆたひわたるらん　「たゆたふ」は揺れ動く、漂う。「わたる」は動き移る、通過する。○えしもさやけからぬは　「え」は打消の語を伴って、「どうしても……ない」の意。「し」「も」は強意。「えしも」という表現は、「ひのえ」を詠み込む当該歌のほか、「つちのえ」（88）「かのえ」（90）にも用いられている。「さやけし」は、はっきりと明るいさま。

【別出】『新続古今和歌集』巻第十九、雑歌下、物名、二〇五六番

ひのえ　　曾禰好忠

あま雲や空にたゆたひわたるらむてる日のえしもさやけからぬは

【考察】「ひのえ」を第四句に詠み込む。空に浮かんで漂い動いている雲のせいか、照る日の光がはっきりと射してこない、という歌である。「うらぶれてものなおもひそ天雲のたゆたふ心わがおもはなくに」（万葉集・巻十一・二八一六・二八二七）の表現を軸に、下句は、『注解』の引く「おく山のいはかきもみぢちりぬべしてる日のひかり見る時なくて」（古今集・

秋下・二八二・関雄・みやづかへひさしうつかうまつらで山ざとにこもり侍りけるによめる）という、「照る日」を見ないという発想を取り入れて、一首をまとめたのであろう。

なお、『注解』は、右の古今集歌のように、当該歌でも「照る日」が、「『天子の恩恵』を比喩しているか」とし、「何らかの寓意を読み取った方が理解しやすいであろう。『照る日』を『恩恵』の意ととれば、自身の不遇を表現している歌と解せる」と指摘する。

「天雲」「たゆたふ」という語の組み合わせは、前掲『万葉集』二八一六番歌のほか、「天雲のたゆたひやすき心あらばわをなたのめそ待たば苦しも」（巻十二・三〇三一・三〇四五）、「天雲のたゆたひ来れば九月の黄葉の山もうつろひにけり」（巻十五・三七一六・三七三八）といった例がある。いずれも、「天雲の」が「たゆたふ」に付く枕詞として使用された例ではあるが、当該歌はこうした表現を承けたものであろう。とくに二八一六番歌は、『古今六帖』に、第三句以下が同じ形で、二箇所（第一・五三二・くも、第五・二六九四・よるひとりをり）にわたって異伝歌が収載されている。「天雲のたゆたふ」という表現は、平安時代にも一定の享受がなされたのであろう。ただし、「たゆたふ心」を詠んだ万葉歌に対して、当該歌はその表現を自然詠に転じて使用している。

平安時代の「天雲」の例には、「あま雲のよそにも人のなりゆくかさすがにめには見ゆるものから」（古今集・恋五・七八四・業平朝臣きのありつねがむすめにすみけるを、うらむることありてしばしのあひだひるはきてゆふさりはかへりのみしければよみてつかはしける）、「あまぐものはるるよもなくふる物は袖のみぬるる涙なりけり」（後撰集・恋四・八一四・思ふ事侍りて、をとこのもとにつかはしける）という歌が見出される。

また、「足引の山べをみれば白雲の立ちゐたゆたひ物をこそ思へ」（兼輔集・一二二・山ざとにて）は、「白雲」が「たゆたふ」と詠んだ例である。あれこれ迷う意味を掛けており、当該歌同様、『万葉集』の表現の影響下にある歌といえよう。

「さやけし」の用例は、音や月光について詠んだ例はあるものの、「日の光」を詠んだ例は見出しにくい。『後撰集』には、月光を詠んだ、「てる月の秋しもことにさやけきはちるもみぢばをよるもみよとか」（秋下・四二八）、「秋の月ひかりさやけみもみぢばのおつる影さへ見えわたるかな」（秋下・四三四・貫之・延喜御時、秋歌めしありければたてまつりける）という二首の歌がある。当該歌では、「ひのえ」を詠み込むために、月光を「日の光」に転換したとも捉え得るであろう。「日の光」を詠んだ例としては、「いづれとも雲へだつれば月も日もさやけく人にみゆるものかは」（うつほ物語・国譲上・九一六・あて宮）、「かくばかりさやけく照れる夏の日にわが頂の雪ぞ消えせぬ」（栄花物語・巻十七・一九一・頭白き老法師）、「あかねさすあさひのさとのうらうらとひかりさやけき君がみよかな」（江帥集・三七三）がある。なお、『古今集』の友則歌、「久方のひかりのどけき春の日にしづ心なく花のちるらむ」（春下・八四・桜の花のちるをよめる）は、『古今六帖』では、第二句を「光さやけき」（第六・四〇三三・花、第六・四一九六・さくら）に作る。

「えしも」という表現は、「行末もしづかにみべき花なれどえしも見過ぎぬ桜なりけり」（貫之集・三一九）、「よはにふく風にわが身をかへたらば神もあはれとえしもしのばじ」（山田法師集・五・すみよしにさぶらひしに、よふけてかぜのおとあはれにきこえはべりて）、「いせの海になごりをたかみわぶるあまものおもふことはえしもまさらじ」（元真集・二六九）など、好忠の時代までにも用例が見られるが、勅撰集においては、『新古今集』を待たねばならない。

87

ひのと

数《かず》ならで思ふ思《おも》ひの年経《としふ》れどかひあるべくもあらずなりゆく（四五四）

【校異】 **○思ふおもひの**―思おもひの（書）おもふおもひの（天） **○としふれと**―としふとも（書・天・冷） **○あらすなりゆく**《はこそあらめ》―あらはこそあらめ（書）あらすなり行（冷）

【通釈】 ひのと

物の数でもなくて思う、その思いが、年は経つけれど、甲斐がありそうにもなくなってゆくことだ。

【語釈】 ○ひのと 火の弟、丁。十干の第四。第二句から第三句にかけて隠す。 ○数ならで思ふ思ひ 物の数でない状態で思う、その思い。物の数にも入らないような自分が思う、その思いや願いの意。「数ならぬわが身」(49)。「かずならぬ心」(55)。 ○かひあるべくもあらずなりゆく 「かひあるべくもあらず」は、やったり希望したりしただけの効果やしるしがありそうにない、の意。「かひなくて」(82)。

【別出】 なし

【考察】 第二句から第三句にかけて「ひのと」を詠み込む。物の数にも入らない自分が抱いた思いでも、長年思い続ければ叶うこともあろうに、年ばかりが経って、叶えられることもないままになってゆく。叶えられない思いが、栄達にせよ、恋の思いにせよ、だんだん絶望的になっていくのを嘆いた歌である。ただし、当該歌が参考にしたと思われる歌がことごとく恋歌である点から推せば、恋歌への読みを促す仕掛けがあるか。

初句「数ならで」は、「数ならぬ身」を変奏した形で、「我が身は物の数ではなくて」の意とみることができる。「数ならぬ身」の類例は、まず『万葉集』に「数にもあらぬ身」の形で、「しつたまき数にもあらぬ身にはあれど千年にもがと思ほゆるかも」(巻五・九〇三・九〇八)が見られる。その後、『古今集』に、「花がたみめならぶ人のあまたあればわすられぬらむかずならぬ身は」(恋五・七五四・読人不知)という「数ならぬ身」の例がある。また、『後撰集』には、「かずならぬみ山がくれの郭公人しれぬねをなきつつぞふる」(恋一・五四九・列樹・えがたかるべき女を思ひかけてつかはしける)、「かずならぬ身は山のはにあらねどもおほくの月をすぐしつるかな」(恋五・九六六・人を思ひかけていひわたり侍りけるを、まちどほにのみ侍りければ)、「かずならぬ身におくよひの白玉は光見えさす物にぞ有りける」(雑二・一一六九・武蔵)など、類例を含めると八首の歌が、恋部や雑部に見出される。このうち『後撰集』九六六番歌は、「おほくの月をすぐす」とあり、当該歌が参考にした可能性があろう。その他、元輔や順にも、「人の身のとしへけんにもおとらじを数ならぬ身のあるも有るかは」(元輔集・二三九・なかなかひとりあらましかばと、女のいひ侍りしかば)、「花をこそ人やをるとてとがめしか数ならぬ身は何にかはせん」(順集・二五五・又、北の返事)という歌があり、また、好忠自身も、本百首49番や〈毎月集〉

の「すみよしのならしのをかのたまつくりかずならぬ身はあきぞかなしき」（好忠集・二五二・九月）で詠んでいる。当時好まれた表現のようである。

ただし、当該歌のように「数ならで」という形の例は少なく、好忠よりやや後の時代まで見ても、「かずならであづさのそまにたちぬともすぎのもとをばいつかわすれむ」（斎宮女御集・四七）、「かずならでちひろのはまにひろひつつかひやあるとぞけふを待ちつる」（馬内侍集・八八・をとこ、かひおこすとて）、「世中にくるしき事はかずならでならぬこひする人にぞ有りける」（和泉式部集・三四八）の三例しか管見に入らない。

第二句「思ふ思ひ」は、続く第三句にわたって「ひのと」を詠み込む箇所である。「うちむれて心ざしつつ行く道のおもふおもひを神やしるらん」（貫之集・三二八・承平五年十二月内裏御屏風の歌、仰によりて奉る／女ども神の社にまうづ）、「人を見て思ふおもひもあるものをそらにこふるぞはかなかりける」（後撰集・恋二・六〇一・忠房・女のもとにはじめてつかはしける）のような表現を踏まえ、物名歌としてまとめたのであろう。とくに後者の忠房歌は、「思ふおもひ」という表現が第二句にあること、結句の「はかなかりける」が、当該歌の下句と意味が重なることから、着想のもとになった可能性があろう。

結句「あらずなりゆく」については、「たがために君をこふらんこひ佗びて我はわれにもあらず成りゆく」（順集・一八七・天徳四年内裏歌合のうた／恋）の例がある。類聚歌合には見出せないが、天徳四年内裏歌合における順の詠とある。当該歌は、この歌から結句を取り入れたのであろう。

なお、書陵部本では第三句「年経とも」、結句「あらばこそあらめ」という本文になっている。「年が経ったとしても」と仮定したうえで、「あるのだったらあってほしいが（まずないだろう）」と結ぶ。この本文では、思いが叶うことはないと、初めから諦めている意となる。

つちのえ

小山田《をやまだ》のひつちのえしも穂《ほ》に出《い》でぬは心ひとつに恋《こひ》しとぞ思《おも》ふ（四五五）

【校異】○つちのえ―つちのと《え》（書）○を《ひ》やまた《をか》の―ひやをかの（書）○ほにいてぬ《ネ》は―ほにいてねは（書・天）○心―こゝろ（天）○こひしとそをもふ―コヒシトソオモフ（承）恋しとそ思（書）

【通釈】つちのえ
山田の蘖《ひこばえ》がどうしても穂を出せないように、私が表に出せないのは、心の中だけで恋しいと思っているからだ。

【語釈】○つちのえ　土の兄、戊。十干の第五。第二句に隠す。○小山田　「山田」に同じ。山を切り開いて作った田。「小《を》」は接頭辞。語調を整える。○ひつち　稲を刈り取った後の株から生じる蘖。ここではつまらない自分自身のことをいう。○えしも穂に出でぬは　「え」は打消の語を伴って「……することができない」の意。「し」「も」は強意。「ひのえ」（86）・「かのえ」（90）にも。「穂に出づ」は、稲などの植物が穂を出すことをいう。また、人目につくことから、恋の気持ちを表に出すことを喩える。73番にも。ここでは、「ひつちが穂を出せない」意に、「自分の思いを表に出せない」意を掛ける。○心ひとつに　自分の心の中だけで。人知れず。ひそかに。「数ならぬ心ひとつになぐさむとも」（序）。

【別出】なし

【考察】第二句に「つちのえ」を詠み込む。蘖のように取るに足りない自分なので、蘖が穂を出さないのと同じく、自分も思いを表に出せず、じっと自分の心の中だけで恋しいと思うのだと、苦しい恋心を詠んだ歌である。

この発想は、「いそのかみふるのわさだの穂には出でず心のうちに恋ふるこのころ」（万葉集・巻九・一七六八・一七七二）から得たものであろう。また、第二句「ひつち」の古い例としては、「かれる田におふるひつちのほにいでぬは世を今更に秋はてぬとか」（古今集・秋下・三〇八）がある。この歌の第二句末に「えしも」を挿入すれば、当該歌の「ひつちのえしもほにいでぬは」の形となり、物名歌の要件を満たすことができる。当該歌は、これら二首を踏まえたのであろう。

「小山田」は、『万葉集』から歌に詠まれ、「小山田の池の堤にさす柳なりもならずもなとふたりはも」（巻十四・三四九二・三五一二）といった例がある。勅撰集における初出は『後撰集』で、「を山田のなはしろ水はたえぬとも心の池のいひははなたじ」（恋三・七九一・読人不知・物いひ侍りけるをとこいひわづらひて、いかがはせむいなともいひはなちてよといひ侍りければ）をはじめとして三首を数える。

また、「ひつち」は、稲を刈り取った後に生え、役に立たないものである。穂が出るまでには生長しにくく、実ることはない。そのため、「あきはてて人もてふれぬひつちほのわが心もておひいづるなり」（古今六帖・第二・一一二一・ふゆ）、「心もておふる山田のひつちほは君まもらねどかる人もなし」（後撰集・秋上・二六九・返し）など、つまらぬ我が身の上を投影して詠むことがあり、当該歌も同様の表現とみられる。その他、恵慶も、百首歌中の「つちのと」の物名歌において、「かどたわせ昨日かりそむと思ひしをひつちのとくもおひにけるかな」（恵慶集・二九二）と詠み、また、好忠自身も、〈毎月集〉に、「わがやどのかどたのわせのひつちほを見るにつけてぞおやは恋しき」（好忠集・二〇一・七月中）という歌を残している。「をやま田のかりほのいねのひつちばらながくもあらぬよをなげくかな」（高遠集・三六〇・月次／九月）など、好忠とほぼ同時代に用例が集中しているが、「ひつち」は中世和歌へ受け継がれ、『永久百首』においては、「稂田」題で取り上げられている。

「心ひとつに」は、ここでは、考えや感情を言葉や表情に出さずに、自分の心中だけに留めて、の意であろう。例としては、「いへばえにいはねば胸にさわがれて心ひとつに歎くころかな」（伊勢物語・第三十四段・六八・男）、「つらけれど人にはいはずいはみがた怨ぞふかき心ひとつに」（拾遺集・恋五・九八〇・読人不知・題不知）などがある。

89

つちのと

人をのみ夜《よる》は待乳《まつち》の常磐《ときは》山峰《やまみね》の葛葉《くずは》のうらみてぞふる（四五六）

【校異】○よるは―よには（書・天）○ときはやま―トキハ山（承）○くすはの―くさはの（書）

【通釈】つちのと

あの人をだけ、夜は待つ、その時は、待乳の常緑の山、その峰に生える葛の葉の裏を見るのではないが、恨んで時を過ごすことよ。

【語釈】○つちのと　土の弟、己。十干の第六。第二句から第三句にかけて隠す。○待乳の常磐山　「待乳山」は『万葉集』以来の歌枕。奈良県五條市と和歌山県橋本市の境にある山。ここでは「常磐（常緑）の待乳山」の意と考えられるが、「つちのと」を詠み込むために作り出された形であろう。「待乳」に「待つ」を掛ける。また、「常磐」に「時は」を掛ける。［別出］に挙げた『夫木抄』では「常磐山」が地名として扱われている。○峰の葛葉のうらみてぞふる　「峰の葛葉の」は、「裏見」と同音の「恨み」を導く序。「うらみ」は、「裏見」「恨み」を掛ける。

【別出】『夫木和歌抄』巻第二十、雑部二、ときはの山、山城又常陸、八二二〇番

家集　　　　好忠

人をのみよにはまつちのときは山峰のくず葉のうらみてぞふる

【考察】「つちのと」を第二句から第三句にかけて詠み込む。物名歌とするために、伝統的な歌枕である「待乳山」をもとに、「待乳の常磐山」という形を作ったものであろう。「待乳」「常磐」の両方を詠み込んだ歌は管見に入らないが、その物名を軸として、「待乳／待つ」、「常磐／時は」、「裏見／恨み」という三組の掛詞を用いた恋歌である。

初句の「人をのみ」の例として、「人をのみうらむるよりは心からこれいまざりしつみとおもはん」（後撰集・恋五・九三

四・読人不知・をとこの心かはるけしきなりければ、ただなりける時、このをとこの心ざせりける扇にかきつけて侍りける）がある。当該歌はこれも踏まえたのであろう。

「まつち山」は「亦打山」「真土山」などとも表記され、『万葉集』にまとまった数の例がある。そのうち、「いであが駒早くゆきこせ亦打山待つらむ妹をゆきてはや見む」（万葉集・巻十二・三一五四・三一六八）は、催馬楽「我が駒」にもあり、『古今六帖』（第五・二九八七・いへとじをおもふ）にも採られた。その他、好忠と同時代の例としては、「いつしかとまつちの山の桜花まちてもよそにきくがかなしさ」（後撰集・雑四・一二五五・読人不知・とほきくにに侍りける人を、京にのぼりたりとききてあひまつに、まうできながらとはざりければ）や、「かくばかりまつちの山のほととぎす心しらでやよそになくらん」（村上天皇御集・一三四、斎宮女御集・九九）などの例がある。このように「待つ」を掛けて詠まれるのが一般的であり、当該歌も掛詞の類型を踏まえている。

また、「常磐」と「時は」との掛詞には、「思ひいづるときはの山の郭公唐紅のふりいでてぞなく」（古今集・夏・一四八・読人不知・題不知）といった例がある。

当該歌は、このような掛詞の定型をもとにして、「（人を）待つ時は」の意を「待乳の常磐山」という形に重ね、「つちのと」を隠す仕掛けを作ったのであろう。文字制約による語の連鎖の中でこうした表現技巧を実現させたのである。

このように、物名のために作り出した形を用いるのは、本百首を承けて詠まれた〈順百首〉の「つちのと」題の歌にも見られる。「かぜふけばゆるぎのもりの一つまつまつちのとりのとぐらなりけり」（好忠集・五七〇）は、さらに「待乳山」から離れて、そこから連想される「待乳の鳥」すなわち「乳を待つ鳥」の意味で用いている。このように、既存の歌枕の語を使うにしても、物名を詠み込むという制約下で、今までの枠組みとは異なる詠み方をしていたことがうかがえる。

なお、『注解』は「峰」の葛を詠むのは比較的珍しいと指摘し、「風はやみ峯のくずはのともすればあやかりやすき人のこころか」（拾遺集・雑恋・一二五一・読人不知・題不知）を引く。この歌は結句を「君がこころか」として、『古今六帖』三八八三番（くず）にも載る。当該歌では、第三句に「常磐山」を置いたため、「山」からの連想で「峰」の語を選択したのであろう。「秋風のふきにし日よりおとは山峰のこずゑも色づきにけり」（古今集・秋下・二五六・貫之・いしやまにまうでける時、おとは山のもみぢを見てよめる）といった歌がその例になろう。
また、葛の葉について「裏見」「恨み」を掛ける古い例としては、「秋風の吹きうらがへすくずのはのうらみても猶うらめしきかな」（古今集・恋五・八二三・定文）がある。当該歌の下句はこの歌を踏まえていよう。「葛葉」という語は当該歌が古いが、やや後とみられる例に「おはらきのもりのくずはもふくかぜにもみぢもあへずちりやしぬらん」（内裏歌合寛和元年・三・為理）がある。

かのえ

いく世《よ》しもあらじと思ふ世《よ》の中《なか》のえしも心にかなはぬぞ憂《う》き（四五七）

【校異】○思ふ―思（書）おもふ（天）○よのなかの―世中の（書）○心に―こゝろに（天）○かなはぬそうき―かなえ《は》《ヒ》ぬそうき（書）

【通釈】かのえ
それほど長くは生きられまいと思う、この一生が、自分の願いどおりにならないのはつらいことよ。

【語釈】○かのえ　金の兄、庚。十干の第七。第三句から第四句にかけて隠す。○いく世しもあらじ　どれほどの年月も生きられまい。「いく世」は長い年月のこと。「し」「も」は強意。○世の中　いま生きているこの一生。わが人生。○えしも心にかなはぬ　「えしも」は、打消の語を伴って「……することができない」の意を表す。「し」「も」は強意。86番・88番にも。「心にかなふ」は、自分の願いどおりになる意。76番にも。「ぬ」は打消。

【別出】なし

【考察】「かのえ」を第三句から第四句にかけて詠み込む。さほど長くもない人生なのに自分の願いどおりにならないことを嘆く歌である。

初句から第二句にかけての表現のもととなったのは、『和歌大系』『注解』の引く「いく世しもあらじわが身をなぞもかくあまのかるもに思ひみだるる」（古今集・雑下・九三四・読人不知・題不知）である。当該歌はまず、「よのなかのえしも……」という形で物名を詠み込むことを発想し、それを右の古今集歌の表現に続けて、一首にまとめたのであろう。

「いくよしもあらじ」という表現については、これ以降、「いくよしもあらじものからわかたけのおひそはりけん春さへぞうき」（朝忠集・二九）、「……いくよしも　あらじいのちを　はかなくも……」（平中物語・第三段・二一・男）、「いくよしもあらじさくらをゆく春の中中なににのこしおきけむ」（道命阿闍梨集・二二四・四月にさくらのさけるをみて）といった例がある。

「いく世」の例に限ると、「我見てもひさしく成りぬ住の江の岸の姫松いくよへぬらむ」（古今集・雑上・九〇五・読人不知・題不知）や、「あれにけりあはれいくよのやどなれやすみけむ人のおとづれもせぬ」（同・雑下・九八四・読人不知・題不知）などがある。いずれも、長い時間の経過を表現しているが、一方で、先に挙げた『古今集』九三四番歌や、それを承けた当該歌では、自分の人生がそう長くはないことをいい、にもかかわらず生じる煩悶や辛さを詠むことが共通する。

「心にかなふ」という表現は、「いのちだに心にかなふ物ならばなにか別のかなしからまし」（古今集・離別・三八七・しろめ・源のさねがつくしへゆあみむとてまかりけるに、山ざきにてわかれをしみける所にてよめる）や、「かぎりなきこころにかなふ身ならねばこをもいかがはうらみざるべき」（延喜御集・三三）、「いづみがはこころにかなふいのちあらばなどかちとせもわたらざるべき」（元良親王集・一四〇・おなじ院にて、いづみがはといふことをよませたまひける人人、千とせおはしませといはひきこえければ、みやの御）、「こころにもいのちかなはぬみなりけりかくてもいけるわがみとおもへば」（元真集・二三八）といった例がある。いずれも、当該歌と同様、「願いどおりにならない」という思いがうかがえる。

さらに、「うくもよにおもふこころにかなはぬかたれもちとせのまつならなくに」（古今六帖・第四・二〇九六・うらみ）

は、千年生きる松とは違って命の短い人生は、思いどおりにならなくてつらいという。当該歌の内容とよく合致する。また、「かかるよにひさしくへしとおもひしをめだにこころにかなはぬぞうき」（書陵部本中務集・二九二・ためもとしぼちのもとへ、十二首）は、当該歌と第四句末以下が一致する。中務晩年の詠であるというが、当該歌との影響関係が想定される。
ところで、当該歌のように「えしも」を使って物名を詠み込んだ歌は、ここまで「ひのえ」（86）、「つちのえ」（88）、さらに当該歌と、あわせて三首ある。複数の歌で同一の語を使用して物名を詠むことには単調のきらいがあるが、百首歌の先駆者としての苦心もうかがえよう。なお、本百首を承けた〈順百首〉では、「わがこひのえらばぬ」（好忠集・五六七）、「思ひたつ乳のえ」（同・五六九）、「花の香のえだに」（同・五七一）としており、「えしも」以外の詠み込み方を模索していることがわかる。

91

かのと

人妻《づま》とわがのとふたつ思《おも》ふにはなれにし袖《そで》ぞあはれなりける（四五八）

【校異】○**人つまと**―ひとつまは《と》（書）○**わかのとふたつ**―わかのとひ《（ふイ）》たつ（書）○**なれにしそてそ**―なれにし袖そ（書）なれこしそては（天）○**なりける**―まされり（天）

【通釈】かのと
人の妻と自分の妻と、両方のことを思うにつけては、馴れ親しみ、身体になじんだ（自分の妻の）袖の方を恋しく思うよ。

【語釈】○**かのと** 金の弟、辛。十干の第八。第二句に隠す。○**人妻** 他人の妻。また、「ひとづま」に「ひとつ」を重ねる。「ふたつ」との対。○**わがのと**　「わがの」は、自分の妻。「かのと」を隠すため、ややこなれない表現になっている。
○**なれにし袖**　馴れ親しむ意の「馴れ」に、着慣れて身体になじむ意の「萎れ」を掛ける。「つま（妻／褄）」「なれ（馴れ／萎れ）」「袖」は縁語。

【別出】　なし

【考察】　「かのと」を第二句「わがのと」に詠み込む。ここを軸にして、自分の妻と、『万葉集』以来よく詠まれた「人妻」とを比較して思うという着想を得たのであろう。ただし、『万葉集』では苦しい思いを詠むが、当該歌では悩みが感じられず、長年なじんだ自分の妻のほうがしみじみといとしさがまさると詠む。

人妻は、「人づまに心あやなくかけはしのあやふき道はこひにぞ有りける」（後撰集・恋二・六八八・読人不知・人の家より物見にいづるくるまを見て、心づきにおぼえ侍りければ、たそとたづねとひければ、いでける家のあるじときてつかはしける）という歌からも知られるように、恋の相手としては危ういという認識があったようである。当該歌ではそうした危うい浮気心を匂わせながらも、長年連れ添った妻への思いを肯定的に捉えている。

ただし、人妻に恋するという歌は『万葉集』に、「紫のにほへる妹を憎くあらば人妻故に我恋ひめやも」（巻一・二一）、「榊にも手は触るといふをうつたへに人妻といへば触れぬものかも」（巻四・五一七・五二〇）、「あからひく色ぐはし児をしば見れば人妻故に我恋ひぬべし」（巻十・一九九九・二〇〇三）、「もみち葉の過ぎかてぬ児を人妻と見つつやあらむ恋しきものを」（巻十・二二九七・二三〇一）といった歌があり、これらは『古今六帖』にも収められている。また、『和歌大系』も指摘するように、『古今六帖』第五帖「雑思」の項の中には、「人づま」題（第五・二九七八〜二九八四）が設定されている。当該歌は、このような例を背景として詠まれたのであろう。

「なれにし袖」は着古し、着なれた袖の意であるが、ここでは掛詞「なれ（萎れ／馴れ）」を介して、長年連れ添った自分の妻を想起させる。このような例には、『注解』が引く「吾が命し衰へぬればしろたへの袖のなれにし君をしぞ思ふ」（万葉集・巻十二・二九五二・二九六四）、「唐衣きつつなれにしつましあればはるばるきぬるたびをしぞ思ふ」（古今集・羇旅・

四一〇・業平）のほか、「きてなれしころものそでもかわかぬにわかれしあきになりにけるかな」（義孝集・七八）がある。とくに、右の万葉集歌は、当該歌下句の着想のもととなったか。

92

みづのえ

行く水《みづ》のえ《□》にだにあらぬ富士川《ふじがは》の流《なが》れて人にすまざらめやは（四五九）

【校異】○□にたに—えにたに（承・書・天）　○あらぬ—あらは（天）　○人—ひと（天）　○すまさらめやは《そイ》—スマサシメヤハ《ツ》（承）すまさらめやそ（書）すまさらめやは（天）

【通釈】みづのえ

流れ行く水の江でさえもない富士川が、流れて行くと澄むこともあるように、縁さえもないあの人とも、時が流れて行くと、一緒に住まないことがあろうか。いや、きっと住む。

【語釈】○みづのえ　水の兄、壬。十干の第九。初句・第二句に隠す。○えに　「江に」と「縁《えに》」とを掛ける。「江」は、緩やかな流れの川をいう。○富士川　駿河国の富士山麓から駿河湾に流れる川。流れが速く、平安期においては、濁った川として詠まれる（［考察］参照）。○流れて　川が流れる意に、時が流れる意を掛ける。○人にすまざらめやは　「人に住む」は、女性のもとに男性が通い、夫婦となる意。「人」は女性を指す。「住む」は、「（水の流れが）澄む」との掛詞。「すまざらめやは」の「やは」は反語。住まない（澄まない）ことがあろうか、きっと住む（澄む）の意。富士川の流れは、一般に澄まないものとして詠まれるが、流れて行けば澄むと発想した。

【別出】『夫木和歌抄』巻第二十四、雑部六、ふじ川、するが、一一一五五番

同（家集）　　好忠

行く水のえにだにあらばふじがはのながれて人にすまざらめやは

【考察】富士川の濁った流れも、やがては澄むという着想をもとに、「江に／縁」「流れて」「澄む／住む」を介して、今は縁がなくても、いずれ契りを結ぶこともあろうという男女の仲を重ねた歌である。

「行く水」は、「一瀬には千たび障らひ行く水の後にも逢はむ今にあらずとも」（万葉集・巻四・六九九・七〇二・大伴宿祢像見が歌三首）、「吉野河いは浪たかく行く水のはやくぞ人を思ひそめてし」（古今集・恋一・四七一・貫之・題不知）、「吉野河いはきりとほし行く水のおとにはたてじこひはしぬとも」（同・恋一・四九二・読人不知・題不知）という用例からも知られるように、速く激しい急流をいうことが多い。

当該歌の「富士川」も、『万葉集』に、「……富士川と　人の渡るも　その山の　水の激ちそ……」（巻三・三一九・三二二・富士の山を詠む歌）とあるように、流れが激しい川として詠まれた。そして、澄んだ流れではなく、濁ったさまであることは、「あはむとはおもひわたれどふじかはのすまずはつひにかげもみえじを」（左兵衛佐定文歌合・二〇・躬恒）、「峰はもえふもとはにごるふじ河の我も憂世を住みぞわづらふ」（深養父集・六四）、「ふじがはのよにすむべくもおもほえずこひしき人のかげもみえねば」（古今六帖・第三・一五四二・かは）のほか、好忠の「わたらむとおもひきざしてふじがはのいまにすまぬはなにのこころぞ」（好忠集・つらね歌・四七四）という歌からもうかがえる。流れが急であったために濁った流れになったと考え得るが、前掲深養父集歌の「峰はもえふもとはにごる」という表現から推すと、平安当時、富士山が噴火していたことによる火山灰の影響もあったであろうか。

「江《え》に」と「縁《えに》」とを掛ける用例は、『伊勢物語』第六十九段の短連歌「かち人の渡れど濡れぬえにしあれば／又あふ坂の関はこえなむ」（一二八・女／男）に見出せる。また、「流れ」に川の流れと時の流れを掛ける例は、「昨日といひけふとくらしてあすかがは流れてはやき月日なりけり」（古今集・冬・三四一・列樹・年のはてによめる）などがある。さらに、「澄む」と「住む」との掛詞は、「ながれてもきみすむべしと水のうへにうきよかはともたれかとふべき」（多武峰少将物語・

四・女君）ほかに見られる。
「……ざらめやは」という表現は、『万葉集』にはないが、勅撰集においては『古今集』から見られる。「たねしあればいはにも松はおひにけり恋をしこひばあはざらめやは」（古今集・恋一・五一二）、「さと人の事は夏ののしげくともかれ行くきみにあはざらめやは」（同・恋四・七〇四）といった例である。
なお、［別出］に示した『夫木抄』の本文は、第二句が「えにだにあらば」になっているが、〈好忠百首〉諸本のうち、天理本と一致する。

93

みづのと

近江《あふみ》なる三津《みつ》の泊《とまり》をうち過《す》ぎて船出《ふなで》て往《い》なむ□ことをしぞ思ふ（四六〇）

【校異】○**みつのとまりを**―みつのとわたる（書）○**ふなてゝ《し》**―ふなてし（書）ふなてゝ（天）○**いなん**―いなむ（書）○**□とをしそ《ヨヲウラミツヽイ》思ふ**―コトヲシソ《ヨヲウラミツヽ》オモフ（承）よをうらみつゝ（書）ことをしそおもふ（天）

【通釈】みづのと
近江にある三津の泊を通り過ぎて、船を進めて去って行くことを思うよ。

【語釈】○**みづのと**　水の弟、癸。十干の第十。第二句に隠す。○**近江なる三津の泊**　滋賀県大津市坂本にあった琵琶湖岸の船着き場。「近江」に「逢ふ身」、「三津」に「見つ」を掛け、「泊」に、船着き場の意と、最後まで連れ添う女性、終生を託する女性の意を重ねることで、恋歌の要素を盛り込む。○**ことをしぞ思ふ**　「し」「ぞ」は強意。ここでは、残念な思いを強調する（［考察］参照）。

【別出】『夫木和歌抄』巻第二十五、雑部七、みつのとまり　摂津、一一九九四番

家集

あふみなるみつのとまりをうちすぎてふなでていなんことをしぞおもふ　好忠

【考察】　三津の泊に止まることなく船を進めて去って行く心残りを詠んだ歌であろう。［語釈］で触れたように、「近江」「三津」「泊」には、恋しい女性の姿が揺曳する。結句の本文は、書陵部本および底本・承空本の傍書では「よをうらみつつ」であるが、これによれば、「浦見」と「恨み」の掛詞が加わることになり、底本本文では明示されていない感情が、より具体的に表現されることになる。

当該歌は、「大伴の三津の泊に舟泊てて龍田の山をいつか越え行かむ」（万葉集・巻十五・三七二二・三七四四）をもとに、「船泊てて」という第三句の内容を、逆に「うち過ぎて」とずらして作歌したとみられる。

ただし、この万葉歌にいう「三津の泊」は、摂津国の難波（住吉）の港を指し、用例としては、当該歌の「近江」の「三津の泊」よりも圧倒的に多い。当該歌でことさら近江国であることを明示するのは、「近江」に「逢ふ身」を掛けるためであろう（［語釈］参照）。当該歌を「みづのと」の物名歌として詠む場合、「三津の泊」の部分に詠み込めばよく、それが摂津国の歌枕であっても一向に支障はない。それを、初句で近江国の地名と定めて作歌したところに、好忠の工夫がある。

なお、当該歌が後世、『夫木抄』に採歌される際に、摂津国の歌枕として分類されているところから推しても、近江の「三津の泊」は、歌枕として定着しなかったと考えられる。数少ない近江の三津の例、「あふみがた磯のはま松おる波に舟でやすらむみつのうら人」（永久百首・五二〇・顕仲・水海）も、『夫木抄』一一六四七番では、「近江又摂津」とされている。「あふみがた」と明記されているがゆえに、一般的な摂津の歌枕として説明できず、このように分類したのであろう。

「ことをしぞ思ふ」という表現は、『万葉集』に、「死なむ命ここは思はずただしくも妹に逢はざることをしそ思ふ」（巻十二・二九二〇・二九三二）とあり、平安期においても、「たちさわぐなみの中にはしづめどもなのながれぬることをしぞおもふ」（九条右大臣集・二九）、「ほととぎすはつねを松がさきにきてきかでかへらむことをしぞおもふ」（能宣集・四二五）などの私家集に見える。また好忠にも、当該歌の他に、「うづみ火のしたにうき身をなげきつつはかなくきえむことをしぞ思ふ」（好忠集・毎月集・三四五・十二月のはじめ）という作が存する。いずれも「こと」が承ける内容に対する後悔や心残りなどの強い思いを表す。

なお、『注解』が指摘するように、「山しろのとばのわたりをうちすぎていなばのかぜにおもひこそやれ」（重之集・百首・秋廿・二八〇）は、当該歌を念頭に置いて詠んだものであろう。

94

一日《ひ》めぐり

定《さだ》めなく一日《ひ》めぐりにめぐるてふ神の社《やしろ》はいづくなるらむ（四六一）

【校異】 **○歌順**　94番と95番が逆（書）**○（題）一ひめくり**―一日めくり（書・天）一夜《ひ》めくり（冷）**○（歌）一ひめくり**―ひとひめくり（書）ひと日めくり（天）ひと夜《ひ》めくり（冷）**○めくるてふ**―め。《く》るてふ（天）**○神のやしろは**―神のやしろや（書・冷）かみのやしろや（天）**○いつく**―いつこ（書・天・冷）**○なるらん**―なるらむ（冷）

【通釈】　一日めぐり

居所を決めることなく、一日ごとに遊行の方角を巡っていくという太白神《たいはくじん》の社は、どこにあるのだろうか。

【語釈】 **○一日めぐり**　陰陽道における方角神の一つ、太白神のこと。八日で四方四隅の八方を一巡し、あと二日は天に上るとされる。日ごとに遊行の方角を変えることからいう。その方角に向かう外出などを凶とする。和歌本文では、「一日めぐりにめぐるてふ神」と表現される。同様の方角神に天一神（中神）があるが、『河海抄』（巻二・箒木）によれば、天一神は同じ方角に五日ないし六日とどまるという。この点において、太白神と区別すべきであろう。

【別出】　なし

【考察】　当該歌は、神ならば社があるはずだという前提から、毎日居所を変える太白神の社はいったいどこなのかと訝しんだ歌である。

本百首は84番以降、物名歌が続くが、当該歌だけは、題を詠み込んではいるものの、物名歌になり果せていない。すなわち、［語釈］で述べたように、「一日めぐりにめぐるてふ神」とは太白神であり、「一日めぐり」が神の名ではなく「一日ごとに巡っていく」意で用いられているとはいえ、それはそのまま、太白神を「一日めぐり」と呼ぶ名称の由来である。物名歌ならば全く別の文脈を構成せねばならず、その点で当該歌は工夫に乏しいと言えるであろう。けれども、「一日めぐり」が、次の95番「一夜めぐり」よりも物名歌として詠みにくかったかもしれない（95番［考察］参照）とはいえ、好忠が当該歌だけを物名歌に仕立てることができなかったとも考えにくい。もしここで、一日ごとに巡っていく太白神をそのまま取り上げた意図を推測するならば、これ以降の歌が、順に方角を巡っていく構成になっていることを予告する、見出しあるいは序文のような役割を当該歌に担わせるためであったかもしれない。以下の、東から始まり艮で終わる歌群構成は、太白神の遊行順に重なってくるのである。

なお、書陵部本は、この94番「一日めぐり」と95番「一夜めぐり」の歌順が逆になっている。もし、94番「一日めぐり」が、以下の歌群の見出しとして位置づけられるとするならば、やはり、「一日めぐり」「一夜めぐり」の順が妥当であろう。また、冷泉家本は、94番歌の題および和歌を「一夜めぐり」と書いた後、見せ消ちにして傍書で「一日めぐり」に訂正している。この点については、95番［考察］を参照されたい。

神と社との関係について詠んだ好忠の歌は、他にも、『注解』が指摘するように、「なに事もゆきていのらむと思ひしをやしろは有りて神な月かな」（好忠集・毎月集・二七九・十月）という例がある。

「定めなし」という語は、『後撰集』が勅撰集における初出である。「定なくあだにちりぬる花よりはときはの松の色をやは見ぬ」（後撰集・恋一・五九六・信明・まからずなりにける女の、人に名たちければつかはしける）、「君が世はつるのこほりにあえてきね定なきよのうたがひもなく」（同・離別・一三四四・伊勢・かひへまかりける人につかはしける）という用例が見出される。恋歌における相手の心変わりや、人生の無常について詠む場合が多い。

また、「神の社」は、「千はやぶる神のやしろを尋ねつつけふのためてふ祈りをぞする」（兼盛集・一二二・大将の家にむすめのもきたるに）と詠まれるように、祈願のために詣でるのが常である。だが、太白神は遊行する神であって社を持たず、また、人はその遊行の方角を避けなければならない。

当該歌のように、太白神を和歌に詠むこと自体、珍しいことであるが、「定めなし」という、変わりゆく人の世について用いられやすい語を神の遊行のさまに用い、また、神ならば社があるはずだという前提から、「一日めぐりの神」の社の所在を不審とする当該歌からは、いささかとぼけた感じが読み取れよう。

なお、「一日めぐり」を詠んだ、〈順百首〉〈恵慶百首〉の歌は、それぞれ、「我が一日めぐりめぐりをせしほどにしらぎまひする年は来にけり」（好忠集・順百首・五七五）、「わかれても猶わすられでかつしのびとひめぐりこよそらのうき雲」（恵慶集・百首・二九七）である。いずれも物名歌として詠まれている。

95

一夜《よ》めぐり

見し人よめぐりだに来《こ》ばあり経《へ》ても野《の》中の清《し》水むすぶとや見《み》む（四六二）

【校異】○歌順　94番と95番が逆（書）　○（題）一よめくり―一夜めくり（書）ひとよめくり（天）またひと夜めくり（冷）　○見し人―みし人（承・天）□し人（冷）　○の中のし水―ノ中ノシミツ（承）のなかのしみつ（書・天）　○むすふとや《ヘ》みん《ヲモハ》―ムスフトヤミム《オモハン》（承）むすふと思はむ（書）むすふとやみん（天）むすふとや見む（冷）

【通釈】　一夜めぐり

かつて契りを結んだ人よ。巡り巡って来さえすれば、たとえ長い時が経っても、野中の清水を手で掬う――元の妻を思い出して来てくれた――と思おうか。

【語釈】　○一夜めぐり　「一日めぐり」に同じ（94番［語釈］参照）。初句から第二句にかけて隠す。○あり経ても　「あり経」は、ずっとある状態で時が経過する意。53番・76番・103番にも。ここでは、かつて契りを結んでから、男性の訪れもなく、長い時が経つことを指す。○野中の清水むすぶ　野中の清水を手のひらで掬う。かつての恋人である私（女性）のことを思い出すという寓意がある。「野中の清水」は、野原の中に湧く清水。播磨国印南野にあったと伝わる名水を指す。昔は冷たい水であったが、後にぬるくなったということから、かつての恋人との仲の喩えに用いる（［考察］参照）。

【別出】　なし

【考察】　あちらこちらの女性のもとに通っているかつての恋人が戻って来てくれた時には、受け入れてもよい、まだ思いはあるということを、野中の清水の古歌を踏まえて、女性の立場で詠んだ歌である。

恋歌における「見し人」は、「夕されば物思ひ増さる見し人の言問ふ姿面影にして」（万葉集・巻四・六〇二・六〇五）のように、かつて契りを結んだ人の意とみられるが、「まただざりし秋はきぬれどみし人の心はよそになりもゆくかな」（後撰集・恋四・八四一・中興女・心ざしおろかに見えける人につかはしける）などのように、現在は仲が絶えてしまったという状況を背景とすることもある。当該歌は、後者の例に数えられよう。

そのことは、「野中の清水」という表現から明確に読み取れる。『古今集』の「いにしへの野中のし水ぬるけれど本の心をしる人ぞくむ」（雑上・八八七・読人不知・題不知）に依拠するこの表現は、［語釈］で触れたとおり、過去の恋や恋人についていう。『後撰集』にも、「わがためはいとどあさくやなりぬらん野中のし水ふかさまされば」（恋三・七八四・読人不知・もとのめにかへりすむときさて、をとこのもとにつかはしける）、「いにしへの野中のし水見るからにさしぐむ物は涙なりけり」（恋四・八一三・読人不知・あひすみける人、心にもあらでわかれにけるが、年月をへてもあひ見むとかきて侍りけるふみを見いでてつかはしける）という二首の用例があり、好忠の時代には人口に膾炙した表現であったと推察される。だがその一方で、平安期の用例がそれほど多くないことには注意しておく必要があろう。

「一夜めぐり」を詠んだ歌には、本百首を承けて詠まれた〈順百首〉の「道の人よめぐりかへし冬をなほさてある者ぞ出で立ちもする」（好忠集・五七六）や、〈恵慶百首〉の「いでたてばうしろめたなきあだ人よめぐりにするゐてはなたずもがな」（恵慶集・二九八）といった物名歌のほか、「あふことのかたはさのみはふたがらむひとよめぐりのきみとみつれば」（元良親王集・一三〇・げんの命婦にかたふたがりたればとのたまへりければ、女）という歌がある。この歌は、『大和物語』にも、「あふことのかたはさのみぞふたがらむひとよめぐりの君となれれば」（第八段・一一・監の命婦）と載っているが、百首歌という場のみならず、日常詠において用例が見出され、さらに歌物語に組み込まれている点に注意される。当時の人々にとっては、ごく身近な神であったことがうかがえよう。と同時に、「きみこそはひとよめぐりのかみときけなにあふことのかたたがふらん」（金葉集二度本・恋下・四七九・読人不知・をとこのけふはかたたがへに物へまかるといはせてはべりければつかはしける）という歌も合わせて考えると、夜ごとに異なる女性のもとに通う多情な男性を、一夜ごとに居所を変えて巡っていく太白神に喩えるという表現類型が存することもわかる。

「……とや見む」という表現は、『万葉集』にはないが、勅撰集における初出は『古今集』で、「月影にわが身をかふる物ならばつれなき人もあはれとや見む」（恋二・六〇二・忠岑・題不知）ほかの例がある。

なお、94番［考察］で触れたように、冷泉家本は、この95番歌のみならず、94番歌も「一夜めぐり」として題および和歌を記した後、見せ消ちにして傍書で「一日めぐり」に訂正している。この時おそらく、95番歌の題にある「また」の二文字も見せ消ちにしたのだろう。そうすると、訂正がなされる前の冷泉家本の本文は、二首の「一夜めぐり」の歌が記された状態だったことになる。両歌をつなぐ位置にある接続詞「また」も、同じ題の歌が二首続くことを明示していよう。しかし、本百首の後半では、同じ題の歌が二首並ぶことはない。おそらくここも、同じ太白神を指す語ではあるが、「一日めぐり」

「一夜めぐり」という、昼と夜の対比意識を表した別の呼称を並べた可能性が高い。とすれば、冷泉家本はやはり、94番歌の「一日めぐり」を「一夜めぐり」と書き誤ったのであろう。そしてその原因のひとつには、「一夜めぐり」が、通い所の多い男性のイメージを太白神に重ねるという表現類型を獲得しているのに対し、「一日めぐり」が、まず和歌には詠まれないという点が挙げられる。「一日めぐり」という本文が、和歌表現としてより馴染みのある「一夜めぐり」に引かれたとみられよう。

96

ひむがし

古里《ふるさと》のうしろめたなさうちしのび昔《むかし》恋《こひ》しき音《ね》をも泣《な》くかな（四六三）

【校異】○**（題）ひんかし**―ひむかし（承・書）○**うしろめたなさ**―うしろめたなさ《サニ》（資）ウシロメタ□サ《サニ》（承）―うしろめたさに（書・天）○**こひしき**―恋しき（書）○**ねをも《入□ソナク》なくかな**―ネヲモ《ノミソナク》ナクカナ（承）ねをのみそなく（書）ねをもなくかな（天）

【通釈】ひむがし

かつてなじんだ場所が気がかりなことよ。人目をしのんで、昔の恋しさに、声を出して泣くことだなあ。

【語釈】○**ひむがし**　方角の東。第三句から第四句にかけて隠す。当該歌から最終歌までは、八方の方角の名を詠み込んだ物名歌。東から始まり北東で終わるのは、95番の題「一夜めぐり」の神が、毎月一・十一・二十一日には真東にいて、翌日から一日ごとに時計回りで巡り、八の日に北東に至ることに基づく。○**古里**　昔なじんだ土地。かつて親しんだ土地。79番にも。○**うしろめたなさ**　形容詞「うしろめたなし」の名詞化したもの。「うしろめたなし」は「うしろめたし」に同じ。

気がかりな気持ちを表わす。○**うちしのび**　「うち」は接頭辞。「しのぶ」は、人目をはばかる意。○**音をも泣くかな**　「音を泣く」は声を出して泣くこと。

【別出】　なし

【考察】　「ふるさとはみしごともあらずほととぎすなくねをきくぞむかしなりける」（書陵部本躬恒集・三七六）を踏まえつつ、下句は、「花すすきよぶこどりにもあらねどもむかしこひしきねをぞなきぬる」（伊勢集・三七〇・みかどの御）の下句によって詠まれた歌であろう。先の躬恒歌や「むかしべや今もこひしき郭公ふるさとにしもなきてきつらむ」（古今集・夏・一六三・忠岑）に詠まれるように、「古里」で鳴くのは郭公であるが、当該歌では、「古里」から離れた場所で、昔を思い泣くのである。

「うちしのび」という句には、「いはせやまたにのしたみづうちしのび人のみぬまはながれてぞふる」（伊勢集・一五〇・人の）、「うちしのびなくとせしかどきみこふるなみだはいろにいでにけるかな」（西宮左大臣集・五二）、「うちしのびなげきあかせばしののめのほがらかにだにゆめをみぬかな」（紫式部集・一〇八・人のおこせたる）など、人目を忍んで「泣く」「嘆く」意で用いられる例がある。当該歌も、忍び音に泣くさまを詠んでいるのであろう。

「うしろめたなさ」の和歌の例は、「かさぎよりもりしたま水てもたゆくいはひしそでのうしろめたなさ」（兼澄集・六二・ながたうがうへのきぬをかりて、あめゆゆしうふりしひきて、つとめてかへしたるに）を、かろうじて見出すのみである。「うしろめたなし」の例ならば、〈恵慶百首〉に、「ささがにのいやはねらるるはるの夜のうしろめたなき花を思ふに」（恵慶集・沓冠・二五七・春）、「いでたてばうしろめたなきあだ人よめぐりにすゑてはなたずもがな」（同・二九八・ひと夜めぐり）という二首があるが、やはり用例は稀少である。

97

たつみ

波《なみ》の立《た》つ三島《みしま》の浦《うら》のうつせ貝《がひ》むなしき殻《から》と我やなりなむ（四六四）

【校異】○**集付ナシ**―續後（書）○**みしまのうらの**―みしまのは《う》らの（書）○**うつせかひ**―うつせかい（天）○**むなしきからと**―むなしきからと《に》（書）○**我や**―われや（書・天）○**なりなん**―なりなむ（書）

【通釈】たつみ

波の立つ三島の浦にあるうつせ貝は、中身が空の貝殻であるように、わが身もはかない抜け殻になってしまうのだろうか。

【語釈】○**たつみ**　方角の名。南東。辰と巳の間。初句から第二句にかけて隠す。○**三島の浦**　淀川の下流、大阪府高槻市三島江と同じとみてよいか。存疑（［考察］参照）。○**うつせ貝**　中身が空になった貝。ここまでが「むなしき」を導く序詞。「波」「浦」「貝」「殻」は縁語。○**むなしき殻**　魂のない抜け殻。

【別出】『続後撰和歌集』巻第十八、雑歌下、一二二六番

題しらず　　好忠

なみのうつみしまの浦のうつせがひむなしきからにわれやなりなん

『万代和歌集』巻第十六、雑歌三、三二八五番

題しらず　　好忠

なみのうつみしまのうらのうつせがひむなしきからとわれやなりなむ

『歌枕名寄』巻第十五、摂津国三、三島、浦、四二一五番

続後十八　　曾禰好忠

波のうつみしまの浦のうつせ貝むなしきからにわれや成りけん

【考察】「三島の浦」は好忠以前の和歌には見られず、それ以降も未見である。「みしま江につのぐみわたるあしのねのひと夜ばかりにはるめきにけり」（好忠集・三）の「三島江」かとも思われるが、にわかに決しがたい。あるいは第二句七音の音数律にあてはめるために造り出したものか。「三島江」は、『万葉集』の、「三島江の玉江の菰をしめしよりおのがとそ思ふいまだ刈らねど」（巻七・一三四八・一三五二）、「三島江の入江の薦をかりにこそ我をば君は思ひたりけれ」（巻十一・二七六六・二七七六）という二首の歌に見える。また、平安期には、「みしまの芥川」として、「はつかにも君をみしまのあくたがはあくとやひとのおとづれもせぬ」（伊勢集・四〇三）、「月かげにわれをみしまのあくた川あくとや君がおとづれもせぬ」（古今六帖・第五・二八九〇・おどろかす）という、よく似た二首がある。

「うつせ貝」の用例は、まず『万葉集』に、「すみのえの浜に寄るといふうつせ貝実なきこともち我恋ひめやも」（巻十一・二七九七・二八〇七）という一首を見出す。好忠の時代の「むなし」が続く例は、「立ちよらむきしもしられずうつせがひむなしき床の浪のさわぎに」（兼輔集・一〇五・女をなくなして家にかへりて、かのすみしところをみて）、「いせのうみのなぎさによするうつせがひむなしたのみによせつくしつつ」（古今六帖・第三・一八九八・かひ）、「よしおもへあまのひろはぬうつせがひむなしきなをばたつべしや君」（大和物語・第八十五段・一一九・右近）などがある。

「むなしき殻」という語句は、恋歌に多く用いられる。「恋しきにわびてたましひ迷ひなばむなしきからのなにやのこらむ」（古今集・恋二・五七一・読人不知・寛平御時きさいの宮の歌合のうた）をはじめ、好忠以前では、「わすれなむのちしのべとぞうつせみのむなしきからをそでにとどむる」（素性集・三四）、「空蟬のむなしきからになるまでもわすれんと思ふ我ならなくに」（後撰集・恋五・八九六・深養父・女のうらみおこせて侍りければ、つかはしける）があり、ほとんど「空蟬の」を伴う。当該歌の「うつせ貝」は、「空蟬の」に代わり、縁語としても機能している。

従来の注釈書は、「『波の立つ』は恋の評判が立つ意を暗示するか」（和歌大系）、「恋の歌と解した場合、『波の立つ三島の浦』は障害が多く、厳しい状況に置かれている恋を暗示していると見ることができる」（注解）というように、恋歌としての読みの可能性を指摘する。だが、［別出］に列挙した『続後撰集』『万代集』では、恋部ではなく雑部に配されている点に注意したい。また、そこでは、物名歌としてではなく「題しらず」とされ、初句も「波の立つ」ではなく「波の打つ」である。本文が「打つ」ならば、「うつせ貝」と同音反復になるが、「たつみ」の物名歌ではなくなる。「波の打つ」の例は、『古今集』の物名部に、「浪のうつせみればたまぞみだれけるひろはばそでにはかなからむや」（四二四・滋春・うつせみ）という歌がある。このことから、「波の打つ」という本文は、あるいはこの古今集歌に引かれて生まれたかと推察される。

98

みなみ

人はみな見《み》しも聞《きゝ》きしも世《よ》の中にあるはあり《有・》とかなきはなしとか（四六五）

【校異】○よの中に―よのなかに（書・天）　○有《なり》とか―なりとか（書）あるかと（天）

【通釈】みなみ

人はみな、出会った人も噂で聞いた人も、この世の中で、生きている人は生きているというのか、死んだ人は死んだというのか。

【語釈】○みなみ　方角の南。初句から第二句にかけて隠す。○見しも聞きしも　直接に出会った人も、噂で聞いただけの人も。「見し」と「聞きし」は対句。当該百首序文に同じ表現がある（［考察］参照）。○あるはありとかなきはなしとか　「とか」は、格助詞「と」に係助詞「か」が付いたもの。不確実な想像や伝聞を表す。「あるはあり」「なきはなし」は対句。

【別出】なし

【考察】当該歌について、『和歌大系』（底本は天理本）は、「世の無常、また人により命の長さに差のあることを嘆く」、『注解』（底本の書陵部本を天理本により校訂）は「生者と死者に厳然として分けられていく現世を詠んだもの」と捉える。だが、ここでは、「見し」「聞きし」、「あるはあり」「なきはなし」という対句を用いながら、すべての人間は、この世に生きていても、生きているか死んでいるかわからないほどはかない存在であり、また、はかなく死んでしまっても、故人の存在は遺された人々の心に生き続けることもあると、無常の世の中で、生と死の境界が曖昧であることを詠んだとみたい。

物名「みなみ」は、「人みなは今は長しとたけと言へど君が見し髪乱れたれども」（万葉集・巻二・一二四・一二四・園臣生羽女）、「人みなは萩を秋と言ふいな吾は尾花が末を秋とは言はむ」（同・巻十・二一一〇・二一一四）の『万葉集』の語句「人みなは」から発想した表現であろう。平安期には、この『万葉集』二一一〇番歌の異伝として、「人はみなはぎを秋とはいふなれどをばなの《が》末を秋とはいはん」（人丸集・九九）という「人はみな」の例もある。他にも、「人はみなすぐる月日をなげくとかもの思ふ身にはえしらざりけり」（道信集・三五）、「人はみなみねのうゐ木となりぬなりたににとしふるおのが身ぞうき」（為信集・一四七）などがあるが、用例数はそれほど多くはない。

「見しも聞きしも」という表現は、本百首序文にも「見しも聞きしもなくなりゆけば、流れてつきぬこと、水茎の跡にしるして」と同じ表現が見られる。これは、『注解』が指摘する「すぐすぐと見しもききしもなくなるにいつならんとぞわれもかなしき」（古今六帖・第四・二四九二・かなしび）と第二句・第三句が一致している。おそらく当該歌も、この古今六帖歌を踏まえて詠作されたのであろう。後世には、「おくれゐてなみださへこそとどまらねみしもききしも残りなき世に」（待賢門院堀河集・一二一・よろづの人のなくなるをききて）、「世のなかは見しもききしもはかなくてむなしき空の煙なりけり」（清輔集・三四〇・花薗左大臣北方うせられにけるころ、ははのおもひにて侍るを、そのわたりなる人のとへりければよめる）という例があり、故人を悼む歌になっている。

「あり」と「なし」との対比は、「名にしおはばいざ事とはむ宮こどりわが思ふ人はありやなしやと」（古今集・羈旅・四一一・業平）に見られるように、「ありやなしや」というかたちで、人の安否をいう場合に用いられる。「あり」「なし」に「世の中」という語句を加えると、「よのなかにいづらわが身のありてなしあはれとやいはむあなうとやいはむ」（古今集・雑下・九四三・読人不知）のほか、為頼と小大君の贈答歌、「世のなかにあらましかばとおもふ人なきがおほくもなりにけるかな」（為頼集・二五・小野宮の御き日に、法住寺にまゐるとて、おなじほどの人のおほくまゐりしを思ひいでて）、「あるはなくなきはかずそふよのなかにあはれいつまでいきんとすらん」（同・二六・小おほきみこれをききて）など、世の無常が詠まれる。

下句の「あるはあり」「なきはなし」という表現の類例には、後世の例ではあるが、「やよいかにすべきこのよぞ見るままになき人はありある人はなし」（江帥集・四四八・又大このもとより）、「ありとてもあるにもあらずなしとてもなきにもあらぬよにこそ有りけれ」（隆信集・四三五・殷富門院大輔、人人に百わかうの花の名を、法文によそへてよませ侍りしに）がある。「あるはなし」、「なきはあり」という組み合わせが、語の対比として一般的である。当該歌では、「とか」という表現を繰り返し用いることで、同様の意を表したものであろう。

99

ひつじさる

袖《そで》ひづしさるをあはれと言《い》はゞこそ袂《たもと》を淵《ふち》となしもはてゝめ（四六六）

【校異】○**さるを**―さるは（書）さるも（天）○**あはれ**―あゝ《は》れ（書）

【通釈】ひつじさる

わたしの袖が涙で濡れ、それをあなたが「かわいそうに」と言ってくれさえするなら、わたしは涙で袂をすっかり淵ともしてしまおう。

【語釈】○**ひつじさる**　十二支で表した方位で、西南を指す。初句から第二句にかけて隠す。○**袖ひづし**　「ひづし」は、濡れる意の上代語「漬《ひ》つ」の連用形「ひづち」と、方角を表す「ひつじ」を、類音語によって物名とした（［考察］参照）。○**さるを**　「さる」は、動詞「然《さ》り」。そのようである、そうであるの意。初句「袖ひづし」を承ける。○**あはれと言はば**

こそ　「あはれ」は、気の毒だ、かわいそうに、の意。「言ふ」の主語は、恋の相手。**○袂を淵となしもはててめ**　「袂」は、袖の下部の袋状の部分。「けふよりはあきのはじめときくからにそでのたもとぞつゆけかりける」（西宮左大臣集・五九）、「はるかぜのふくときがたのこほりうすみそでのたもとをけさやとくらむ」（麗花集・六・能宣・春のはじめころ）。「なしはつ」は、すっかり……する、完全に……する、の意。「袖は涙の淵となしつつ」（56）。

【別出】　なし

【考察】　泣いている私に、恋人が「かわいそうに」と一言だけでも言ってくれたら、さらに涙を流し尽くすだろうが、恋人が声を掛けてくれることはありえない、という諦めを、男性の立場で詠んだ歌であろう。涙で袖が濡れるのに対し、それ以上の涙を流すことを詠んだ歌としては、「あさみこそ袖はひつらめ涙河身さへ流るときかばたのまむ」（古今集・恋三・六一八・業平・かの女にかはりて返しによめる）が参考になろう。

　初句「そてひつし」の「ひつし」について、従来の注釈は、様々に考察している。『ひつす』は濡らす意。当時は清音だという」（全釈）という説は、「ひつす」という語の例が見出せず、いささか無理があろう。また、『漬つ』は、ぬらす意で、『し』は強意の助詞か」（注解）という説も、強意の「し」ならば連用形に付くことから、この形を文法的に認定することは難しい。「袖ひづち」とあるべきか」（和歌大系）とする説は傾聴に値すると思われるが、その場合、「ひづち」が「ひつし」の物名として成立する理由の説明が必要であろう。これはおそらく、［語釈］で述べたように、「し」と「ち」の類音を用いて、物名の「ひつじ」を上代語「ひづち」と重ねて詠み込んだのであろう。また、「ひつじ」を詠む物名の例歌としては、「ひつぎ」（棺）を詠んだ、「むまれよりひつしつくれば山にさるひとりいぬるに人ゐていませ」（拾遺集・物名・四三〇・読人不知・むま、ひつじ、さる、とり、いぬ、ゐ）がある。これも、類音による物名であろう。

「ひづつ」は、西本願寺本『万葉集』に六例確認できる上代語である。「吾妹子が赤裳ひづちて植ゑし田を刈りてをさめむ倉無の浜」（巻九・一七一〇・一七一四・人麻呂）のほか、「……朝露に　玉裳はひづち　夕霧に　衣は濡れて……」（巻二・一九四・一九四・人麻呂）などがあり、好忠の『万葉集』の語句の受容が認められる。ただし、『万葉集』でも、袖が濡れることは「ひつ」と詠むのが一般的である。物名「ひつじさる」を詠み込むために、「ひづち」の語をあえて選び取ったのであろう。

なお、この物名の例は、本百首を承けて詠まれた〈順百首〉物名の「ひつじさる」題の歌にそのまま継承され、「こひするにころもでひづしさるかそのあらびしぼりてみすべきものを」（好忠集・五八〇）と詠まれている。

第二句の動詞「さる（を）」の例歌としては、「いけ水ののどけきそこにかげなるをさるはかがみにみゆるなきはを」（海人手古良集・九一）、「ほどへてぞあみはかくべきすぎくれのさるは身のあはにひさしかるべく」（賀茂保憲女集・二〇五）、「ときしまれあきやは人にわかるべきさるはよさむになるこころしも」（古今六帖・第四・二四七八・かなしび）、「まだしらぬおもひにもゆるわが身かなさるはなみだの河の中にて」（拾遺集・恋五・九六二・読人不知）があり、「さるは」の形を取るのが一般的である。

「あはれといふ」の例には、「住吉の岸に向かへる淡路島あはれと君をいはぬ日はなし」（万葉集・巻十二・三一九七・三二一一）、「きく人もあはれといふなるおもひにはいとどなみだのつきずもあるかな」（伊勢集・四四八）のほか、後に『百人一首』にも採られた「あはれともいふべき人はおもほえでみのいたづらになりぬべきかな」（一条摂政御集・一）などがある。

「袂」と「淵」との組み合わせは、「とほからぬたもとにふちはありながら身はすてがたきものにぞありける」（賀茂保憲女集・一九七）のほか、「なみだがはたもとにふちのなかりせばしづむもしらであらんとやせし」（うつほ物語・国譲上・八一五・実忠）、「涙川わがなみださへ落ちそひて君がたもとぞふちと見えける」（落窪物語・巻四・六四・道頼）といった物語中の和歌にも見出される。

「なしはつ」の例には、「はこどりの身をいたづらになしはててあかずかなしき物をこそ思へ」（斎宮女御集・一七八）、「みな人をおなじ心になしはてておもふおもはぬなからましかば」（和泉式部集・三四〇）などがある。中でも『和泉式部集』では、「世間にあらまほしき事」題五首のうち、三四〇番歌を含めた四首にこの語が用いられている。

一首の構造をなす「ばこそ……め」は、ある事態を想定し、それが実現したらこうしようという強い意思を表すが、そこには、しかしそうはならない、そうではないという認識がある。この例は、『万葉集』に「我が背子に直に逢はばこそ名は立ため言の通ひになにかそこ故」（巻十一・二五二四・二五二九）、「まそ鏡ただ目に君を見てばこそ命に向かふ我が恋やまめ」（巻十二・二九七九・二九九一）といった例が散見され、平安期にも「相坂のゆふつけ鳥にあらばこそ君がゆききをなくなくも見め」（古今集・恋四・七四〇・閑院）、「ひととせにかさなる春のあらばこそふたたび花を見むとたのまめ」（後撰集・春下・九七・読人不知）のように詠まれている。

100

にし

佐保山《さほやま》の 錦《にしき》織《を》る《□》らむ 紅葉葉《もみぢば》を 風《かぜ》より先《さき》に見《み》にや行《ゆ》かまし（四六七）

【校異】○さほやまの《の》―さほのやま（書）さほやまの（天）○をる□ん―ヲルラム（承）なるらん（書）なるらむ（天）○もみちは―もみち葉（書）

【通釈】にし

佐保山の錦を今頃織っているという紅葉の葉を、風が散らす前に見に行こうか。

【語釈】○にし　方角の名称で、西を指す。第二句の句頭に隠す。○佐保山　大和国の歌枕。佐保川の北方、奈良市法蓮町・法華寺町一帯の北方に広がる丘陵地帯をいう。○錦織るらむ紅葉葉　錦を織っているという紅葉の葉。「らむ」は、連体修飾の文節に用いられて、自分の直接体験ではない、世間一般で言われていることを受け入れて推量する意。○見にや行かまし　見に行こうか。助動詞「まし」は、疑問の係助詞「や」と呼応して、実行を思い迷う意を表す。101番にも。

【別出】『雲葉和歌集』巻第七、秋歌下、七一八番

題不知　曾禰好忠

さほやまのにしきなるらんもみぢばをかぜよりさきに見にやゆかまし

【考察】　上句は、「さほやまのもみぢのにしきいくきともしらできりたつそらぞはかなき」（忠見集・一〇）、「秋ぎりのたたぬさきにもさほ山のもみぢのにしきのこらざりけり」（元真集・五二）、「あきぎりぞたちてそむらしさほやまのもみぢのにしきかへすころもに」（尊経閣本元輔集・一〇五）のような、「佐保山の紅葉の錦」という同時代の表現類型によって、「にしき（錦）」に物名「にし（西）」を詠み込み、下句は、「葦引の山のもみぢばちりにけり嵐のさきに見てましものを」（後撰集・秋下・四一一・読人不知）を踏まえて、散る前に見ようかと逡巡する歌意に転換して詠まれた歌であろう。

「佐保山」は、「紅葉」を詠むことがひとつの表現類型になっており、「秋ぎりはけさはなたちそさほ山のははそのもみぢよそにても見む」（古今集・秋下・二六六・読人不知）、「かみなづきもみぢのときはやまとにてからくれなゐにみゆるさほやま」（躬恒集・四九）、「つきかげのさやけくみゆるさほやまのもみぢをかぜにまかせずもがな」（陽成院一親王姫君達歌合・一四）、「千鳥なくさほの川霧さほ山のもみぢばかりは立ちなかくしそ」（順集・一六五）などの例がある。また、「錦」との組み合わせには、「たがための錦なればか秋ぎりのさほの山辺をたちかくすらむ」（古今集・秋下・二六五・友則）ほかの歌が見られる。さらに「紅葉」の「錦」も、「ひさかたのつきなかりせばさほやまのもみぢはよるのにしきならまし」（陽成院一親王姫君達歌合・一三）のように詠まれる。

ところで、佐保山を神格化して「佐保姫」といい、今日一般に、秋を掌り木の葉を美しく染める龍田姫に対して、春を掌る女神とされる。だがその嚆矢は、『内裏歌合天徳四年』の「さほひめのいとそめかくるあをやぎをふきなみだりそ春の山風」（九・兼盛）と見られ、他にも、「さほひめのおりかけさらすうすはたのかすみたちきるはるののべかな」（古今六帖・第五・三二五四・はた）、「さほひめのほのかにそむる桜にははひさしそむるふぢぞうれしき」（うつほ物語・春日詣・一三〇・右衛門おなじきもろずみ）が早い例である。

その一方で、「佐保姫」が秋の女神とされるのは、「いくしほもしぐれはふらじさほひめのふかくそめたるいろとこそみれ」（陽成院一親王姫君達歌合・一一）が嚆矢とみられ、春の女神とされる以前に、佐保山の紅葉を染める女神として位置づけられていることがわかる。その後も、「さほひめにとひみてしかなわきてしもははそのもみぢうすきこころを」（河原院歌合・一九・佐保山紅葉浅）、「たれをしかゆきてみつらむさほひめのひとはをらせるやまのさがしさ」（好忠集・順百首・秋十・五〇六）、「わがいもと思はましかばさほひめのそめしにしきをたちきせてまし」（恵慶集・百首・秋・二三五）というように、初期百首詠作歌人を中心に用例が見出される（曽根誠一「紅葉を染める佐保姫—『初期百首』時代の一動向」）。当該歌においても、「佐保山の錦織るらむ紅葉葉」という表現を通して、秋の佐保姫の存在を透かし見ることもできようか。

101

いぬゐ

山吹《やまぶき》のまだ散《ち》らなくに春《はる》も往《い》ぬ井手《ゐで》の蛙《かはづ》に身《み》をやなさまし（四六八）

【校異】○**やまふきの**—やまふきも（書・天）○**はるも**—はるは（書）○**みをや**—身をや（書・天）

【通釈】いぬゐ

山吹の花がまだ散らないのに、春も行ってしまう。井手の蛙に我が身をしようか。

【語釈】○**いぬゐ**　戌亥で、北西の方角の名称。第三句から第四句にかけて隠す。○**山吹**　バラ科の落葉低木で山野に自生する。晩春から初夏にかけて、五弁の黄色い花を付ける。八代集では春の花と位置付けられる。○**まだ散らなくに**　「なくに」は、打消の助動詞「ず」のク語法「なく」に助詞「に」が付いたもの。逆接。ないのに、の意。○**井手**　山城国の歌枕。現在の京都府綴喜郡井手町辺りをいう。『古今集』以降、「山吹」「かはづ」の名所として詠まれた。「井手の山」（68）。○**蛙**　河鹿蛙（アオガエル科の蛙）ともいう。山吹の花が散るのを惜しむとともに、春が去るのを惜しんで泣く。○**身をやなさまし**　「身をなす」は、自分自身を別のものにする意。「や……まし」の語法については、100番［語釈］参照。

【別出】なし

【考察】　上句は、「やまぶきのはなのさかりはかはづなくゐでにやはるのたちとまるらん」（中務集・七五）を踏まえ、下句は「かくれぬに忍びわびぬるわが身かなゐでのかはづと成りやしなまし」（後撰集・恋二・六〇六・忠房）の下句によって詠まれた歌であろう。物名「いぬゐ」は「春は往ぬ井手」に詠み込む。

「しのびかねなきてかはづの惜むをもしらずうつろふ山吹の花」（後撰集・春下・一二二・読人不知）といった、「蛙」が山吹の花が散るのを惜しんで鳴く例を前提に、山吹がまだ散らないうちに、暦の上での春が過ぎて行くことを惜しみ、詠者自身が「蛙」となって泣くと詠んだ歌である。

「春」が「往ぬ」という表現は、「こむ年のためにはいぬる春なれどけふのくるるはをしくぞ有りける」（貫之集・九〇八・春のくるる日仰にてつかうまつれり）、「いづこまではるはいぬらんくれはててわかれしほどはよるになりにき」（伊勢集・一一五・四月一日みやにて）、「昨日をば花のかげにてくらしてき今日こそいにし春はをしけれ」（和泉式部続集・五三四・三月晦に、惜春心の文つくりて、四月朔になりぬれば、そのつとめてのうたよむに）などがある。惜春の情を詠む歌が多い。

また、「身をなす」の例歌には、「いかで猶かさとり山に身をなしてつゆけきたびにそはんとぞ思ふ」（後撰集・離別・一三二五・読人不知・宗于朝臣のむすめ、みちのくにへくだりけるに）、「もろくともいざしらつゆにみをなしてきみがあたりのくさにきえなん」（忠岑集・四三）、「けふを待つ織女つめに身をなしてくものうへをぞいのるべらなる」（円融院扇合・一九・源宰相忠清朝臣）ほかの歌に見出される。「身をやなさまし」の例も、勅撰集にはないが、「なげくらんこころをそらにみてしかなたつあきぎりに身をやなさまし」（斎宮女御集・一四、村上天皇御集・二三）、「月のいる山のあなたのさと人とこよひばかりは身をやなさまし」（恵慶集・一六五）、「よそにてはおぼつかなしやつのくにのいくたのもりに身をやなさまし」（範永集・一七八）などにある。いずれも自分自身が成り変わる対象は、実現不可能なものや状態である。

きた

何《なに》もせで若《わか》き頼《たの》みに経《へ》しほどに身はいたづらに老《を》いにけらしも（四六九）

【校異】○をいにけらしも　オイニケラシモ（承）おひにけらしも（書）おいそしにける（天）

【通釈】きた

何もしないで、若さを頼りにして過ごしたうちに、我が身はむなしく年老いてしまったようであるよ。

【語釈】○きた　方角の北。第二句に隠す。○若き頼み　若さ故に持つ、将来への期待をいう。官人として出世する期待を抱いていたことをいうのであろう。○老いにけらしも　年を取ったらしい。「けらしも」は『万葉集』由来の表現（［考察］参照）。

【別出】なし

【考察】上句は、「をののえはみなくちにけりなにもせでへしほどをだにしらずざりける」（亭子院女郎花合・二六）の第三句・第四句の間に、物名「きた（北）」を詠み込んだ「わかきたのみ（若き頼み）に」を挟んで構成し、下句は、『和歌大系』『注解』が指摘する「なにをして身のいたづらにおいぬらむ年のおもはむ事ぞやさしき」（古今集・雑体・一〇六三・読人不知）の上句によって、一首をまとめたのであろう。

「何もせで」の例歌としては、「なにもせではなをみつつぞくらしつる今日をしはるのかぎりとおもへば」（躬恒集・四〇七）、「何もせであけぬるはるをすがのねのながき春日をまたやくらさん」（長能集・二四）のように、春を惜しむ思いや春の日の長さとの関連で詠まれることがあり、当該歌とは一線を画す。

若さを頼りに後を期すことは、たとえば『元輔集』に、「わかからば後の春をもたのめつつまたましものを身をこしらへて」（元輔集・一八八）という歌がある。後世には、藤原公重が、「いまはただわかきたのみもすぎはててまつこともなき老ぞかなしき」（風情集・三九〇・おもひをのぶ）、「うき身には老いにけるこそかなしけれわかくはたのむこともあらまし」（別雷社歌合・一三二・……右、かのしたがふが、年わかくはなければつかへず、とかける思ひいでられて、さる事とはきこえ侍れど、わかくはたのむといへるすがた、むげにかたき事にぞみえ侍る、左の勝とすべし）という二首の歌を詠んでいるが、好忠の当該歌を踏まえたものであろう。

「いたづらに老ゆ」という表現は、前掲『古今集』一〇六三番歌のほか、「いたづらに老いにけるかな高砂の松やわが世のはてをかたらむ」（貫之集・一九九）、「いたづらにおいぬべらなりおはらぎのもりのしたなるくさならねども」（躬恒集・五五）などがあり、古今歌人の歌によく見られる表現である。

「老いにけらしも」には、「おちたぎつたきのみなかみとしつもりおいにけらしもくろきすぢなし」（忠岑集・八〇）といった用例がある。

句末の「けらしも」は、『万葉集』由来の語句で、「夕されば小倉の山に伏す鹿の今夜は鳴かず寝ねにけらしも」（万葉集・巻九・一六六四・一六六八・雄略天皇）のように詠まれた。平安期にも、「恋せじとみたらし河にせしみそぎ神はうけずぞなりにけらしも」（古今集・恋一・五〇一・読人不知）という例がある。〈順百首〉にも「みわたせばよどのわかごもからなくにねながらはるをしりにけらしも」（好忠集・春十・四八九）と詠まれ、好忠も〈毎月集〉で「わがまもるなかせのいねものぎはうちてむらむらほさきいでにけらしも」（好忠集・一九七・七月中）、「むさしののをがはのはらのあきはぎもはなさきがたになりにけらしも」（同・二〇二）と詠んでいる。

なお、天理本では、結句を「老いぞしにける」とする。同じ句は他に、「かぞふればとまらぬ物を年といひてことしはいたくおいぞしにける」（古今集・雑上・八九三・読人不知）、「秋はぎの色づく秋を徒にあまたかぞへて老いぞしにける」（後撰集・秋中・三〇一・貫之）、「としごとに鳴きつる雁と聞きしまにわれはひたすら老いぞしにける」（兼輔集・一二五）などに見出される。あるいは、勅撰集歌をはじめとするこれらの歌の表現に引かれて成った異文か。

うしとら

世《よ》の中を憂《う》しとらいはば片時《かたとき》もあり経《へ》なむやぞしのぶればこそ（四七〇）

【校異】　○よの中　ヨノナカ（書）　○うしとら　ウシ□□（承）　○ありへなんやそ　アリヘナムヤソ（承・書）　○しのふれはこそ　シノフハカリソ（書）　※書陵部本は一首を片仮名で行間に補入する。

【通釈】　うしとら
　この世の中を辛いとなどいうのなら、ほんの少しの間も生きていられようか。堪え忍ぶからこそ生きていけるのだ。

【語釈】　○うしとら　丑寅で、北東の方角の名称。第二句に隠す。○憂しとらいはば　「憂しとら」に「丑寅」を隠す。接尾辞「ら」（等）は、など、の意。名詞に付いてそれと限定されない意を表すのが一般的な用法だが、ここでは引用の格助詞「と」に付いている。物名としては許容範囲に収まる表現であったのであろう（［考察］参照）。○あり経なむやぞ　「あり経」は、生きて月日を過ごす意。53番・76番・95番にも。「やぞ」は、ここでは反語の意（3番参照）。○しのぶればこそ　堪え忍ぶからこそだ。「ばこそ」の形で終止した反語表現。

【別出】　なし

【考察】　「よの中をうしといひてもいづくにかみをばかくさむ山なしの花」（近江御息所歌合・一五・山なしの花）の初句・第二句を踏まえて、物名「うしとら」を「憂しと等」と詠み込み、また、世のつらさを堪え忍んで長い年月が経ったという「あさなけに世のうきことをしのびつつながめせしまに年はへにけり」（後撰集・雑二・一一七四・土左）によって、この世を辛いといったら片時も生きてはいられない、堪え忍ぶから生き長らえられるのだと詠んだ歌である。
　同様の物名の例歌に、「ひと夜ねてうしとらこそは思ひけめうきなたつみぞわびしかりける」（拾遺集・物名・四二九・読人不知・ね、うし、とら、う、たつ、み）がある。『八代集抄』が「憂しと等」の解を示し、『新日本古典文学大系』もこれに従っている。

「世の中を憂し」と詠む歌は、夙に『万葉集』に、「世の中を憂しとやさしと思へども飛び立ちかねつ鳥にしあらねば」（巻五・八九三・八九七・憶良）、「世の中を憂しと思ひて家出せし我や何にかかへりて成らむ」（巻十三・三二六五・三二七九）という用例があり、好忠自身も、他に「かりがねぞなきかへるなるよの中をうしと見つつもあきはいとはで」（好忠集・毎月集・五四・二月のをはり）という歌を詠んでいる。

「あり経」という語は、本百首53番・76番・95番にも詠まれる。53番歌が生き長らえまいと思いながらも命は意のままにならず、辛い気持ちでこの世を生きていくと詠むのに対して、当該歌は、この世を辛いといったら少しの間も生きられないと詠んでおり、生きる姿勢としては変化が見られる。

結句「しのぶ」と「憂し」の組み合わせは、前掲『後撰集』一一七四番歌に見られるほか、「うき事をしのぶる雨のしたにしてわがぬれぎぬはほせどかわかず」（後撰集・雑四・一二六七・小町がむまご）、「世のうきも人のつらきもしのぶるにこひしきにこそおもひわびぬれ」（元真集・一三三）などの例がある。

解説

一　曾禰好忠　――その人生と歌――

1

曾禰好忠の伝記を繙こうとする時、現存する史料の乏しさに愕然とする。七十年余りにわたるであろう生涯を通じて、官人としての経歴が丹後掾のみであり[1]、そのことが、当時の受領層歌人の中でも、とくに彼の人生を見えにくくしてしまっているのである。

そんな好忠の歌人としての足跡は、〈毎月集〉（三百六十首和歌）や〈好忠百首〉他を収める『好忠集』を中心に、五十歳を迎える頃から後、歌会・歌合に出詠した記録などを通じて、見出していく他はない。中古三十六歌仙に名を連ね、おそらく当代の歌人として一定の認知度はあったであろう好忠の人生は、それらの和歌史料から見えてくる他者との関係によって浮かび上がってくる。その際の重要人物が、梨壺の五人のひとりである源順であろう。

順は、『和名類聚抄』編纂で知られ、その後は、梨壺の五人のひとりとして撰和歌所寄人に任ぜられるなど、当代きっての和漢兼作の人であった。冷泉家時雨亭文庫蔵資経本『好忠集』所収〈順百首〉序文に拠れば、その順が、丹後国に下っていた好忠のもとに、長らくの無沙汰の便りを送ったことが契機となって、〈好忠百首〉が詠作されたという[2]。折しも「天徳のするのころほひ」（恵慶百首序文）、好忠は三十歳過ぎ、順は五十歳ほどであったと推定される[3]。

2

〈好忠百首〉詠作の頃、京では、天徳四年三月三十日に内裏歌合が行われた。後の内裏歌合の規範ともなる盛儀である。歌人は、左方が順の他、藤原朝忠・坂上望城・橘好古・大中臣能宣・少弐命婦・壬生忠見・本院侍従、また右方が、平兼盛・藤原元真・中務・藤原博古の十二名であり、梨壺の五人の順・望城・能宣の他、後に三十六歌仙に入る歌人（朝忠・元真・忠見・兼盛・中務）が出詠しているが、好忠は歌合に参加していない。

金子英世氏は、この天徳四年の内裏歌合の歌と初期百首の歌との表現上の類似点を列挙し、考察を加えた上で、〈好忠百首〉の成立との前後関係は判断しにくいとしながらも、天徳四年の内裏歌合の後に〈好忠百首〉が詠作された可能性を指摘された。そして、この晴れの儀に参加できなかった好忠が、その無念さを、内裏歌合の歌に見られる表現を取り入れながら百首歌として結実させたのではないかという。(4) 歌人としての好忠を百首歌詠作へと駆り立てた契機として首肯すべき説であろう。

3

こうして好忠は、和歌史上初めてとされる百首歌を詠むことになったと推定され得るが、(5) その百首歌という形態は、実は、『白氏文集』所載「與陳給事書」に見える「詩一百首」に発想を得たものらしいことが、丹羽博之氏によって指摘されている。(6) すなわち、白楽天の百首の詩と好忠の百首歌には、百首という形式のみならず、自分の才能を作品を通してアピールし、知遇を得ることにより任官活動を有利にしようという意図が共通するというのである。

唐代において、目上の人に詩文を送って読んでもらうことを「行巻」（投巻）といい、これが、唐代文学の発展に寄与したといわれる。科挙の前には、知貢挙（試験官）に対し、詠作した百首の詩を送ることもあった。白楽天は、二十九歳の時、科挙に挑むが、その前に、給事中（門下省次官）に書簡「與陳給事書」を進上している。その中に「謹献雑文二十首、詩一百首」があり、書簡とともに百首の漢詩を送っていたことがわかる。好忠が百首歌を詠作したのは、奇しくもこの時の白楽天と同年代であった。二十三歳の時に父を亡くし、貧困であった白楽天に、好忠の境遇は重なってこよう。

好忠は、自らの百首を、京にいる順に宛てて——少なくとも宛先の有力なひとりとして順を念頭に置いて——活計を求めて詠作したのであろう。そしてその背後には、順のパトロンたる源高明あたりが視野に入っていたと考え得る。

4

このように、百首歌詠作時の好忠を取り巻く状況と彼の立場を捉えていくと、〈好忠百首〉と順の「大納言源朝臣」大饗屏風歌との関係も、再考する余地がありそうに思えてくる。

「大納言源朝臣」の大饗屏風歌とは、『順集』に「大納言源朝臣、大饗のところにたつべき四尺屏風調ぜしむるうた」という詞書で載る十八首の歌である（書陵部蔵五一一・二『順集』一六六～一八三番）。この屏風歌と〈好忠百首〉との間には、直接的な影響関係を認めざるを得ない歌が存する。とくに注目すべきは、〈好忠百首〉1番歌と、「大納言源朝臣」大饗屏風歌の冒頭の一首であろう。

順屏風一六六　きのふまで冬ごもれりしみ吉野の霞はけふやたちてそふらん（元日）

好忠百首1番　昨日まで冬ごもれりし暗部山今日は春へと峰もさやけみ（三六九・春）

一連の歌群の中の最も重要な位置である冒頭の一首において、「大納言源朝臣」大饗屏風歌と〈好忠百首〉は、初句・第二句が全く一致する歌を配しているのである。(7)

そこでここでも、前述の天徳四年の内裏歌合の場合と同様、〈好忠百首〉との前後関係が問題になる。これまで、「大納言源朝臣」の大饗屏風歌の成立年代については、〈好忠百首〉よりも後の詠とする見方が有力であった。(8)だが、近年、大納言源高明が中宮大夫として、藤原安子（師輔女・村上帝女御）の中宮大饗の室礼を準備した折の作という可能性が、田中智子氏(9)によって提出された。すなわち、高明が、天徳二年（九五八）十月二十七日に中宮大夫を兼任し、康保元年（九六四）にも「中宮大夫」の記載がある（以上、公卿補任）ことに着目し、当時、中宮であった安子の大饗の記録、天徳三年（九五九）正月三日（日本紀略・九暦）、天徳四年（九六〇）正月二日（日本紀略・西宮記・九暦）、応和二年（九六二）正月二日（日本紀略）を指摘されたのである。さらに、資経本系統の『順集』では、特に前半部分はかなり整然とした年代順になっており、「大納言源朝臣大饗屏風歌」が「内裏歌合天徳四年」よりも前に配置されていることから、(10)この内裏歌合が催された天徳四年（九六〇）三月三十日以前の詠作、つまり、天徳三年正月三日か、翌天徳四年正月二日の大饗のために作られた蓋然性がさらに高まると考えられたのである。

もっとも、田中氏は、〈好忠百首〉との前後関係を不明とする立場を貫いているが、ここで仮に、「大納言源朝臣大饗屏風歌」が〈好忠百首〉よりも前に詠作された可能性を視野に入れたとき、好忠が百首歌冒頭の一首に、順の屏風歌の最初の歌の初二句を利用したことの意味を考えてみねばなるまい。そこに、順からの無沙汰の便りに対する、好忠からの返しの意を読み取ることもできよう。

ちなみに、順は、自らの百首の中で、好忠を慰める次のような歌を詠んでいる。

丹後《たご》の浦のまつりごと人百敷の選びに入りてなれるなるべし（順百首81・きのえ）

なお、好忠が百首歌詠作に際して順の屏風歌を踏まえることができたとすれば、当然、その屏風歌資料を手にしていたことになる。また、天徳四年の内裏歌合についても、歌合開催後間もなく、好忠はその資料を入手していたことになろう。とすれば、その出所としては、まず順からの提供である可能性が高いと見るべきであろう。丹後国にいる好忠にとって、順との関係は重要であったと推定される。

5

〈好忠百首〉が順からの便りを契機に、まず順に向けて詠作されたとしても、おそらく好忠は、順の手元のみに百首歌が留まるのではなく、より広く、当時の有力歌人、さらには貴顕の目に触れることを期待していたであろう。たとえば、第3節で少し触れたように、順が親近していた源高明あたりは、好忠の視野に入っていたと推察される。

ところが、〈好忠百首〉詠作の後も、好忠に公的な詠歌の機会がもたらされたということは、まずなかったようである。百首歌という形式自体は、〈好忠百首〉に応じて、〈順百首〉〈恵慶百首〉が次々と詠作され、その後も、重之や相模の作が知られており、好忠が百首歌の創始として果たした役割は大きかろう。だが、好忠や順、恵慶の百首歌は、当初は比較的狭い交友圏内で享受されていたと推察され、[11]それがそのまま歌合や歌会への出詠の機会獲得に繋がった形跡は、現時点では見出し難い。ましてや、任官活動としても成果がなかったことは、周知のとおりである。

むしろ、そのほぼ十年後に詠作されたと見られる〈毎月集〉[12]が、好忠の和歌活動を徐々に後押ししていったように思われる。現存する『好忠集』においても、冒頭には〈毎月集〉が位置しており、歌数からいっても、好忠の詠作の根幹を成していると見做せよう。元号も安和から天禄に変わろうというこの時期は、安和の変により源高明は失脚、親近していた順も翌年には和泉守の任が明け、その後十年間は無官であった。そのような世上の変化と我が身の境遇を思うとき、好忠は〈毎月集〉詠作を思い立ったのかもしれない。

〈毎月集〉詠作から六、七年の後になろうか、好忠は、順と同じ歌合に関与する機会を得た。貞元二年（九七七）八月十六日に藤原頼忠邸で行われた『三条左大臣殿前栽歌合』である。ただし、当日の出詠には、順の他、清原元輔・紀時文・平兼盛・源重之らが当たり、好忠の名は見えない。翌月になってからの詠に参加した歌人たちの筆頭が好忠で、序文と和歌二首を提出している。

これは、ほどへて、たごのぞうそねのよしただ[13]をめして、あきのよのこころをよませたまへるなり

あはれわがきみのおほみよ、ながづきになりゆくなへに、ちとせをかねてまつむしのこゑもをしまぬおほとのに、さざれいしのなるいはほをたてわたし、よろづよすめるみづのほとりに、ちくさのはなはよるのにしきとみえわたり、あまたのむしはこゑもをしまずすだくよに、もろこしや

からのことばをちとせわかずしろしめせり、しきしまややまとのくにのことばにてあきのよとい
ふこころをたてまつるべしといふおほせをたまはりて、ゆかぬこころをくものうへまでかよはし、
かずならぬみをあめのうちにつくしつつ、すぎにしなつのあせもよに、しるせることばをこなれ
ど、しるもしらぬもみなひとのなをよしただとまうすをたのみてたてまつるべしとはべるなるべ
し

九三　みなそこのかげしかがみとにごらねばながれてもみむあきのよのつき
九四　たのもしくきこゆるものはゆくすゐをなほまつむしのこゑにざりける[14]（以下略、傍線筆者）

この時、五十歳ほどになっていたと推定される好忠だが、三十歳過ぎに詠作した〈好忠百首〉序文と似通った表現を綴っている。もっとも、歌合や歌会の序文には一定の型があるものだが、ここで目に留まるのは、好忠の自らの名前へのこだわりである。

〈好忠百首〉序文にも、「名をよしただとつけてけれど、いづこぞ我が身、人に異なるとぞや」とあり、また、〈毎月集〉中の長歌にも、「……しるせることは　をこなれど　おやのつけてし　名にしおはば　なをよしただと　人も見るがに」（一）、「……うき身ひとつの　つねなきを　なをよしただと　なづけつつ　はぐくむ事の　かなしさに　世をすてがたみ　ふるほどに……」（九三）といった表現が見出せる。

実はこの名前にまつわる言説の発想は、第3節で取り上げた『白氏文集』から来るものと指摘されている[15]。白楽天は、二十代の時こそ貧困であったが、科挙に及第し、最終的に刑部尚書（法務大臣）の地位に昇り、「楽天」の字《あざな》の通り、天を楽しむ人生を謳歌する詩を詠んだのであった。白楽天はまさに、好忠にとっては、羨望の的であ

ったはずである。だが好忠は、そのような理想とは裏腹に、生涯、官途に恵まれなかった。「好し」という名であるが、よいところなどないと嘆き、また、「好し」という名を恃んで歌を献上する、というように、自分の名前に拘泥しながら、境遇を嘆き、また卑下する姿勢を、生涯にわたって貫いていくのである。

好忠が八月の『三条左大臣殿前栽歌合』に参加せず、翌月改めて詠歌に及んだ経緯は詳らかではない。「後日特に題を賜って、和歌を詠進せしめねばならなかった好忠の存在の大きさ」[16]を指摘する向きもあるが、あるいは、八月の出詠者の中にいた順の推挙があったのかもしれない。ともあれ、好忠としてはやはり、主催者、頼忠への親近を第一に考え、詠歌に臨んだものと推察される。

6

現存する史料を見る限り、頼忠の前栽歌合に関与したことを皮切りに、好忠は、和歌活動を通して、小野宮家に親近するようである。[17]天元四年（九八一）四月二十六日の『小野宮右衛門督君達歌合』では、左方の勝を予告する冒頭の歌を出詠している。[18]

故小野宮右衛門督斉敏君達歌合　天元四年四月廿六日

題　なぞなぞ語

歌人

天元四年廿六日、小野宮故右衛門督のきむだちのわたりよりいできたりけるなぞなぞがたりあはせ

左は、あをやぎのうすやう一かさねにかきて松の枝に付けて、かくなんありける

わがことはえもいはしろのむすび松ちとせをへても誰かとくべき

斉敏は、小野宮実頼の三男で、先の頼忠とは同母弟である。この歌合の時点では既に物故しており、その子息たちの主催と見られる。[19] 中でも、当時三十三歳、正五位下春宮権亮であった長男、高遠については、後述の寛和二年(九八六)花山院内裏歌合で、好忠が高遠の代詠をした可能性があり、両者の繋がりの発端を、この歌合に見出すこともできるであろう。

なお、好忠の「わがことは」の歌は、後に『拾遺抄』『拾遺集』にも採られ、[20] 人々に広く知られるところとなったと推察される。『拾遺集』成立時に、はたして好忠が在世していたかどうかは定かではないが、『拾遺抄』が成ったかとされる長徳二年(九九六)、三年頃の生存は、まず確実である。当時の『拾遺抄』の流布状況を考慮しなければならないが、もし好忠が『拾遺抄』を手にすることができていたならば、わずか三首の入集ながら、[21] 歌人としての栄誉を少なからず感じたのではなかろうか。なお、それらの歌の中に、〈毎月集〉からは一首採られているけれども、[22]〈好忠百首〉からは採歌されていないことを付言しておく。

さて、『拾遺抄』成立を待つまでもなく、好忠には、歌人としての舞台が設けられていた。円融帝の堀河院遷幸の折の詠歌である。おそらく天元五年(九八二)十二月二十五日(日本紀略)、先の『小野宮右衛門督君達歌合』の翌年のことであったであろう。

円融院御時、堀河院にふたたび行幸せさせ給けるによめる　曾禰好忠

みなかみをさだめてければ君がよにふたたびすめるほりかはのみづ(詞花集・雑下・三八五)

こうして徐々に、歌人、好忠の活動は公的になっていくのであるが、この歌を詠んだ翌年、永観元年(九八三)

に、好忠が最も信頼していたであろう先輩歌人、順が世を去った。享年七十三歳であった。ほぼ四半世紀も溯るかという頃、好忠が、当時としては新奇な百首歌を詠出した時、百首で応じた順に対する好忠の思いは、一入であったことだろう。

それから三年後の寛和元年（九八五）、好忠は、円融院の子日の御遊の歌会から追放されるという事態に遭ったと伝えられる。先に好忠が、堀河院還幸和歌を詠進した円融帝は、院になっていた。この歌会追放事件は、『今昔物語集』をはじめとして説話化され、今日においてもよく知られるところであるが、『小右記』などの記述では、その経緯は異なっているということが指摘されている。(23) その翌日には、つらね歌が詠まれた。(24)

さて、翌年の寛和二年（九八六）六月十日、花山院が主催する内裏歌合に、好忠は左方として出詠している。この歌合は、政治的には波乱含みの時期、花山天皇退位の直前に催されたが、文芸性の強い歌合であり、歌人が方人を兼ね、また、四季を通じた具体的な季題と恋・祝の人事題を有していた。(25) 左方には、梨壺の五人のひとり、大中臣能宣に並んで、好忠の名が見えるのだが、その好忠詠について、高遠の作とする異文が生じている箇所がある。

瞿麦　左ぢ　　善忠　ある本よしのぶ

一三　とこなつのににほへるや《ほ》どはよとともにうつろふあきもあらじとぞおもふ

菖蒲　左　　善忠

一五　としのをにねをばたづねてひくものをあやにたえせぬあやめぐさかな

螢　左　　善忠　ある本たかとを

一七　なくおと《こゑ》もきこえぬもののかなしきはしのびにもゆるほたるなりけり

月　左　善忠　ある本たかとを

二三　をぐらやましたくさまでにねをとめ《け》てさやかに《けく》見ゆるよは《あき》のつきかも《よのつき(かげ)》

祝　左　善忠

三七　ときはやままつのうはばももみぢね《いまより》ばみづ《つゆ》ももりこぬよにこそありけれ

好忠の詠歌と思しき五首のうち、二首には、高遠詠という異伝が記されるのである。前述のとおり、好忠は、『小野宮右衛門督君達歌合』で、斉敏の長男、高遠と近しい関係を築いていた可能性があることから推すと、この内裏歌合においても、高遠が好忠に代詠を依頼するほど親近していたことも想定され得るであろう。(26)

好忠の生存が確認される最後の史料は、今のところ、長保五年（一〇〇三）五月十五日の藤原道長主催、『左大臣家歌合』であろう。本歌合は、「極めて文芸本位の風雅な遊び」(27)という点で、先の花山院歌合に通底するものがある。道長は花山院歌合でわずか一首ながら出詠しているが、好忠が同歌合に出詠したことに加え、これまでの好忠の歌人としての評価が、道長の側近に交じった好忠の『左大臣家歌合』への出詠を許すことになったのであろう。

左勝　惜夏夜月　丹後掾善忠

九　あまのとをあくるもしらずながめつつ見れどもあかぬなつのよの月

左　遥聞郭公　好忠

二三　ほととぎすはるかにこゑのきこゆるはゆくへもとほきためしなりけり

左持　対水辺松　好忠

三七　なみのよるみぎはにたてるまつのきはよろづにしるきかげぞ見えける

やはりここでも、好忠は「丹後掾」と記される。かの源順でさえ、無官の十年間を過ごした時期があったことから考えると、当時としては、それほど異とすることではなかったのかもしれないが、これが好忠の官人としての始発であり、また極官でもあった。

7

初期百首の系譜は、好忠から順、恵慶へと直接的に受け継がれていくが、好忠のその他の交友関係を記す史料は、ごく少ないといってよいだろう。『和歌現在書目録』において百首歌の創始のひとりとされる重之と、好忠との接点は、『重之集』の次の歌に見出される。

『重之集』

そねのよしただが、但馬にて、いつしの宮にて、なのりそといふものをよめといへば

二〇三　ちはやぶるいつしのみやの神のこまゆめなのりそよたたりもぞする

二〇四　あか月のまがきにみゆるあさがほはなのりそせまし我にかはりて

もっとも、『重之集』の伝本によっては、好忠詠であることが明示されず、とくに二〇三番歌については、後世、重之歌として享受されているようであるから(28)、ともすれば、好忠の姿は掻き消されてしまいそうである。

だがその一方で、好忠の生の姿は、能宣との次のような贈答歌によって窺い知ることができる。

『能宣集』

春の日、客あまた知、不知まできあつまりて酒のみ侍るに、紅梅をもてあそぶとて、丹後掾

曾禰好忠がかはらけとりてさし侍るとて

四一二　わがせこがそでしろたへのはなのいろをこれなむむめと今日ぞしりぬる

かへし

四一三　あさきこきいろはきらはずここはただむめはむめなるにほひとぞみる

こうばいをしろくよめる、不とくいの人のあまたまじれるによりて成るべし

歌材としての「紅梅」は、十世紀後半に流行した形跡がある(29)が、右の歌も、その一例として数えられよう。おそらく好忠にも、少なからぬ歌人たちと日常の交友をもった時期があったことであろう。だが、好忠を語るとき、いわゆる日常詠よりも、百首歌や〈毎月集〉といった定数歌が主要部分をなすことは否めない。そこに、好忠の歌人としての人生が端的に表れているように思われる。

注

（1）増田繁夫氏は好忠を「丹後地方の豪族であろう」とする（『能宣集注釈』私家集注釈叢刊7、貴重本刊行会、一九九五年十月、四五四頁）が、後述する順との関係を考えると、そのきっかけはやはり、都在住時に得たものと見るのが穏当か。確証はないが、地方官として下った後、任期が終わっても、そのまま任国に住み着いた可能性も想定されよう。

（2）筑紫平安文学会『順百首全釈』（歌合・定数歌全釈叢書十八、風間書房、二〇一三年五月）解説《一》「源順の人生と百首歌」（福田智子）二二一、二二二頁参照。

（3）天徳年間は九五七～九六一の間。この時、好忠は「あらたまの年の三十に余る」（好忠百首序文）年齢であった。順は延

喜十一年（九一一）生（三十六人歌仙伝）。

（4）以上、金子英世氏「内裏歌合天徳四年と初期百首の成立」（『三田國文』第十四号、平成三年六月）参照。

（5）『和歌現在書目録』の序には、「百首歌者帯刀長献二素懐於春宮之闕一、乙侍従致二丹祈於東國之杜一、是其始也」とあり、源重之と相模を挙げる。これについて、藤岡忠美氏は、百首歌の構成がより「雑然と」している〈好忠百首〉を「原初的形態と見る方が自然」と述べ、これが現在における定説となっている。詳しくは、同氏「百首歌の創始をめぐって——後撰時代歌人群の展望序説——」（『平安和歌史論—三代集時代の基調—』桜楓社、昭和四十一年二月）参照。

（6）丹羽博之氏「『好忠百首』と『漢詩百首』」（『古代中世和歌文学の研究』研究叢書290、和泉書院、二〇〇三年二月）。

（7）他にも、水無月祓の歌に、表現の共通性が見られる。

順屏風一七四　ねぎごとをきかずあらぶる神だにも今日はなごしと人はしらなん（六月、はらへ）

好忠百首21番　水無月のなごしと思ふ心には荒ぶる神ぞかなはざりける（三八八・夏）

（8）「大饗」は、宮中または大臣家で行う饗宴で、二宮大饗と大臣大饗とがある。二宮大饗は正月二日、公卿以下が中宮・東宮を拝賀し饗応にあずかる。大臣大饗は摂関大臣大饗といい、正月二日に母屋で行われる（以上、『日本歴史大事典』山中裕氏より抜粋）。従って、「源朝臣」（源高明）が、大納言任官期間、すなわち、天暦七年（九五三）九月二十五日〜康保三年（九六六）正月十六日（公卿補任）に、自らの大饗を行うとは考えにくい。そこで、原田真理氏「源順集『大納言源朝臣大饗屏風歌』」（『宮崎女子短期大学紀要』第二十二号、一九九六年三月）は、高明が右大臣に任じられる康保三年正月十七日（公卿補任）に先立って、「大納言」高明邸で大饗の準備が行われたという「試案」を示された。さらに、田島智子氏『屏風歌の研究　資料編』（二〇〇七年三月、研究叢書363、和泉書院）では、「112康保四年一月十一日高明大饗屏風（九六七）」（二〇八頁）とする。右大臣高明の大饗の記録は、康保三年（九六六）正月十二日、康保四年（九六七）正月十一日（以上、日本紀略）と見えるので、前もって準備しなければならない康保三年説よりも翌年の康保四年の方が可能性が高いと推定されたのであろう。

（9）田中智子氏「源順の大饗屏風歌―古今和歌六帖の成立に関連して―」（『國語と國文學』第九十二巻第二号、平成二十七年二月）。

（10）たとえば、素寂本『順集』（冷泉家時雨亭叢書『素寂本私家集 西山本私家集』所収）の冒頭は、次のような歌群の配置になっている。

　一　天暦御時屏風歌

二・三　天暦五年（九五一）、梨壺五人が命により詠んだ歌

四～二一　源大納言大饗歌

二二～二四　天徳四年（九六〇）内裏歌合歌

二五～三四　応和元年（九六一）子を亡くした際の「世の中をなににたとへむ」歌群

（11）筑紫平安文学会『恵慶百首全釈』（歌合・定数歌全釈叢書十一、風間書房、二〇〇八年四月）「全釈　序文」、解説《三》「恵慶百首と『古今和歌六帖』に共通する特殊語句について」（福田智子）、および筑紫平安文学会『順百首全釈』（歌合・定数歌全釈叢書十八、風間書房、二〇一三年五月）解説《一》「源順の人生と百首歌」（福田智子）参照。

（12）〈毎月集〉の詠作年次については、岡一男氏「蜻蛉日記の成立年代とその藝術構成」（『古典と作家』文林堂双魚房、昭和十八年七月）により、下限が天禄三年（九七二）であることが判明し、また、松本真奈美氏「重之百首と毎月集」（『國

語と國文學』第六十九巻第十号、平成四年十月）では、その上限を安和元年（九六八）十一月とする説が示された。

(13) 好忠を「丹後掾」とするこの一文が、この歌合が開催された貞元二年以降、どの段階で記されたのかはにわかに判断し難いが、この歌合開催時においても、まだ好忠が丹後掾であったとは考えにくい。京に戻って無官であった好忠を、前の官職で呼んだか。詳しくは、北条諦応氏「曾禰好忠伝記覚書」（『平安朝文学研究　作家と作品』有精堂出版、昭和四十六年三月）参照。

(14) 引用は『新編国歌大観』に拠る。

(15) 注6、丹羽氏論文に拠る。

(16) 『平安朝歌合大成』増補新訂、第一巻（萩谷朴氏、同朋舎出版、一九九五年五月）五九四頁。

(17) 熊本守雄氏「曾祢好忠の周辺――小野宮家との交渉の意味するもの――」（『国文学攷』第四十六号、一九六八年三月）参照。

(18) 『謎歌合』七番にも重出。

(19) 『平安朝歌合大成』増補新訂、第一巻、六〇四頁。

(20) 『拾遺抄』雑下、五一三番、詞書「なぞなぞものがたりし侍りける所に」。『拾遺集』雑下、五二六番、詞書「なぞなぞものがたりしける所に」。

(21) 前掲歌の他、一九七・二八二番。

(22) 「我がせこがきまさぬよひのあき風はこぬ人よりもうらめしきかな」（拾遺抄・恋上・二八二・曾禰善忠・三百六十首なかに）。

(23) 松本真奈美氏「曾禰好忠説話小考―『今昔物語集』巻二十八第三話をめぐって―」(小島孝之氏編『説話の界域』笠間書院、二〇〇六年七月)参照。

(24) 田中智子氏「円融院子の日の御遊と和歌――御遊翌日の詠歌を中心に――」(『東京大学国文学論集』第十一号、二〇一六年三月)では、好忠のつらね歌を「御遊での出来事やその次第をふまえて詠まれたもの」と位置付けている。

(25) 『平安朝歌合大成』増補新訂、第一巻、六五四頁。

(26) 注17前掲論文では、『袋草紙』に、高遠が好忠に歌を代作させたという記事が載ることを指摘している。

(27) 『平安朝歌合大成』増補新訂、第二巻(萩谷朴氏、同朋舎出版、一九九五年一一月)、七三八頁。

(28) 目加田さくを氏『源重之集・子の僧の集・重之女集全釈』(私家集全釈叢書4、風間書房、一九八八年九月)、二〇八・二〇九頁。

(29) 福田智子『『古今和歌六帖』出典未詳歌注釈稿―第六帖(15)檀～紅梅―」(『社会科学』〈同志社大学人文科学研究所〉第四十七巻第二号、二〇一七年九月)参照。

(福田智子)

二　資経本『曾禰好忠集』の本文について

1

藤原資経の書写による私家集、三十八集三十九帖が、冷泉家時雨亭文庫に蔵されている。一括して「資経本」と称され、冷泉家時雨亭叢書『資経本私家集』（一）から（四）に影印、紹介された。本書は、このうちの『曾禰好忠集』に収められた〈好忠百首〉を底本とする注釈である。以下、とくに断らずに「資経本」と表記するときは、この『曾禰好忠集』を指すことにする。

有力古写本の一つと目される資経本に基づいて読むことで、新しい知見が得られよう。『曾禰好忠集』（以下『好忠集』）の注釈はこれまで幾度か行われてきたが、資経本を底本とした全体の注釈はない。部分ならば、〈順百首〉の注釈である『順百首全釈』（筑紫平安文学会、二〇一三年五月）がある。〈順百首〉は源順の作と考えられるが、〈好忠百首〉を承けて詠まれたもので、現存『好忠集』の末尾近くに合集されている。本書は、『順百首全釈』に続く一連の試みとして位置づけられる。

本稿では、まず『好忠集』の主要伝本について概説し、ついで本書で底本とした資経本の本文について述べる。本書の性質上、〈好忠百首〉が中心となるが、〈毎月集〉（三百六十首和歌）および〈順百首〉についても簡単にふれる。

2

資経本の本文について考察する前に、『好忠集』全体の構成について確認しておく。

現存諸本のうち、完本として伝わった主要なものは、いずれも、以下のような五つの部分によって構成されている。資経本による歌数とともに示す。

一、毎月集三百六十首和歌……三六八首
二、好忠百首（百首歌）……一〇三首
三、つらね歌……一四首
四、順百首（源順による百首歌）……一〇〇首
五、後人による増補歌……三首

このうち、もっとも成立の古い部分が〈好忠百首〉で、天徳四年（九六〇）ごろの成立(1)、その後あまり時をおかず〈順百首〉が成立したとみられる。本集のはじめに配置されている〈毎月集〉の成立はそれよりやや下ると考えられている(2)。

右のように、『好忠集』全体を見ると、歌数の多い〈毎月集〉を中核とし、それに二種の百首歌を合わせた五七〇首あまりが主要部分とみられる。これらそれぞれが、一つ一つまとまりのある「歌集」として、独立性のあるものとみるのがよさそうである。こうした構成の本集について、全体を貫く本文の性格が認められるかどうか、慎重な吟味が必要であろう。

3

本節では、底本に採用した「資経本」のほか、対校本として使用した「承空本」「書陵部本」「天理本」「冷泉家本」（いずれも本書における略称、凡例参照）について略述する。

資経本『好忠集』は、冷泉家時雨亭叢書第六十七巻『資経本私家集　三』（朝日新聞社、二〇〇三年十二月）に複製、紹介された。五百八十八首を含む。書写年代は不明であるが、資経が書写した他の私家集の書写奥書によると、『重之集』に正応五年（一二九二）、『恵慶集』に永仁四年（一二九六）などとあり（『資経本私家集　一』解題、3頁）、当該の『好忠集』もそれらと同じ頃の書写と考えられる。

また、冷泉家時雨亭叢書第七十一巻『承空本私家集下』（同、二〇〇七年六月）に複製された『曾禰好忠集』がある。該本は、承空筆本とおぼしき親本からの転写本で、親本の永仁三年（一二九五）をさほど降らない時期の転写（解題、39頁）と考えられている。冒頭を除き、ほとんどが片仮名で記されているが、本文は傍書も含めて資経本と特徴が一致し、かなり近い関係にあることがうかがわれる。資経本の判読が難しい箇所を補えるところもあり、重要な伝本の一つとみてよいであろう。本書ではこれを「承空本」と称した。

これらが紹介される以前、『好忠集』の諸伝本は、神作光一氏『曽禰好忠集の研究』（笠間書院、昭和四十九年八月）において、次のように分類されていた。

(1)　一類本（流布本）系

(2)　二類本（異類本）系

(3)　三類本（曽丹集切）

このうち一類本では、天理大学附属天理図書館蔵尚書禅門奥書本『曾禰好忠集』が最善本とされる。これを本書では「天理本」と称した。

真観（葉室光俊、一二〇三～一二七六）所持本が親本と考えられている鎌倉中期書写本で、五百八十六首を含む。天理図書館善本叢書和書之部第四巻『平安諸家集』（解題・橋本不美男氏、八木書店、昭和四十七年五月）に複製され、『私家集大成』第一巻中古Ⅰ（明治書院、昭和四十八年十一月）所収『好忠Ⅰ』や、『新編国歌大観』第三巻私家集編Ⅰ（角川書店、昭和六十年五月）が底本とした。また、注釈としては、『曽禰好忠集全釈』（神作光一氏・島田良二氏、笠間書院、昭和五十年十一月）や、『中古歌仙集（一）』（和歌文学大系54、明治書院、平成十六年十月）所収「曾禰好忠集」（校注・松本真奈美氏）がある。

次に、二類本の代表的なものは、宮内庁書陵部蔵（五〇三・二二六）伝冷泉為相筆本『好忠集』である。これを本書では「書陵部本」と称した。

鎌倉後期の書写とされ、五百八十三首を含む。『曽禰好忠集　宮内庁書陵部蔵　伝冷泉為相筆』（島田良二氏編、笠間書院、昭和四十七年四月）に複製された。(3)注釈として、『平安鎌倉私家集』（日本古典文学大系80、岩波書店、昭和三十九年九月）所収『好忠集』（校注・松田武夫氏）や、『『曾禰好忠集』注解』（川村晃生氏・金子英世氏、三弥井書店、平成二十三年十一月）がある。

その他の重要伝本として、冷泉家時雨亭叢書第十五巻『平安私家集 二』（朝日新聞社、一九九四年六月）に複製された『曽丹集』がある。残欠本で歌数は三百七十二首である。一類本の天理本と極めて近い本文を持ち、これよりも少なくとも百年は遡る写本であって、三類本の伝西行筆升形本は、この『曽丹集』の欠落部分の断簡であることも判明したという（解題、3～17頁）。そこで本書では、『古筆学大成』第十九巻（小松茂美氏、講談社、一九九二年六月）所収の伝西行筆升形本の数首も併せて扱うことにし、これをまとめて「冷泉家本」と称した（凡例参照）。

以上のように、冷泉家時雨亭文庫蔵の『好忠集』（『曽丹集』）の紹介によって、神作氏による三分類を見直す必要が生じた。前掲、『資経本私家集 三』の解題（樋口芳麻呂氏）は、「資経本は異本系の二首を含み持ち、流布本系の本文を主としながら、時に異本系の本文になっており、歌数が最大であることを考慮すると」とし、鎌倉時代の古写本三本、すなわち「天理本」「資経本」「書陵部本」を主要伝本と考え、それぞれ第一類、第二類、第三類と分類するのが妥当かもしれない（20頁）とする。

つまり、これまでは天理本と書陵部本が対立的なものとして捉えられてきたが、ここに資経本・承空本を加えてみると、鼎立の様相を示してくるのである。また、神作氏が「三類本（曽丹集切）」としたものの中には、冷泉家本のツレが含まれていた。そこで、本書の底本である資経本と四つの対校本を、樋口氏にならって次のように整理しておく。

第一類　天理本・冷泉家本（伝西行筆升形本曽丹集切を含む）
第二類　資経本・承空本
第三類　書陵部本

本書では、資経本の本文をできるだけ尊重し、他本の本文のほうが理解しやすくても改訂することは控えた。しかし、誤りと思われる箇所は他本を参考にして改めた。以下、改訂した箇所を一覧にして示す（数字は百首中での歌順番号）。

	〔校訂本文〕	〔底本本文〕
序	はふんしも	ふんしも
序	おなし事すくもすかぬもことならす	をなし事ならす
5	むめのそのふに	むめのそえらに
12	はるののの	はるののを
12	ふちのわかそを	ふちのそかくを
31	いへちたつねむ	いつちたつねむ
沓冠序	くにとこたちの	あとこたちの
61	山ひこ	山ひと
64	るいよりも	れいよりも
70	すみわひぬやい	すみわひぬやは
79	あらぬさまにも	あらぬさまに
80	わかふししとこ	わかふしとこに
81	よとのわかこもの	よとのわかこも

序では二箇所を校訂した。「ふんしも」の箇所では上に「は」を補い、「はふんしも」（はふ虫も）とした。天理本の「みそにはふむしも」という本文ならば、直前にある「くもになくつるも」との対応はよいが、意の通る最小限の補入にした。「すくもすかぬも」を補った箇所では、「こと」のところで目移りして脱したとみて訂した。

5番歌「そえら」、12番歌「そかく」では意味を解せず、誤写とみて訂した。

沓冠序で「あところたちの」とある箇所は意味を解せず、承空本の傍書にある「クニ」をもとに「国常立」とみて「くにところたちの」と訂した。

61から81番歌までについて、79番歌のほかは、すべて沓冠の文字制約をもとに訂した箇所である。81番歌は、沓の文字制約のため結句を「の」で止めなければならない。そこで書陵部本に従って「の」を補った。ただ、その結果、八音になった点は問題点として残る。天理本の「よとのまこもの」ならば七音で音数律に合い、「の」で止める制約にもかなうが、「わかごも」「まこも」の異同は大きいとみて、採らなかった。

沓冠歌では、文字制約から外れていれば誤りとして訂した。他の歌では改訂すべき箇所を残したかもしれないが、先に述べたように、可能な限り底本の本文を尊重して解釈を試みた。

5

別稿(4)において、資経本・書陵部本・天理本の主要三本における〈好忠百首〉と〈順百首〉の異同傾向の違いを示した。〈好忠百首〉に関しては、三本で出入りのある歌を除いた百首を対象にすると、異同を含む歌は八三首あり、単純な誤写なども含めると、異同総数は一六〇箇所であった。それらを整理すると次のようになる。それぞれ、略号「資」「天」「書」によって示す。

「資」が独自異文、「天」「書」で一致　……26か所
「天」が独自異文、「資」「書」で一致　……39か所
「書」が独自異文、「資」「天」で一致　……84か所
「資」「天」「書」の三本すべてで異文　……11か所

このように、数を見る限りでは資経本と天理本とが比較的近く、書陵部本がやや隔たっているように思われる。一首ごとの検討を行うと、資経本と天理本とで同じかまたは近い本文になっている歌が、おおむね全体の四割程度にのぼる。右で見られた大まかな傾向は動かないようである。以下、資経本と天理本の本文が同じで、書陵部本の本文が異なる例を示す。諸本いずれも二行書きであることを考慮し、上句・下句を分かち示す。なお、算用数字は百首における番号、漢数字は『新編国歌大観』による番号である。傍線は筆者による。

資　せみのはのうすらころもになりゆくに《ニシヲ》　なとうちとけぬ山ほとゝきす《ほとゝきすそも》　（夏・16・三八三）
天　せみのはのうすらころもになりゆくに　なとうちとけぬやまほとゝきす
書　せみの葉のうすらころもになりにしを　なとうちとけぬほとゝきすそも

右の16番歌では第三句と結句に異同がある。資経本にある傍書は書陵部本の本文と一致している。

資　本つ人いまはかきりとみえ《たえ》しより　たれならすらんわかふしとこ《しとこ》に　（沓冠・80・四四七）
天　本つめにいまはかきりと見えしより　たれならすらんわかふしとこに
書　もとつ人にいまはかきりとたえしより　たれならすらんわかふしゝとこ

80番歌は沓冠歌で、結句を「こ」で止めなければならない。そのため、書陵部本の本文が有力ということになる。資経本・天理本は、ともに誤っている。

なお、右で見たように、資経本には豊富な校合書き入れがあり、そのほとんどは書陵部本の本行本文と一致する。また、書き入れには平仮名のもの、片仮名のものもあり、合点の付された箇所もある。

前節で述べたように、やむをえず校訂した箇所はあるが、資経本が他本に比べて優れている点もある。以下、資経本の本文が、天理本・書陵部本の本文と対立する例を挙げて比較してみる。

まず、資経本が本来の本文であるとみられる例である。

人はみなみしもきゝしもよの中にあるは有《なり》とかなきはなしとか　（みなみ・98・四六五）

傍線部は結句との対応から「あるはありとか」と読むのであろう。ここを、書陵部本「あるはなりとか」、天理本「あるはあるかと」とする。資経本の傍書「なり」は書陵部本の系統と校合した書き入れであろう。書陵部本は単なる誤写であろうか。天理本は「とか」を転倒させたとみられる。

次の例は、踏まえたとみられる万葉歌との関係から本来の本文とみられるものである。

やまさとのむめのそえ《のふ》らにはるたてはこつたひちらすうくひすのこゑ　（春十・5・三七二）

傍線部、書陵部本・天理本は第四句を「こつたひくらす」とする。この歌は『万葉集』(5)の次の歌を踏まえたとみられ、資経本の本文がそれとよく合致する。

いつしかもこの夜の明けむうぐひすの木伝ひ散らす梅の花見む　（巻十・一八七三・一八七七）

袖垂れていざ我が園にうぐひすの木伝ひ散らす梅の花見に　（巻十九・四二七七・四三〇一）

次の例も同様である。

まろこすけしけれるのへ《やと》のくさのうへに　たまとみるまてをけるしらつゆ　（沓冠・66・四三三）

傍線部、書陵部本・天理本は第二句を「しけれるやとの」とする。この歌は万葉集の次の歌を踏まえたとみられる。両者の下句が一致する。

さ雄鹿の朝立つ野辺の秋萩に玉と見るまで置ける白露　（巻八・一五九八・一六〇二）

次の例は、〈恵慶百首〉との関係によって、本来の本文とみられるものである。

ふるさとのうしろめたなさ《サニ》うちしのひ　むかしこひしきねをもなく《〈ノ□ソナク》かな　（ひんがし・96・四六三）

第二句を書陵部本・天理本では「うしろめたさに」とする。次のように、〈恵慶百首〉(6)では「うしろめたなき」が二箇所に使われている。右の「うしろめたなさ」をもとに、恵慶がこの語を選択した可能性は大きいであろう。先行する「うしろめたなし」の例は管見に入らない。

ささがにのいやはねらるるはるのよは　うしろめたなきはなをみるがに　（恵慶集・百首・沓冠・二五七）

いでたてばうしろめたなきあだ人よ　めぐりにするゐてはなたずもがな　（同・百首・ひと夜めぐり・二九八）

最後に、いずれが本来の本文か判断のつかない例を挙げておこう。

資　を《ひ》やま《をか》たのひつちのえしもほにいてぬ《子》は　心ひとつにこひしとそをもふ　（つちのえ・88・四五五）

天　をやまたのひつちのえしもほにいてねは　こゝろひとつにこひしとそをもふ

書　ひやをかのひつちのえしもほにいてねは　心ひとつに恋しとそ思

第三句末、資経本で「……ぬは」とあるところを、天理本・書陵部本では「……ねば」とする。資経本の傍書に

「子」とあるのは片仮名の「ネ」であろう。歌意を大きく変える異同ではないが、文としての構造はまったく異なるものになる。「ねば」のほうが素直のようにも思われるが、資経本の「ぬは」でも意味は通じるため、改訂しなかった。

6

〈好忠百首〉には全体に関わる冒頭の序文と、沓冠歌を導く序文がある。このうち、冒頭の序文は誤写も含めて異同が多く、本来の姿を推定するのは困難である。ともあれ、三本を比較し、いくつか特徴的な箇所を見てみよう。序文［校異］も参照されたい。

まず、資経本と天理本が近いと思われる箇所である。対応を判りやすくするために空白を入れて並べてみる。

資　すきゆく月のかけを《こまをかそへて》　そへて
天　すきゆくつきのかけをかすへつゝ
書　すきゆくこまを　　　かそへつゝ

資経本・天理本で「月のかけを」が一致、書陵部本では「こまを」とある。しかし、資経本の「そへて」に対しては、天理本「かすへつゝ」、書陵部本「かそへつゝ」とあって近い。天理本は他の二本を合わせたように見えるが、資経本の「そへて」を誤写とみるならば、やはり資経本と天理本とが近いか。なお、資経本の傍書「こまをかそへて」は、書陵部本と一致はしないまでも、その系統と校合した結果であろう。

右のような例もあるが、全体的な印象としては、資経本と書陵部本が近いと思わせる箇所が多い。とくに末尾近くに着目してみると、資経本と書陵部本とがとくに近いように思われる。次の例は本文に何らかの欠落を想定すべき箇所である。

資　くもになくつるもそのこゑつるにかなしひにむせひ　ふんしも心のゆくへはへたてなしと思ひ　なせは
天　く　にならへたも　つひにむなしく　みそにはふむしも心のゆくゑはへたてなしとおもひなせは
書　くもになくつるもそのこゑつるにかなしひにむせひ　心のゆくゑはへたてなしと思　なせは

天理本の「くにならへたも」は、おそらく、資経本・書陵部本にある「くもになくつるも」の誤写であろう。資経本の「ふんしも」は、「はふ虫も」と校訂した（第4節参照）。書陵部本はこの箇所を欠くが、もともとなかったか、意味不明のため欠落したかはわからない。

資　なにはなるあし□もよきもをなし事　ならす。なを□したゝとつけてけれ《しか》と
天　なにはなるあしきもよきもをなし事すくもすかぬもことならす。なをよしたゝとつけてけれと
書　なにはなるあしきもよきもおなし事　ならす。なをよしたゝとつけ　しかと

天理本にある「すくもすかぬもこと」は、資経本・書陵部本ともに欠いている。ここは目移りによる誤脱とみたが、こうした箇所では、資経本と書陵部本とがごく近い関係のように見える。

さらに、序文は冒頭のみではなく、後半の沓冠歌を導く序文もある。ここでは、漢字・仮名の表記の違いこそあれ、資経本と書陵部本とで異同がなく、天理本の本文と対立する。資経本と書陵部本とがまったくの同文であることは、ある時期に一方がもう一方をそのまま引き写したことが想定されよう。

このように、二箇所の序文で異なる様相を見せており、諸本の関係の複雑さがうかがわれる。

7

主要三本における異同のうち見逃せないものが、春部における歌の出入りと歌数の違いである。(7) 歌数は資経本に十二首あるところが、天理本では十一首、書陵部本では十首である。題に「はる十」とあるからには十首で構成されるのが自然であるように思われるが、資経本や天理本の例をみると、歌数は厳密でなくてよいという考え方もできる。ちなみに、天理本と同様、ここに十一首を持つ冷泉家本では、春部の題に「はる」とあるのみで、歌数を記していない。

歌数の多い資経本を基準にすると、天理本は資経本の2「いづくとも」の歌がない。また、書陵部本は資経本の3「くまごとに」と6「しらましや」の二首がない。2「いづくとも」、3「くまごとに」の箇所は、天理本と書陵部本では第二首として別々の歌が配置されていることになるが、資経本はその両方を持っている。以下、資経本の第七首「わぎもこが」まで三本を対照して示す。

資経本「はる十」（第七首まで）	天理本「はる十」（第六首まで）	書陵部本「春十」（第五首まで）
1　きのふまて冬こもれりしくらふ山 けふははるへとみねもさやけみ	1　きのふまて冬こもれりしくらふやま けふははるへとみねもさやけみ	1　きのふまてふゆこもれりしくらふ山 けさははるへとみねもさやけみ

2　いつくともわかすかすめるあつまのゝ
をくほのとまもはるめきぬらし

3　くまことにいまははるへとかすみゆく
みねのわらひもゝえぬらんやそ

4　まきもくのあなしのひはらはるき《くれ な》ては
はなかゆきかとみゆるゆふして《もイ》

5　やまさとのむめのそえ《のふ》らにはるたては
こつたひちらすうくひすのこゑ

6　しらましやあけにけりともはるのよに《を》
ねやのつまとにあさひさゝすは

7　わきもこかけさのあさひにひかされて《レテツ》
せなさへあま《はるは》りたゆ□なもたつ

2　欠

3　くまことにいまははるへとかすみ行
みねのわらひもゝえぬらんやそ

4　まきもくのあなしのひはらはるたては
はなかゆきかとみゆるゆふして

5　やまさとのむめのそのふにはるたては
こつたひくらすうくひすの声

6　しらましやあけにけりとも春のよに
ねやのつまとにあさひさゝすは

7　わきもこかけさのあさひにひかされて
せなさへあまりかひたゆきかな

2　いつことん《ヒ も》わかすかすめるあつまのゝ
をくほのとまもはるめきにけり《ぬらし ニ》

3　欠

4　まきもくのあなしのひはらはるな《ヒ く》れは
はなかゆきかとみゆるゆふしも《て ヒ》

5　やまさとのむめのそのふにはるひすら
こつたひくらすうくひすのこゑ

6　欠

7　わきもこかけさのあさいにひかれてそ
せなさへ。《はるは》たゆき名もたつ

右に示した歌の出入りのうち、書陵部本だけが持たない6「しらましや」歌に関しては、この歌がない書陵部本の形にどこかから一首補って、資経本や天理本のような配置にするというのは考えにくいのではなかろうか。もともと存在していたものが、続く7「わぎもこが」歌と同じく朝寝を詠んでいることから、ある段階で削除され、結果的に書陵部本の配置になったとみるのが自然であろう。

資経本には豊富な校合書き入れがあり、その多くは書陵部本の本行と一致することはすでに述べた。しかるに、6「しらましや」歌を書陵部本は持たないのであるが、その第三句を見ると、「はるのよに」の「に」に対して「を」という傍書がある。この傍書の由来は不明であるが、4番・5番・7番の各歌の傍書からわかるように書陵部本の系統に由来すると仮定してみる。そうすると、6「しらましや」を持っていた、すなわち削除される前の書陵部本系統の本文があって、それを見たということも可能性としては排除できまい。

次に、2「いづくとも」と3「くまごとに」の箇所について見てみよう。ここでは、両者を持つ資経本の配置から他本が別々の一首を削除したのか、また逆に、天理本の系統と書陵部本の系統とが接触した結果、補われたのか。両方の道筋が考えられ、三つの系統があったことを想定しておくほかはあるまい。ともあれ、資経本はもっとも歌数が多いことでも注釈に値する。

8

最後に、〈好忠百首〉から目を転じ、〈毎月集〉および〈順百首〉の本文について簡単にふれておく。

先に述べたように、三百六十八首からなる〈毎月集〉は『好忠集』の中心的部分とみてよい。〈好忠百首〉や〈順百首〉の部分も含めて、どのような本文になっているか確認しておく必要があろう。

まず、次の、資経本の解題で引かれた例から見ていく。ここでは二行書きの歌の見かけどおりに引くことにする。

資　おほあらきのおほくのえたもなひくとて《あはらきのおほあらのえたもなひくとてよはにさひしきふゆのよのかけ》

たえすはけしきふゆのやまかせ　（冬・十二月中・三五八）

天　おほあらきのおほくのえたもなひくまて

たえすはけしきふゆのやまかせ

書　あはらきのおほあらのえたもなひくとて

よはにさひしきふゆのよのかせ

資経本では異文の一首が上句に傍書されている。資経本と天理本は、第三句に小異があるもののおおむね一致し、傍書は書陵部本と結句末の一字のほかは一致している。解題は、この例を示し、「資経本本文右傍に見られる校異細書は、書陵部本本文と一致するものが多く、資経本は大体は流布本系の本文で、異本系の本文を傍書しているといえよう」（21頁）とした。

確かに、資経本と天理本とが同じか近い本文で、書陵部本の本文と対立するときには、書陵部本の本文に近い書き入れのあることが多い。ただ、右のように一首全体が小書きで添えられている例はこの一箇所のみであり、やや特殊な例であろう。これ以外は上句や下句についての傍書が数例あるほか、ほとんどの例は一句や数文字の傍書となっている。次の例は、初句の第三字以下から第三句までについて、書陵部本と一致する傍書がある。

資　かせによりうてはころもをてたゆみ《さむみしてうちのころもてもたゆくイ》　さむさにいそくあきのよな〳〵　（秋・八月おはり・二四〇）

天　かせによりうてはころもをてたゆみ　さむさにいそくあきのよな〳〵

書　かせさむみしてうちのころもてもたゆく　さむさにいそく秋のよな〳〵

右のような例からは、解題のいうように、資経本と天理本の本文が近いように思われるが、〈毎月集〉全体にわたって同じ傾向かというと、必ずしもそうではないようである。このような例は秋部と冬部に目立っており、一方、春部では書陵部本よりも天理本の独自異文が少なからず存在する。以下、春部から例を挙げる。

資　みやつこきおふるかきねをはるたては　ふかきみとりにもえわたりけり　（春・正月中・二一）
天　みやこへにおふるかきねそはるたては　ふかきみとりにまつは見えける
書　みやつこきおふるかきねをはるたては　ふかきみとりにもえわたりける

資　あらけにてやけふに見えしはるの〻も《の》　くさふかけにもなりにけるかな　（春・三月をはり・八六）
天　あらけにてやけふに見えし春の野も　なつはいろ〳〵はなさきにけり
書　あらけにてやふけにみえしはるの〻の　くさふかけにもなりにけるかな

八六番歌、第三句の傍書「の」は書陵部本系統との校合結果かと思われるが、一方で天理本の下句は他本と大きく異なっている。

　このように、〈毎月集〉全体は均質ではないようで、春部は資経本と書陵部本の本文が近いように思われる。詳細については今後の検討が必要であろう。

　前稿(8)と別稿(9)において考察したが、〈順百首〉に含まれる一〇〇首については、さらに様相が異なる。〈順百首〉では、異同のある歌は五六首、異同総数は七二箇所であった。第5節で述べた〈好忠百首〉の異同のある歌八三首、異同総数一六〇箇所と比較すると、格段に少ない。

　三本での異同傾向も見てみよう。〈順百首〉における異同数の下に、第5節に示した〈好忠百首〉における異同数も示す。

	〈順百首〉	〈好忠百首〉
「資」が独自異文、「天」「書」で一致	……46か所	26か所
「天」が独自異文、「資」「書」で一致	……17か所	39か所
「書」が独自異文、「資」「天」で一致	……7か所	84か所
「資」「天」「書」の三本すべてで異文	……2か所	11か所

このように、〈順百首〉の部分では、資経本に独自異文が多い。すなわち、天理本と書陵部本が比較的近い本文を持っているということになり、〈毎月集〉や〈好忠百首〉における傾向とは異なる様相を見せる。第2節で述べたように、〈毎月集〉〈好忠百首〉〈順百首〉それぞれの独立性を物語っている。〈順百首〉は作者が異なることもあり、おそらくは『好忠集』に収められるまでの流布や伝来の事情の違いを反映しているのであろう。具体的に想定できるのは、それぞれの部分ごとの単独流布である。つまり、現存『好忠集』の形に合集される前に〈毎月集〉や二つの百首歌が別個に流布していたことを想定すれば、説明の付く現象であろう。

ちなみに、〈好忠百首〉よりもやや下るとみられる百首歌に〈重之百首〉があるが、『重之集』の伝本には内部にこの百首を持つ系統と別に、百首だけからなる伝本があることが知られている。百首歌が家集の他の部分とは別個に成立し、伝来途上において現存伝本に見るような形態に合体したものと推測されている[10]。『好忠集』には『重之集』のように百首だけの伝本はいまだ確認できないが、家集の内部に別々の成立のものを含み持つ点は同様である。現存『好忠集』諸本は、その構成を同じくすることから、共通の祖本の存在を想定するのが自然であろう。ただ、資経本に関しては、他系統との部分的な校訂や、一部差し替えなどの可能性を考えておいてよいのではなかろうか。

注

（1）『恵慶集』所収〈恵慶百首〉序文に、「天徳の末のころほひ、あざな好忠曽丹といふ人、ももちの歌を……」（資経本）とある。天徳五年二月十六日、応和に改元。ちなみに、天徳四年三月三十日に行われた内裏歌合より後の成立か。金子英世氏「天徳四年内裏歌合と初期百首の成立」（『三田國文』第十四号、平成三年六月）参照。

（2）〈毎月集〉の成立の上限は、松本真奈美氏「重之百首と毎月集」（『國語と國文学』第六十九巻第十号、平成四年十月）によって、安和元年（九六八）十一月であることが示された。下限は、岡一男氏「蜻蛉日記の成立年代とその藝術構成」（『古典と作家』文林堂双魚房、昭和十八年七月）によって、天禄三年（九七二）であるとされている。

（3）簡便で利用しやすい影印であるが、墨のかすれた箇所などで一部見えなくなっているところがある。そのため、本書では校合に国文学研究資料館のマイクロフィルムを使用するとともに、原本も確認した。

（4）南里一郎「『曾禰好忠集』所収「好忠百首」の本文異同について――古写本三首による比較――」（『社会科学』〈同志社大学人文科学研究所〉第四五巻第一・二号、二〇一五年八月）。

（5）『万葉集』の本文は『新編国歌大観』によるが、表記を私意によって改めた。番号は旧番号・新番号の順である。

（6）〈恵慶百首〉の本文は冷泉家時雨亭文庫蔵藤原資経筆本（資経本）の影印『資経本私家集 三』（朝日新聞社、二〇〇三年

十二月）によるが、表記を私意によって改めた。歌順番号は『新編国歌大観』による。

（7）筑紫平安文学会『順百首全釈』（歌合・定数歌全釈叢書十八、風間書房、二〇一三年五月）解説《三》「〈好忠百首〉と〈順百首〉の配列と対応関係」（岩坪健）に考察がある。

（8）筑紫平安文学会『順百首全釈』（歌合・定数歌全釈叢書十八、風間書房、二〇一三年五月）解説《二》「『曾禰好忠集』所収〈順百首〉の本文について」（南里一郎）。

（9）注4に同じ。

（10）『新編国歌大観』重之集解題（新藤協三氏）。

（南里一郎）

三　〈好忠百首〉における『万葉集』受容　附『万葉集』古点の成立時期臆断

1

平安時代中期の歌人好忠が、「天徳の末のころほひ」（恵慶集・〈恵慶百首〉序文、九六〇年頃）に創始した百首歌の嚆矢〈好忠百首〉を通読してゆく時、その歌語や表現に『万葉集』を受容したと思しい事例が散見される。『万葉集』の訓読が、好忠の時代に既に困難になっていたことは、村上帝の天暦五年（九五一）十月三十日、後宮の梨壺に「撰和歌所」が設置されたことを記す、次の資料から知られる（以下、傍線筆者）。

天暦五年、宣旨ありて、やまとうたはえらぶところ、なしつぼにおかせ給ふ、古万葉集よみときえらばしめ給ふなり、めしおかれたるは河内掾清原元輔、近江掾紀時文、讃岐掾大中臣能宣、学生源順、御書所預坂上茂樹らなり、蔵人左近衛少将藤原朝臣伊尹を、其ところの別当にさだめさせたまふ、かみなづきのへいはくにいはく、かみなづきかぎりとやおもふもみぢばの、とあり、おのおのうたをたてまつるに

神無月はては紅葉もいかなれや時雨とともにふりに降るらん（順集・一一七）

所謂「梨壺の五人」に選任された源順は、『女四宮歌合』（天禄三年〈九七二〉八月二十八日、判者源順）で、往事を回想して「そもそも、したがふ、なしつぼには、ならの宮このふるうたえりたてまつりしときに、くれたけのよこ

もりてゆくすゐたのむをりもはべりき」（二一・詞書）と記し、『順集』にも、「抑、したがふ、なしつぼには、ならの都のふるうた、よみときえらびたてまつりし時には、すこしくれ竹のよごもりてゆくすゐをたのむをりもはべりき」（二六一・詞書）と、ほぼ同文が記されている。

鎌倉時代に、仙覚によって「古点」と称されることになる「梨壺の五人」が訓読した『万葉集』の成立時期については、最後に臆断を述べることにして、順が承平年間に編纂した『和名類聚抄』には、『万葉集』からの引用が七箇所で確認でき、夙に親しんでいたことが知られる。このことから、訓読の中心人物は、順であったと考えて大過なかろう。

その順は、〈好忠百首〉に対する返歌として〈順百首〉を詠んでおり、『好忠集』に収載されている。その序文の前に、「源順これをみてかへししたりとなむ」という家集編纂時の注記か、後人の追記と思しい記述が付されている。かつて、順の詠作であることを疑う見解も提示されたが、冷泉家時雨亭文庫蔵『源朝臣順集上』の影印本刊行時に、「従五位上行源朝臣／したかふか下」という尾題を有する下巻末の断簡一葉（〈順百首〉99・100番歌）が付載された[1]ことで、順の百首歌であることが確定した。[2]

〈順百首〉が好忠創始の百首歌に対する返歌として詠まれていることから、二人の交流は密であったことが知られ、その順を通して、好忠が『万葉集』を受容していた可能性は、十分に考えられよう。〈好忠百首〉に受容された『万葉集』歌を確認することを通して、その実態を論じてみたいと思う。

尚、順が訓読した「古点」の伝本は現存せず、実態は分明でない。「次点」の訓読を含む平安期の伝本として、桂本・藍紙本・元暦校本・天治本・金沢本・類聚古集・尼崎本があるが、完本はないので、二十巻を完備する現存最古の西本願寺本（仙覚・文永三年本）の本文に、適宜に漢字を当てて引用することにする。

また、和歌の引用は、特記なき限り、『新編国歌大観』に従ったことを附記しておく。

2

先ず、四季・恋部の歌五十二首中で、『万葉集』受容が確認される十八首（春・夏・秋・恋部各四首、冬部二首）について、検討を加えてみたい。

① いづくともわかず霞めるあづま野のおく穂の苫も春めきぬらし（2・春）

第三句「あづま野」全体が霞む様子に、春の到来を見出している歌なのだが、これは、『万葉集』「あづま野のけぶりの立てる所見てかへり見すれば月かたぶきぬ」（巻一・四八・人麻呂）を踏まえていよう。「あづまの国」「あづまの坂」と詠むのが一般的で、孤例である万葉語を、意図的に使用した例である。因みに、現在は「東野炎立所見而」を、賀茂真淵『万葉集考』巻一が「ひむかしの野にかぎろひの立つ見えて」と訓読したのに従っている。『平中物語』「あづまのあづまやにすむもののふやわがなをかやにかりわたるらむ」（第二十八段・一〇二・かの名借れる男）もあるが、その成立は、顕忠が右大臣であった天徳四年（九六〇）八月以降康保二年（九六五）までの間か、その後あまり時を隔てぬ頃（新編日本古典文学全集本・解説、五四七頁）であり、その享受も含めて、好忠歌に先行する詠歌とは確言しがたいであろう。

② 隈ごとに今は春へと霞みゆく峰の蕨も萌えぬらむやぞ（3・春）

下句「峰の蕨も萌えぬらむやぞ」は、『万葉集』「いはそそく垂水の上のさわらびの萌え出づる春になりにけるかも」（巻八・一四一八・一四二二・志貴皇子）の第三句以下を踏まえつつ、春の到来を、「さわらびの萌え出づる」視覚的な実感から、日陰に霞が立ったことに基づいて「峰の蕨」が芽ぐみ始めたことを思い遣る心情に転換して、早春の歌に位置付けている。

第二句「今は春へと」は、『古今集』仮名序「なにはづにさくやこの花ふゆごもりいまははるへとさくやこのはな」を踏まえたのであろうが、『万葉集』にも、「打あぐる佐保の河原の青柳は今は春へとなりにけるかも」（巻八・一四三三・一四三七・坂上郎女）がある。

③　山里の梅のそのふに春立てば木伝ひ散らす鶯の声（5・春）

第二句「梅のそのふ」は、『万葉集』「遅れゐて長恋せずはみそのふの梅の花にもならましものを」（巻五・八六四・八六八・旅人）や「みそのふの百木の梅の散る花のあめに飛びあがり雪と降りけむ」（巻十七・三九〇六・三九二八・大伴書持）を踏まえて表現を整え、下句「木伝ひ散らす鶯」も、『万葉集』「いつしかもこの夜の明けむ鶯の木伝ひ散らす梅の花見む」（巻十・一八七三・一八七七）や「袖垂れていざ我がそのに鶯の木伝ひ散らす梅の花見に」（巻十九・四二七七・四三〇一・藤原永手）を踏まえたのであろう。

尚、平安期では、「百千鳥」や「鶯」が「木伝ひ散らす」対象は、桜の花なのだが、例歌は少ない。

④　むばらこき手に取り矯めて春の野の藤のわかそを折りて束ねむ（12・春）

初句「むばら」は、平安期では、〈毎月集〉の「なつかしくてにはとらねど山がつのかきねのうばらはなさきにけり」（好忠集・四月のをはり・一二一）以外に、詠歌を確認できないが、『万葉集』「からたちのむばら刈り除け倉建てむ屎遠くまれ櫛造る刀自」（巻十六・三八三二・三八五四・忌部首）がある。『伊勢物語』六十三段「つくも髪」に、

「むばら、からたちにかかりて、家に来てうちふせり」（新日本古典文学大系本）とあるが、平安和歌では詠まない素材に、好忠が注目した例であり、『万葉集』を踏まえたのであろう。

尚、「むばら」は、『万葉集』で「道のへのうまらの末にはほ豆のからまる君をはかれかゆかむ」（巻二十・四三五二・四三七六・丈部鳥）とも詠まれた。

⑤　春霞立ちしは昨日いつのまに今日は山辺のすぐろ刈るらむ（13・夏）

結句「すぐろ」は、平安中期まで詠歌例はなく、『万葉集』「春山の咲くのをすぐるに若菜摘む妹が白紐見らくしよしも」（巻八・一四二一・一四二五・尾張連）があるが、「乎為黒」という漢字表記を、神宮文庫本・京都大学本代赭色書入・広瀬本（定家本）は、「をすぐろ」と訓読している。

平安後期の詠歌例だが、『堀川百首』「春山のさきのをすぐろかき分けてつめるわかなに淡雪ぞふる」（七五・基俊）の初句・第二句は、『万葉集』一四二一番歌の「春山之《ハルヤマノ》　開乃乎為黒尓《サクノヲスグルニ》　春菜採《ワカナツム》」を踏まえて詠んでおり、『袖中抄』第十九も一四二一番歌を、「春山の関の乎為黒《をすぐろ》にわかなつむいもがしらひもみらくともしも」（九四九）と訓読している。これらの例を勘案すると、「為黒」を「すぐろ」と訓読した万葉歌を踏まえて、⑤「すぐろ」が詠まれた可能性は高いであろう。

⑥　蟬の羽のうすら衣になりゆくになどうちとけぬ山ほととぎす（16・夏）

第二句「うすら衣」は、『万葉集』「くたみ山夕居る雲の薄らがば我は恋ひむな君が目を欲り」（巻十一・二六七四・二六八二）に見える動詞「薄らぐ」と派生関係にある「薄ら氷」を詠み込んだ、「佐保川に凍り渡れる薄ら氷の薄き心を我が思はなくに」（巻二十・四四七八・四五〇二・大原桜井真人）を踏まえつつ、『古今集』「蟬の羽のひとへにうすき夏衣なればよりなむ物にやはあらぬ」（雑体・一〇三五・躬恒）の第二句・第三句の表現を改めて、好忠が創出した歌語であろう。

〈毎月集〉「せみのはのうすらごろもになりにしをいもとぬるよのまどをなるかな」（好忠集・一四一・五月中）以外に詠歌例はなく、好忠周辺の歌人も含めて継承されなかった。

⑦ 草まよふせながわかふをかきわけて入るとせし間に裳裾濡らしつ（17・夏）

結句「裳裾濡らしつ」は、『万葉集』「君がため山田の沢にゑぐ摘むと雪消の水に裳の裾濡れぬ」（巻十・一八三九・一八四三）や「人目守る君がまにまに我ともにつとに起きつつ裳の裾ぬれぬ」（巻十一・二五六三・二五六八）の結句の表現を踏まえつつ、生じた事態を捉える視点を、客観的な立場から主体的な行動へと転換して詠んでいる点に、工夫があろう。

平安期は、「わがせこが衣のすそを吹返しうらめづらしき秋のはつ風」（古今集・秋上・一七一・読人不知）のように、「衣の裾」と詠むのが一般的であった。

⑧ 曇りなき大海の原を飛ぶ鳥の影さへしるく照れる月影（20・夏）

第二句「大海の原」は、『万葉集』「やすみしし　我が大君の　神のまに　高く知らせる　印南野の　大海の原のあらたへの　藤井の浦に　鮪釣ると……」（巻六・九三八・九四三・赤人）を踏まえていよう。

尚、同時代の詠歌に、「よるやどるいそべのなみやさわぐらん大うみのはらにちどりなくなり」（重之集・一六一・こきさいの宮より、いけのくさあはせするに、おほみのくさありけりときて、いひにおこする）があるが、⑧以降の作である。

⑨　桜麻の刈り生の原をけさ見れば外山片掛け秋風ぞ吹く（23・秋）

⑩　夏剝ぎの麻生の茂りを見るときぞ秋来にけりとほどは知らるる（28・秋）

⑨初句「桜麻の」と⑩第二句「麻生（をふ）の茂り」は、『万葉集』「桜麻の麻生の下草露しあらば明かしていゆけ母は知るとも」（巻十一・二六八七・二六九五）や「桜麻の麻生の下草早く生ひば妹が下紐解かざらましを」（巻十二・三〇四九・三〇六三）を踏まえたのであろう。

ただ、『万葉集』では「桜麻」が「麻生」に懸かる枕詞として詠まれているのに対して、好忠は⑨「桜麻」を語本来の麻の雄株の意で詠むとともに、⑩「麻生」を枕詞とは組み合わせずに詠んでいて、相違している点は注意されよう。

尚、『万葉集』と同じ枕詞の詠歌例が、『古今集』「おほあらきのもりのした草おいぬれば駒もすさめずかる人もなし」（雑上・八九二・読人不知）の、左注の異伝本文「又は、さくらあさのをふのしたくさおいぬれば」に見られる。好忠がこの左注本文に従って、⑨⑩の表現を用いた可能性も考えられるのだが、これは、平安後期の『散木奇歌集』（一八三）、『中宮亮顕輔家歌合』（七〇・隆縁）などまで受容されなかった。それに対して、好忠が『万葉集』を間違いなく受容していたことを勘案すると、⑨「桜麻の」と⑩「麻生の茂り」は、前引の『万葉集』歌を踏まえて詠まれた可能性の方が高いように思われる。

⑪　み吉野の象山かげの百枝松いく秋風にそなれきぬらむ（30・秋）

初句・第二句「み吉野の象山」は、『万葉集』「み吉野の象山のはの木ずゑにはここだくもさわく鳥の声かも」（巻六・九二四・九二九・山辺赤人）を踏まえ、「み吉野」と「松」の詠み合わせは、「み吉野の玉松が枝は愛しきかも君がみ言を持ちて通はく」（巻二・一一三・額田王）に依ったのであろう。

「百枝松」は、詠歌例がないが、「百枝」は『古今六帖』「みむろきの　神なびやまに　ももえさし　しげくおひたる　つきのよの　いやつぎつぎの……」（第四・二五〇二・赤人・ふるきみやこにてよめる）が確認でき、『万葉集』「うつそみと　思ひし時に　たづさひて　我が二人見し　出で立てる　百枝槻の木　こちごちに　枝させるごと　春の葉の　茂れるがごと……」（巻二・二一三・人麻呂）や「いかといかと　ある我がやどに　百枝刺し　生ふる橘　玉に貫く　五月を近み……」（巻八・一五〇七・一五一一・家持）も勘案すると、万葉語と認識されていたのであろう。

⑫　ひとりも寝風ももやや吹きまさるなりふりにし妹が家路尋ねむ（31・秋）

上句「ひとりも寝風もやや吹きまさるなり」は、『万葉集』「今よりは秋風寒く吹きなむをいかでかひとり長き夜を寝む」（巻三・四六二・四六五・家持）の一首の意を踏まえつつ、秋風が冷たさを増して吹く人恋しい時節の、耐え難い独り寝の侘しさを慰めるために、今は交流が途絶えている「妹」の家を訪ねようという、思いがけない行動を取る決意を詠んでいる。

尚、「ふりにし妹」は、家持の四六二番歌が「悲傷亡妾作歌」であることを反映した表現であろう。

⑬　楸おふる沢辺の茅原冬来れば雲雀の床ぞ現れにける（35・冬）

初句「楸おふる」は、『万葉集』「ぬばたまの夜のふけゆけば久木生ふる清き河原に千鳥しば鳴く」（巻六・九二五・九三〇・赤人）を踏まえており、自生する場が「河原」と「沢辺」で、水辺の木である点も一致している。

尚、『安法法師集』「ひさぎおふるかはらのやどの遠近にみゆるものものきみにいはせん」（五一）があるが、「かはら」に河原院を重ねて詠む技巧的な、安法出家後の詠歌であり、⑬より後の作であろう。

第四句「雲雀」は、『万葉集』「うらうらに照れる春日にひばり上がり心悲しもひとりし思へば」（巻十九・四二九二・四三一六・家持）、「朝なさな上がるひばりになりてしか都に行きてはや帰り来む」（巻二十・四四三三・四四五七・安倍沙弥麿）、「ひばり上がる春へとさやになりぬれば都も見えず霞たなびく」（巻二十・四四三四・四四五八・家持）を踏まえつつ、春の詠歌から、草が枯れて遮蔽物がなくなり、巣が顕わになる冬の詠歌に転換している点に、工夫があろう。

⑭　神祭るみ冬なかばになりにけるあこねが寝屋に榊折り敷く（38・冬）

第二句「み冬」は、『万葉集』「み冬継ぎ春は来たれど梅の花君にしあらねばをる人もなし」（巻十七・三九〇一・三九二三・大伴書持）の孤例を踏まえていよう。平安期には、詠歌例がなく、珍しい万葉語を意図的に使用した例であろう。

⑮　由良の門を渡る舟人かぢをたえ行方も知らぬ恋の道かな（43・恋）

初句・第二句「由良の門を渡る舟人」は、『万葉集』「住の江の得名津に立ちて見渡せば武庫の泊を出づる船人」（巻三・二八三・二八六・高市黒人）の下句を踏まえつつ、好忠が赴任している丹後国由良川の河口に場を転換して、表現を整えたのであろう。

⑯　わぎもこがゆらの玉すぢうちなびき恋しきころに寄れる心か（44・恋）

第二句「ゆらの玉すぢ」は、『古今六帖』第一・三六にも収載する『万葉集』「初春の初子の今日の玉箒手に取るからにゆらく玉の緒」（巻二十・四四九三・四五一七・家持）の結句を踏まえており、第三句以下の「うちなびき恋しきころに寄れる心か」は、「水底に生ふる玉藻のうちなびき心を寄せて恋ふるこのころ」（巻十一・二四八二・二四八六・人麻呂歌集）を踏まえつつ、表現を整えたのであろう。

⑰　恋ひわびてわが結ふ帯のほど見れば身はなきまでに衰へにけり（45・恋）

初句「恋ひわびて」は、『万葉集』「二なみに恋をしすれば常の帯を三重に結ふべく我が身はなりぬ」（巻十三・三二七三・三二八七）の初句・第二句の歌意を踏まえ、第二句以下は、三二七三番歌の第三句以下の歌意を踏まえつつ、「帯を三重に結ふ」状態を、「身はなきまでに衰へにけり」と、恋の苦悩のために痩せ衰えた身体の状態を強調する表現に転換して、表現を整えたのであろう。

⑱　をだまきり朝けの真人わがごとや心のうちにものは思ひし（51・恋）

第二句「朝けの真人」は、『万葉集』「わが背子が朝あけの姿よく見ずて今日の間を恋ひくらすかも」（巻十二・二八四一・二八五二）や「朝烏早くな鳴きそわが背子が朝けの姿見れば悲しも」（巻十二・三〇九五・三一〇九）の傍線部を踏まえつつ、『神楽歌』「設楽が真人の単重の狩衣な取入そ妬し」（小前張・蟋蟀・或説・本）も参考にして、表現を整えたのであろう。

3

次に、沓冠部の歌三十一首中で、『万葉集』受容が確認される五首について、検討を加えてみたい。

⑲　ささ波や長等の山にながらへて心にもののかなはざらめや（60・沓冠歌）

初句「ささ波や」は、『万葉集』「楽浪の志賀の唐崎幸くあれど大宮人の船待ちかねつ」（巻一・三〇・人麻呂）、「楽浪の志賀の〈一云、比良の〉大わだ淀むとも昔の人にまたも逢はめやも〈一云、逢はむともへや〉」（巻一・三一・人麻呂）、「楽浪の比良山風の海吹けば釣する海人の袖反る見ゆ」（巻九・一七一五・一七一九）などのような、「志賀」「比良山」に主として掛かる枕詞「楽浪の」を、踏まえていよう。「ささ波」と第三句「ながらへて」以下を関連づけるために、『古今集』「あふ事をながらのはしのながらへてこひ渡るまに年ぞへにける」（恋五・八二六・是則）の難波の「ながらのはし」を踏まえつつ、同音の近江国琵琶湖周辺の「長等の山」に取りなし転換することで、「ささ波」と「長等山」という新たな詠み合わせを創出したのであろう。

⑳　夢にても思はざりしを白雲のかかる憂き世に住まひせむとは（63・沓冠歌）

初句・第二句「夢にても思はざりしを」は、冠の文字制約「安積山」歌「かげさへみゆる」の「ゆ」を充足させるために、『万葉集』「現にも夢にも我は思はざりき古りたる君にここに逢はむとは」（巻十一・二六〇一・二六〇六）を踏まえて表現を整えるとともに、万葉歌の倒置法の構造をそのまま踏襲して、沓の文字制約「難波津」歌「さくやこのはな」の「は」を、末尾の「とは」で充足させ、一首をまとめ上げたのであろう。

㉑　丸小菅茂れる野辺の草の上に玉と見るまで置ける白露（66・沓冠歌）

下句「玉と見るまで置ける白露」が一致する和歌として、『万葉集』「さ雄鹿の朝立つ野辺の秋萩に玉と見るまで置ける白露」（巻八・一五九八・一六〇二・家持）があり、その異伝歌である「さをしかのあさたつをのの秋はぎにたまと見るまでおけるしらつゆ」（新撰和歌・六〇）と、万葉歌を踏まえた「うつろはんことだにをしき秋はぎに玉と見るまでおけるしらつゆ」（拾遺抄・秋・一二二一・伊勢・斎院御屏風のゑに）が確認される。だが、第二句「野辺の」との詠み合わせと、この語の一首構成上の位置が一致するのは、一五九八番歌のみであり、この万葉歌を踏まえたのであろう。

㉒　惜しと思ふ命心にかなはなむあり経ば人に逢ふよありやと（76・沓冠歌）

下句「あり経ば人に逢ふよありやと」は、『万葉集』「命あらば逢ふこともあらむ我がゆゑにはだな思ひそ命だに経ば」（巻十五・三七四五・三七六七）の初句・第二句と結句を踏まえつつ、沓の文字制約「難波津」歌「いまははるへと」の「と」を充足させるために、表現を整えたのであろう。

㉓　思ひやる心づかひはいとなきをゆめにも見ずと聞くがあやしさ（77・沓冠歌）

この歌は、『万葉集』「確かなる使ひをなしと心をぞ使ひに遣りし夢に見えきや」（巻十二・二八七四・二八八六）の第三句以下の歌意を踏まえていよう。第二句「心づかひ」は、万葉歌の第三句・第四句「心をぞ使ひに遣りし」を踏まえて名詞化し、下句「ゆめにも見ずと聞くがあやしさ」は、万葉歌の結句「夢に見えきや」という問い掛けに対して、否定の回答を得た後の訝しむ思いに転換しつつ、沓の文字制約「難波津」歌「さくやこのはな」の「さ」を充足させて、表現を整えたのであろう。

4

次に、物名部の歌二十首中で、『万葉集』受容が確認される六首について、検討を加えてみたい。

㉔　天雲や空にたゆたひ渡るらむ照る日のえしもさやけからぬは（86・物名・ひのえ）

物名「ひのえ」を、第四句「照る日のえしも」に詠み込み、結句を「さやけからぬは」と続けた時、これとの整合性を図るために、『万葉集』「天雲のたゆたひ来れば九月のもみちの山もうつろひにけり」（巻十五・三七一六・三七三八）を踏まえつつ、上句の表現を整えたのであろう。

尚、平安期は、『万葉集』「うらぶれて物な思ひそ天雲のたゆたふ心我が思はなくに」（巻十一・二八一六・二八二七）の異伝歌が、『古今六帖』第一・五三二（くも）と第五・二六九四（よるひとりをり・人まろ）に収載されている。

㉕　小山田のひつちのえしも穂に出でぬは心ひとつに恋しとぞ思ふ（88・物名・つちのえ）

物名「つちのえ」を、第二句「ひつちのえしも」に詠み込み、稲刈りの後生ずる蘖《ひこばえ》の意で用いた時、初句には「小山田の」が置かれ、これらとの整合性を図るために、『万葉集』「石上布留の早稲田の穂には出でず心のうちに恋ふるこのころ」（巻九・一七六八・一七七二・抜気大首）の第三句以下を踏まえつつ、表現を整えたのであろう。

尚、一七六八番歌は、『古今六帖』第五・二六七八（人しれぬ）に収載されている。

㉖　人妻とわがのとふたつ思ふにはなれにし袖ぞあはれなりける（91・物名・かのと）

物名「かのと」を、第二句「わがのとふたつ」に詠み込み、「人妻」を初句に置いて、我が妻と二人を恋しく思うと上句をまとめた時、『後撰集』「人づまに心あやなくかけはしのあやふき道はこひにぞ有りける」（恋二・六八八・読人不知）も脳裏にあったであろうが、直接的には『万葉集』「秋萩のにほへる妹を憎くあらば人妻ゆゑにわれ恋ひめやも」（巻二・二一・大海人皇子）、「あからひくしきたへの子をしば見れば人妻ゆゑにあれ恋ひぬべし」（巻十・一九九九・二〇〇三）等の「人妻」を「恋ふ」という表現に依って、「人妻」を「思ふ」という表現になったのであろう。

下句「なれにし袖ぞあはれなりける」は、『万葉集』「わが齢衰へゆけば白たへの袖のなれにし君をしぞ思ふ」（巻十二・二九五二・二九六四）の第三句以下を踏まえて、表現を整えるとともに、慣れ親しんだ妻を選び取ったのであろう。

㉗　近江なる三津の泊をうち過ぎて船出て往なむことをしぞ思ふ（93・物名・みづのと）

物名「みづのと」を、第二句「三津の泊を」に詠み込む時、『万葉集』「大伴の御津の泊に船泊てて竜田の山をいつか越えいかむ」（巻十五・三七二二・三七四四）を踏まえるとともに、「見つ」の意との関連で「逢ふ身」（近江）を想起して、難波の「御津」を近江国の「三津」に取りなし、「近江なる三津の泊」という、琵琶湖岸の船着き場を詠む初句・第二句の表現が形成されたのであろう。そして、難波の船の発着港「御津」に「船泊てて」と詠む万葉歌を、琵琶湖の「三津」を「うち過ぎて」とし、船旅を続ける歌意に転換して、下句の表現を整えたのであろう。

㉘　人はみな見しも聞きしも世の中にあるはありとかなきはなしとか（98・物名・みなみ）

物名「みなみ」を、初句・第二句「人はみな見しも」に詠み込んでいるが、初句「人はみな」は、好忠の同時代にも例歌がなく、『万葉集』「人皆は今は長しとたけと言へど君が見し髪乱れたれども」（巻二・一二四・園臣生羽女）、「人皆は萩を秋と言ふいな我は尾花がすゑを秋とは言はむ」（巻十・二一一〇・二一一四）を踏まえつつ、表現を整えたのであろう。

㉙　袖ひづしさるをあはれと言はばこそ袂を淵となしもはててめ（99・物名・ひつじさる）

物名「ひつじさる」を、初句・第二句「袖ひづしさるをあはれと」に詠み込んでいるが、歌意から考えて、「ひづし」は水に濡れる意であり、「ひづち」と表記されるべきであるのを、「ち」と「し」を類音による掛詞とし、物名の表記を優先して「ひづし」としているのであろう。

同様の類音による掛詞の例として、「むまれよりひつじつくれば山にさるひとりいぬるにひとゐていませ」（拾遺集・物名・四三〇・読人不知・むま、ひつじ、さる、とり、いぬ、ゐ）があり、歌意の「ひつぎ」（櫃）と表記の「ひつじ」（未）が掛詞になっている。

「ひづち」は、『万葉集』に六例確認でき、「我妹子が赤裳ひづちて植ゑし田を刈りて収めむ倉無の浜」（巻九・一七一〇・一七一四・人麻呂）や「……朝露に　玉裳はひづち　夕霧に　衣は濡れて……」（巻二・一九四・人麻呂）のように詠まれたが、平安期の詠歌例はない万葉語である。

5

以上の論述をまとめ、整理してみたい。

〈好忠百首〉において、『万葉集』の語や表現を受容した和歌が、百三首中に二十九首確認された。これを部立別に述べると、四季・恋部五十二首中に十八首、沓冠歌三十一首中に五首、物名歌二十首中に六首である。

これを、〈好忠百首〉に対する返歌として詠まれた〈順百首〉の場合の『万葉集』受容の結果[3]、四季・恋部四十九首中に七首、沓冠歌三十一首中に六首、物名歌二十首中に六首と比較すると、文字制約のある沓冠・物名歌はほぼ同数だが、四季・恋部での『万葉集』受容は、〈好忠百首〉の事例が〈順百首〉のそれを二・四倍上回り、相違している。

好忠は、『古今集』『後撰集』等の詠歌素材や表現を踏襲するだけでなく、訓読が難しく、受容しにくい状態にあった『万葉集』に親しみ、万葉独自の語や表現を意識的に用いて〈好忠百首〉を詠作したのだといえよう。

既述した『万葉集』受容の実態を、詠まれ方を基準に再分類してみると、次のようになろう。

『万葉集』の語や表現をそのまま使用した例（十一首十二例）

①2番歌「あづま野」―巻一・四八
④12番歌「むばら」―巻十六・三八三二
⑤13番歌「すぐろ」―巻八・一四二一
⑧20番歌「大海の原」―巻六・九三八・長歌
⑨23番歌「桜麻」―巻十一・二六八七等
⑩28番歌「麻生」―巻十一・二六八七等
⑪30番歌「み吉野の象山」―巻六・九二四
⑬35番歌「楸おふる」―巻六・九二五
「雲雀」―巻十九・四二九二等
⑭38番歌「み冬」―巻十七・三九〇一
⑲60番歌「ささ波」―巻一・三〇等
㉙99番歌「ひづし」―巻九・一七一〇「ひづち」
＊「ひづし」と「ひづち」を類音によって掛け、表記は物名の「し」を優先した事例

『万葉集』の表現を踏まえ整えて使用した例（十三首十六例）

②3番歌「峰の蕨も萌えぬらむやぞ」―巻八・一四一八「さわらびの萌え出づる春になりにけるかも」
③5番歌「梅のそのふ」―巻五・八六四「みそのふの梅の花」等

「木伝ひ散らす鶯」—巻十九・四二七七「我がそのに鶯の木伝ひ散らす梅の花」等
⑥16番歌「うすら衣」—巻二十・四四七八「薄ら氷」
⑦17番歌「裳裾濡らしつ」—巻十・一八三九「裳の裾濡れぬ」等
⑪30番歌「百枝松」—巻二・一一三「み吉野の玉松が枝」、巻二・二一三「百枝槻の木」長歌等
⑮43番歌「由良の門を渡る舟人」—巻三・二八三「武庫の泊を出づる船人」
⑯44番歌「ゆらの玉すぢ」—巻二十・四四九三「ゆらく玉の緒」
「うちなびき恋しきころに寄れる心か」—巻十一・二四八二「うちなびき心を寄せて恋ふるこのころ」
⑱51番歌「朝けの真人」—巻十二・三〇九五「わが背子が朝けの姿」等
㉒76番歌「あり経ば人に逢ふよありやと」—巻十五・三七四五「命あらば逢ふこともあらむ」「命だに経ば」
㉔86番歌「天雲や空にたゆたひ渡るらむ」—巻十五・三七一六「天雲のたゆたひ来れば」
㉕88番歌「穂に出でぬは心ひとつに恋しとぞ思ふ」—巻九・一七六八「穂には出でず心のうちに恋ふるこのころ」
㉖91番歌「人妻と……思ふ」—巻一・二一「人妻ゆゑにわが恋ひめやも」等
「なれにし袖ぞあはれなりける」—巻十二・二九五二「白たへの袖のなれにし君をしぞ思ふ」
㉘98番歌「人はみな」—巻二・一二四「人皆は」等

『万葉集』の短歌一首の歌意や構造を踏まえた例（六首六例）

⑫31番歌「ひとりも寝風もやや吹きまさるなり」
巻三・四六二「今よりは秋風寒く吹きなむをいかでかひとり長き夜を寝む」
⑰45番歌「恋ひわびてわが結ふ帯のほど見れば身はなきまでに衰へにけり」
巻十三・三二七三「二なみに恋をしすれば常の帯を三重に結ふべく我が身はなりぬ」
⑳63番歌「夢にても思はざりしを白雲のかかる憂き世に住まひせむとは」
巻十一・二六〇一「現にも夢にも我は思はざりき古りたる君にここに逢はむとは」
㉑66番歌「丸小菅茂れる野辺の草の上に玉と見るまで置ける白露」
巻八・一五九八「さ雄鹿の朝立つ野辺の秋萩に玉と見るまで置ける白露」
㉓77番歌「思ひやる心づかひはいとなきをゆめにも見ずと聞くがあやしさ」
巻十二・二八七四「確かなる使ひをなしと心をぞ使ひに遣りし夢に見えきや」
㉗93番歌「近江なる三津の泊をうち過ぎて船出て往なむことをしぞ思ふ」
巻十五・三七二二「大伴の御津の泊に船泊てて竜田の山をいつか越えいかむ」

好忠による『万葉集』受容を、右のように理解する時、〈好忠百首〉が成立した「天徳の末のころほひ」（九六〇年頃）の時点で、好忠は既に『万葉集』に親しみ、万葉語や独自の表現を含めて習熟していたと確言できるのであり、その伝本乃至資料の提供は、天暦五年十月に梨壺に撰和歌所が設置され、順が召されていることから判断して、順によってなされた蓋然性が高かろう。

尚、好忠が踏まえた『万葉集』歌で、長歌にしか事例を見出せなかったのは、⑧「大海の原」と⑪「百枝松」の

「百枝」の二例だけである。これは、上田英夫氏[4]が訓読した「古点」歌の総数を四千八十八首とし、その内訳を

「長歌五首、短歌四千二十五首、旋頭歌五十七首、仏足石歌体歌一首」（七八頁）と推定されている結果と、ほぼ照応する結果になっていよう。

6

最後に、『万葉集』訓読の奏覧時期に関する臆断を述べてみたい。

天暦五年（九五一）十月三十日、後宮の梨壺に「撰和歌所」が設置され、「梨壺の五人」に下命された任務は、『後撰集』の撰集と『万葉集』の訓読であると、長らく理解されてきた。だが、熊谷直春氏[5]は、既述の『順集』一一七番歌詞書や、『袋草紙』の「後撰集」に関する記述、『本朝文粋』巻十二・源順「禁制闖入事」等を検討して、村上帝の下命は『万葉集』の訓読だけであり、『後撰集』の撰集は、藤原伊尹・平兼盛・壬生忠見の三人によってなされたと、独自の見解を示された（三六六～八四頁）。そして、その成立を、『万葉集』の訓読は天暦七年（九五三）十月頃（作業期間二年）、『後撰集』は同九年（九五五）八月上旬（作業期間一年半）と推定された（三九一頁）。『後撰集』の成立は、四位以上の官人の作者名に付される「朝臣」の有無という内部徴証を手懸かりにした杉谷寿郎氏[6]の、天暦九年（九五五）正月から天徳元年（九五七）十二月の間という推定（三七〇頁）が有力である。杉谷氏は、「撰和歌所の当初の事業は『万葉集』の訓読・修撰であって」、「村上天皇とこの九条家を軸とする宮廷男女の要請が、伊尹を通して撰者に伝えられ、貴族の生活歌が『後撰集』に集成された」（二七六頁）のであり、撰者五人の和歌が一首も入集していない「勅撰集の撰集は副次的に起された事業であった」と読解される。

後年、仙覚によって「古点」と称される『万葉集』の訓読の成立時期に関しては、『本朝文粋』巻一・源順「病中聞羽林藤将軍戯題夜行舎人鳥養有三之絶句。兼見藤播州橘員外源進士等奉和之古調。一感一歎継以狂歌」（新日本古典文学大系本。以下、「狂歌」と略称）の「曽自天暦至康保。再直秘閣撰御書」に基づいた、奥村恒哉氏[7]の康保三年（九六六）奏覧説があり、これに従うと、『後撰集』に遅れること十年前後、村上帝の下命から十五年後（譲位の前年）のこととなり、遅きに失する感がない訳ではない。

熊谷氏は、「秘閣」は承香殿の東片廂にあった「内御書所」であり、梨壺ではないことを主たる根拠として奥村説を否定され、「自天暦」「直秘閣」「撰御書」という記述と、梨壺に置かれた撰和歌所に関する事情が符合していたが故の、「眩惑」であると指摘された（三五八〜九頁）。

だが、村瀬敏夫氏[8]が指摘されるように、『古今集』が「承香殿のひんがしなる所にて歌えらせ給ふ」（貫之集・八一九・詞書）ことになった結果、「撰修資料となるべき書籍がそこに置かれ」「御書所の分室のように見られて、やがて撰集の終了後に内御書所となった」（一七九頁）とすると、「狂歌」を執筆した天禄三年（九七二年）前後の時点[9]で、順が二十年余り以前の往事を回想して、梨壺も承香殿と同じく後宮の殿舎であることから、梨壺を内御書所に準ずる場と捉えて「秘閣」と称することも、あり得るように思われる。[10]

村上帝は、醍醐帝の事蹟・先例を重んじつつ充実させて、新しい世界を展開していった。[11]後宮の梨壺に撰和歌所を設置したのも、醍醐帝の先例に準じた行動と理解することも、可能であろう。「天暦旧臣沈下位」の「天暦旧臣」は「和歌所に伺候した業績をふまえたもの」[12]であり、順が自らの事績を記して不遇を訴嘆する「狂歌」において、文飾が加えられる余地は十分にあり、「秘閣」の解釈は、固定的なものではなく、ある程度の幅が想定されるのであり、再検討の余地があるように思われる。

そこで、「狂歌」の「自天暦至康保」の「康保」には、「康和」の異同があることに注目してみたい。

「康和」（一〇九九〜一一〇三）は、堀河帝の御代の年号であって、誤写が含まれていることは明白である。国史大系本（底本は、寛永六年刊古活字本）は、「康和」を田中参氏『校訂本朝文粋』(13)の該当箇所の頭注「金澤本康和作康保。弘長本同」に従って、「康保」に校訂している。

田中氏が調査された金沢文庫本（現在の金沢文庫本では欠落している部分の残欠丁）と、同系統の静嘉堂文庫本（室町期写）にも「康保」とあり、本文に問題はないように思われるが、(14)草書体で「保」を「和」に誤写する可能性と、「應」を「康」に誤写する可能性を比較すると、「應和」を「康和」と誤写する可能性の方が高そうに思われる。

『拾遺集』雑春・一〇二九番歌（定家自筆の天福元年八月書写本）は、次のように記されている。

康和二年、春宮蔵人になりて、月のうちに民部丞にうつりて、ふたたびよろこびをのべて、右近命婦がもとにつかはしける　　したがふ

ひく人もなしと思しあづさゆみ今ぞうれしきもろやしつれば

この詞書の「康和二年」が「應和二年」の誤写であることは、次の『順集』に照らして、明白である。

應和二年正月東宮の蔵人になりて、月のうちに式部丞にうつれり、おもひをのべ、右近の命婦につかはす

ひく人もなしとわびつるあづさ弓いまぞうれしきもろやしつれば（西本願寺本・一九〇）

順が「春宮蔵人」に先ず任官し、同じ月内に「民部丞」（順集では異文「式部丞」）に転任したのは、「應和二年」

であって、堀河帝の「康和二年」ではない。草書の「應」が「康」に誤写されたのであり、この事例を参考にすると、「狂歌」の「康保」も、「應和」を「康和」と誤写したのを、転写のある時点で、「天暦旧臣」を手懸かりにして、村上帝の年号である「康保」に意改した可能性は、考えられてよいように思われる。

『後撰集』の成立は、天暦九年（九五五）正月から天徳元年（九五七）十二月の間と推定される以上、「応和」年間に完成したのは、『万葉集』の訓読ということになる。「梨壺の五人」に下命された課題は、すべて果たされたことになるのだが、『後撰集』が成立したと推定される期間に新たに官職を得たことが確認されるのは、順の「(天暦)十年正月任勘解由判官」（宮内庁書陵部本『歌仙伝』[15]）だけである。そこで、応和年間で、「梨壺の五人」が官職を得た時期を調査すると、応和二年が浮上する。

元輔は、「応和二年正月任中監物」になっているが、「元年三月任少監物」に「蔵人所労」で任官した、前年に連続する昇任である。能宣は、「(応和)二年九月転権少副」に昇任しており、順は、「応和二年正月任民部少丞。次補東宮蔵人」と記されており、任官の順序は、『拾遺集』『順集』のそれと逆で不正確だが、同月内に二度の任官という破格の処遇を得ている。

望城に、転任や昇任は確認できないが、時文は、応和元年四月十七日の時点で「少内記」（西宮記巻三・御記）、応和三年二月二十八日の時点で「大内記」（東宮冠礼部類記）であったことが確認されるから[16]、「大内記」昇任は、応和二年か三年の正月のことであったろう。

撰和歌所の別当である伊尹は、天徳四年八月に参議に任官して公卿になり、二年後の応和二年は、左近権中将を引き続き務めつつ、正月に兼任国が伊予守（上国・遠国）から備中守（上国・中国）に転じているが、大きな変化は見られない。

以上のように、元輔・能宣・順は、応和二年に任官や昇任をしており、時文も応和二年に昇任した可能性がある。伊尹は既に参議に任官して、当面の望みは果たしているといえ、任官が確認できないのは望城だけであるといってよかろう。

「狂歌」の本文異同「康和」と「梨壺の五人」の元輔・能宣・順の三人の閲歴、及び時文の応和二年大内記昇任の可能性を勘案すると、『万葉集』訓読の成立は、応和元年（天徳五年、二月十六日改元）のことであった可能性が高いように思われるのである。

とはいえ、「狂歌」本文の読解には、様々な解釈が提示されており、[17] 統一的な理解が成立している訳ではない現時点で、厳密な立証の手順を踏まずに、私見の見通しだけを述べてみた。臆断と称する所以である。

ただ、このように考えることで、〈好忠百首〉に『万葉集』を踏まえた語や表現が二十九首確認できた背景と理由は、理解が容易になるように思われるのだが、如何であろうか。大方の御批正を仰ぎたく思う。

注

（1）『平安私家集 八』（冷泉家時雨亭叢書第二十一巻、朝日新聞社、二〇〇一年二月）、四二七頁。
（2）筑紫平安文学会『順百首全釈』（歌合・定数歌全釈叢書十八、風間書房、二〇一三年五月）、二一六頁。
（3）注2前掲書収載の拙稿、解説《五》「〈順百首〉における『万葉集』受容」参照。
（4）上田英夫氏『万葉集訓点の史的研究』（塙書房、昭和三十一年九月）。

（5）熊谷直春氏『平安朝前期文学史の研究』（桜楓社、平成四年六月）。本稿中での熊谷氏の論文引用は、すべて当該書による。
（6）杉谷寿郎氏『後撰和歌集研究』（笠間書院、平成三年三月）。
（7）奥村恒哉氏『古今集・後撰集の諸問題』（風間書房、昭和四十六年二月）、四一二～四頁。
（8）村瀬敏夫氏『紀貫之伝の研究』（桜楓社、昭和五十六年十一月）。
（9）神野藤昭夫氏「源順論―「題鳥養有三の狂歌」をめぐって」（石川徹氏『平安時代の作家と作品』武蔵野書院、平成四年一月）、二一八～二一頁。敢えて特定すれば、「天禄三年夏の成立であろうか」とも指摘される。
（10）永田和也氏「御書所と内御書所」（『国学院大学大学院紀要』文学研究科、第二〇輯、一九八九年三月）は、冷泉院の書庫を「秘閣」と呼んだ『三代実録』の事例を挙げて、「『秘書閣』・『秘閣』・『芸閣』が必ずしも内御書所・御書所・『御書所』を指すとは限らない」（三七五頁）場合があることを、指摘されている。撰和歌所の置かれた梨壺には、『万葉集』訓読に関連する資料と、『後撰集』撰集のための関連資料が運び込まれたであろうから、臨時の御書所別室の観を呈したことであろう。
（11）杉谷氏、注6前掲書、二四七～九頁。
（12）神野藤氏、注9前掲論文、二二八頁。
（13）田中参氏『校訂本朝文粋』（東京六合館蔵版、明治三十四年十月再版）。
（14）阿部隆一氏『身延山久遠寺蔵本朝文粋』下冊（汲古書院、一九八〇年九月）「解題」は、「刊本の祖本はこの身延本」であり、「刊本はそれに校讐を加えて整齊せる新校本」（三六九頁）と指摘されるが、刊本が依拠した伝本が、身延本と祖本を同じくする別の伝本の転写本であった可能性も、考えられてよいであろう。

（15）新藤協三氏『三十六歌仙叢考』（新典社、平成十六年五月）は、『三十六人歌仙伝』の原型は、宮内庁書陵部蔵『歌仙伝』（一五〇・六二二）等の異本系本文であり、現在広く使用されている流布本系本文である群書類従本『三十六人歌仙伝』は、「原型を簡略化した略本形態」（一九八頁）であると指摘される。ついては、以下特記なき限り、新藤氏が該本で翻刻された宮内庁書陵部本『歌仙伝』によって、閲歴を記すことにする。

（16）望城と時文の閲歴に関しては、芦田耕一氏「坂上望城考―経歴および梨壺の五人としての役割をめぐって」（『国文学研究ノート』第八号、一九七七年七月）を参照した。

（17）一例として、「再直秘閣」の「再」（二度）の解釈がある。熊谷氏は、「前に秘閣（内御書所）で『撰御書』の仕事に携わっていたが、他の場所の仕事（梨壺＝曽根注）に移り、その後、天暦から康保に至る年間、再び秘閣にもどって出仕して、『撰御書』の仕事にとりかかった」（三五三頁）と解釈され、工藤重矩氏『平安朝律令社会の文学』（ぺりかん社、一九九三年七月）は、天暦五年十月五日の時点で「内御書所」の「衆」であったこと（本朝文粋・巻九・源順「賀禄綿」）と、『小右記』永観二年十二月八日条の「可候彼所学生十二人」の割注「此中有大内記保胤朝臣、是覆勘、先朝御時有順・淑遠朝臣也」を、順が「御書の書写校定編集等の作業を内容的に監修する役」（一〇〇頁）「覆勘」を勤めていたことと解釈された。工藤氏は「先朝の御時、順・淑遠朝臣有るなり」（九九頁）と訓読されたが、菊池（所）京子氏『「所」の成立と展開』（『史窓』第二六号、一九六八年三月）と永田氏注10前掲論文は、「有順・淑遠朝臣」と読んで人名として解釈され、相違している（『大日本史料』掲載史料の範囲内では、有順の存在は確認できない）。また、「先朝」は、日記執筆時点である花山帝の御代を基準としての表現であり、村上帝の御代も包含されるが、確定できない。「天暦旧臣」と、二十年余り以前の往事を回想し、村上帝の御代に拘泥して任官を希求する表現の裏面に意識されていたのは、内御書所に「衆」と「覆勘」で二度勤務した実績であったのか、「撰和歌所」の一人に選抜されて『万葉集』の訓読と『後撰集』の撰集に従事したことの、いずれであったのかといえば、後代に喧伝される類例のない実績としては、後者が勝っており、訴求力も高いように思われる。

（曽根誠一）

四　〈好忠百首〉春夏秋冬恋部の表現　――『古今集』『後撰集』の受容――

1

1　昨日まで冬ごもれりし暗部山今日は春へと峰もさやけみ　（三六九・春）

右の歌は、〈好忠百首〉冒頭の一首である。傍線部分「冬ごもれりし」「今日は春へ」という表現から、「難波津に咲くやこの花ふゆごもり今は春へと咲くやこの花」（古今集・仮名序）が、好忠の念頭にあったことがわかる。この「難波津」の歌の「今は春へと」という句は、〈好忠百首〉3番歌にも見出すところである。

3　隈ごとに今は春へと霞みゆく峰の蕨も萌えぬらんやぞ　（三七〇・春）

さらには、〈好忠百首〉後半に位置する沓冠歌群の沓の文字制約にも、「難波津」歌は用いられている。曾禰好忠は、新奇な語句を歌に詠むことでも知られているが、『古今集』の影響が決して小さくはないこともまた、指摘されている(1)。そこで〈好忠百首〉の前半部分、春夏秋冬恋の歌について、まず、『古今集』の表現の取り入れ方を考察する。

2

〈好忠百首〉春部においては、前掲の1番・3番の他、次の9番・11番歌でも、古今集歌の語句の組み合わせが見出される。

9　花見つつ春は野辺にて暮らしてむ霞に家路見えずとならば　（三七六）

このさとにたびねしぬべしさくら花ちりのまがひにいへぢわすれて　（古今集・春下・七二・読人不知）

11　立ちながら花見暮らすも同じことをりて帰らむ野辺の早蕨　（三七八）

見てのみや人にかたらむさくら花てごとにをりていへづとにせむ　（古今集・春上・五五・素性）

桜花を愛でるために「家路」につかず野外で過ごすという場面や、桜花を「見る」「折る」の対比で詠む発想は、やはり古今集歌から得たものであろう。〈好忠百首〉の春部の歌は、資経本で十二首あるが、第一節で指摘した冒頭部分と、この末尾近くには、『古今集』の春歌の景物や表現が、季節をそのままに用いられていることがわかる。

夏部の歌には、『古今集』の秋部の歌を踏まえたものがある。

13　春霞立ちしは昨日いつのまに今日は山辺のすぐろ刈るらむ　（三八〇）

きのふこそさなへとりしかいつのまにいなばそよぎて秋風の吹く　（古今集・秋上・一七二・読人不知）

「昨日」「今日」の時間の中で「いつのまに」かやってきた季節を詠んだものである。『古今集』秋上の歌の季節を夏にずらして詠んだと見られよう。また、次の歌は、「五月（闇）」「花たちばな」といえば、「さつきまつ花橘のかをかげば昔の人の袖のかぞする」（古今集・夏・一三九・読人不知）が想起されるが、この夏の景物を、『古今集』秋下の歌の「菊」に入れ換えて、夏歌として一首を仕立てている。

19　五月闇雲間ばかりの星かとて花たちばなに目をぞつけつる　（三八六）

久方の雲のうへにて見る菊はあまつほしとぞあやまたれける　（古今集・秋下・二六九・敏行）

このように、『古今集』の秋歌を夏にずらして詠んだ歌には、他にも次のような例がある。

14　花散りし庭の木の葉も茂りあひて天照る月の影ぞまれなる　（三八一）

　このまよりもりくる月の影見れば心づくしの秋はきにけり　（古今集・秋上・一八四・読人不知・題不知）

20　曇りなき大海の原を飛ぶ鳥の影さへしるく照れる月影　（三八七）

　白雲にはねうちかはしとぶかりのかずさへ見ゆる秋のよの月　（古今集・秋上・一九一）

14番歌は、秋の「このまよりもりくる月」から、夏の「茂りあ」う「木の葉」で「まれ」な「月の影」を発想する。また20番歌は、「飛ぶ鳥の影」を「月（影）」がはっきりと見せるという秋の情景を夏に変えて詠んだものであろう。このように、『古今集』の秋部の歌を夏歌に利用するのは、そもそも『古今集』夏部の歌に歌材が乏しいことも一因だろう。

では、〈好忠百首〉秋部の歌は、古今集歌をどのように利用しているのか。ごくわずかながら、部立に関わらず、『古今集』の特定の歌句を用いた歌がある。すなわち、「をちかた人」（25）は、「うちわたすをち方人に物まうすわれそのそこにしろくさけるはなにの花ぞも」（古今集・雑体　旋頭歌・一〇〇七・読人不知・題不知）からの引用で、古今集歌の中でもとくに人口に膾炙した歌である。『古今集』の特徴的な歌語の摂取が認められよう。

冬部では、『古今集』の冬部の歌からというよりは、他の部立から冬の景物を取り込もうとしているようである。

36　白雪の降り敷く冬と数ふればわが身に年の積もるなりけり　（四〇三）

　白雪のふりしく時はみよしのの山した風に花ぞちりける

（古今集・賀・三六三・内侍のかみの右大将ふぢはらの朝臣の四十賀しける時に、四季のゑかけるうしろの屏風に

かきたりけるうた　冬）

かぞふればとまらぬ物を年といひてことしはいたくおいぞしにける　（同・雑上・八九三・読人不知・題不知）

42　高瀬さす淀のみぎはのうは氷下にぞ嘆く常ならぬ世を　（四〇九）

冬河のうへはこほれる我なれやしたにながれてこひわたるらむ　（古今集・恋二・五九一・宗岳大頼）

36番歌では、『古今集』賀部に載る冬歌の初句二句に拠った句を、同じ位置に置き、第三句以下は『古今集』の雑部の歌を踏まえる。また、42番歌の「うは氷下にぞ（嘆く）」という表現は、右の『古今集』の恋部の歌の傍線部分から発想を得たものと推察される。『古今集』の冬部の歌は、夏部と同様、景物が少ないためか、他の部立からも素材を取り入れている。

さて、恋部の詠作に際しては、『古今集』に拠るときは、そのまま恋部の歌を参考にしているようである。

48　あぢきなし身にます物はなにかあると恋せし人をもどきしかども　（四一五）

いのちやはなにぞはつゆのあだ物をあふにしかへばをしからなくに　（古今集・恋二・六一五・紀友則）

47　八潮路の波の高きをかきわけて深く思ふと知るらめやぞも　（四一四）

紅のはつ花ぞめの色ふかく思ひし心我わすれめや　（古今集・恋四・七二三・読人不知・題不知）

49　恋ひわぶる心は千々に砕くるをなど数ならぬ我が身なるらむ　（四一六）

花がたみめならぶ人のあまたあればわすられぬらむかずならぬ身は　（古今集・恋五・七五四・読人不知・題不知）

48番歌では、大切な「いのち」を「あだ物」とする古今集歌を踏まえ、「身にます物」はないと思っていたが、それを犠牲にしても恋をしてしまう状況に陥ってしまったと詠む。また、47番歌では、色の深さを海の深さに転換し、

「深く思ふ」恋心を表現した。49番歌は、「数ならぬ我が身」「千々に砕くる」という表現の対を、古今集歌に倣い、発想したのであろう。恋の初期段階の歌というよりは、それ以降の恋二（48）、恋四（47）、恋五（49・52）の歌に拠る例が見受けられる。

3

では次に、〈好忠百首〉の『後撰集』受容の様子を考察していこう。

まず春部では、『後撰集』の春部と秋部の歌の素材を組み合わせて用いた例が見える。

2　いづくともわかず霞める東野のおく穂の苫も春めきぬらし　（天理本ナシ）(2)

いづことも春のひかりはわかなくにまだみよしのの山は雪ふる

（後撰集・春上・一九・躬恒・おなじ〈延喜〉御時、みづし所にさぶらひけるころ、しづめるよしをなげきて、御覧ぜさせよとおぼしくて、ある蔵人におくりて侍りける十二首がうち）

秋の田のかりほのいほのとまをあらみわが衣手はつゆにぬれつつ　（同・秋中・三〇二・天智天皇・題不知）

好忠歌に詠まれた、一面に霞む野の表現は、『後撰集』春上の歌の、一面に春光の射す情景を詠んだ上句を踏まえて詠んだものであろう。そこに、『後撰集』の「秋の田のかりほのいほのとま」を春にずらして、「おく穂の笘」が「春めく」という情景を加えたものと考えられる。

また、次の9番歌は、前節で古今集歌との関連で取り上げた例であるが、左の傍線部分に着目すると、『後撰集』秋中の歌をも踏まえていることがわかる。

9　花見つつ春は野辺にて暮らしてむ霞に家路見えずとならば　（三七六）

花見にといでにしものを秋の野の霧に迷ひてけふはくらしつ　（後撰集・秋中・二七二・貫之）

〈好忠百首〉では、春歌にするために、後撰集の「霧」を「霞」に変えている。「春くれば花見にと思ふ心こそのべの霞とともにたちけれ」（後撰集・春下・一一二・典侍よるかの朝臣・女ども花見むとてのべにいでて）も参考にしたであろう。

14　花散りし庭の木の葉も茂りあひて天照る月の影ぞまれなる　（三八一）

夏部でも、前節で取り上げた歌を見ておきたい。この14番歌の上句は、実は『後撰集』の夏歌に拠っている。

にほひつつちりにし花ぞおもほゆる夏は緑の葉のみしげれば　（後撰集・夏・一六五・読人不知）

そうすると、14番歌は、この『後撰集』の夏部の歌の情景の中に、前掲『古今集』秋上の「このまよりもりくる月の影」（一八四）の季節をずらしてあてはめたものと考えられよう。後撰集歌を踏まえながら、そこに『古今集』の秋歌から「月」という新たな景物を加えて詠んだのであろう。

また秋部には、次のような歌がある。

31　ひとりも寝風もやや吹きまさるなりふりにし妹がいへぢ尋ねん　（三九八）

あき風のややふきしけばのをさむみわびしき声に松虫ぞ鳴く　（後撰集・秋上・二六一・貫之・題不知）

傍線部分の表現は、『後撰集』秋上の歌の初句・二句に拠ると見られる。ただし、一首の内容は、次の『後撰集』冬部の歌の独り寝の情景に拠るであろう。

吹く風は色も見えねど冬くればひとりぬるよの身にぞしみける　（後撰集・冬・四四九・読人不知・題不知）

「ひとりぬるよの身にぞしみける」という冬になる前に、「ふりにし妹がいへぢ尋ねん」（31）と発想したものと捉えられる。

冬部では、『後撰集』の冬部の素材に依拠した、次のような歌がある。

39　葺けるとて人にも見せん消えざらば顕はの宿に降れる白玉　（四〇六）

かきくらし霰ふりしけ白玉をしける庭とも人のみるべく　（後撰集・冬・四六四・読人不知・題不知）

39番歌には「霰」の語はないが、その見立てとして「白玉」の語を用い、一面に降り敷く霰を詠んでいる。これも後撰集歌に拠った表現と考えられる。

恋部においては、後に『新古今集』にも採られ、『百人一首』の歌としても知られる次の歌をまず見てみよう。

43　由良の門を渡る舟人かぢをたえ行方も知らぬ恋の道かな　（四一〇）

あまのすむ浦こぐ舟のかぢをなみ世を海わたる我ぞ悲しき

（後撰集・雑一・一〇九〇・さだめたるをところもなくて、物思ひ侍りけるころ）

かげろふに見しばかりにやはまちどりゆくへもしらぬ恋にまどはん　（同・恋二・六五四・等・題不知）

第二句と第三句の表現は、『後撰集』雑一の歌から、同じ位置の二句を採る。それとともに、第四句には、「わがこひはゆくへもしらず」（古今集・恋二・六一一・躬恒）に由来する、『後撰集』恋二の「ゆくへもしらぬ恋」（六五四）を用いることで、恋歌に仕立てている。また、先にも挙げた47番では、「深く思ふ」を『古今集』恋部の歌に拠りながら、『後撰集』恋五の業平と伊勢の贈答歌の「浪かきわけて」「浪高き」をあわせて第二句と第三句を形成している。

47　八潮路の波の高きをかきわけて深く思ふと知るらめやぞも　（四一四）

伊勢の海に遊ぶあまともなりにしか浪かきわけてみるめかづかむ　（後撰集・恋五・八九一・業平・題不知）

おぼろけのあまやはかづくいせの海の浪高き浦におふるみるめは　（同・同・八九二・伊勢・返し）

『後撰集』の贈答歌を二首ともに念頭に置いて詠んだ例として注意されよう。

4

以上、〈好忠百首〉前半部、春夏秋冬恋の各部における『古今集』『後撰集』の受容を考察してきた。

好忠は、『古今集』における春部や恋部の歌については、部立もそのままに、百首歌詠作に用いる傾向がありそうである。だが、夏部に関しては、『古今集』の秋部の歌の季節をずらして用いた例が見え、また、冬部においても同様に、他の部立から歌の素材を見出している。秋部の歌の詠作には、『古今集』に特徴的な歌句を詠み込んでいくという方法も見受けられる。

〈好忠百首〉では、春夏秋冬恋の五つの部立の歌が、ほぼ十首ずつという構成になっている。勅撰集一般の部立ごとの歌数の割合からすれば、〈好忠百首〉は、夏と冬の部の歌の比率が高いことになろう。『古今集』では歌材の乏しい、この夏部や冬部の歌を詠むときに、好忠は、『後撰集』の夏部・冬部の歌に着目している。また、春部・秋部・恋部の歌の詠作には、『後撰集』の歌を、部立を問わず用いている。

好忠は、先行する二つの勅撰集の歌を熟知した上で、勅撰集の表現世界を尊重しつつ、春夏秋冬恋の部立の歌材や表現の拡大を模索したのであろう。そこに、百首歌の創始とされる好忠の、勅撰集に対する向き合い方が読み取れるように思われる。

注

（1）たとえば、『和歌大辞典』（明治書院・昭和六十一年三月）「好忠集」の項（神作光一氏）には、「古今集の影響を色濃く受けながらも、独自の歌境を切り開き、その多面的な世界を提示している点、大きな特色といえる」と記されている。

（2）〈好忠百首〉２番歌は天理本にはないため、これを底本とする『新編国歌大観』に載らない。

（福田智子）

五 〈好忠百首〉の表現摂取 ――歌合・私家集との関わりを中心に――

1

曾禰好忠が、初の試みであったであろう百首歌を詠作した契機は何だったのか。それを、天徳四年の内裏歌合に参加できなかった無念さに見出そうとしたのは、金子英世氏である。(1) 好忠が、その歌合の個々の歌の表現に拠って百首歌を詠作したらしい痕跡は、次のように見出すことができる（以下、傍線筆者）。

2 いづくともわかず霞める東野のおく穂の苫も春めきぬらし　（ナシ・春）(2)
　ふるさとは春めきにけりみよし野のみかきのはらをかすみこめたり　（内裏歌合天徳四年・二・兼盛・霞）

16 蟬の羽のうすら衣になりゆくになどうちとけぬ山ほとゝぎす　（三八三・夏）
　なくこゑはまだきかねどもせみのはのうすきころもをたちぞきてける　（内裏歌合天徳四年・一二・能宣・首夏）
　こほりだにとまらぬ春のたに風にまだうちとけぬうぐひすのこゑ(3)　（内裏歌合天徳四年・三・順・鶯）

17 草まよふせながわかふをかきわけて入るとせし間に裳裾濡らしつ　（三八四・夏）
　夏ぐさのなかをつゆけみかきわけてかる人なしにしげる野辺かな　（内裏歌合天徳四年・三〇・忠見・夏草）

52 我が恋はつけて慰む方ぞなきいづくも嘆く同じ世なれば　（四一九・恋）
　こひしきをなにゝつけてかなぐさめむゆめにもみえずぬるよなければ　（内裏歌合天徳四年・三四・能宣・恋）

82　かひなくて月日をのみぞ過ごしける空をながめて世をし過ぐせば　（四四九・沓冠・か—は）

きみこふるこころはそらにあまのはらかひなくてふる月日なりけり　（内裏歌合天徳四年・三五・中務・恋）

〈好忠百首〉の詠作が、「天徳のすゑのころほひ」（恵慶百首序文）だとすれば、好忠は、天徳四年の内裏歌合の歌を、ほとんど即時に知っていたことになる。好忠は、百首歌詠作当時、「与謝の海の天橋立わたり」にいたとされる（順百首序文）。そこで、好忠に内裏歌合の情報を伝えたのが、この内裏歌合に出詠した歌人であり、また、〈好忠百首〉の返しとして百首歌を詠んだ源順であった蓋然性は高いであろう。

はたして好忠は、丹後の地において、百首詠作にあたり、どの程度の和歌資料を手にしていたのであろうか。『古今集』『後撰集』といった勅撰集や、梨壺で行われた訓点作業で注目されていた『万葉集』を視野に入れることは、当時の歌人としてあったであろうが、[4] より小規模で私的な歌集類については、どの程度目にすることができたのか。本稿では、〈好忠百首〉における、歌合や私家集などの先行歌の表現摂取の様相を具体的に把握することにより、好忠が百首歌詠作の際に利用した和歌資料とその範囲を考察してみたい。

2

まず、先行する歌合を見てみよう。〈好忠百首〉が直接踏まえたと見られる歌合で、成立が最も溯るのは、寛平四年（八九二）頃、宇多天皇の母后班子女王の居院にて催された『寛平御時后宮歌合』であろう。

33　唐錦山の木の葉を縒り裁ちて幣をば風ぞ四方に手向くる　（四〇〇・冬）

あき風はたがたむけとか紅葉ばをぬさにきりつつ吹きちらすらん　（寛平御時后宮歌合・一〇七・右）

激しい風が紅葉を幣に裁って周囲に手向けるという見立ては他例がなく、好忠歌はこの歌に拠るのであろう。実は、この〈好忠百首〉33番歌は、次の『陽成院一親王姫君達歌合』（天暦二年〈九四八〉九月十五日）の歌の上句をも念頭に置いた詠であった。

からにしきかぜのたつらんもみぢばはきりのたつにもおくれざりけり　（陽成院一親王姫君達歌合・三二・右）

この歌合は、陽成院が一宮元良親王の姫君のために催したものであるが、この歌も今のところ他出を見ない。好忠は、この歌合歌をも念頭に置いていたのであろう。

次の『亭子院女郎花合』も、同様の例である。

102　何もせで若き頼みに経しほどに身はいたづらに老いにけらしも　（四六九・物名・きた）

をののえはみなくちにけりなにもせでへしほどをだにしらずざりける　（亭子院女郎花合・二六）

この歌合は、昌泰元年（八九八）秋、温子中宮を中心に朱雀院で行われた。「なにもせで」「へしほど」という表現は、これらの二首を見出すのみである。〈好忠百首〉がこの歌を直接踏まえた可能性は高い。

また、延喜十三年（九一三）三月十三日、宇多法皇が居所の亭子院で催した『亭子院歌合』にも、注目すべき歌がある。

37　鏡かと氷とぢたる水底に深くなりゆく冬にもあるかな　（四〇四・冬）

みなそこにしづめるはなのかげみればはるのふかくもなりにけるかな　（亭子院歌合・三四・是則・右）

深い水底に深まり行く季節を見る歌としては、右の二例の他は未だ管見に入らない。発想や表現はそのままに、歌合歌の春という季節を冬にずらした作と見られよう。

ところで、延喜二十一年（九二一）三月の『京極御息所歌合』に、次のような三首の歌がある。

ちりまがふかすがのやまのさくらばなひかりにきえぬゆきと見えつつ　（京極御息所歌合・三七）

やまざくらゆきにまがひてちりくれどきえぬばかりぞしるしなりける　（京極御息所歌合・三九）

きえぬをぞはなとしるべきこきまぜてみゆきのみふるやまのさくらは　（京極御息所歌合・六〇）

いずれも、散る桜を「消えぬ雪」に見立てるという趣向である。それを踏まえたのが、次の〈好忠百首〉の歌である。

10　庭の面に薺の花の散りぼへば春まで消えぬ雪かとぞ見る　（三七七・春）

歌合歌、とくに『京極御息所歌合』三七番歌の「さくらばな」を、同じく小さな白い花だが、和歌に詠まれるのが稀な「薺の花」に換え、春にも「消えぬ雪」と表現した。なお、「京極御息所」は、宇多法皇の御息所、藤原時平女褒子である。

〈好忠百首〉の沓冠歌において、冠の部分に利用されたと思しき歌合歌もある。元良親王（八九〇〜九四三）の主催とも言われる『陽成院親王二人歌合』[5]である。

76　惜しと思ふ命心にかなはなむあり経ば人に逢ふよありやと　（四四三・沓冠・を―と）

をしとおもふいのちにかへてあかつきのわかれのみちはいかでやめてむ　（陽成院親王二人歌合・三〇・あかつきのわかれのこひ）

もっとも、この〈好忠百首〉歌の初句は、天理本では「をしからぬ」になっている。だが、ここでは、本書で底本として採用した資経本をはじめ、書陵部本・承空本が共通してもつ初句本文と、この歌合歌との表現の一致を指摘しておきたい。

さて、天暦十年（九五六）二月二十九日、麗景殿女御荘子女王の方で催された、『麗景殿女御歌合』という歌合がある。村上天皇の統率の元に、朝忠・延光・保光ら女王近親が運営したものかと考えられている。[6]この中にも、〈好忠百首〉が踏まえたと思われる歌が存する。

5 山里の梅のそのふに春立てば木伝ひ散らす鶯の声 （三七二・春）

うぐひすのこゐなかりせばゆききえぬやまざといかではるをしらまし （麗景殿女御歌合・七・中務・鶯）

68 井手の山よそながらにも見るべきを立ちな隔てそ峰の白雲 （四三五・沓冠・ゐ―も）

さきさかずよそにてもみむやまざくらみねのしらくもたちなかくしそ （麗景殿女御歌合・一三・桜花）

85 冬深く野はなりにけり近江なる伊吹の外山雪降りぬらし （四五二・物名・きのと）

みわたせばひらのたかねにゆききえてわかなつむべくのはなりにけり （麗景殿女御歌合・一一・兼盛・若菜）

〈好忠百首〉5番歌では、傍線を付していない「梅のそのふ」「木伝ひ散らす」の部分は万葉歌に見られる語句であるが、[7]傍線部分の「山里」「春」「鶯の声」という組み合わせは、『麗景殿女御歌合』の中務の歌に一致する。また、68番歌は、冠を「ゐ」とするために「井手」という地名を取りながら、歌合歌の第二句以下に拠り、沓の「も」を「白雲」で収めている。85番歌では、歌合歌の「ひらのたかね」を「伊吹の外山」に換え、物名の「きのと」を詠み込みながら雪の消えた春の野の歌をもとに、雪の降る冬の野を詠んだのであろう。

以上のように、百首歌詠作にあたり、好忠が念頭に置くことができたと思われる歌合には、『寛平御時后宮歌合』『陽成院一親王姫君達歌合』『亭子院女郎花合』『亭子院歌合』『京極御息所歌合』『陽成院親王二人歌合』『麗景殿女御歌合』が挙げられる。これらの歌合と〈好忠百首〉との表現上の共通性は断片的ではあるが、九世紀末から十世紀半ばまでの歌合が、ある程度まとまって好忠の手元にあった可能性を示唆するであろう。そして、宇多帝(院)周辺の歌合が目立ち、また、〈好忠百首〉詠作時に比較的近い時期に催された『麗景殿女御歌合』をも含む点に留意しておきたい。

3

好忠が活躍した十世紀という時代は、多くの私家集が編纂された時期でもある。〈好忠百首〉には、私家集所載の特定の歌から採り入れたと思われる発想や表現が随所に見出される。

まず、古今集時代の歌人の私家集から、順を追って見てみよう。『躬恒集』(西本願寺本)には、好忠歌に見られる表現を有する次のような歌が存する。

20　曇りなき大海の原を飛ぶ鳥の影さへしるく照れる月影　(三八七・春)
　あたらしくてる月かげにほととぎすふるごゑしるくなきわたるなり　(躬恒集・一一〇)
71　沢田川流れて人の見えこずは誰に見せまし瀬々の白玉　(四三八・沓冠・さ―ま)
　さはだ川せぜのしらいとくりかへしきみうちはへてよろづよはへよ　(躬恒集・二九二)
75　飛ぶ鳥の心は空にあくがれて行方も知らぬものをこそ思へ　(四四二・沓冠・と―へ)
　はつかりのこゑをはつかにききしよりなかぞらにのみものをこそおもへ　(躬恒集・四四九)

20番歌の「……しるく照れる月影」は、躬恒集歌の傍線部分に拠るのであろう。71番の沓冠歌は、冠の「さ」を

「沢田川」、沓の「ま」を「瀬々の白玉」とするのは、躬恒集歌の「さはだ川せぜのしらいと」に発想を得たものだろう。また、75番歌の傍線部分は、七夕の歌を除けば、躬恒集歌が唯一例で、躬恒集歌の「はつかりの」を、冠の「と」を充足させるために、「飛ぶ鳥の」としたと考え得る。

さらに、書陵部本『躬恒集』にも、次のような表現の類似した歌がある。

96　ふるさとのうしろめたなさうちしのび昔こひしき音をも泣くかな　(四六三・物名・ひむがし)

ふるさとはみしごともあらずほととぎすなくねをきくぞむかしなりける　(書陵部本躬恒集・三七六)

右の96番歌は、「ふるさと」「昔」の組み合わせを踏まえ、時鳥の「鳴く音」を人(詠者)の「音を泣く」行為に転換して仕立てたと考え得るが、この歌にはもう一首、下句がほぼ一致する歌が他の私家集に見える。

花すすきよぶこどりにもあらねどもむかしこひしきねをぞなきぬる　(伊勢集・三七〇・みかどの御)

この『伊勢集』も、好忠の目に入っていたのであろう。

同様に、『兼輔集』『千里集』にも、好忠歌のもととなったと想定される表現がある。

97　波の立つ三島の浦のうつせ貝むなしき殻と我やなりなむ　(四六四・物名・たつみ)

立ちよらむきしもしられずうつせがひむなしき床の浪のさわぎに
(兼輔集・一〇五・女をなくなして家にかへりて、かのすみしところをみて)

64　るいよりもひとり離れて飛ぶ雁の友に遅るる我が身かなしな　(四三一・沓冠・る—な)

行くかりも秋すぎがたに独しも友におくれてなきわたるらむ　(千里集・四九・旅雁秋深独別群)

傍線部の表現の組み合わせをもつ歌は、好忠以前には、それぞれ右の歌のみが挙げられる。

『深養父集』の次の歌も、好忠歌と酷似する。すなわち、傍線部に着目すると、好忠歌は、深養父集歌の第三句以下を踏まえたと考えられる。

76　惜しと思ふ命心にかなはなむあり経ば人に逢ふよありやと　（四四三・沓冠・を―と）
　　いかで猶しばし忘れん命だにあらば逢ふ世のありもこそすれ　（深養父集・六〇）

また、好忠は、物名をよくする歌人、藤原元真の歌にも着目している。

63　夢にても思はざりしを白雲のかかる憂き世に住まひせんとは　（四三〇・沓冠・ゆ―は）
　　白雲のしらぬやまぢにかくれなむかかるうき世のところせき身に　（元真集・二五七）

63番歌の第三・四句には、『元真集』の「白雲の」「かかるうき世」という表現が、そのまま用いられている。

このような言語遊戯を得意とする専門歌人とは異なり、その家集が歌物語風に構成され、風流な色好みとして知られるのが、前掲『陽成院親王二人歌合』の主催者とも言われる元良親王（八九〇～九四三）である。〈好忠百首〉には、『元良親王集』所収歌の表現を踏まえたと見られる歌が、沓冠歌群に三首見出される。

57　松の葉の緑の袖は年経とも色変はるべき我ならなくに　（四二四・沓冠・ま―に）
　　まつ山のまつとしきけばとしふともいろかはらじとわれもたのまむ　（元良親王集・四〇・みやの御返し）

61　経じや世にいかにせましと人知れず問はば答へよ四方の山びこ　（四二八・沓冠・へ―こ）
　　へじやよにうきよをこれにかぎりてん思ふこころはある身ながらに　（元良親王集・一〇・みぶのごにつかはしける）

80　本つ人今は限りと見えしより誰ならすらん我が伏しし床　（四四七・沓冠・も―こ）

ながきよをいまはかぎりと思ふらんしらねばひとのつらきなるらん

（元良親王集・一六八・三条の右大臣のおほんむすめの、へしやよに、とかい給へるをきて）

中でも、57番歌・61番歌には、好忠歌の冠に親王歌の初句頭の語や初句そのものが用いられている。57番歌は、一首全体の表現を親王の恋歌に拠りながら、昇進ままならぬ人事詠に内容を転換する。また61番歌では、「へ」を冠に据えるという難しい条件を、親王詠の初句をそのままあてはめて充足している。この「みぶのご」に贈ったという親王詠は、ある程度、親王周辺の人々に知られていたようで、三条右大臣（藤原定方）女は、この歌を耳にして、『元良親王集』一六八番歌を詠んでいる。(8) そしてこの三条右大臣女の歌もまた、〈好忠百首〉80番歌詠作時に参考にされた可能性がありそうである。

以上のように、好忠は、百首詠作にあたり、さまざまな家集を目にしていたことが推察される。なお、次の『順集』所収「天徳四年内裏歌合」の歌は、本稿冒頭に列挙した歌合資料（類聚歌合）には見出せないものである。

87　数ならで思ふ思ひの年経れどかひあるべくもあらずなりゆく（四五四・物名・ひのと）

たがために君をこふらんこひ佗びて我はわれにもあらず成りゆく（順集・一八七・天徳四年内裏歌合のうた　恋）

ここにも、結句が一致するという〈好忠百首〉との共通点が見出せる。この順の歌が、実際に歌合に出詠された形跡は未だ見当たらない。とすれば、好忠が順から得たであろう和歌資料のうち、順本人の歌については、その草稿類をも含んでいた可能性が想定し得る。

4

最後に、〈好忠百首〉よりも成立は後かと思われるものの、和歌表現において、密接な関係が見出される作品の存在を指摘しておきたい。

そのひとつは、『古今六帖』である。以下に列挙する歌の傍線部分は、好忠の頃までの例としては、〈好忠百首〉と『古今六帖』のみに見られる。まず百首前半には、次の二首の歌を見出す。

29　遠山田穂波うち過ぎ出でにけり今は水守もながめすらしも　（三九六・秋）

とほ山田守るや人めのしげければほにこそいでね忘れやはする　（古今六帖・二・山だ・九六九）

秋の田のほなみおしわけおく露の消えもしななん恋ひてあはずは　（古今六帖・二・秋のた・一一一九）

50　君恋ふとしのびに身をやこがらしの風のあなづる灰となしてむ　（四一七・恋）

人しれぬおもひするがの国にこそ身を木がらしのもりはありけれ　（古今六帖・第二・一〇四七）

29番歌の「遠山田」の例は、『順集』（二一四）にもあるが、そこを「見張る」意の「水守」「守る」といった語の組み合わせは、右に挙げた二首を指摘するのみである。また同歌の「穂波」の語も、好忠と同時代までには『古今六帖』以外、管見に入らない。また、50番歌の傍線部分は、『古今六帖』の「身をこがらし」という表現と同一である。

そして百首後半では、『古今六帖』との共通表現をもつ歌は、にわかに多くなる。

56　八橋のくもでにものを思ふかな袖は涙の淵となしつつ　（四二三・沓冠・や―つ）

恋ひせんとなれるみかはのやつ橋のくもでに物をおもふ比かな　（古今六帖・第二・くに・一二五九）

69　後生ひの角ぐむ葦のほどもなき憂き世の中は住みうかりけり　（四三六・沓冠・の―り）

山里もおなじうき世のなかなれば所かへてもすみうかりけり　（古今六帖・第二・山ざと・九七三）

71　沢田川流れて人の見えこずは誰に見せまし瀬々の白玉　（四三八・沓冠・さ―ま）

君こずはたれにかみせんしら川のせぜにうづまくたきのしらたま　（古今六帖・第三、一五五五・川）

81　野飼ひせし駒の春よりあさりしに尽きずもあるかな淀の若菰の　（四四八・沓冠・の―の）

はるごまのあさるさはべのまこもぐさまことにわれをおもふやはきみ　（古今六帖・第六・三八〇八・こも）

90　いく世しもあらじと思ふ世の中のえしも心にかなはぬぞ憂き　（四五七・物名・かのえ）

うくもよにおもふこころにかなはぬかたれもちとせのまつならなくに　（古今六帖・第四・二〇九六・うらみ）

98　人は皆見しも聞きしも世の中にあるは有りとかなきはなしとか　（四六五・物名・みなみ）

すぐすぐと見しもききしもなくなるにいつならんとぞわれもかなしき　（古今六帖・第四・二四九二・かなしび）

「八橋のくもでにものを思ふ」（56）、「見しも聞きしも」（98）[9]といった特徴的な表現をはじめとして、古今六帖歌の内容や表現が、〈好忠百首〉では文字制約に適うかたちで用いられている。『古今六帖』の成立は、〈好忠百首〉よりも後と想定される[10]が、あるいは『古今六帖』の素材となった和歌を、好忠は共有していたのかもしれない。ともあれ、好忠が、百首歌詠作にあたり、『古今六帖』の歌と共通する表現を用いていることには注意しておきたい。

同様に、『うつほ物語』中の和歌にも、〈好忠百首〉との表現上の共通性が見出せる。とくに目に付くのは、百首後半、沓冠・物名歌群に近接して存する三首の歌である。

82　かひなくて月日をのみぞ過ごしける空をながめて世をし過ぐせば　（四四九・沓冠・か―は）

82　侘び人は月日の数ぞしられけるあけくれひとり空をながめて　（うつほ物語・俊蔭・一・むすめ）

84　二葉にて我が引き植ゑし松の木の枝さす春になりにけるかな　（四五一・物名・きのえ）

84　昨日まで二葉の松ときこえしをかげさすまでもなりにけるかな　（うつほ物語・吹上下・三八四・嵯峨院）

86　天雲や空にたゆたひわたるらむ照る日のえしもさやけからぬは　（四五三・物名・ひのえ）

86　いづれとも雲へだつれば月も日もさやけく人にみゆるものかは　（うつほ物語・国譲上・九一六・あて宮）

82番歌は、『うつほ物語』の冒頭、俊蔭巻の一首目の歌と表現が類似する。また、84番歌では、『うつほ物語』に多く登場する二葉の松を詠むのみならず、下句の「（枝／かげ）さす（春に／までも）なりにけるかな」という構造が一致する。86番歌の「日」「さやけし」の組み合わせも、意外と他に見当たらない。

『うつほ物語』の成立時期[11]から考えれば、〈好忠百首〉が先行すると見るべきであろう。物語の成立過程で、〈好忠百首〉がいささかでも影響しているのであれば、たいへん興味深いが、いまはこれ以上の憶測は差し控えておく。

十世紀後半に活躍した歌人ならば、程度の差こそあれ、『万葉集』や『古今集』『後撰集』の影響下に自らの歌を詠作していたであろうことは、想像に難くない。好忠もそのような歌人のひとりであろう。だが、遠く丹後の地にあって、初の試みとして百首歌を詠作するにあたり、さらに広汎な和歌資料を詠歌材料にすることができた可能性が浮かび上がってきた。それは、〈好忠百首〉詠作時に近い時期に催された歌合をも含む、九世紀末から十世紀半ばまでの歌合、とくに宇多帝（院）周辺の歌合や、『古今集』以来の、幅広い層の歌人の私家集群である。中でも、歌合と私家集の両方に顔を出す元良親王の存在には留意されよう。さらに、『古今六帖』成立の過程において、好忠がすでにその和歌を知っていた可能性も指摘される。これらの豊かな詠歌材料があればこそ、初の百首歌誕生が可能となったのであろう。『うつほ物語』との関係については、さらなる検討が必要だが、この物語の作者を順とする説もある。いまいちど、初期百首と周辺作品との関わりを検討してみることもまた、必要なのではなかろうか。

注

（1）金子英世氏「天徳四年内裏歌合と初期百首の成立」（『三田國文』第十四号、平成三年六月）。
（2）〈好忠百首〉2番歌は天理本にはないため、これを底本とする『新編国歌大観』に載らない。
（3）ただし、『順集』一八五番では、傍線部を「などうちとけぬ」とする。この本文の方が〈好忠百首〉16番歌の表現に近い。
（4）『万葉集』古点の成立時期については、本書解説《三》「〈好忠百首〉における『万葉集』受容　附『万葉集』古点の成立時期臆断」（曽根誠一）参照。
（5）『新編国歌大観』「陽成院親王二人歌合解題」（杉谷寿郎氏）参照。
（6）『和歌大辞典』「麗景殿女御歌合」（芝崎正昭氏）の項参照。
（7）本書全釈5番［考察］参照。
（8）『元良親王集全注釈』（和歌文学注釈叢書1、片桐洋一・関西私家集研究会、新典社、平成十八年五月）には、「みぶのご」は不詳、三条右大臣女も特定できないとある。
（9）「見しも聞きしも」は、〈好忠百首〉序文にも用いられている。
（10）『新編国歌大観』「古今和歌六帖解題」（橋本不美男氏・相馬万里子氏・小池一行氏）に拠れば、『古今六帖』の「編者や成立年代は未詳であるが、兼明親王あるいは源順を編者に想定し、貞元・天元（九七六〜九八二）頃の成立と考える説が有力である」という。

（11）『新編国歌大観』宇津保物語解題（片桐洋一氏・清水婦久子氏）には、「円融天皇の時代に成立。ただし末巻の「楼の上」は一条朝にはいってからの補作かとも」とある。なお、〈好忠百首〉の表現との関連でいえば、「楼の上」の和歌との共通性は、まず見当たらない。

（福田智子）

六　〈順百首〉に見られる〈好忠百首〉の享受と展開

1

〈順百首〉は、丹後にいる好忠が詠んだ〈好忠百首〉の「返し」として、源順が詠作したものである。〈順百首〉の序文によると「与謝の海の天の橋立わたり」から届いたとある。また、物名歌の第一首は次の歌である。

丹後の浦のまつりごと人百敷の選びに入りてなれるなるべし　（順百首81・物名・きのえ・五六五）[1]

「まつりごと人」とは第三等官「掾」の和訓であり、この「丹後の浦のまつりごと人」は好忠を指すと考えられる。[2]『好忠集』に収められた〈順百首〉の直前には「源順、これを見て返ししたりとなん」という記述がある。これは後人の注記であろうが、〈順百首〉を〈好忠百首〉の「返し」と見なしていたことが分かる。

〈順百首〉が「返し」であるならば、〈好忠百首〉の歌に応じて詠んだ歌もあると思われる。どちらの百首歌も四季・恋・沓冠・物名で構成されているので、以下、その具体例について、部立別に考察していくことにする。

2

まずは四季部内で、〈好忠百首〉の語句・表現をそのまま〈順百首〉の歌に取り入れたと思われる例を見ていく。なお両百首で共通・類似する語句には実線を傍らに付す。

昨日まで冬ごもれりし暗部山今日は春へと峰もさやけみ　（好忠百首1・春十・三六九）

山川の薄ら氷わけてささ波の立つは春への風にやあるらむ　（順百首1・春十・四八五）

好忠の歌は『古今集』仮名序にある「難波津に咲くやこの花ふゆごもり今は春へと咲くやこの花」の「ふゆごもり今は春へと」を取り入れている。好忠が第四句に「今日は春へと」を置いたのを承けて、順も第四句を「立つは春への」にしたのであろう。すなわち二首とも百首歌の冒頭で立春を詠み、第四句が「……は春へ」であるのは、順が合わせたと考えられる。好忠歌は「昨日まで」「冬ごもれりし」「暗（部山）」であったが、「今日」からは「春へ」で「さやけみ」（明るいの意）と季節の変化を明暗で、すなわち視覚で捉えている。一方、順歌は視覚のほか「ささ波の立つ」に聴覚、「春への風」に温度感覚も盛りこんでいる。

花見つつ春は野辺にて暮らしてむ霞に家路見えずとならば　（好忠百首9・春十・三七六）

花ゆゑに身をや捨ててし草枕千々に砕くるわが心かな　（順百首7・春十・四九一）

花に心を奪われ戸外で過ごす、という設定は共通する。ただし前者は「ならば」と仮定条件ではあるが、「暮らしてむ」と決意を述べたのに対して、後者は「身をや捨ててし」の「や」で自問自答している。

来る雁の羽風涼しき夕暮れに誰か旅寝の衣更へせぬ　（好忠百首26・秋十・三九三）

白露の萩のうら葉に置ける朝は雁の羽風も涼しかりけり　（順百首25・秋十・五〇九）

「雁の羽風」が「涼し」という好忠歌の発想を、順はそのまま用いながらも、同じ状況を好忠歌の「夕暮れ」ではなく「朝」に求めている。また、秋を感じさせるものとして、新たに「萩」の「白露」を追加している。

遠山田穂波うち過ぎ出でにけり今は水守もながめすらしも　（好忠百首29・秋十・三九六）

山田守るそほづも今はながめすな舟屋形より穂先見ゆめり　(順百首24・秋十・五〇八)

これは同様の語句を使いながらも「水守」(田の水の管理人)を「そほづ」(案山子)に置き換え、「ながめす」(ぼんやりしている)を「ながめすな」(ぼんやりするな)と詠み変えている。また、田の状況は二首とも稲穂が実って刈り取る前であるが、「水守」は田の水を抜いたので役目から解放されている。一方、「そほづ」は雀などから稲を守る役目の最中である。

唐錦山の木の葉を縒り裁ちて幣をば風ぞ四方に手向くる　(好忠百首33・冬十・四〇〇)

神無月しぐるるたびの山越えに紅葉を風の手向けたるかな　(順百首35・冬十・五一九)

これも山の神に紅葉を幣として風が手向ける、という点では共通する。しかし好忠歌はその場の情景を取り上げただけで一回限りであるのに対して、順歌は「たび」に「旅」と「度《たび》」を掛け、「しぐるる度」と繰り返されることを詠んでいる。

神祭るみ冬なかばになりにけるあこねが寝屋に榊をり敷く　(好忠百首38・冬十・四〇五)

神祭る榊葉さすになりにけり夕月夜にぞ大幣に見し　(順百首34・冬十・五一八)

上句は「神祭る……になりにける(り)」と一致するが、下句は前者が屋内、後者は屋外と異なり対比が見られる。

高瀬さす淀のみぎはのうは氷下にぞ嘆く常ならぬ世を　(好忠百首42・冬十・四〇九)

春立たば氷解けなむ沼水の下恋しくも思ほゆるかな　(順百首38・冬十・五二二)

いずれも「氷」の「下」という表現から「下にぞ嘆く」「下恋しくも思ほゆる」を導いている。後者の「氷」も、前者の「うは氷」と同じ意味であろう。二首とも冬歌ではあるが、好忠歌は「常ならぬ世を」嘆く無常歌、順歌は

「下恋しくも」と恋歌のようである。

次に、恋部の歌を比較する。

おだまきり朝けの真人わがごとや心のうちにものは思ひし　（好忠百首51・恋十・四一八）

天の原をちこちに住むたなばたもわがごとものを思ふらむかも　（順百首47・恋十・五三一）

両者とも他人を引き合いに出して、わが思いを表わしている。この言い回しや表現の発想は、おそらく順が好忠のを踏襲したのであろう。ただし前者は自分の思いを「朝けの真人」と、後者は「たなばた」（織女）の気持ちを自分の心情と、それぞれ比較している点が異なり、七夕の方が和歌によく詠まれ類型的である。

以上の例は同じ部立の例であるが、順は異なる部立にも好忠歌の表現を利用している。以下は季節を変えた例である。

よそに見しおもあらの駒も草なれてなつくばかりに野はなりにけり　（好忠百首18・夏十・三八五）

子の日して見しほどもなく草枕結ぶばかりに野はなりにけり　（順百首6・春十・四九〇）

順は夏歌の「……ばかりに野はなりにけり」の表現を借りながら、野に繁茂する夏草の様子を、子の日から更に生育した春の野に転じている。

3

次いで沓冠歌を見てみよう。好忠は「安積山」「難波津」の歌をそれぞれの歌の頭尾に据えただけであるのに対して、順は三十一首を四季（各五首）と恋（十一首）に区分するという趣向を加えている。(3) 次の二組では〈好忠百首〉の四季の部立と同じ季節を〈順百首〉は沓冠に詠んでいる。

巻向の穴師の檜原春来ては花か雪かと見ゆる木綿四手　（好忠百首4・春十・三七一）

巻向の檜原憂くこそ思ほゆれ春を過ぐせる心ならひに　（順百首54・沓冠〈春〉・五三八）

二首とも春歌ではあるが、前者は桜が咲く前の初春で「木綿四手」を「花か雪か」と見立てて詠んだ。一方、後者は桜が散った後の晩春で、花に見立てる霞も立たないと嘆いている。

夏衣き時になれどわが宿に山ほととぎすまだぞ声せぬ　（好忠百首15・夏十・三八二）

今日よりは夏の衣になるなへにひもさしあへず時鳥鳴く　（順百首56・沓冠〈夏〉・五四〇）

「夏衣き時になれど」も「今日よりは夏の衣になる」も、夏の衣替えの時節である。しかし、前者は時鳥を待ちわびるのに対して、後者は早くも鳴いていて対照的な趣向である。

次の例では夏歌の自然物（涼風）を擬人化した表現を、沓冠歌の冬歌に利用している。

懐かしく吹きくる風にはかられて上紐ささず暮らすころかな　（好忠百首22・夏十・三八九）

軒端なる梅咲きぬとてはかられぬ人だのめなる雪やなになり　（順百首66・沓冠〈冬〉・五五〇）

前者はまだ夏なのに涼風に騙されて秋かと思い、後者はまだ冬なのに梅が咲く春かと勘違いした、という表現は共通する。ただし、前者は風を通して温度を実感したのに対して、後者は視覚で雪を梅花と見間違えた点が異なる。

4

百首歌の最後は物名歌である。たとえば次の歌は、「つちのと」を「待乳の常磐山」「まつちの鳥」に隠し、「待乳の」の詠み方が共通する。

人をのみ夜は待乳の常磐山峰の葛葉のうらみてぞふる　（好忠百首89・物名・つちのと・四五六）

風吹けばゆるぎの森の一つ松まつちの鳥のとぐらなりけり　（順百首86・物名・つちのと・五七〇）

ただし前者は歌枕「待乳の山」を利用するに留まるが、後者は「鳥」を選んだ縁で、鷺の名所である「ゆるぎの森」を取り入れている。

次の三組は、物名に詠み込まれた語句が同じである。

たつみ

波の立つ三島の浦のうつせ貝むなしき殻と我やなりなむ　（好忠百首97・四六四）

霞立つ三室の山に咲く花は人知れずこそ散りぬべらなれ　（順百首94・五七八）

「たつみ」を隠す「立つ三島の浦」を「立つ三室の山」に変えるのに伴い、「波の立つ」を「霞立つ」とし、「浦」「うつせ貝」「殻」という海の情景を、「霞立つ」「山」の「花」が咲き散る春の情景に転換した。

みなみ

人はみな見しも聞きしも世の中にあるはありとかなきはなしとか　（好忠百首98・四六五）

稲荷山みな見し人をすぎすぎに思ふ思ふと知らせてしかな　（順百首95・五七九）

前者は「あるはあり」「なきはなし」と同じ語を繰り返し、「あり」「なし」を対比している。後者は「すぎすぎ」「思ふ思ふ」で同じ語を二回ずつ繰り返している。

ひつじさる

袖ひづしさるをあはれと言はばこそ袂を淵となしもはててめ　（好忠百首99・四六六）

恋するに衣手ひづしさるかそのあらび絞りて見すべきものを　（順百首96・五八〇）

涙で袖が「漬《ひづ》つ」（濡れる）という詠み方は重なるが、前者は女から「あはれ」と言ってもらえるならば袂を涙で淵にしてしまおうという男歌と見られるが、一方、後者は袖を絞って証拠の涙を見せるよう男に要求する女歌であり、好忠歌とは詠む立場を変えている。

次の例は「うしとら」の物名歌で、「憂し」の部分は一致する。

世の中を憂しとらいはば片時もあり経なむやぞしのぶればこそ　（好忠百首103・うしとら・四七〇）

浅茅生のなほ憂し虎はふすなれど秋は人より先になれつつ　（順百首100・うしとら・五八四）

前者は「虎」を詠まず、「と」は格助詞、「ら」は接尾辞であろう。一方、後者は「虎」を採り、その詠み方は以下の和歌と共通して、原や野辺に伏す獣である。

あさぢふのをののしのはらいかなればてがひのとらのふしどころみる　（古今六帖・第二・とら・九五二）

ありとてもいくよかはふるからくにのとらふす野べに身をもなげてん　（同・九五三）

次の例は「みづのと」を「三津の泊」「見つのどかに」に隠している。

近江なる三津の泊をうち過ぎて船出て往なむことをしぞ思ふ　（好忠百首93・物名・みづのと・四六〇）

一目見つのどかに今はあるべきを逢ふにかへたる命とや言はむ　（順百首90・物名・みづのと・五七四）

前者は「近江」に「逢ふ身」、「三津」に「見つ」を響かせ、「泊」に船着き場と終生を託する女性を重ねている。それを元に順は「見つ」「逢ふ」を表に出して、恋歌に仕立てたのであろう。

このほか十干の物名歌のうち、「ひのえ」「つちのえ」「かのえ」を詠みこむとき、好忠は末尾の「え」を詠み込む際、共通して「えしも」を用いている。

天雲や空にたゆたひ渡るらむ照る日のえしもさやけからぬは　(好忠百首86・ひのえ・四五三)

小山田のひつちのえしも穂に出でぬは心ひとつに恋しとぞ思ふ　(好忠百首88・つちのえ・四五五)

いく世しもあらじと思ふ世のなかのえしも心にかなはぬぞ憂き　(好忠百首90・かのえ・四五七)

それに対して順は、まったく別の語を用いている。ここにも工夫の跡が見える。

心にも憂しとぞ思ふ我が恋の選ばぬやなぞよきもあしきも　(順百首83・ひのえ・五六七)

こもり居の子をしなづるは思ひたつ乳のえあらねばあるにぞありける　(順百首85・つちのえ・五六九)

花の香の枝にしとまるものならば暮るる春をも惜しまざらまし　(順百首87・かのえ・五七一)

最後に「一日めぐり」を詠みこむ歌を比較してみる。

定めなく一日めぐりにめぐるてふ神の社はいづくなるらむ　(好忠百首94・一日めぐり・四六一)

わが一日めぐりめぐりをせしほどにしらぎまひする年は来にけり　(順百首91・一日めぐり・五七五)

順歌は物名歌として成り立っているが、好忠歌は一日毎に巡っていく太白神をそのまま取り上げ、物名歌にはなっていない。このあと太白神が遊行する方角を順番に物名に詠みこむ歌群が続き、その順序を予告する機能を「一日めぐり」歌に持たせたのではなかろうか。「一日めぐり」の次に置かれた「一夜めぐり」では、〈好忠百首〉も物名歌になっている。それを見た順は、「一日めぐり」も物名歌にする方法を選んだのであろう。

このように〈順百首〉は〈好忠百首〉を取り入れ享受する一方、創意工夫を加え、独自の詠み方を展開したのである。

注

（1）歌の引用は、〈好忠百首〉は本書「全釈」で示した本文、〈順百首〉は筑紫平安文学会『順百首全釈』（歌合・定数歌全釈叢書十八、風間書房、二〇一三年五月）の「全釈」で示した本文による。それぞれについて通し番号を算用数字で示す。また、漢数字で『新編国歌大観』による歌順番号を示す。

（2）たとえば『能宣集』四一二番の詞書には「丹後掾曾禰好忠」の名が見られる。「春の日、客あまた知、不知まできあつまりて酒のみ侍るに、紅梅をもてあそぶとて、丹後掾曾禰好忠がかはらけとりてさし侍るとて」。

（3）ちなみに源順の「あめつち」歌（『順集』四〜五一番）も沓冠に文字を据え、四季・思・恋に分けられている。これもまた「あめつちの詞」を歌頭のみに据えた、藤原有忠の歌に対する返歌である。

（岩坪　健）

七　〈恵慶百首〉に見られる〈好忠百首〉の影響について

1

〈好忠百首〉が源順のもとに送られ、その後ほどなくして〈順百首〉が詠まれた。その後、これら二つの百首歌を承けて、恵慶法師が百首歌を詠作する。いわゆる〈恵慶百首〉である。[1]

この三つの百首歌については、〈好忠百首〉に〈順百首〉が直接応じたという以外にも、前半に四季と恋の歌、後半に沓冠歌・物名歌という構成が共通し、関係の深さが知られる。〈恵慶百首〉はその序文の内容や、〈順百首〉が行った歌群の配置（後述）を踏襲していることから、〈好忠百首〉〈順百首〉が成立した後、やや遅れて詠作されたと考えられる。

百首歌の嚆矢たる〈好忠百首〉に対して順がどのように応じたか、それについては本書解説《六》で示されたとおりである。では、それに続く〈恵慶百首〉は、先行する二つの百首歌からどのような影響を受けたのか。恵慶はどのように作歌に生かしたのであろうか。

この問題については、松本真奈美氏に論考がある。[2]ここでは〈好忠百首〉からの影響を看取できる歌を四例示しつつも、〈好忠百首〉よりもはるかに〈順百首〉に近似しているとする。二十例を挙げて、[3]主題、語句、一首の言葉つづきの面における緊密さを指摘している。

主題や言葉つづきの類似は客観的かつ妥当な指摘である。その上で本稿では、別の視点から検討してみたい。すなわち、とくに百首歌後半の沓冠歌・物名歌について、その歌作りに〈恵慶百首〉が〈好忠百首〉を参考にしたと認められるものがまだあるのではないかということである。

なお、本書附録《一》では、この三つの百首歌について、部ごとの対応が判るように本文を対照した。適宜参照されたい。

2

前述したように、これらの百首歌はいずれも、春・夏・秋・冬・恋の題で十首ずつ、その後に「あさかやま」「なにはづ」の歌を詠み込んだ沓冠歌を三十一首、十干・方位を題とする物名歌を二十首という構成になっている。[4]すなわち、前半に勅撰集における二大主題といえる四季と恋、後半に技巧を主眼とする歌を配置しているとみることができる。

そうすると、前半と後半とでは、詠作時の思考過程の異なる歌が配置されることになりそうである。前半は四季の風物や恋の思いを主題として詠むことが中心となるが、対して後半では、沓冠の文字制約をどう満たすか、物名をどのように詠み込むかを、第一に考える必要がある。歌の主題も重要にはちがいないが、そこでは技巧の実現がまず優先されることになろう。つまり、歌作りの手順が違ってくると考えられるのである。そうした作歌の思考過程を考えるとき、恵慶が百首詠作時に参考にした歌が〈好忠百首〉に見えてくるのではなかろうか。

ここで注意しておきたいことは、〈順百首〉では右で述べた構成に加え、さらに沓冠歌三十一首を春・夏・秋・

冬・恋の歌群に分けて配置している点である。四季に各五首、恋に十一首である。この配置は〈好忠百首〉では行われておらず、順は自ら難度を上げて詠作したものを返そうとしたのであろう。そして、〈恵慶百首〉はこの配置を踏襲している。

〈好忠百首〉にないこの趣向で、全体の構成がどのように変わるか。沓冠歌三十一首で、もともとの文字制約に加え、さらに春夏秋冬恋の各部に分けて詠む必要が生じてくる。これで詠作の難度は上がるが、その一方で、これを踏襲した〈恵慶百首〉は、〈順百首〉の歌を参考にすることで詠みやすくなるともみられよう。実際、松本氏が指摘した、〈恵慶百首〉が〈順百首〉に倣ったという二十例のうち、沓冠歌は五首あったが、このうち文字制約を満たすための語の選択とは関係なく、主題、つまり表現内容に共通点が見られる歌が三首ある。(5)

次節では、以上とは異なる観点から、百首後半の沓冠歌・物名歌の例をもって考察する。

3

本稿でとくに注目したいのは文字制約である。この観点から、〈恵慶百首〉後半の歌に見える〈好忠百首〉の影響を掘り起こしてみよう。先行研究に言及のあるものを含めて、〈恵慶百首〉の歌と、これに影響を与えたと見られる〈好忠百首〉の歌を示す。比較・参考のために〈順百首〉の歌も掲出する。(6)

冠に据える語の選択は、沓冠歌の難しさの一つであろう。「文字」の制約とはいうものの、その文字で始まる語彙が少なければ初句から苦吟することになると思われる。以下、〈好忠百首〉と〈恵慶百首〉とで冠の詠み込み方が共通する歌の例を見てみる。

①沓冠歌・第九首・冠「へ」

経じや世にいかにせましと人知れず問はば答へよ四方の山びこ　（好忠集・好忠百首61・四二八）

へつくりに知らせずもがな難波めのあし間を分けて遊べ鶴の子　（同・順百首・五四二）

へがたげに見ゆる世なれど夏びきの片糸にても絶えぬわが背子　（恵慶集・百首・二六四）

②沓冠歌・第十二首・冠「る」

るいよりもひとり離れて飛ぶ雁の友に遅るるわが身かなしな　（好忠集・好忠百首64・四三一）

瑠璃の壺ささちひさきはちす葉にたまれる露にさも似たるかな　（同・順百首・五四五）

るいしつついざ秋の野にわが背子が花見る道を我おくらすな　（恵慶集・百首・二六七）

①は冠に「へ」を据えなければならない歌であるが、「へ」で始まる語がごく少ないことは想像に難くない。[7] そうすると、動詞「経（ふ）」の未然形・連用形にある「へ」は、歌作りにあたって、意味からもかなり使いやすい語となろう。だからこそ〈恵慶百首〉が用いたとも考えられるが、好忠歌を参考にし、この語を選択した可能性も否定できまい。ちなみに、順は「へつくり」という、全く異なる語によっている。

②は冠に「る」を据えなければならない。松本氏が「秋の野の花見」の主題が共通するとして、〈順百首〉の「八十島の都鳥をば秋の野に花見て帰るたよりにぞとふ」（好忠集・順百首・沓冠〈第十三首〉秋・五四六）の影響を示した例である。主題で見ると確かにそのとおりで、〈恵慶百首〉で第十二首、〈順百首〉で第十三首と近接しており、関連があることが明らかである。しかし、ここでは冠の「る」に注目したい。

周知のように、ラ行音で始まる和語は皆無といってよい。自然と漢語を用いることになるが、歌に使えそうなのは右の例のように「類」や「瑠璃」ぐらいであろう。[8]「類」は、散文では『竹取物語』や『大和物語』『かげろふ日記』に例が見える。「瑠璃」も『うつほ物語』『源氏物語』に見え、いずれも一般的な語彙であったと考えられる。それを好忠が和歌に取り入れたのであろう。恵慶と好忠が共通して「類」を用い、順は「瑠璃」を用いている。恵慶は好忠歌に倣ったものと思われる。

なお、管見では「類」の初出は、順の「へにかよふるいのきしよりひくつなでとまりはことつげよなにはえ」(順集・双六番のうた・六三)のようである。あるいは、好忠はここから「類」を学んだのであろうか。恵慶が右の歌を知っていた可能性もあるが、直接的にはやはり、冠「る」を満たすために〈好忠百首〉を参考にしたとみたい。

③沓冠歌・第十六首・冠「ゐ」

井手の山よそながらにも見るべきを立ちな隔てそ峰の白雲　（好忠集・好忠百首68・四三五）
井堰より漏る水の音聞こえぬは冬来にければ氷すらしも　（同・順百首・五四九）
井手川のけふ波の音聞こえねば冬のはじめと氷すらしも　（恵慶集・百首・二七一）

③は冠に「ゐ」を据えなければならない歌である。松本氏が「結氷と水音の消失」の主題で共通し、語句やことば続きも類似するとして、〈恵慶百首〉〈順百首〉の関係を示した例である。

確かに、水音がしないことで氷が張る冬になったとする発想が一致するうえ、沓「も」のところに「氷すらしも」を用いた点で、〈順百首〉からの影響が強い。ただ、冠「ゐ」に、好忠歌の「井手の山」からの発想とみられる「井手川の」を用いている点には、〈好忠百首〉の影響が見て取れよう。[9]

「ゐ」で始まる語もごく少ない。[10]歌に使える語となると、これも容易には発想しにくいであろう。冬という季節で

順歌に近づけた内容にしたものの、初句は「井堰」を避け、好忠歌に倣って「井手」を選択したと考えられる。(11)

以上のように、「へ」「る」「ゐ」のいずれも、これらで始まる語が少ない上に、和歌に使える語彙はごく限られる。そこで、沓冠の文字制約を満たすため、〈好忠百首〉の歌を参考にしたとみるのも、あながち的外れではあるまい。

4

沓冠歌三十一首では、冠に「あさかやま かげさへみゆる やまのゐの あさくはひとを おもふものかは」を詠み込むので、冠に同じ文字制約が生じる歌が複数ある。このうち、○印を付けた「あ」「さ」「か」「の」はそれぞれ二、三回出現するものの、語彙が豊富でとくに詠作に難しさは生じないかもしれない。しかし、それ以外では語の選択に苦労することもあったのではないか。ここでは、冠に「ま」「も」を据える歌を見てみよう。

④冠「ま」の歌

＊沓冠歌・第五首

松の葉の緑の袖は年経とも色変はるべき我ならなくに　（好忠集・好忠百首57・四二四）

巻向の檜原憂くこそ思ほゆれ春を過ぐせる心ならひに　（同・順百首・五三八）

松の根にかかる藤波水なれやいざ舟漕がむまづ心みに　（恵慶集・百首・二六〇）

＊沓冠歌・第十四首

丸小菅茂れる野辺の草の上に玉と見るまで置ける白露　（好忠集・好忠百首66・四三三）

待ちどほに思ひし秋はふけにけりしるくぞ見ゆる萩の下露　（同・順百首・五四七）
松風もうちうらめしきほどなれば峰の紅葉もままにほふなり　（恵慶集・百首・二六九）

〈恵慶百首〉では二首とも「ま」のところに「松」を使用し、「松の根」「松風」としている。〈好忠百首〉57は「松の葉」を使用しているものの、ほかは〈順百首〉も含めて「巻向」「丸小菅」「待ちどほ」と、語の選択が様々である。

⑤冠「も」の歌

＊沓冠歌・第二十六首
藻屑焼く浦には海人や離れにけむ煙立つとも見えずなりゆく　（好忠集・好忠百首78・四四五）
守山になげきこる身は音もせで煙も立たぬ思ひをぞたく　（同・順百首・五五九）
藻刈り舟あきつの浦に棹さして思ふつまどち漕ぎつつぞ行く　（恵慶集・百首・二八一）

＊沓冠歌・第二十八首
本つ人今は限りと見えしより誰ならすらむわが伏しし床　（好忠集・好忠百首80・四四七）
物思ふに苦しき夜半はさしおきつあけば身になせ挿櫛の箱　（同・順百首・五六一）
藻塩焼くけぶりに恋を比ぶれば勝らざりけり駿河なる田子　（恵慶集・百首・二八三）

ここでも恵慶は「も」のところに二首とも「藻」を使用している。〈好忠百首〉78が「藻」を使用しているのに倣ったのであろうか。また、後の第二十八首では「藻塩焼く」としており、〈好忠百首〉78の「藻屑焼く」の類想のように見える。〈順百首〉や〈好忠百首〉では「守山」「本つ人」「物思ふ」などと様々である。歌語として「藻」

は一般的なので、単調さを避けようと変化をつけたか。

以上のように、〈好忠百首〉沓冠歌における冠の文字制約の満たし方を参考にし、二度にわたって同語を用いたとおぼしき例があることに留意すべきであろう。

5

次に、物名歌の例を見てみよう。松本氏は〈順百首〉と類似する物名歌を五首示しており、その関係は明らかである。一方、以下の二首に関しては〈好忠百首〉との類似が指摘できる。沓冠歌のときと同様に、両百首を参考にしたと思われる。

⑥物名「きのえ」

二葉にてわが引き植ゑし松の木の枝〈まつのきの／えだ〉さす春になりにけるかな　（好忠集・好忠百首84・四五一）

丹後の浦のまつりごと人百敷の選び〈ももしきの／えらび〉に入りてなれるなるべし　（同・順百首・五六五）

秋萩の枝〈あきはぎの／えだ〉にかかれる白露をあやしく玉とわが思ひける　（恵慶集・百首・二八七）

「きのえ」を詠み込む箇所に、〈好忠百首〉の「松の木の枝」に対して、〈恵慶百首〉は「秋萩の枝」とする。「……の枝」とする点で、発想が近い。一方、〈順百首〉は「百敷の選び」のところに詠み込んでいる。この歌は丹後掾である好忠のことを詠んでいるとみられるが、その文脈で出てきた「百敷の選び」はかなり特殊な語句である。

⑦物名「一夜めぐり」

見し人よめぐりだに来ばあり経ても野中の清水むすぶとや見む　（好忠集・好忠百首95・四六二）

道の人よめぐりかへし冬をなほさてある者ぞ出で立ちもする　（同・順百首・五七六）

出で立てばうしろめたなきあだ人よめぐりに据ゑて放たずもがな　（恵慶集・百首・二九八）

「一夜めぐり」を詠み込む箇所に、好忠は「見し人よ」、恵慶は「あだ人よ」と、いずれも五音句で詠んでいる点で発想が近い。一方、順は独自の詠み方であるといえる。

6

以上のような例を見ていると、恵慶が百首歌の先例として〈好忠百首〉〈順百首〉の二つに倣うところが大きかったことがよく表れていると思われる。〈順百首〉では春夏秋冬恋の題が設定された沓冠歌のこともあり、恵慶はまず〈順百首〉を承けて詠もうとしたようである。しかし、一方で、沓冠や物名といった文字制約を満たすため、〈好忠百首〉を参考にした面も、また小さくはなかったと思われるのである。

この題と文字制約の兼ね合いという観点によれば、次の例も参考になろう。松本氏も挙げた例で、沓冠歌第二十二首、冠「ひ」・沓「る」という制約のある歌である。

⑧沓冠歌・第二十二首

人恋ふる涙の海に浮き沈み水の泡とぞ思ひ消えぬる　（好忠集・好忠百首74・四四一）

ひとたびもわりなく物を思ふには胸を千々にぞ砕くべらなる　（同・順百首・五五五）

ひるまなく涙の川に沈むかな心かろしと思ひ知る知る　（恵慶集・百首・二七七）

ここは沓冠〈恋〉の第二首に位置し、文字制約を満たした上で、恋歌にしなければならない。恵慶歌は好忠歌の

「涙の海」の類想とみられる「涙の川」を同じ第二句に据え、さらに「沈む」「思ひ」という語も共通して用いている。一方、参考に挙げた順歌は、恋歌であることは同じであるものの、着想は異なっている。〈好忠百首〉の沓冠歌では春夏秋冬恋という題の設定はなかったが、ここにはたまたま恋歌が配置されていた。冠「ひ」を満たすことのできる「ひるまなく涙……」を発想すれば、「涙の海に浮き沈み」から「涙の川に沈む」を生み出すことはできるであろう。これで主題が共通することになる。

では「ひるま」はどこからきたか。「いつのまにこひしかるらん唐衣ぬれにし袖のひるまばかりに」（後撰集・恋三・七二九・閑院左大臣）のような歌もあり、涙や袖が乾く、乾かないという発想は、歌人の頭の中に常に存在しよう。しかし、ここでもやはり沓冠の制約という面を重視すると、次の〈順百首〉の歌が参考になる。

ひるまなく夜はすがらに絶えずのみいしくらの原しげきわが恋[12]　（好忠集・順百首・恋・五二五）

ともすれば帰る春をも惜しむかなめづらしげなきことと知る知る　（同・順百首・春・四九四）

恵慶は、冠「ひ」と沓「る」を満たすために、右の〈順百首〉の二首を利用したのであろう。これによって、沓冠第二十二首では、同じ沓冠の制約に叶い、主題も共通する歌を配置することができたのである。

前節までは、文字制約の面で〈好忠百首〉が参考にされた例を挙げてきたが、右の例では〈順百首〉の方を同じように利用している。〈恵慶百首〉がとくに内容で〈順百首〉に沿って詠んでいることは否めないが、このような利用の仕方をしている点も留意すべきであろう。

歌人が先例をどのように参考にするかということを思うとき、松本氏の提示した次の例も興味深い。右と同じく〈恵慶百首〉が〈好忠百首〉から影響を受けたとされる四例のうちの一つである。

⑨大島やをちの潮あひを行く舟の楫とりあへぬ恋もするかな　（恵慶集・百首・恋・二五四）

由良の門を渡る舟人かぢをたえ行方も知らぬ恋の道かな　（好忠集・好忠百首43・恋・四一〇）

恵慶歌は、「白浪のよするいそまをこぐ舟のかぢとりあへぬ恋もするかな」（後撰集・恋二・六七〇・黒主）を踏まえたものであるが、好忠歌の影響もあるとする。以下に要約する。

恵慶歌の「大島」は周防国で、詠作時期との先後関係は不明ながら、恵慶は周防の大島を訪ねたことがある。一方、好忠歌の「由良の門」の所在は、丹後国・紀井国の両説がある。恵慶が好忠歌の影響の下に自身のよく知る「大島」を用いて詠んだとすれば、好忠歌の「由良の門」を詠者周知の丹後国と認識していたか。

松本氏は、右の内容を「……丹後の地と認識していたのではないかと想像してみたくなる」と控えめに述べたが、首肯すべき見解である。本書全釈43番も参照されたいが、「由良」を好忠の任地、丹後の地名と考えてこそ、この歌の真価が明らかになる。恵慶もそのように理解していたのであろう。この対は、海を行く舟の楫にことよせた恋歌というだけでなく、詠まれた地名に関する知識の共有も背景にあった事例と捉えることができる。

〈恵慶百首〉が主題の面において〈順百首〉に沿った作りになっていることはおそらく動かない。しかし、右のように見てくると、〈好忠百首〉の歌から、用例は少ないまでも、従来知られていた以上に触発された例もあったのではなかろうか。それらは、沓冠や物名の充足のために利用するといった、表層的に見えて、内実は重要という観点と併せて理解することが必要であると思われる。

7

ここまでは〈恵慶百首〉が、先行する〈好忠百首〉〈順百首〉を参考にしたとおぼしき例を示した。一方で、『好忠集』の中心部分ともいえる〈毎月集〉（三百六十首和歌）にも関連があろうかという歌が散見する。川村晃生氏・松本真奈美氏『恵慶集注釈』に指摘があるものと重なる例もあるが、見てみよう。

まず、内容や表現が共通するものである。

⑩深緑端山の色をおすまでに藤のむらごは咲き満ちにけり　（恵慶集・百首・春・二一五）

端山木は夕べに見ればむらごなりたが織りそむる錦なるらん　（好忠集・毎月集・九月・二四九）

⑪小倉山鹿の通ひ路見えぬまで今は下草しげりあひぬらむ　（恵慶集・百首・夏・二二一）

野中にはゆきかふ人も見えぬまでなべて夏草しげりあひにけり　（好忠集・毎月集・四月のをはり・一二三）

⑩は「端山」「むらご」の語が共通しており、関連があるか。⑪はいずれも、第三句「見えぬまで」と「……草しげりあひ……」を持つ。発想は、「おほあらきのもりのしたくさしげりあひてふかくもなつのなりにけるかな」（西本願寺本忠岑集・五五）によるとみられ、これも関連が想定できるか。

⑫わがつまを待つといもねぬ夏の夜の寝待ちの月もやや傾きぬ　（恵慶集・百首・夏・二二二）

あきはてて時雨ふりにしわがつまを冬の夜すがら恋ひ明かしつる　（好忠集・毎月集・十一月上・三一三）

⑬山も野も唐紅になりぬればたが染めしとぞ見る人も問ふ　（恵慶集・百首・沓冠〈秋〉・二六八）

たが染めし色にかあるらん春をへて目なれず見ゆる松の緑は　（好忠集・毎月集・正月をはり・一九）

⑫で共通して用いられている「わがつま」という語句は同時代に他例を見ない。いまだ通って来ない恋人を夜通し待つ女性の歌という点も同じである。⑬恵慶歌の「たが染めしとぞ」は、好忠歌の「たが染めし色にかあるらん」

に相当しよう。これは松の緑を詠んだものであり、恵慶歌の「唐紅」とは色彩が異なるが、発想としては共通している。

次は語句が共通する歌である。

⑭わさなへも植ゑどき過ぐるほどなれやしでのたをさの声はやめたり　（恵慶集・百首・夏・二一九）

わさなへを宿もる人にまかせおきて我は花見るいそぎをぞする　（好忠集・毎月集・二月のをはり・五八）

初句で共通する「わさなへ」は早稲の苗であろうと思われる。この語の用例はほとんど見出せない。

⑮明け方の長き秋の夜独りぬるよづま何ごと思ひいづらむ　（恵慶集・百首・秋・二三三）

独りぬる風の寒さにかみな月しぐれふりにしつまぞこひしき　（好忠集・毎月集・十月中・二九二）

いずれも、動詞「寝」を名詞に続けており、「独りぬるよづま」「独りぬる風」といった形が類似している。

こうした例は、同時代では他に見出せない。

⑯秋の夜の寝覚めがちなる山里はまくらつどへに鹿のみぞなく　（恵慶集・百首・秋・二三四）

とけてする寝るほどもなき五月雨を寝覚めがちにて明かすころかな　（好忠集・毎月集・五月はじめ・一三三）

ふたばにて根ざしし篠の秋来れば夜長になりて寝覚めがちなる　（同・七月下・二一三）

いとどしく夜を長月になりぬれば寝覚めがちにて明かす月かな　（同・九月・二四七）

「寝覚めがち」は、右のような歌が早い例である。特に、〈毎月集〉に三首まとまって見られることには注意されよう。

⑰山里の柴の庵も冬来れば白玉ふける心地かもする　（恵慶集・百首・冬・二三八）

柴木たく庵にけぶり立ちみちて晴れずもの思ふ冬の山里　（好忠集・毎月集・十月のはて・三〇〇）

恵慶歌「柴の庵」と、好忠歌「柴木たく庵」が類似する。冬の山里のわび住まいの風情を醸し出している。

⑱浦風のはげしき冬も過ぎななむ海人のてつわざせぬもわびしも　（恵慶集・百首・冬・二四三）

賤のめがあさけの衣めを粗みはげしき冬は風もさはらず　（好忠集・毎月集・十一月上・三一八）

「はげしき冬」は、同時代にはこの二首しか見いだせない。

⑲明けがたき冬の夜な夜な恋すれば寝られざりけり山里のいほ　（恵慶集・百首・沓冠〈冬〉・二七三）

君待つと寝屋の板戸をあけおきて寒さも知らぬ冬の夜な夜な　（好忠集・毎月集・十二月のはじめ・三四一）

「冬の夜な夜な」は、この二首のいずれかが初出と考えられよう。もっとも、「秋の夜な夜な」ならば、「うき事を思ひつらねてかりがねのなきこそわたれ秋のよなよな」（古今集・秋上・二一三・みつね・かりのなきけるをききてよめる）が古く、恵慶と同時代にも「をみなへしにほふあたりののをしめてあきのよなよなたびねをぞする」（能宣集・二三七）がある。秋を冬に置き換えたのは、恵慶か好忠あたりの着想か。

こうした〈恵慶百首〉と〈毎月集〉の共通の語句や表現の類似をどうみればよいか。〈好忠百首〉の成立は〈恵慶百首〉序文の「天徳の末のころほひ」という記述から、天徳四年（九六〇）か、天徳五年・応和元年（九六一）あたりが想定される。ほどなくして〈順百首〉が詠まれるが、〈恵慶百首〉の詠作はそれからどれほど下ってのことであったろうか。一方、〈毎月集〉の成立は、松本氏[13]によると、上限が安和元年（九六八）であるという。

両者の先後関係は不明ながら、〈恵慶百首〉と〈毎月集〉との関係を検討する余地がある。後考を俟ちたい。

注

（1）〈恵慶百首〉は『恵慶法師集』の末尾近くに位置する。『新編国歌大観』では二〇六〜三〇六番、『新編私家集大成』では一九六〜二九六番である。『恵慶法師集』全体にわたる注釈には、川村晃生氏・松本真奈美氏『恵慶集注釈』（私家集注釈叢刊16、貴重本刊行会、二〇〇六年十月）がある。また、〈恵慶百首〉部分については、筑紫平安文学会『恵慶百首全釈』（歌合・定数歌全釈叢書十一、風間書房、二〇〇八年四月）がある。

（2）松本真奈美氏「恵慶百首について―好忠百首・順百首との関連―」（『尚絅学院大学紀要』第五十一集、二〇〇五年一月）。以下、松本氏の論に関する言及は、特に断らない限り、すべて当該論文による。

（3）松本氏が挙げた二十例の内訳は次のとおりである。百首内での位置と歌数を示す。

主題が共通―春〈1首〉、夏〈3首〉、秋〈2首〉、冬〈1首〉、沓冠秋〈1首〉、沓冠冬〈1首〉

主題が共通し、語句や言葉つづきも類似―恋〈2首〉、沓冠冬〈2首〉、物名〈2首〉

主題は異なるが、語句が共通もしくは類似―沓冠春〈1首〉、沓冠冬〈1首〉

物名で詠み込み方が極めて類似―「きのと」「いぬゐ」「きた」〈3首〉

（4）この構成ならば合計で百一首になるが、実際は四季の歌が十首になっていない伝本があり、一定しない。たとえば、〈好忠百首〉は春部が資経本で十二首、天理本・冷泉家本で十一首である。また、〈順百首〉は秋部が諸本共通して九首であり、合計で百首となる。〈恵慶百首〉は百一首で構成される。本書解説《二》および附録《一》も参照のこと。

（5）以下の三対である。いずれも沓冠歌の中の近接したところに位置している。

○秋の野の花見（左の恵慶歌は本稿第3節②でも掲出）

るいしつついざ秋の野にわが背子が花見る道を我おくらすな　（恵慶集・百首・沓冠〈秋〉第二首・二六七）

八十島の都鳥をば秋の野に花見て帰るたよりにぞとふ　（好忠集・順百首・沓冠〈秋〉第三首・五四六）

○歳末の詠嘆

のどかには待ち遠なりしあらたまの年のおいゆく冬は来にけり（恵慶集・百首・沓冠〈冬〉第二首・二七二）

あらたまの年暮れゆけば老いにけり心細くも見ゆる蜘蛛のい　（好忠集・順百首・沓冠〈秋〉第三首・五五一）

○富士の山に寄せる恋

富士の峰けぶり絶えせぬ恋といへど世の常ならぬ我劣らめや　（恵慶集・百首・沓冠〈恋〉第七首・二八二）

のどかなる時こそなけれ富士山のいつかは絶えむ燃ゆる思ひの（好忠集・順百首・沓冠〈恋〉第九首・五六二）

（6）『恵慶集』所収〈恵慶百首〉、および『好忠集』所収〈好忠百首〉〈順百首〉〈毎月集〉の本文は『資経本私家集 三』（冷泉家時雨亭叢書第六十七巻、朝日新聞社、二〇〇三年十二月）により、仮名遣いを改め、適宜漢字をあてる。本書附録《一》と同様である。それ以外の歌は『新編国歌大観』による。なお、傍線・傍点は筆者による。また、〈好忠百首〉の算用数字は本書全釈での通し番号、漢数字は『新編国歌大観』による歌番号を示す。

（7）試みに、『古語辞典』改訂版（旺文社、一九八八年十月）によって、「へ」で始まる語をみると7ページ分にも満たない。ちなみに、「あ」で始まる語は76ページ分ある。

（8）注7の古語辞典で、「る」で始まる語は正味1ページ強にすぎない。

（9）前田家本『恵慶集』では「ゐてのかは（井出の川）」とあり、いっそう好忠歌に近い。

（10）注7の古語辞典で見ると4ページ弱である。

（11）恵慶歌の「井手川の波」については、順の「春がすみゐでのかはなみたちかへりみてこそゆかめやまぶきの花」（内裏歌合天徳四年・款冬・一六）からの摂取も考えられる。とはいえ、好忠の「井手の山」から「井手川の」は発想しやすいと思われる。注9も参照されたい。

（12）初句「ひるまなく」が同じということは、注1に掲出した『恵慶集注釈』三八三頁に言及がある。

（13）松本真奈美氏「重之百首と毎月集」（『國語と國文學』第六十九巻第十号、平成四年十月）。

（南里一郎）

八　不遇と老いの歌――〈好忠百首〉とその周辺――

1

〈好忠百首〉序文には、「あらたまの年の三十に余るまで……明けては暮るる月日をのみも過ぐすかな」「朝夕べに慰めし心のうちに嘆くまに、……蓬のもとにとぢられて、出でつかふる事もなき、わが身ひとつにはうけれども、ひを虫の日を暮らし、草葉の玉の風を待つほどなれば、水の泡よりも異に、春の夢よりも異ならず」と、好忠の不遇感、世の無常が記される。その感懐は、百首歌中の前半、春夏秋冬恋部の歌においても、たとえば、次のような歌から読み取ることができる（傍線は筆者による）。

36　白雪の降り敷く冬と数ふればわが身に年の積もるなりけり　（冬十・四〇三）

42　高瀬さす淀のみぎはのうは氷下にぞ嘆く常ならぬ世を　（冬十・四〇九）

積年の望み叶わぬ我が身や無常の世の嘆きが、冬の凍り付く寒気と重なり合う。

だが、それらの感懐はむしろ、百首歌後半の沓冠歌に多く見出される。

53　あり経じと嘆くものから限りあれば涙に浮きて世をも経るかな　（沓冠・あ―な・四二〇）

58　かきくらす心の闇にまよひつつ憂しと見る世に経るがわびしさ　（沓冠・か―さ・四二五）

61　経じや世にいかにせましと人知れず問はば答へよ四方の山びこ　（沓冠・へ―こ・四二八）

62　み吉野に立てる松そら千代経るをかくもあるかな常ならぬ世の　（沓冠・み―の・四二九）
63　夢にても思はざりしを白雲のかかる憂き世に住まひせむとは　（沓冠・ゆ―は・四三〇）
69　後生ひの角ぐむ葦のほどもなき憂き世の中は住みうかりけり　（沓冠・の―り・四三六）
70　あれば厭ふなければ偲ぶ世の中にわが身ひとつは住みわびぬやい　（沓冠・あ―い・四三七）
82　かひなくて月日をのみぞ過ごしける空をながめて世をし過ぐせば　（沓冠・か―は・四四九）

「憂き世」「常なき世」は類型的な表現ではあるが、そうした表現が沓冠歌三十一首中に八首あるというのは多い。「涙に浮きて世をも経る」（53）、「憂しと見る世に経る」（58）、「経じや世に」（61）、「常ならぬ世」（62）、「かかる憂き世」（63）、「憂き世の中」（63）、「世の中にわが身ひとつは住みわびぬ」（70）、「空をながめて世をし過ぐせば」（82）と詠む。「後生ひの角ぐむ葦のほどもなき」短い世であっても、「住みうかりけり」と嘆き（69）、「かかる憂き世に住まひせむとは」「夢にても思はざりし」（63）というつらさであった。「経る」「住む」「過ぐす」という語により、満たされぬまま、時の流れに身を置いていることが表現される。

このように、世の中の憂さ、無常感は、文字制約を第一に充たさなければならない沓冠という条件下で繰り返し詠まれる。好忠が、既存の歌の表現を意識的に組み合わせながら沓冠歌を詠んでいる個々の事例については、全釈の［考察］に譲るが、沓冠という文字制約の中に、好忠の意識や心情も反映されていようか。

また、六位である「我」が着る「緑の袖」は何年経ようとも昇進して色が変るということはないと詠む。

57　松の葉の緑の袖は年経とも色変はるべき我ならなくに　（沓冠・ま―に・四二四）

冠の「ま」を「松」で充足し、「松の葉」から「緑の袖」へと導いて、六位宿世を嘆く歌になっている。ここにも、好忠の姿が重なってこよう。

64　るいよりもひとり離れて飛ぶ雁の友に遅るるわが身かなしな　（沓冠・る―な・四三一）

この歌は、仲間の列からひとり離れて飛行する雁の悲しみを、「わが身」のものとして詠む。ここにも好忠の置かれた状況を想像させるものがある。

百首歌を詠んだとき、好忠は三十余歳（序文）であったが、次の歌は、今日明日をも知れぬ「わが身」を嘆いてこの世を過ごすうちに、老いが迫っていると詠む。

59　今日かとも知らぬわが身を嘆く間にわが黒髪ぞ白くなりゆく　（沓冠・け―く・四二六）

ただし、本書全釈で指摘しているとおり、上句は、「あすしらぬわが身とおもへどくれぬまのけふは人こそかなしかりけれ」（古今集・哀傷・八三八・貫之・きのとものりが身まかりにける時よめる）に、下句は、「くろかみのしろくなりゆく身にしあればまづはつ雪をあはれとぞみる」（後撰集・冬・四六七・読人不知・題不知）に依拠して、両者を組み合わせたものとみられる。当時の好忠の年齢を考慮すると、観念的に詠まれたものと捉えうる。

続く物名歌群には、次のような歌がある。

90　いく世しもあらじと思ふ世の中のえしも心にかなはぬぞ憂き　（物名・かのえ・四五七）

「いく世しもあらじと思ふ世の中」ではあるのだが、「心にかなはぬ」つらさを詠む。「世の中のえしも心に」の部分に「かのえ」を隠すが、強意の「しも」を繰り返し用いることで、世の無常と不遇感を強めている。

〈好忠百首〉の最後は、次の二首の歌である。

102　何もせで若き頼みに経しほどに身はいたづらに老いにけらしも　（物名・きた・四六九）

103　世の中を憂しとらいはば片時もあり経なむやぞしのぶればこそ　（物名・うしとら・四七〇）

102番歌は、「きた」を隠すため、「若き頼み」という和歌には稀な表現を用いる。そして、若さゆえの将来への期待を抱きながら、無為に過ごす間に、「身」は老いたらしいと詠む。この歌もまた、物名という条件のもとに、老いを観念的に捉えながら、好忠自身の、将来への希望が実らぬままに過ごしてしまった年月の長さを表現したものであろう。最後の103番歌では、堪え忍んでいるからこそ、こうしてこの世の中に生き長らえているのだと結ぶ。序文と対応させて現在の不遇を訴える形になっている。

2

『好忠集』所収の〈毎月集〉（三百六十首和歌）においても、官位昇進のならぬことを具体的に表現した歌がある。

はなざかりあまたのはるをすぐしつつわが身のならぬなげきをぞする　（三月中・七四）

幾年もの春の除目を過ごしてしまったわが身を嘆く。

だが、「あるかなきかの身」「露のわが身」「かひなき身」「うき身」などとわが身を表現する歌の方が、〈好忠百首〉同様、多い。列挙すれば次の歌である。

あさみどりやまはかすみにうづもれてあるかなきかの身をいかにせん　（正月をはり・二五）

のぼり舟こちふく風をすぐすとて世をうしまどになげきてぞふる　（二月中・四七）

入日さしなくうぐひすの声きけば露のわが身ぞかなしかりける　（五月はじめ・一三四）

なつのひの水のおもかくすはちすばにただよふ露の身をいかにせん　（六月をはり・一七七）

うづみびのしたにうき身となげきつつはかなくきえむことをしぞおもふ　（十二月のはじめ・三四五）

みぞれふりくもれる冬のはれずのみつきせぬものやまろが身のうき　（十二月のはじめ・三四七）

いとまなみかひなき身さへいそかくれみたまのふゆとむべもいひけり　（十二月をはり・三六七）

また、〈好忠百首〉からほぼ十年後、四十歳余りで詠まれたという〈毎月集〉[1]であるが、不遇のうちに初老を迎えたことを嘆く歌は、それほど多くない。

かすがのにむらぎえのこるゆきよりもいまいつまでにふべきわが身ぞ　（正月中・一五）

やほたでもかはらをみればおいにけりからしやわれも年をつみつつ　（四月中・一〇七）

としふればおいぬる人のしろかみを夏もきえせぬゆきかとぞ見る　（六月中・一六九）

わが身こそいつともしらねなかなかにむしはあきをぞかぎるべらなる　（八月をはり・二四四）

かぞふればここらへにけるとしつきの雪つもるらんかたやいづれぞ　（十二月をはり・三六六）

むしろ、〈毎月集〉において好忠の心中をよく表現するものは季節ごとに置かれた長歌である。

われははかなき　事をのこしおきて……しるせることは　をこなれど　おやのつけてし　名にしおはば
なをよしただと　人も見るがに　（春・一）

このように、〈好忠百首〉序と同様、自らの名「よしただ」への自負と歌を記しおくことを詠む。夏の長歌でも同様に「よしただ」という名へのこだわりが見える。

……ながき日の　あくれば今日を　すごしかね　くるればあすを　なげくまに　……ときにしあはぬ　こにしあれば　草葉をめづる　こともなき　うき身ひとつの　つねなきを　なをよしただと　なづけつつ

はぐくむ事の　かなしさに　世をすてがたみ　ふるほどに　もののみ　いはまほしければ　なつのこころを　つくりたるかも　（なつ、四月上・九三）

以下、秋や冬の長歌にも歌を詠んで残しておくことに執心する姿が見える。

……こがらしの　ややはださむく　なるまでに　年月をば　おもひのほかに　すぐしやり　かひなき身を　ば　こころのうちに　かけつつ　よをながづきの　するまでに　みみにきき　目に見る事を　しるしおか　ば　いのちはきえぬとも　ゆく水の　たえぬことのはを　ながれての秋の　かたみとも見よ　（秋・一八五）

……なよ竹の　ながきよなよな　おもひあつめ　くれたけの　くれゆく冬の　有さまを　心のうちに　しのぶることの　くるしさに　ひとのそしりも　しらずして　とはずがたりを　あつめたるなり　（冬・二七七）

叶わぬ日々の中で、こうして歌を詠じ集め記すことにより「いのちはきえぬとも」「かたみ」になり、他人から謗られようとも「あつめ」おくのだという。歌を詠むことそのものが彼を認めさせ、その名を残す唯一の方法であったのである。

3

ところで、好忠同様に不遇を嘆く歌人たち(2)はどのような歌を詠んでいるだろうか。ここでは源順と清原元輔、大中臣能宣の家集から、不遇を嘆く歌を見る。まず順には、次のような歌がある。

抑、したがふ、なしつぼには、ならの都のふるうた、よみときえらびたてまつりし時には、すこしくれ竹のよごもりてゆくするゐをたのむをりもはべりき、今は草の庵に、なにはのうらのあしのけにのみわづらひこもりはべれば、すべてわれ舟のひく人もなぎさにすてられおかれたらむ心ちなんしける、かかる内にもこのとし比は

しらけゆくかみには霜やおきな草ことのはもみなかれはてにけり　(順集・一六一)

梨壺で『万葉集』の訓点作業を行なっていた際の希望は今はないと詠む。また、これ以外にも、「あけのころも」(五位)にもなれず、「ふか緑」(六位)に甘んじていることを詠んだ歌がある。

……みかはの権のかみ惟成、江山此地深と云ふ詩の、客帆有月風千里、仙洞無人鶴一双といへると、内記源為憲らなぎさの院といふだいをよめる

おいにけるなぎさの松のふか緑しづめるかげをよそにやは見る

といへる、ふたつの和すといへるわか

深みどり松にもあらぬ朝あけのころもさへなどしづみそめけん　(順集・二七四、二七五)

右、二七四番詞書の冒頭には「おなじ年の五月」とあるが、この詠歌年次が二七三番詞書「天元二年」(九七九)だとすると、順六十九歳の時のことである。

次の元輔の家集の詞書には、毎年の除目において官を得られぬことが多く記されている。

つかさ給はらでぢもくの又のひ、うちのみやうぶにつかはして侍りし

としごとにしづむ涙やつもりついとどふかくは身をしづむらん　(元輔集・六)

くら人どころのさくらの花散るを、つかさ給ふべきとし、はるのぢもくにはえたまはらでよみて侍る

桜こそ雪とちりけれしぐれつつはるともしらで過しつるかな（元輔集・八）

かかいしはべるべきとし、もりてえし侍らで、雪のいたくふる日

うき世には行きかくれなでさかしらにふるは心の外にも有るかな（元輔集・一一四）

としごろつかさえ給はらで、子日しに人のゐていでて侍りしに

谷ふかくしづむたとひにひかされて老いぬる松は人も手ふれず（元輔集・一二五）

えいじちがもとにまかりて、つかさのほしく侍る事はくどくのためといひて

世をわたすひじりをさへやなやまさんふかきねがひのならず成りなば（元輔集・一三二）

正月申文つけて侍りし蔵人に

露の命もしとどまりてありふとも今年ばかりぞ春の望は（元輔集・一七〇）

つかさたまはらでおなじ人のもとに

いただきの霜うちはらひなくたづを我が身の外と思ひけるかな（元輔集・一七一）

つかさめしの後、うちにさぶらひし人のもとにつかはしし

こころみにをりもしあらばつたへなんさかで露けき桜ありきと（元輔集・一七六）

つかさえ給はで、春人につかはしし

我がやどのさくらはさかで年ふればほかの花をもよそにみるかな（元輔集・一八二）

正月ぢもくにまうしぶみたてまつらする人のもとに

わかからば後の春をもたのめつつまたましものを身をこしらへて（元輔集・一八八）

娘の清少納言が『枕草子』「ころは」の段において、除目の頃、申文を持ち歩く四位、五位の中で「老いて頭白きなどが、人に案内言ひ、女房の局などに寄りて、おのが身のかしこきよしなど、心一つをやりて説き聞かする」「得たるはいとよし、得ずなりぬるこそ、いとあはれなれ」と記しているとおりの光景がそこにはある。

また、大中臣能宣にも、次のような歌がある。いずれも、除目で官を得られなかったことが詠まれている。

おなじところにさぶらひて、正月ぢもくにつかさたまはりてまかりいづる男どもに、餞の夜かはらけとりて

としへにしふるすいづとてうぐひすのなくをばなどてよそにききけむ　（能宣集・二）

二月子日おなじ所のをとこども、のべにまかりて侍るに、直物の除目に申文たてまつりてはべれど、えなるまじとうけたまはりて

まつならばひくひとけふはありなましそでのみどりぞかひなかりける　（能宣集・三二）

以上、順、元輔、能宣の不遇を詠んだ歌を見てきたが、右の能宣歌をはじめとして、これら三人の叙位・除目に関わる歌が、『拾遺集』雑上に並んでいる。

正月叙位のころ、ある所に人人まかりあひて子の日の歌よまんといひ侍りけるに、六位に侍りける時　　大中臣能宣

松ならば引く人けふは有りなまし袖の緑ぞかひなかりける　（一〇二七）

除目のころ子の日にあたりて侍りけるに、按察更衣のつぼねより松をはしにてたべものをいだして侍りけるに　　もとすけ

引く人もなくてやみぬるみよしのの松は子の日をよそにこそきけ　（一〇二八）

康和二年、春宮蔵人になりて月のうちに民部丞にうつりて、ふたたびよろこびをのべて、右近命婦がもとにつかはしける　したがふ

ひく人もなしと思ひしあづさゆみ今ぞうれしきもろやしつれば　（一〇二九）

春宮の蔵人になり民部丞に移った悦びを詠む順の歌の「康和二年」は「応和二年」（九六二）の誤りで、村上朝の梨壺の五人の一人としての力量を見せていた時のことである。やがてそれは先にあげた『順集』一六一番歌の詞書に記される悲歎へと変わっていく。

4

六位の官人たちが五位になることはなかなかに困難であり、歌人たちはその期待と絶望と諦めとを多かれ少なかれ詠んでいる。その中で、好忠や順に続いて百首を詠んだ恵慶は、好忠や順のような不遇を嘆くことはなく(3)、静かに老いの歌を詠んでいる。

おいぬればそらよりふると見えねどもかしらのゆきはふかさをぞます　（恵慶百首40・冬・二四五）

われはびんかしらのしろくなるまでにとし月ふともあはずなりなば　（恵慶百首94・物名・ひんがし・二九九）

また、恵慶には、百首歌中の和歌以外にも、次のような老いを詠んだ歌がある。

秋風においをなげく

あきかぜのふくにつけてもかぞへつつよにへんほどはみじかかりけり　（恵慶集・九〇）

としのおはりに、こよみのぢくの本に、まきよせたるをみて、その心人々よむに

まきよするこよみのこころはづかしくのこりのひらに身はおいにけり　（恵慶集・一二〇）

出家者としての恵慶の静かな感懐がそこにはある。

恵慶と同時代には、安法という歌僧もいた。

おいをおもひて三首[4]

老いにける身のうへなけばおちとまるなみだのかげにしはさ見えけり　（安法集・九七）

おいぬればみなみおもてもすさまじやひたおもむきににしをたのまむ　（安法集・九八）

僧らしく、極楽往生をひたすら願う心情を詠む。

最後に、少し時代は下るが、能因法師の老いの歌についても見ておこう。

思往事

老の後ふたたびわかくなることはむかしを夢に見るにぞ有りける　（能因集・一九一）

また、「歎老」を詠んだ五首の連作もある。

歎老五首

歯落如朽株

うもれ木のわれがくちばはなにはなるながらの橋のはし柱かな　（能因集・一九九）

目暗不見小字書

水ぐきのあとをかすみのたちこめてめにたなびくは老の春かな　（能因集・二〇〇）

面上皺

あまつ風ふけひのうらにあらねどもわがおもかげは浪ぞ立ちそふ　(能因集・二〇一)

眉如雪

春くれてきえせぬ霜の残れるはまゆしろたへの雪にぞ有りける　(能因集・二〇二)

老後日月

しでの山このもかのものちかづくはあけぬくれぬといふにぞ有りける　(能因集・二〇三)

このような現実感をもって老いと向き合い、(5)歌に詠んでいくのは、俗人には難しかろう。下級官人たちの不遇を嘆く歌からは、出家者とは違い、明け暮れ世のつらさを嘆き、官位昇進を夢みて老いと向き合う姿が浮かび上がる。たとえば次のような歌も、その例に数えられよう。

ところにて

桜花をしむに歳の老いぬればうらみてすぐすをりぞおほかる　(元真集・一八二)

心更老於身

世のなかをおもひわびぬる心こそ身よりもすぎて老いまさりけれ　(千里集・一〇六)

申ぶみにかきてたてまつる

沢水に老のかげみゆあしたづの鳴くね雲ゐにきこえざらめや　(兼盛集・八二)

好忠もそういった下級官人のひとりではあったであろう。ただし、前掲の順や元輔、能宣でさえ不遇を嘆く時代である。さらに低い丹後掾で一生を終わったとみられる好忠に、はたして官位昇進を夢みる余地が残されていたのかどうか。ここで想起されるのが、本稿冒頭で述べたように、〈好忠百首〉において、沓冠歌に、世の無常、不遇感が集中して詠み込まれていたことである。不遇や老いを表現技巧の枠の中で詠むことによって、順をはじめとする京の知友と、その心情を共有するとともに、京にいる彼らに、自らの歌作りの力量を知らしめようとしたのではなかったか。そこに、自ら沓冠という文字制約を設けた上で、初めて百首歌を詠んだ、創始者としての好忠の意図がほの見えるように思われるのである。

（黒木　香）

注

（1）本書解説《一》「曾禰好忠——その人生と歌——」（福田智子）参照。
（2）これらの歌人たちは、つとに山口博氏『王朝歌壇の研究—村上冷泉円融朝篇』（桜楓社、昭和四十二年十月）において、「沈淪歌壇」と捉えられている。
（3）筑紫平安文学会『恵慶百首全釈』（歌合・定数歌全釈叢書十一、風間書房、二〇〇八年四月）解説《五》「恵慶と源順の和歌——恵慶百首と順百首の類似歌句を中心に——」（黒木香）参照。
（4）宮内庁書陵部蔵本（五〇一・一九六）では、詞書に「三首」とあるが、歌は二首しかない。
（5）ただし、川村晃生氏『能因集注釈』（私家集注釈叢刊3、貴重本刊行会、平成四年六月）が指摘するように、これらの和歌は、『白氏文集』によるところが大きい。

附録

一　〈好忠百首〉〈順百首〉〈恵慶百首〉本文対照

1、〈好忠百首〉と、これを承けて詠まれた〈順百首〉〈恵慶百首〉の三者を対照した。資経本を底本とする校訂本文による。

2、句読点や濁点を付した。仮名の反復記号は使用しない。また、仮名を漢字に、漢字を仮名にするなどした。集付や傍書は省略した。空行を調整して各部を対応させた。

3、好忠百首の上部につけた算用数字の歌順番号は本書の全釈の番号と一致する。

4、各歌の下部に括弧内で示した歌順番号は『新編国歌大観』による。好忠百首・順百首は『好忠集』の、恵慶百首は『恵慶法師集』の番号である。

〈好忠百首〉

あらたまの年の三十に余るまで、春は散り匂ふ花を惜しみかね、秋は落つる木の葉に心をたぐへ、夏は上紐ささで風にむかひ、冬はさびしき宿に群れゐて、荒れたる宿のひまをわけ、過ぎゆく月の影をそへて、明けては暮るる月日をのみも過ぐすかな。

あはれ、たづきありせば、百敷の大宮づかひ勤むるとて、すべらぎの御垣に面馴れて、あした夕べに慰めし心のうちに嘆くまに、あしたには籬にさへづる鳥の声におどろき、夕べには籬に開くる花の色をながめつつ、蓬のもとにとぢられて、出でつかふ

〈順百首〉

源順、これを見て返ししたりとなむ。

をかしきことなむあり。与謝の海の天の橋立わたり、「中絶えてほど経にける」と言ひおくるも、知らぬも、耳に目にも、をかしと聞かせ、おもしろしと見せて、心のうちに思ひける言の葉にあらはし、思ひつつ経にける恋を、歌の中に添へたる。その中に、「草の葉の風待ち、朝顔の花の夕べ経るほどよりもはかなきよ」とあるを見てしより、石間の水のたちかへり、青柳の糸を繰り返し見れば、心にそがれつる百の歌、ひとり捨つべきなく、あまたの言の葉の、雲の上のそら事見えず、

〈恵慶百首〉

これは世の中に曽祢の好忠といふ人の詠めるももちの歌の返し。

わがすべらぎや、天徳の末のころほひ、あざな好忠曽丹といふ人、ももちの哥をさへに出だし、石清水の言はまほしきことども、そのありさまは、春の花の折々につけ、秋の紅葉の色々にふれ、鶯きぎすすぐしがたき朝、鳴く鹿あはれなる夕暮れ、時鳥声する夏の夜、柾のかづら色づきわたる冬のはじめ、風の音ふきあげの浜の、月の光あかしの浦なる夜、もののあはれにおぼゆれ・(ママ)、いひ集めたることども、春の花、秋の紅葉よりも、世

る事もなき、わが身ひとつにはうけれども、ひを虫の日を暮らし、草葉の玉の風を待つほどなれば、水の泡よりも異に、春の夢よりも異ならず。

　昨日見し宝の宿も、今日は浅茅が原と露しげく、朝に通ひし玉のとぼそも、夕べには八重葎にうづもれて、空ゆく雲のはたてもなく、見しも聞きしもなくなりゆけば、流れてつきぬ事、水茎の跡にしるして、数ならぬ心ひとつになぐさむとも、百箇の歌を詠みつけ、あまたのことをいひつらねて、敷島や三輪の社のふもとなる、すきずきしくもなりけれど、松の木の千年を経るも、つひにこれ朽ちぬるをや。朝顔のかた時に枯れぬれど、開くるほども栄えとするをや。

　雲に鳴く鶴も、その声つひにかなしびにむせび、はふ虫も心のゆくへはへだてなしと思ひなせば、難波なるあしきもよきも同じ事、すくもすかぬもことならず。名をよしただとつけてけれど、いづこぞわが身、人に異なるとぞや。

　　春十

1 昨日まで冬ごもれりし暗部山
今日は春へと峰もさやけみ　（三六九）

「なにはを見れど、人に優ることなし」とあることのみぞ違へる。

　螢を拾ひ、雪を集めて、多くの年を経にけれど、甲斐なき身もこそあれ。かかれどなぞや、網の目すきたりとも言はば言へ、誰も誰も千年の松ならなくにとかいふ事を、げにはかなきもかしこきも、千年の後はあぢきなし。物言はぬ花鳥に物を言はせ、心なき草木をも心あり顔に言ひなしてだに、常ならぬ世を慰めむと思ふ心しもあれ、胸の思ひ心の思ひも消え、また、沢の松をのみ切りて、月の桂を折らざらむも苦し。花咲く春も暮れやすく、紅葉する秋もとどまらず、年経ぬる緑の袖の、忍びに落つる紅の涙にぞひちにけるを、「春も秋も心憂し」とあれば、今は時知らぬ尾張法師の墨染めにやなしてましとぞ思ふ。

　　春十

山川の薄ら氷わけてささ波の
立つは春への風にやあるらむ　（四八五）

の中に散りはてにけり、みみなしの山の聞きしらぬみみにも、身なしごをかのあはれなむ、覚えける。

　あはれ、世の中はささがにの賤しき貴きも、春の田の好くも好かぬも、言ひせめては、同じみやまの雲霞と昇りぬるをやといへることどもを、また、ある文屋童あざな聖寂といふ人、同じももちの歌を同じ心に詠みつづけ、おほみかきの衛士しづのをだまきまでなむ、あはれに思はせたりける。

　これをまた、ある山伏、苔の衣に身をやつし、松のもとに老いを送る心にも、さすがにもののあはれ忘れがたく、世の中のはかなき有様も、これにつけて言はまほしければ、昔、宇治山の喜撰、かたの沙弥といふ山伏、世を捨てながら、かかるすぢのことなくはこそあらめとて、ことこのむにはあらねど、みやま木こづたふ猿にに、いひあつめたることども、二の舞なむなりにける、をかしきことにはあらねど、見む人わらひもしてむかし。

　　春部

降りつみて消えげも見えぬみ吉野の
み雪の上に霞む今朝かな　（二〇六）

2 いづくともわかず霞める東野の
おく穂の苫も春めきぬらし　（ナシ）

3 隈ごとに今は春へと霞みゆく
峰の蕨も萌えぬらむやぞ　（三七〇）

4 巻向の穴師の檜原春来ては
花か雪かと見ゆる木綿四手　（三七一）

5 山里の梅のそのふに春立てば
木伝ひ散らす鶯の声　（三七二）

6 知らましや明けにけりとも春の夜に
寝屋の妻戸に朝日ささずは　（三七三）

7 わぎもこが今朝の朝寝にひかされて
せなさへあまりたゆき名も立つ　（三七四）

8 かりがねぞ霞を分けて帰るなる
来む秋までのわが身いかにぞ　（三七五）

9 花見つつ春は野辺にて暮らしてむ
霞に家路見えずとならば　（三七六）

畝傍山ほのかに霞立つからに
春めきにける心地かもする　（四八六）

東路の行きかふ道の春立たば
花見て心ゆかざらめやは　（四八七）

古道の雪降り敷きてこの春は
いさや若菜もまだぞ摘みみぬ　（四八八）

見渡せば淀の若菰刈らなくに
根ながら春を知りにけらしも　（四八九）

子の日して見しほどもなく草枕
結ぶばかりに野はなりにけり　（四九〇）

花ゆゑに身をや捨ててし草枕
千々に砕くるわが心かな　（四九一）

沢田川井手なる葦の葉分かれて
影さすなへに春暮れにけり　（四九二）

あしひきの山よりよそにうち見れば
人待ちわたる春暮れにけり　（四九三）

山里の人の見なしか今朝見れば
薄く霞の峰にうひ立つ　（二〇七）

昨日まで冴えし山水ぬるければ
鶯の音ぞ下待たれける　（二〇八）

東路に春や来ぬらむ近江なる
岡田の原に若菜群れ摘む　（二〇九）

おひかねのこしげき梅の原ゆけば
妹がたもとにうつろひにけり　（二一〇）

ひととせにひたおもむきに春ならば
のどけく見まし山の桜を　（二一一）

淀野なるみづの御牧に放ち飼ふ
駒いばへたり春めきぬらし　（二一二）

たくは取るえこそもむべし萌えぬれば
しづのますらを降り立ちにけり　（二一三）

苗代の田水に影を宿しつつ
家路に帰る雁をしぞ思ふ　（二一四）

10 庭の面に薺の花の散りぼへば
春まで消えぬ雪かとぞ見る　（三七七）

11 立ちながら花見暮らすも同じこと
をりて帰らむ野辺の早蕨　（三七八）

12 茨こき手に取り矯めて春の野の
藤のわかそを折りて束ねむ　（三七九）

夏

13 春霞立ちしは昨日いつのまに
今日は山辺の末黒刈るらむ　（三八〇）

14 花散りし庭の木の葉も茂りあひて
天照る月の影ぞまれなる　（三八一）

15 夏衣き時になれどわが宿に
山ほととぎすまだぞ声せぬ　（三八二）

16 蟬の羽のうすら衣になりゆくに
などうちとけぬ山ほととぎす　（三八三）

17 草まよふせながわかふをかきわけて
入るとせし間に裳裾濡らしつ　（三八四）

ともすれば帰る春をも惜しむかな
めづらしげなきことと知る知る　（四九四）

夏十

夜半を分けて春暮れ夏は来にけらし
と思ふ間なくもかはる衣手　（四九五）

時鳥うひ立つ山をさと知らば
この間は行きて聞くべきものを　（四九六）

大荒木の小笹が原や夏を浅み
春まく葛はうら若きかも　（四九七）

いま背子と小倉の山に家居して
短き夏の夜をも恨みじ　（四九八）

みそぎせし賀茂の川波立つ日より
松の風こそ深く見えけれ　（四九九）

深緑端山の色をおすまでに
藤のむらごは咲き満ちにけり　（二一五）

夏

花散らむのちも見るべく桜色に
染めし衣を脱ぎやかふべき　（二一六）

わがひくやうひ音は鳴くと時鳥
みどりこ山に入りてこそ聞け　（二一七）

わが門の外面に立てる楢の葉の
茂みに涼む夏は来にけり　（二一八）

わさなへも植ゑどき過ぐるほどなれや
しでのたをさの声はやめたり　（二一九）

くすり日の袂に結ぶあやめ草
玉造江に引けばなるべし　（二二〇）

18 よそに見しおもあらの駒も草なれて
なつくばかりに野はなりにけり（三八五）

19 五月闇雲間ばかりの星かとて
花たちばなに目をぞつけつる（三八六）

20 曇りなき大海の原を飛ぶ鳥の
影さへしるく照れる月影（三八七）

21 水無月のなごしと思ふ心には
荒ぶる神ぞかなはざりける（三八八）

22 懐かしく吹きくる風にはかられて
上紐ささず暮らすころかな（三八九）

秋十

23 桜麻の刈り生の原をけさ見れば
外山片掛け秋風ぞ吹く（三九〇）

24 秋風の吹く衣手の寒ければ
片敷くかたに波ぞ立ちける（三九一）

25 山里の霧の籬の隔てずは
をちかた人の袖も見てまし（三九二）

夕闇に海人の漁り火見えつるは
籬の島の螢なりけり（五〇〇）

石清水手にむすびつつわが来ゐる
この下蔭もかれにけるかな（五〇一）

五月山峰にも尾にも空蟬の
鳴く声聞けばただならぬかな（五〇二）

夕立にやや暮れにけり水無月の
夏越の祓せでや過ぐさむ（五〇三）

大方に暮れゆく方を惜しみおきて
心のうちに秋をしぞ思ふ（五〇四）

秋十

秋霧の立ちゐるすがら心あてに
色なき風ぞき衣にしむ（五〇五）

誰をしか行きて見つらむ佐保姫の
一葉織らせる山のさがしさ（五〇六）

花すすき穂に出づとまだ聞くなゆめ
秋にまたげるわが聞かなくに（五〇七）

小倉山鹿の通ひ路見えぬまで
今は下草茂りあひぬらむ（二二一）

わがつまを待つといもねぬ夏の夜の
寝待ちの月もやや傾きぬ（二二二）

夏山に立つや牡鹿の妻ならで
わがなげきどに落ちざらめやは（二二三）

あかねさすあをみな月の日をいたみ
扇の手風ぬるくもあるかな（二二四）

下紐はうちとけながら手をひてて
さかひし清水むすびけるかな（二二五）

秋

浅茅原玉巻く葛のうら風の
うら悲しかる秋は来にけり（二二六）

独り寝のよごろも今朝は肌寒し
佐保の川霧立ちやしぬらむ（二二七）

吹く風にすまひやすらむ神なびの
うらごの山の峰の紅葉葉（二二八）

26　来る雁の羽風涼しき夕暮れに
誰か旅寝の衣更へせぬ　（三九三）

27　山里に葛はひかかる松垣の
ひまなくものは秋ぞ悲しき　（三九四）

28　夏剝ぎの麻生の茂りを見るときぞ
秋来にけりとほどは知らるる　（三九五）

29　遠山田穂波うち過ぎ出でにけり
今は水守もながめすらしも　（三九六）

30　み吉野の象山かげの百枝松
いく秋風にそなれきぬらむ　（三九七）

31　ひとりも寝風もやや吹きまさるなり
ふりにし妹が家路尋ねむ　（三九八）

32　松風のうらさびしかる秋すらに
我をば人のしのぶらむやぞ　（三九九）

冬十

33　唐錦山の木の葉を縒り裁ちて
幣をば風ぞ四方に手向くる　（四〇〇）

山田守るそほづも今はながめすな
舟屋形より穂先見ゆめり　（五〇八）

白露の萩のうら葉に置ける朝は
雁の羽風も涼しかりけり　（五〇九）

杣人のならさざりせば秋山に
野ぎはも今は紅葉しなまし　（五一〇）

忘れこし野中の妻はさを鹿の
声聞く時や思ひ出づらむ　（五一一）

神無月近づきぬらし思はずに
など四方山の色変はるらむ　（五一二）

天の戸はあれど立つらむ方知らず
今年も秋を過ぐしつるかな　（五一三）

冬十

冬来ぬと人は言へども朝氷
むすばぬ程はあらじとぞ思ふ　（五一四）

紅葉せぬ生駒の山のまきのはも
秋は下葉ぞ気色ばむらし　（一二二九）

雁がねは三船の山や越え来らむ
楫かけたりと天つ声する　（一二三〇）

秋萩の下葉につけて思ふかな
うかりし人の心ばへをも　（一二三一）

染め人は露と消えしを唐錦
峰の朝霧おのれたつらむ　（一二三二）

明け方の長き秋の夜独りぬる
よづま何ごと思ひいづらむ　（一二三三）

秋の夜の寝覚めがちなる山里は
まくらつどへに鹿のみぞなく　（一二三四）

わが妹と思はましかば佐保姫の
染むる錦をたちぞおらまし　（一二三五）

冬

あられ降る冬は来にけりまさきづら
色のありかも今朝は異なり　（一二三六）

34 繁かりし蓬の垣の隔てにも
さはらぬものは冬にぞありける（四〇一）

35 楸おふる沢辺の茅原冬来れば
雲雀の床ぞ現れにける（四〇二）

36 白雪の降り敷く冬と数ふれば
わが身に年の積もるなりけり（四〇三）

37 鏡かと氷とぢたる水底に
深くなりゆく冬にもあるかな（四〇四）

38 神祭るみ冬なかばになりにける
あこねが寝屋に榊折り敷く（四〇五）

39 葺けるとて人にも見せむ消えざらば
顕はの宿に降れる白玉（四〇六）

40 岩山と木綿四手かけて祈りこし
御垣をしるみ置ける霜かな（四〇七）

41 うはまだら今朝しも閨の見えつるは
うべこそ夜半に袖はさえけれ（四〇八）

42 高瀬さす淀のみぎはのうは氷

朝な朝な君に心をおく霜の
菊の籬に色は見えなむ（五一五）

鴛鴦の羽ぶきやたゆき冴ゆる夜の
池の水際に鳴く声のする（五一六）

きぎす鳴く野辺にな恋ひそ冬ごもり
かるべきものか人の心は（五一七）

神祭る榊葉さすになりにけり
夕月夜にぞ大幣に見し（五一八）

神無月しぐるるたびの山越えに
紅葉を風の手向けたるかな（五一九）

暮れゆくとよそのほのかに聞きしかど
わが身も越ゆる年ならなくに（五二〇）

あかねさす朝日に冴ゆる雪間より
きざしやすらむ野辺の若草（五二一）

春立たば氷解けなむ沼水の
下恋しくも思ほゆるかな（五二二）

年のうちに花咲きにけりうちしのび

冬はみつ二見の浦の朝氷
とけぬほどこそ鏡なりけれ（二三七）

山里の柴の庵も冬来れば
白玉ふける心地かもする（二三八）

つくま川入り江に鴛鴦も騒がぬは
葦のうら葉に氷しぬらし（二三九）

水上に氷むすべばいはそそく
滝の白糸乱れざりけり（二四〇）

住吉の岸のむれ松たわむまで
降りしこりぬる古里の雪（二四一）

霜枯れや楢の広葉をやひらでに
さすといそげる神のみやつこ（二四二）

浦風の激しき冬も過ぎななむ
海人のてつわざせぬもわびしも（二四三）

冬来れば荒き波立ちさわぐなり
誰かはなごの海と言ひけむ（二四四）

老いぬれば空より降ると見えねども

下にぞ嘆く常ならぬ世を　（四〇九）

恋十

43 由良の門を渡る舟人かぢをたえ
行方も知らぬ恋の道かな　（四一〇）

44 わぎもこがゆらの玉すぢうちなびき
恋しきころに寄れる心か　（四一一）

45 恋ひわびてわが結ふ帯のほど見れば
身はなきまでに衰へにけり　（四一二）

46 ま白なるおきのまゆかき見るときぞ
妹が手風はいとど恋しき　（四一三）

47 八潮路の波の高きをかきわけて
深く思ふと知るらめやぞも　（四一四）

48 あぢきなし身にます物は何かあると
恋せし人をもどきしかども　（四一五）

49 恋ひわぶる心は千々に砕くるを
など数ならぬわが身なるらむ　（四一六）

50 君恋ふとしのびに身をやこがらしの

春吹く風にまだき散らすな　（五二三）

恋

色に出でば人知りぬべみをだえだの
沼よりもけに上ぞつれなき　（五二四）

ひる間なく夜はすがらに絶えずのみ
いしくらの原しげきわが恋　（五二五）

勝間田の池のうは波うちはへて
立ちても居ても物をこそ思へ　（五二六）

うつつにも身の数ならば言ふべきを
夢の中にも一目見しゆゑ　（五二七）

偽りにありもすらめどわが聞くに
思ふと言ふをえこそ厭はね　（五二八）

時の間もゆくめづらしき思ほえて
見まくほしさに誘はれにけり　（五二九）

袖に落つる玉はいくらぞ塵すらだ
積もれば山となるといふものを　（五三〇）

天の原をちこちに住むたなばたも

かしらの雪は深さをぞ増す　（二四五）

恋

逢ふことは間遠に編める伊予すだれ
いよいよ我をわびさするかな　（二四六）

恋しきに心のかぎり砕けなば
いづれとまりてのちも逢ひみむ　（二四七）

恋しさの日数へぬれば袖に出づる
涙の玉の磨きまされる　（二四八）

恋しさのなぐほどもなくうちはへて
田子の浦波たちゐわびつつ　（二四九）

岩代の森の言はじと思へども
しづくに濡るる身をいかにせむ　（二五〇）

漕ぎ離れ忘れし人の小舟かと
へたもとに風吹かば待ちみむ　（二五一）

いはばしを渡す神にもあらなくに
仲絶えてわが恋わたるかな　（二五二）

大島やをちの潮あひを行く舟の

風のあなづる灰となしてむ　（四一七）

51 をだまきり朝明の真人わがごとや
心のうちにものは思ひし　（四一八）

52 わが恋はつけて慰む方ぞなき
いづくも嘆く同じ世なれば　（四一九）

これはこの　国常立の　神代より
人の心の　あさか山　影さへしるき
山の井の　とよさきの　み船をよせし
難波津に　咲きてにほへる　花なしに
多くの人の　口の端に　おぼめく事を
記すなるべし

53 あり経じと嘆くものから限りあれば
涙に浮きて世をも経るかな　（四二〇）

54 さかたがは淵は瀬にこそなりにけれ
水の流れは速くながらに　（四二一）

55 数ならぬ心を千々にくだきつつ
人をしのばぬ時しなければ　（四二二）

56 八橋のくもでにものを思ふかな

わがごとものを思ふらむかも　（五三一）

忍ぶれどいくそのあきの罪なれや
忍びもあへず恋しかるらむ　（五三二）

恋ひわびて経じとぞ思ふ世の中に
あらぬ心やいづこなるらむ　（五三三）

これは、安積山に、難波津

あさましや安積の沼の桜花
霞こめても見せずもあるかな　（五三四）

沢田川瀬々の埋もれ木顕れて
花咲きにけり春のしるしに　（五三五）

香をとめて鶯は来ぬたなびきて
隠すかひなし春の霞は　（五三六）

宿近く桜は植ゑじ心憂し

楫とりあへぬ恋もするかな　（二五四）

つらかりし人の心を御熊野の
浦辺に拾ふかひのなきかな　（二五三）

恋ひわびて影や見ゆると妹が着る
御裳裾川の渡りてぞゆく　（二五五）

安積山難波津をかみしもにをきて

春

嵐だにおとせぬ春と思ひせば
のどけく見ましよもの花々　（二五六）

ささがにのいやは寝らるる春の夜は
うしろめたなき花を見るがに　（二五七）

霞わけ遠げに見えし山ざくら
空ににほひし花はいづらは　（二五八）

山吹のにほふ盛りになりぬれば

袖は涙の淵となしつつ　（四二三）

57 松の葉の緑の袖は年経とも
色変はるべき我ならなくに　（四二四）

58 かきくらす心の闇にまよひつつ
憂しと見る世に経るがわびしさ（四二五）

59 今日かとも知らぬわが身を嘆く間に
わが黒髪ぞ白くなりゆく　（四二六）

60 ささ波や長等の山にながらへて
心にもののかなはざらめや　（四二七）

61 経じや世にいかにせましと人知れず
問はば答へよ四方の山びこ　（四二八）

62 み吉野に立てる松そら千代経るを
かくもあるかな常ならぬ世の　（四二九）

63 夢にても思はざりしを白雲の
かかる憂き世に住まひせむとは（四三〇）

咲くとはすれど散りぬかつがつ　（五三七）

巻向の檜原憂くこそ思ほゆれ
春を過ぐせる心ならひに　（五三八）

蚊遣り火の下に燃えつつあやめ草
あやに恋しき恋のかなしさ　（五三九）

今日よりは夏の衣になるなへに
ひもさしあへず時鳥鳴く　（五四〇）

さみだれてもの思ふときはわが宿に
鳴く蟬さへに心細しや　（五四一）

へつくりに知らせずもがな難波めの
あし間を分けて遊べ鶴の子　（五四二）

緑なる色こそまされ世とともに
なほ下草の繁る夏の野　（五四三）

ゆく雲のはたてよりこそまづは見れ
秋の初めになれる気色は　（五四四）

井手へ出で立つ我はかつがつ　（二五九）

松の根にかかる藤波水なれや
いざ舟漕がむまづ心みに　（二六〇）

夏

香をとめて我はむつぶるあやめ草
よそめに駒の見るがあやしさ　（二六一）

けぢかくて聞かまほしきを時鳥
まつ初声はいづくにか鳴く　（二六二）

五月まつ花たちばなの香をかぎて
昔の人はきても恋ひずや　（二六三）

へがたげに見ゆる世なれど夏びきの
片糸にても絶えぬわが背子　（二六四）

み山辺の鹿のたちどを尋ぬれば
乱るるものか夏落ちのつの　（二六五）

秋

ゆるかりし風の音こそはげしけれ
今はわせあきになりぬと思へば　（二六六）

64 るいよりもひとり離れて飛ぶ雁の
友に遅るるわが身かなしな （四三一）

65 八重葎茂れる宿に吹く風を
昔の人の来るかとぞ思ふ （四三二）

66 丸小菅茂れる野辺の草の上に
玉と見るまで置ける白露 （四三三）

67 のどかにも思ほゆるかな常夏に
久しく匂ふ大和なでしこ （四三四）

68 井手の山よそながらにも見るべきを
立ちな隔てそ峰の白雲 （四三五）

69 後生ひの角ぐむ葦のほどもなき
憂き世の中は住みうかりけり （四三六）

70 あれば厭ふなければ偲ぶ世の中に
わが身ひとつは住みわびぬやい（四三七）

71 沢田川流れて人の見えこずは
誰に見せまし瀬々の白玉 （四三八）

瑠璃の壺ささちひさきははちす葉に
たまれる露にさも似たるかな （五四五）

八十島の都鳥をば秋の野に
花見て帰るたよりにぞとふ （五四六）

待ちどほに思ひし秋はふけにけり
しるくぞ見ゆる萩の下露 （五四七）

野も山も色変はりゆく風寒み
いかでたづねむ忘れにし背子 （五四八）

井堰より漏る水の音聞こえぬは
冬来にければ氷すらしも （五四九）

軒端なる梅咲きぬとてはかられぬ
人だのめなる雪やなになり （五五〇）

あらたまの年暮れゆけば老いにけり
心細くも見ゆる蜘蛛のい （五五一）

さきくさも萌えぬらめやぞ春来なば
若菜摘むべきふぢかたの山 （五五二）

るいしつついざ秋の野にわが背子が
花見る道を我おくらすな （二六七）

山も野も唐紅になりぬれば
たが染めしとぞ見る人も問ふ （二六八）

松風もうちうらめしきほどなれば
峰の紅葉もままにほふなり （二六九）

残りなく峰の紅葉も散りにけり
秋よびかへせ山の山彦 （二七〇）

冬

井手川のけふ波の音聞こえねば
冬のはじめと氷すらしも （二七一）

のどかには待ち遠なりしあらたまの
年のおいゆく冬は来にけり （二七二）

明けがたき冬の夜な夜な恋すれば
寝られざりけり山里のいほ （二七三）

更級や雪のうちなる松よりも
はかなきものはわが頼むつま （二七四）

72 草深み伏見の里は荒れぬらし
ここにわが世の久に経ぬれば （四三九）

73 花すすき穂に出でて人を招くかな
しのばむことのあぢきなければ（四四〇）

74 人恋ふる涙の海に浮き沈み
水の泡とぞ思ひ消えぬる （四四一）

75 飛ぶ鳥の心は空にあくがれて
行方も知らぬものをこそ思へ （四四二）

76 惜しと思ふ命心にかなはなむ
あり経ば人に逢ふよありやと （四四三）

77 思ひやる心づかひはいとなきを
ゆめにも見ずと聞くがあやしさ（四四四）

78 藻屑焼く浦には海人や離れにけむ
煙立つとも見えずなりゆく （四四五）

79 古里はあらぬさまにもあらずとか
言ふ人あらば問ひて聞かばや （四四六）

来る春は何をしか見む梅の花
ふる年ながら散りゆく見れば （五五三）

遥かなる人待つほどは忍ぶれど
しるくや見ゆるわが衣手は （五五四）

ひとたびもわりなく物を思ふには
胸を千々にぞ砕くべらなる （五五五）

時の間も心も心恋しきは
後憂きものと人をこそ思へ （五五六）

鴛鴦のみなるるほどはつれなきを
下苦しとは知るらめや人 （五五七）

思ふとも思はずと言ひてあぢきなく
人を恨むることのわりなさ （五五八）

守山になげきこる身は音もせで
煙も立たぬ思ひをぞたく （五五九）

吹く風のたよりにとはむ玉だれの
みすも動かば我と知らめや （五六〇）

草枕結ぶたよりもなき冬は
あられ降るらむ海人のあしやは（二七五）

恋

浜木綿の幾重か思ひたえぬらむ
ほかねがちなるわれが夜妻は （二七六）

ひる間なく涙の川に沈むかな
心かろしと思ひ知る知る （二七七）

遠ければ恋しきことも慰まず
いづこなるらむ妹が住む家 （二七八）

をちかたや山路隔てゝうとましく
家居すべしやおのがさとさと （二七九）

奥山の細谷川の岩間より
さすがに絶えぬつまのあやしさ（二八〇）

もかり舟あきつの浦に棹さして
思ふつまどち漕ぎつつぞ行く （二八一）

富士の峰けぶり絶えせぬ恋といへど
世の常ならぬ我劣らめや （二八二）

80 本つ人今は限りと見えしより
誰馴らすらむわが伏しし床　（四四七）

81 野飼ひせし駒の春よりあさりしに
尽きずもあるかな淀の若菰の　（四四八）

82 かひなくて月日をのみぞ過ごしける
空をながめて世をし過ぐせば　（四四九）

83 播磨なる飾磨に染むるあながちに
人をつらしと思ふころかな　（四五〇）

きのえ

84 二葉にてわが引き植ゑし松の木の
枝さす春になりにけるかな　（四五一）

きのと

85 冬深く野はなりにけり近江なる
伊吹の外山雪降りぬらし　（四五二）

ひのえ

86 天雲や空にたゆたひ渡るらむ
照る日のえしもさやけからぬは　（四五三）

ひのと

87 数ならで思ふ思ひの年経れど
かひあるべくもあらずなりゆく　（四五四）

つちのえ

物思ふに苦しき夜半はさしおきつ
あけば身になせ挿櫛の箱　（五六一）

のどかなる時こそなけれ富士山の
いつかは絶えむ燃ゆる思ひの　（五六二）

かく恋ひむものと知りせば人目もる
人に心をつくる身なれば　（五六三）

はづかしに人に心をつけしより
みそかながらに恋ひわたるかな　（五六四）

きのえ

丹後の浦のまつりごと人百敷の
選びに入りてなれるなるべし　（五六五）

きのと

さ夜ふけて何か恋しきのどかにて
年経ばしるしあらざらめやぞ　（五六六）

ひのえ

心にも憂しとぞ思ふわが恋の
選ばぬやなぞよきもあしきも　（五六七）

ひのと

昨日まで冬ごもりせし蒲生野に
わらびのとくも生ひにけるかな　（五六八）

つちのえ

藻塩焼くけぶりに恋を比ぶれば
勝らざりけり駿河なる田子　（二八三）

野も山も恋しきままに分けくれど
見えやはしけるわが思ふ人の　（二八四）

かつ見れど物をこそ思ふあだ人の
とまらでつひに別るべければ　（二八五）

浜千鳥ふみくる跡をとめつつも
恋しき人に尋ねてしかな　（二八六）

きのえ

秋萩の枝にかかれる白露を
あやしく玉とわが思ひける　（二八七）

きのと

二人寝し夜ごとに深く契りてき
のどかに我をうち頼むべく　（二八八）

ひのえ

はしたかのとがへる山の椎の葉の
常磐にかれぬ仲と頼まむ　（二八九）

ひのと

夕されば逢ひ見るべきを春の日の
とく暮れぬこそわびしかりけれ　（二九〇）

つちのえ

88 小山田のひつちのえしも穂に出でぬは
心ひとつに恋しとぞ思ふ　（四五五）

つちのと

89 人をのみ夜は待乳の常磐山
峰の葛葉のうらみてぞふる　（四五六）

かのえ

90 いく世しもあらじと思ふ世の中の
えしも心にかなはぬぞ憂き　（四五七）

かのと

91 人妻とわがのとふたつ思ふには
なれにし袖ぞあはれなりける　（四五八）

みづのえ

92 行く水のえにだにあらぬ富士川の
流れて人にすまざらめやは　（四五九）

みづのと

93 近江なる三津の泊をうち過ぎて
船出て往なむことをしぞ思ふ　（四六〇）

一日めぐり

94 定めなく一日めぐりにめぐるてふ
神の社はいづくなるらむ　（四六一）

一夜めぐり

95 見し人よめぐりだに来ばあり経ても
野中の清水むすぶとや見む　（四六二）

ひむがし

こもり居の子をしなづるは思ひたつ
乳のえあらねばあるにぞありける　（五六九）

つちのと

風吹けばゆるぎの森の一つ松
まつちの鳥のとぐらなりけり　（五七〇）

かのえ

花の香の枝にしとまるものならば
暮るる春をも惜しまざらまし　（五七一）

かのと

心憂し深き山にも入りにしか
のどかにてゐて憂き世過ぐさむ　（五七二）

みづのえ

春立たばまづまろ植ゑじこゆみづの
得ずはさは悪しさてややみなむ　（五七三）

みづのと

一目見つのどかに今はあるべきを
逢ふにかへたる命とや言はむ　（五七四）

一日めぐり

わが一日めぐりめぐりをせしほどに
しらぎまひする年は来にけり　（五七五）

一夜めぐり

道の人よめくりかへし冬をなほ
さてある者ぞ出で立ちもする　（五七六）

ひむがし

風さむみ衣打つなる槌の柄の
折れぬばかりの音もするかな　（二九一）

つちのと

門田早稲きのふ刈りそむと思ひしを
ひつちのとくも生ひにけるかな　（二九二）

かのえ

さくら花いづれも色もにくからず
かの枝折りていへづとにせむ　（二九三）

かのと

さを鹿の友まどはせる声するは
妻や恋しき秋の山辺に　（二九四）

みづのえ

淀川の澄までもあなたにあるみづの
えこそまだ見ね駒の立ちども　（二九五）

みづのと

ちはやぶる神の社のはふりこも
みづのと開けて出でにけるかな　（二九六）

一日めぐり

別れてもなほ忘られでかつしのび
とひ巡り来よ空の浮き雲　（二九七）

一夜めぐり

出で立てばうしろめたなきあだ人よ
めぐりに据ゑて放たずもがな　（二九八）

ひむがし

96 古里のうしろめたなさうちしのび
昔恋しき音をも泣くかな　（四六三）

たつみ

97 波の立つ三島の浦のうつせ貝
むなしき殻と我やなりなむ　（四六四）

みなみ

98 人はみな見しも聞きしも世の中に
あるはありとかなきはなしとか（四六五）

ひつじさる

99 袖ひづしさるをあはれと言はばこそ
袂を淵となしもはててめ　（四六六）

にし

100 佐保山の錦織るらむ紅葉葉を
風より先に見にや行かまし　（四六七）

いぬゐ

101 山吹のまだ散らなくに春も往ぬ
井手の蛙に身をやなさまし　（四六八）

きた

102 何もせで若き頼みに経しほどに
身はいたづらに老いにけらしも（四六九）

うしとら

103 世の中を憂しとらいはば片時も
あり経なむやぞしのぶればこそ（四七〇）

つらくとも忘れず恋ひむ鹿島なる
阿武隈川の逢ふ瀬ありやと　（五七七）

たつみ

霞立つ三室の山に咲く花は
人知れずこそ散りぬべらなれ　（五七八）

みなみ

稲荷山みな見し人をすぎすぎに
思ふ思ふと知らせてしかな　（五七九）

ひつじさる

恋するに衣手ひづしさるかその
あらび絞りて見すべきものを　（五八〇）

にし

いさやまだ恋に死ぬてふこともなし
我をや後のためしにはせむ　（五八一）

いぬゐ

来ては往ぬ居てはのどかに居もあはず
なほ人待つはかひなかりけり　（五八二）

きた

世の中に乾かぬものは恋ひ恋ひて
ぬるしきたへの枕なりけり　（五八三）

うしとら

浅茅生のなほ憂し虎はふすなれど
秋は人より先になれつつ　（五八四）

我わびむかしらの白くなるまでに
年月経ても逢はずなりなば　（二九九）

たつみ

霞たつ峰やいづれぞ尋ね見む
花の遠目をまぎらはすかな　（三〇〇）

みなみ

なみなみの人数ならば住の江の
まつとも色に出でて言はまし　（三〇一）

ひつじさる

みちのくの白河は越えて別れにし
ひつじさるさるゆけどはるけし（三〇二）

にし

忘れにしことを憂しとは思へども
心よわくもうちしのぶかな　（三〇三）

いぬゐ

いまは往ぬ井のつの松の老いぬとも
年月経ても待ちもつけなむ　（三〇四）

きた

しきたへの枕に寝覚めせられつつ
夢にだに見ぬころにもあるかな（三〇五）

うしとら

憎かりし人のあたりはものも憂し
とらばとらなむ玉のをくしげ　（三〇六）

二　主要参考文献一覧

『曽禰好忠集　宮内庁書陵部蔵　伝冷泉為相筆』（島田良二編、笠間書院、昭和四十七年四月〈1972〉）
『平安諸家集』（天理図書館善本叢書和書之部第四巻、八木書店、昭和四十七年五月〈1972〉）
『古筆学大成』第十九巻（小松茂美、講談社、平成四年六月〈1992〉）
『平安私家集 二』（冷泉家時雨亭叢書第十五巻、朝日新聞社、平成六年六月〈1994〉）
『平安私家集 八』（冷泉家時雨亭叢書第二十一巻、朝日新聞社、平成十三年二月〈2001〉）
『資経本私家集 一』（冷泉家時雨亭叢書第六十五巻、朝日新聞社、平成十年二月〈1998〉）
『資経本私家集 三』（冷泉家時雨亭叢書第六十七巻、朝日新聞社、平成十五年十二月〈2003〉）
『素寂本私家集 西山本私家集』（冷泉家時雨亭叢書第七十二巻、朝日新聞社、平成十六年二月〈2004〉）
『承空本私家集 下』（冷泉家時雨亭叢書第七十一巻、朝日新聞社、平成十九年六月〈2007〉）

＊

松田武夫校注「好忠集」（日本古典文学大系80『平安鎌倉私家集』岩波書店、昭和三十九年九月〈1964〉）
神作光一『曽禰好忠集の校本・総索引』（笠間書院、昭和四十八年三月〈1973〉）
神作光一『曽禰好忠集の研究』（笠間書院、昭和四十九年八月〈1974〉）
神作光一・島田良二『曽禰好忠集全釈』（笠間書院、昭和五十年十一月〈1975〉）
松本真奈美校注「曾禰好忠集」（和歌文学大系54『中古歌仙集（一）』明治書院、平成十六年十月〈2004〉）
川村晃生・松本真奈美『恵慶集注釈』（私家集注釈叢刊16、貴重本刊行会、平成十八年十月〈2006〉）
筑紫平安文学会『恵慶百首全釈』（歌合・定数歌全釈叢書十一、風間書房、平成二十年四月〈2008〉）
川村晃生・金子英世『曾禰好忠集』注解』（三弥井書店、平成二十三年十一月〈2011〉）
西山秀人校注「順集」（和歌文学大系52『三十六歌仙集（二）』明治書院、平成二十四年三月〈2012〉）
筑紫平安文学会『順百首全釈』（歌合・定数歌全釈叢書十八、風間書房、平成二十五年四月〈2013〉）

＊

『和歌文学辞典』（有吉保、おうふう、昭和五十七年五月〈1982〉）
『和歌大辞典』（明治書院、昭和六十一年三月〈1986〉）
『歌ことば歌枕大辞典』（久保田淳・馬場あき子編、角川書店、平成十一年五月〈1999〉）
『「萬葉集」CD-ROM版』（木下正俊校訂、塙書房、平成十三年十月〈2001〉）
『新編国歌大観CD-ROM版Ver・2』（角川書店、平成十五年六月〈2003〉）
『新編私家集大成CD-ROM版』（エムワイ企画、平成二十年十二月〈2008〉）
『和歌文学大辞典』（古典ライブラリー、平成二十六年十二月〈2014〉）

＊

早川幾忠「曽丹集の所謂源順作の詞書及歌に就て」（『國語と國文學』大正十四年六月〈1925〉）
児玉信一『新講和歌史』（大明堂書店、昭和六年三月〈1931〉）
鹿島（堀部）正二「曽丹集に就いての私見」（『國語國文』第五巻第十五号、昭和十年十二月〈1935〉、後に『中世日本文学の書誌学的研究』全国書房昭和二十三年六月、復刻版、臨川書店、昭和六十三年六月〈1988〉）
福本巌次「曽丹集の一考察―用語上より源順集と関聯して―」（『國語國文』第六巻第四号、昭和十一年四月〈1936〉）
岡一男「蜻蛉日記の成立年代とその藝術構成」（『古典と作家』文林堂双魚房、昭和十八年七月〈1943〉）
上田英夫『万葉集訓点の史的研究』（塙書房、昭和三十一年九月〈1956〉）
中田祝夫・竹岡正夫『あゆひ抄新注』（風間書房、昭和三十五年四月〈1960〉）
藤岡忠美「百首歌の創始をめぐって―後撰時代歌人群の展望序説―」（『平安和歌史論―三代集時代の基調―』桜楓社、昭和四十一年二月〈1966〉）
山口博氏『王朝歌壇の研究―村上冷泉円融朝篇』（桜楓社、昭和四十二年十月〈1967〉）
熊本守雄「曾祢好忠の周辺―小野宮家との交渉の意味するもの―」（『国文学攷』第四十六号、昭和四十三年三月〈1968〉）
北条諦応「曾禰好忠伝記覚書」（『平安朝文学研究　作家と作品』有精堂出版、昭和四十六年三月〈1971〉）
蔵中スミ「『曾丹集』の享受―富士谷成章の場合―」（『谷山茂教授退職記念国語国文学論集』塙書房、昭和四十七年十二月〈1972〉）

木越隆「曽丹集の表現―集中歌の解釈をめぐって―」（『国文学言語と文芸』第七十八号、昭和四十九年五月〈1974〉）
芦田耕一「坂上望城考―経歴および梨壺の五人としての役割をめぐって」（『国文学研究ノート』第八号、昭和五十二年七月〈1977〉）
奥村恒哉『古今集・後撰集の諸問題』（風間書房、昭和四十六年二月〈1971〉）
杉谷寿郎『後撰和歌集研究』（笠間書院、平成三年三月〈1991〉）
金子英世「天徳四年内裏歌合と初期百首の成立」（『三田国文』第十四号、平成三年六月〈1991〉）
神野藤昭夫「源順論―「題鳥養有三の狂歌」をめぐって」（石川徹編『平安時代の作歌と作品』武蔵野書院、平成四年一月〈1992〉）
熊谷直春『平安前期文学史の研究』（桜楓社、平成四年六月〈1992〉）
松本真奈美「重之百首と毎月集」（『國語と國文學』第六十九巻第十号、平成四年十月〈1992〉）
金子英世「初期百首の季節詠―その趣向と性格について―」（『國語と國文學』第七十巻第八号、平成五年八月〈1993〉）
金子英世「『源順百首』の特質と初期百首の展開」（『三田国文』第十九号、平成五年十二月〈1993〉）
原田真理「源順集『大納言源朝臣大饗屏風歌』」（『宮崎女子短期大学紀要』第二十二号、平成八年三月〈1996〉）
杉谷寿郎・車田直美・圷美奈子・山本まり子・久保木秀夫「伝西行筆曽丹集切―升形本切・巻子本切―」（『語文』第九十八輯、平成九年六月〈1997〉）
西山秀人「源順の屏風歌―その歌風的変遷について―」（上田女子短期大学『学海』第十七号、平成十三年三月〈2001〉）
丹羽博之「『好忠百首』と『漢詩百首』」（『古代中世和歌文学の研究』研究叢書290、和泉書院、平成十五年二月〈2003〉）
曽根誠一「『紅葉』を染める佐保姫―『初期百首』時代の一動向」（『解釈』第五十巻第三・四号、平成十六年四月〈2004〉）
新藤協三『三十六歌仙叢考』（新典社、平成十六年五月〈2004〉）
松本真奈美「恵慶百首について―好忠百首・順百首との関連―」（『尚絅学院大学紀要』第五十一集、平成十七年一月〈2005〉）
松本真奈美「曾禰好忠説話小考―『今昔物語集』巻二十八第三話をめぐって―」（小島孝之編『説話の界域』笠間書院、平成十八年七月〈2006〉）

田島智子『屛風歌の研究　資料編』（研究叢書363、和泉書院、平成十九年三月〈２００７〉）
西山秀人「冷泉家時雨亭文庫蔵 藤原資経筆『源順集』の本文」（『上田女子短期大学紀要』第三十一号、平成二十年一月〈２００８〉）
西耕生「『あさか山難波津』の沓冠歌をみちびく序―曾禰好忠集本文復元私按―」（『文学史研究』50、平成二十二年三月〈２０１０〉）
田中智子「源順の大饗屛風歌―古今和歌六帖の成立に関連して―」（『國語と國文學』第九十二巻第二号、平成二十七年二月〈２０１５〉）。
南里一郎「『曾禰好忠集』所収「好忠百首」の本文異同について―古写本三種による比較―」（『社会科学』第四五巻第一・二号、平成二十七年八月〈２０１５〉）
田中智子「円融院子の日の御遊と和歌―御遊翌日の詠歌を中心に―」（『東京大学国文学論集』第十一号、平成二十八年三月〈２０１６〉）

三　〈好忠百首〉各句索引

1、資経本『好忠集』所収〈好忠百首〉一〇三首について作成した各句索引である。
2、配列は歴史的仮名遣いによる五十音順とする。漢字表記は仮名に改めた。
3、数字は〈好忠百首〉の通し番号を示す。

【あ行】

あきかぜぞふく……23
あきかぜの……24
あききにけりと……28
あきすらに……32
あきぞかなしき……27
あくがれて……75
あけにけりとも……6
あこねがねやに……38
あさけのまひと……51
あさひささずは……6
あさりしに……81
あぢきなければ……73
あぢきなし……48
あづまのの……2
あながちに……83
あなしのひばら……4
あはれなりける……91
あふみなる
―いぶきのとやま……85
―みつのとまりを……93
あふよありやと……76
あまくもや……86
あまてるつきの……14
あらじとおもふ……90
あらずとか……79
あらずなりゆく……87
あらぬさまにも……79
あらはのやどに……39
あらはれにける……35
あらぶるかみぞ……21
ありへじと……53
ありへても……95
ありへなむやぞ……103
ありへばひとに……76
あるはありとか……98
あれぬらし……72
あればいとふ……70
いかにせましと……61
いくあきかぜに……30
いくよしも……90
いづくとも……2
いづくなるらむ……94
いづくもなげく……52
いつのまに……13
いでにけり……29
いとどこひしき……46
いとなきを……77
いのちこころに……76
いのりこし……40
いはばこそ……99
いはやまと……40
いぶきのとやま……85
いふひとあらば……79
いへぢたづねむ……31
いまはかぎりと……80
いまはるへと……3
いまはみもりも……29
いもがてかぜは……46
いるとせしまに……17
いろかはるべき……57
うきしづみ……74
うきよのなかは……69
うぐひすのこゑ……5
うしとみるよに……58
うしとらいはば……103
うしろめたなさ……96
うすらごろもに……16
うちしのび……96
うちすぎて……93
うちなびき……44
うつせがひ……97

うはごほり……42
うはひもささず……22
うはまだら……41
うべこそよはに……41
うらさびしかる……32
うらにはあまや……78
うらみてぞふる……89
えしもこころに……90
えださすはるに……84
えにだにあらぬ……92
おいにけらしも……102
おきのまゆかき……46
おくほのとまも……2
おけるしもかな……40
おけるしらつゆ……66
おだまきり……51
おとろへにけり……45
おなじこと……11
おなしよなれば……52
おふのしげりを……28
おほうみのはらを……20
おもあらのこまも……18
おもはざりしを……63
おもひきえぬる……74
おもひやる……77
おもふおもひの……87
おもふかな……56
おもふころかな……83
おもふには……91
おもほゆるかな……67

【か行】

かがみかと……37
かかるうきよに……63
かきくらす……58
かぎりあれば……53
かきわけて
―いるとせしまに……17
―ふかくおもふと……47
かくもあるかな……62
かげさへしるく……20
かげぞまれなる……14
かずならで……87
かずならぬ……55
かすみにいへぢ……9
かすみゆく……3
かすみをわけて……8
かぜのあなづる……50
かぜもややふき……31
かぜよりさきに……100
かぞふれば……36
かたしくかたに……24
かたぞなき……52
かたときも……103
かぢをたえ……43
かなはざらめや……60
かなはざりける……21
かなはなむ……76
かなはぬぞうき……90
かひあるべくも……87
かひなくて……82
かへるなる……8
かみのやしろは……94
かみまつる……38
からにしき……33
かりがねそ……8
かりふのはらを……23
かれにけむ……78
きえざらば……39
きくがあやしさ……77
きさやまかげの……30
きどきになれど……15
きのふまで……1
きみこふと……50
きりのまがきの……25
くさなれて……18
くさのうへに……66
くさふかみ……72
くさまよふ……17
くずはひかかる……27
くだきつつ……55
くだくるを……49
くまごとに……3
くもでにものを……56
くもまばかりの……19
くもりなき……20
くらしてむ……9
くらすころかな……22
くらぶやま……1
くるかとぞおもふ……65
くるかりの……26
けさしもねやの……41
けさのあさいに……7

けさみれば……23
けふかとも……59
けふははるへと……1
けふはやまべの……13
けぶりたつとも……78
こがらしの……50
ここにわがよの……72
こころづかひは……77
こころには……21
こころにものの……60
こころのうちに……51
こころのやみに……58
こころはそらに……75
こころはちぢに……49
こころひとつに……88
こころをちぢに……55
こづたひちらす……5
ことをしぞおもふ……93
こひしきころに……44
こひしとぞおもふ……88
こひせしひとを……48
こひのみちかな……43
こひわびて……45
こひわぶる……49
こほりとぢたる……37
こまのはるより……81
こむあきまての……8
ころもがへせぬ……26

【さ行】

さかきをりしく……38
さかたがは……54
さくらあさの……23
ささなみや……60
さだめなく……94
さつきやみ……19
さはだがは……71
さはべのちはら……35
さはらぬものは……34
さほやまの……100
さむければ……24
さやけからぬは……86
さるをあはれと……99
しかまにそむる……83
しげかりし……34
しげりあひて……14
しげれるのべの……66
しげれるやどに……65
したにぞなげく……42
しのばむことの……73
しのびにみをや……50
しのぶらむやぞ……32
しのぶれはこそ……103
しらくもの……63
しらぬわがみを……59
しらましや……6
しらゆきの……36
しるらめやぞも……47
しろくなりゆく……59
すぐろかるらむ……13
すごしける……82
すまざらめやは……92
すまひせむとは……63
すみうかりけり……69
すみわびぬやい……70
せぜのしらたま……71
せながわかふを……17
せなさへあまり……7
せみのはの……16
そではさえけれ……41
そではなみだの……56
そでひづし……99
そでもみてまし……25
そなれきぬらむ……30
そらにたゆたひ……86
そらをながめて……82

【た行】

たかせさす……42
たちしはきのふ……13
たちながら……11
たちなへだてそ……68
たてるまつそら……62
たまとみるまで……66
たもとをふちと……99
たゆきなもたつ……7
たれかたびねの……26
たれならすらむ……80
たれにみせまし……71
ちよふるを……62
ちりぼへは……10
つきずもあるかな……81
つきひをのみぞ……82
つけてなぐさむ……52

つねならぬよの……62
つねならぬよを……42
つのぐむあしの……69
つもるなりけり……36
てにとりためて……12
てるひのえしも……86
てれるつきかげ……20
ときしなければ……55
ときはやま……89
とこなつに……67
としふとも……57
としふれど……87
とはばこたえよ……61
とひてきかばや……79
とぶかりの……64
とぶとりの
—かげさへしるく……20
—こころはそらに……75
とほやまだ……29
ともにおくるる……64
とやまかたかけ……23

【な行】

ながめすらしも……29
ながらのやまに……60
ながらへて……60
ながれてひとに……92
ながれてひとの……71
なきはなしとか……98
なげくまに……59
なげくものから……53
なければしのぶ……70
なごしとおもふ……21
なしもはててめ……99
なつかしく……22
なつくばかりに……18
なつごろも……15
なづなのはなの……10
なつはぎの……28
などうちとけぬ……16
などかずならぬ……49
なにかあると……48
なにもせで……102
なみぞたちける……24
なみだにうきて……53
なみだのうみに……74
なみのたかきを……47
なみのたつ……97
なりにける……38
なりにけるかな……84
なりにけれ……54
なりゆくに……16
なれにしそでぞ……91
にしきをるらむ……100
にはのおもに……10
にはのこのはも……14
ぬさをばかぜぞ……33
ねやのつまどに……6
ねをもなくかな……96
のがひせし……81
のちおひの……69
のどかにも……67
のなかのしみづ……95
のはなりにけり
なつくばかりに—……18
—あふみなる……85
のべのさわらび……11

【は行】

はかぜすずしき……26
はかられて……22
はなかゆきかと……4
はなすすき……73
はなたちばなに……19
はなちりし……14
はなみくらすも……11
はなみつつ……9
はひとなしてむ……50
はやくながらに……54
はりまなる……83
はるかすみ……13
はるきては……4
はるたてば……5
はるののの……12
はるのよに……6
はるはのべにて……9
はるまできえぬ……10
はるめきぬらし……2
はるもいぬ……101
ひかされて……7
ひさぎおふる……35
ひさしくにほふ……67
ひさにへぬれば……72
ひつちのえしも……88

ひとこふる……74
ひとしれず……61
ひとづまと……91
ひとにもみせむ……39
ひとはみな……98
ひとひめぐりに……94
ひとりはなれて……64
ひとりもぬ……31
ひとをしのばぬ……55
ひとをつらしと……83
ひとをのみ……89
ひばりのとこぞ……35
ひまなくものは……27
ふかくおもふと……47
ふかくなりゆく……37
ふきくるかぜに……22
ふくかぜを……65
ふくころもでの……24
ふけるとて……39
ふじがはの……92
ふしみのさとは……72
ふたばにて……84
ふちとなしつつ……56
ふぢのわかそを……12
ふちはせにこそ……54
ふなでていなむ……93
ふゆくれば……35
ふゆごもれりし……1
ふゆにぞありける……34
ふゆにもあるかな……37
ふゆふかく……85
ふりしくふゆと……36
ふりにしいもが……31
ふるがわびしさ……58
ふるさとの……96
ふるさとは……79
ふれるしらたま……39
へしほどに……102
へじやよに……61
へだてずは……25
へだてにも……34
ほしかとて……19
ほどはしらるる……28
ほどみれば……45
ほどもなき……69
ほなみうちすぎ……29
ほにいでてひとを……73
ほにいでぬは……88

【ま行】

まきもくの……4
まさるなり……31
ましろなる……46
まだぞこゑせぬ……15
またちらなくに……101
まつかきの……27
まつかぜの……32
まつのきの……84
まつのはの……57
まねくかな……73
まよひつつ……58
まろこすげ……66
みえこずは……71
みえしより……80
みえずとならば……9
みえずなりゆく……78
みえつるは……41
みかきをしるみ……40
みしひとよ……95
みしまのうらの……97
みしもきしも……98
みづのあはとぞ……74
みつのとまりを……93
みづのながれは……54
みどりのそでは……57
みなそこに……37
みなづきの……21
みにますものは……48
みにやゆかまし……100
みねのくずはの……89
みねのしらくも……68
みねのわらびも……3
みねもさやけみ……1
みはいたづらに……102
みはなきまでに……45
みふゆなかはに……38
みゆるゆふしで……4
みよしのに……62
みよしのの……30
みるときぞ
—あききにけりと……28
—いもがてかぜは……46
みるべきを……68

みをやなさまし……101
むかしこひしき……96
むかしのひとの……65
むすぶとやみむ……95
むなしきからと……97
むばらこき……12
むめのそのふに……5
めぐりだにこば……95
めぐるてふ……94
めをぞつけつる……19
もえぬらむやぞ……3
もくづやく……78
もすそぬらしつ……17
もどきしかども……48
もとつひと……80
ものはおもひし……51
ものをこそおもへ……75
もみちばを……100
ももえまつ……30
【や行】
やしほぢの……47
やつはしの……56
やへむぐら……65
やまざとに……27
やまざとの
―むめのそのふに……5
―きりのまがきの……25
やまとなでしこ……67
やまのこのはを……33
やまぶきの……101
やまほととぎす
―まだぞこゑせぬ……15
などうちとけぬ―……16
ゆきかとぞみる……10
ゆきふりぬらし……85
ゆくへもしらぬ
―こひのみちかな……43
―ものをこそおもへ……75
ゆくみづの……92
ゆふぐれに……26
ゆふしでかけて……40
ゆめにても……63
ゆめにもみずと……77
ゆらのたますぢ……44
ゆらのとを……43
よそながらにも……68
よそにみし……18
よどのみぎはの……42
よどのわかごもの……81
よのなかに
―わがみひとつは……70
―あるはありとか……98
よのなかの……90
よのなかを……103
よもぎのかきの……34
よもにたむくる……33
よものやまびこ……61
よりたちて……33
よるはまつちの……89
よれるこころか……44
よをしすぐせば……82
よをもふるかな……53
【ら行】
るいよりも……64
【わ行】
わかきたのみに……102
わがくろかみぞ……59
わがごとや……51
わがこひは……52
わかずかすめる……2
わがのとふたつ……91
わがひきうゑし……84
わがふししとこ……80
わがみいかにぞ……8
わがみかなしな……64
わがみなるらむ……49
わがみにとしの……36
わがみひとつは……70
わがやどに……15
わかゆふおびの……45
わぎもこか
―けさのあさいに……7
―ゆらのたますぢ……44
わたるふなびと……43
わたるらむ……86
われならなくに……57
われやなりなむ……97
われをばひとの……32
ゐでのかはづに……101
ゐでのやま……68
をしとおもふ……76
をちかたひとの……25

をやまだの……88
をりてかへらむ……11
をりてつかねむ……12

あとがき

ここに一冊の金銭出納帳がある。筑紫平安文学会の会費の管理は、当初、このノートで行っていた。平成四年（一九九二）十一月二十九日から始まっている。ということは、実質その日に事務局を引き継いだことになる。

そもそも梅光女学院大学（当時）の森田兼吉先生を中心に発足した研究会である。それまで事務局は、森田先生のお弟子さんである宮田京子さんが担当してくださっていたと記憶している。当時、梅光女学院関係者といえば、高校教諭の米谷悦子先生が参加されていた。おふたりとも、研究会では活発に発言なさる。それにひきかえ、新参者の私は、なかなか口を挟むことができなかった。山田洋嗣先生（福岡大学）から、「もう少し口をきいてくれないと研究会にならないなあ」と言われたと、わが師匠の田坂憲二先生から伝え聞いたとき、自分はこの業界でやっていけるのだろうかと、真剣に考えたことを覚えている。大学院生だったころのことである。

個人的なことで恐縮だが、私は和歌専門の師匠に付いて学んだことがない。しかし、この会には、当時、北部九州にわずかしかいなかった和歌研究者のうち、先ほどの山田先生と、今井明先生（福岡女子大学）が参加され、また、物語や日記、説話など異なった専攻をもちながら、和歌にも造詣の深い、曽根誠一先生（当時、九州女子大学）、川村裕子先生（当時、活水女子大学）、黒木香先生（活水女子大学）が名を連ねていらした。そこに、南里一郎（当時、純眞女子短期大学）が加わり、一時期は田坂研究室で同期のゼミ生、西原一江さんや、九州大学で知り合った長谷川薫さんが加わって、和歌研究を軸としながらも、多様な専門の方々が集まる会となった。さらには、竹田正幸氏（九州大学大学院システム情報科学研究院）が会に参加した時期もあった。事務局の若輩者が年月を重ねるにつれ、そういう多彩な方々からどれだけ刺激を受けたか、言いつくすことはできない。

福岡を拠点に活動していたとき、例会会場は、もっぱら福岡女子大学の田坂研究室であった。校舎の窓からは、香椎潟を埋め立てるクレーンや香椎花園の観覧車が見えた。昼食は、近くの味噌屋が経営する店の定食が定番だった。そして研究会の後は、博多駅周辺の居酒屋に場所を移し、さらに盛り上がった。そのころ最も遠方から来られている黒木先生の、お帰りの電車の時刻が気になったものである。その間、一時期は、事務局を純眞女子短期大学に置いていたこともあったが、南里の退職に伴い、それもかなわなくなった。さらに、田坂先生も、福岡女子大学から群馬県立女子大学、ついで慶應義塾大学に転任された。

京都に事務局を移してからは、いよいよ遠方となった黒木先生は年に一、二度の参加となったが、花園大学に移っていらした曽根先生との再会と、岩坪健先生の参加を得て、例会会場も、御所の北、京都御苑の木立を臨む、同志社大学今出川校地の岩坪研究室になった。もはや「筑紫」を冠する研究会名は適さないが、昼食は学内の食堂、研究会後は京都駅周辺の居酒屋に変わっても、もともとあった会の雰囲気は、そのまま持ち込まれたように思う。

こうして、恵慶百首から順百首へと溯り、ついに、百首歌の嚆矢とされる好忠百首の全釈出版に、なんとか漕ぎつけることができた。事務局を仰せつかってから、四半世紀が優に経つ。拠点を福岡から京都に移して、早くも十年余りが過ぎ去った。関係各位に感謝の意を表しつつ、本書の刊行をもって筑紫平安文学会の活動の最後とするというのが、同人一同の総意である。

本書の出版に際し、底本の使用をご許可くださった公益財団法人冷泉家時雨亭文庫のご高配に対して深謝申し上げる。また、校合本として御所蔵本を利用させてくださった関係諸機関にも深謝申し上げる。

『為頼集全釈』『恵慶百首全釈』『順百首全釈』に続いて、筑紫平安文学会の名では最後の出版となる今回も、風間書房から出版できることを喜ぶとともに、風間書房社主風間敬子氏、ご助言くださった全釈叢書編集委員会の諸先生方に厚く御礼申し上げる。

前回の『順百首全釈』出版のとき、田坂憲二先生は還暦をお迎えであったが、今回は、その田坂先生の慶應義塾大学退任と、前年すでに還暦を迎えられた岩坪健先生のお祝いを兼ねることとなった。両先生には、多くのことをお教えいただいたのはもちろんのことであるが、会の運営にあたっては、福岡と京都、それぞれの場所で、例会会場に研究室を提供していただいた。ここに同人一同、感謝の微意を表する次第である。

最後に、本書は「伝統文化形成に関する総合データベースの構築と平安朝文学の伝承と受容に関する研究」(同志社大学人文科学研究所第18期研究会第17研究、および科学研究費助成事業基盤研究（C）課題番号25330403、いずれも二〇一三～二〇一五年度)、「古典籍の保存・継承のための画像・テキストデータベースの構築と日本文化の歴史的研究」(同志社大学人文科学研究所第19期研究会第4研究、および科学研究費助成事業基盤研究（C）課題番号16K00469、二〇一六～二〇一八年度）における研究の一部であることを附記しておく。

二〇一八年一月

福田智子

筑紫平安文学会

曽根　誠一　花園大学文学部教授
田坂　憲二　慶應義塾大学文学部教授
黒木　　香　活水女子大学文学部教授
岩坪　　健　同志社大学文学部教授
福田　智子　同志社大学文化情報学部教授
南里　一郎　立命館大学情報理工学部非常勤講師

歌合・定数歌全釈叢書刊行会

歌合・定数歌全釈叢書 二十
好忠百首全釈

二〇一八年三月三一日 初版第一刷発行

著 者 筑紫平安文学会

発行者 風間敬子

発行所 株式会社 風間書房
101-0051 東京都千代田区神田神保町一—三四
電 話 〇三—三二九一—五七二九
FAX 〇三—三二九一—五七五七
振 替 〇〇一一〇—五—一八五三

印刷・製本 中央精版印刷

 NDC 分類：911.138
ISBN978-4-7599-2226-4